W0316978

Collection folio junior

Gaston Leroux est ne à Paris en 1868. Il exerce les métiers d'avocat, de chroniqueur judiciaire et de reporter avant de devenir écrivain. C'est en 1907 que paraît en feuilleton, dans le journal *L'Illustration*, le premier roman de Gaston Leroux, *Le Mystère de la chambre jaune*, qui illustre brillamment le genre très anglo-saxon du roman à énigme (voir par exemple les romans de Conan Doyle publiés en Folio Junior).

Le Mystère de la chambre jaune remporte dès sa parution un grand succès dû autant à la qualité de son intrigue qu'au personnage attachant de Rouletabille. On retrouve dans *Le Parfum de la dame en noir* (1909) ce reporter-détective dont l'esprit de déduction éclaircit les affaires les plus mystérieuses. Dans *Le Fantôme de l'Opéra* (1910), Gaston Leroux prolonge les aventures de Rouletabille, puis s'attache dans le cycle de « Chéri-Bibi » à la figure inquiétante d'un forçat évadé.

Gaston Leroux est mort à Nice en 1927.

Philippe Munch est né à Colmar en 1959. Élève de Claude Lapointe à l'École des arts décoratifs de Strasbourg, il publie de nombreux dessins dans la presse pour enfants. Grand voyageur, ses pérégrinations l'ont mené de l'Asie du Sud-Est à l'Amérique du Sud. Heureusement, Philippe Munch trouve encore le temps d'illustrer de nombreux livres pour Gallimard Jeunesse ! On peut apprécier son talent dans *Le Magicien d'Oz* de L. Frank Baum, *L'Appel de la forêt* de Jack London, *Le Ruban moucheté* de Conan Doyle, *Le Grizzli* de James Oliver Curwood, tous publiés dans la collection Folio Junior.

Grand amateur de littérature policière, **Jean-Michel Nicollet** a illustré les couvertures du *Mystère de la chambre jaune* et du *Parfum de la dame en noir.*

Né à Lyon en 1944, il y étudie à l'École des beaux-arts où il rencontre Jean Tardi. Ensemble ils réalisent une bande dessinée intitulée *Strangers in the night*, qui ne verra jamais le jour.

Au début des années 70, il publie ses premières illustrations dans la presse, *(Playboy, Paris-Match, 20 ANS)* et dans l'édition. Puis Jean-Michel Nicollet diversifie ses activités ; il travaille pour le cinéma (Jean-Jacques Annaud lui demande de dessiner plusieurs plans pour son film Le Nom de la Rose) et enseigne aujourd'hui dans une école d'arts graphiques, à Lyon.

ISBN : 2-07-051399-8
Loi n° 49-956 du 16 juillet 1949
sur les publications destinées à la jeunesse
© Éditions Gallimard, 1993, pour les illustrations et le supplément
© Éditions Gallimard, Jeunesse, 1998, pour la présente édition
Dépôt légal : septembre 2004
1er dépôt légal dans la même collection : septembre 1993
N° d'édition : 132877 - N° d'impression : 69875
Imprimé en France par la Société Nouvelle Firmin-Didot

Gaston Leroux

Le parfum de la dame en noir

Illustrations de Philippe Munch

Gallimard

A Pierre Wolff

En souvenir affectueux
de notre ardente collaboration
en cette année
qui a vu éclore Le Lys.

I

Qui commence par où les romans finissent

Le mariage de M. Robert Darzac et de Mlle Mathilde Stangerson eut lieu à Paris, à Saint-Nicolas-du-Chardonnet, le 6 avril 1895, dans la plus stricte intimité. Un peu plus de deux années s'étaient donc écoulées depuis les événements que j'ai rapportés dans un précédent ouvrage, événements si sensationnels qu'il n'est point téméraire d'affirmer ici qu'un aussi court laps de temps n'avait pu faire oublier le fameux Mystère de la Chambre Jaune... Celui-ci était encore si bien présent à tous les esprits que la petite église eût été sûrement envahie par une foule avide de contempler les héros d'un drame qui avait passionné le monde, si la cérémonie nuptiale n'avait été tenue tout à fait secrète, ce qui avait été assez facile dans cette paroisse éloignée du quartier des écoles. Seuls, quelques amis de M. Darzac et du professeur Stangerson, sur la discrétion desquels on pouvait compter, avaient été invités. J'étais du nombre ; j'arrivai de bonne heure à l'église, et mon premier soin, naturellement, fut d'y chercher Joseph Rouletabille. J'avais été un peu déçu en ne l'apercevant pas, mais il ne faisait point de doute pour moi qu'il dût venir et, dans cette attente, je me rapprochai de Me Henri-Robert et de Me André Hesse qui, dans la paix et le recueillement de la petite chapelle Saint-Charles, évoquaient tout bas les plus curieux incidents du procès de Versailles, que l'imminente cérémonie leur remettait en mémoire. Je les écoutais distraitement en examinant les choses autour de moi.

Mon Dieu ! que votre Saint-Nicolas-du-Chardonnet est une chose triste ! Décrépite, lézardée, crevassée, sale, non point de cette saleté auguste des âges qui est la plus belle parure de la pierre, mais de cette malpropreté ordurière et poussiéreuse qui semble particulière à ces quartiers Saint-Victor et des Bernardins, au carrefour desquels elle se trouve si singulièrement enchâssée, cette église, si sombre au-dehors, est lugubre dedans. Le ciel, qui paraît plus éloigné de ce saint lieu que de partout ailleurs, y déverse une lumière avare qui a toutes les peines du monde à venir trouver les fidèles à travers la crasse séculaire des vitraux. Avez-vous lu les *Souvenirs d'enfance et de jeunesse,* de Renan ? Poussez alors la porte de Saint-Nicolas-du-Chardonnet et vous comprendrez comment l'auteur de la *Vie de Jésus,* qui était enfermé à côté, dans le petit séminaire adjacent de l'abbé Dupanloup et qui n'en sortait que pour venir prier ici, désira mourir. Et c'est dans cette obscurité funèbre, dans un cadre qui ne paraissait avoir été inventé que pour les deuils, pour tous les rites consacrés aux trépassés, qu'on allait célébrer le mariage de Robert Darzac et de Mathilde Stangerson ! J'en conçus une grande peine et, tristement impressionné, en tirai un fâcheux augure.

A côté de moi, Mes Henri-Robert et André Hesse bavardaient toujours, et le premier avouait au second qu'il n'avait été définitivement tranquillisé sur le sort de Robert Darzac et de Mathilde Stangerson, même après l'heureuse issue du procès de Versailles, qu'en apprenant la mort officiellement constatée de leur impitoyable ennemi : Frédéric Larsan. On se rappelle peut-être que c'est quelques mois après l'acquittement du professeur en Sorbonne que se produisit la terrible catastrophe de la *Dordogne,* paquebot transatlantique qui faisait le service du Havre à New York. Par temps de brouillard, la nuit, sur les bancs de Terre-Neuve, la *Dordogne* avait été abordée par un trois-mâts dont l'avant était entré dans sa chambre des machines. Et, pendant que le navire abordeur s'en allait à la dérive, le paquebot avait coulé à pic en dix minutes. C'est tout juste si une trentaine de passagers, dont les cabines se trouvaient sur le pont, eurent le temps de sauter dans les chaloupes. Ils furent recueillis le lendemain par un bateau de pêche qui rentra aussitôt à Saint-Jean.

Le naufrage de "La Dordogne".

Les jours suivants, l'océan rejeta des centaines de morts parmi lesquels on retrouva Larsan. Les documents que l'on découvrit, soigneusement cousus et dissimulés dans les vêtements d'un cadavre, attestèrent, cette fois, que Larsan avait vécu ! Mathilde Stangerson était délivrée enfin de ce fantastique époux que, grâce aux facilités des lois américaines, elle s'était donné en secret, aux heures imprudentes de sa trop confiante jeunesse. Cet affreux bandit dont le véritable nom, illustre dans les fastes judiciaires, était Ballmeyer, et qui l'avait jadis épousée sous le nom de Jean Roussel, ne viendrait plus se dresser criminellement entre elle et celui qui, depuis de si longues années, silencieusement et héroïquement, l'aimait. J'ai rappelé, dans *Le Mystère de la chambre jaune,* tous les détails de cette formidable affaire, l'une des plus curieuses qu'on puisse relever dans les annales de la cour d'assises, et qui aurait eu le plus tragique dénouement sans l'intervention quasi géniale de ce petit reporter de dix-huit ans, Joseph Rouletabille, qui fut le seul à découvrir, sous les traits du célèbre agent de la Sûreté Frédéric Larsan, Ballmeyer lui-même !... La mort accidentelle et, nous pouvons le dire, providentielle du misérable, avait semblé devoir mettre un terme à tant d'événements dramatiques et elle ne fut point – avouons-le – l'une des moindres causes de la guérison rapide de Mathilde Stangerson, dont la raison avait été fortement ébranlée par les mystérieuses horreurs du Glandier.

– Voyez-vous, mon cher ami, disait Me Henri-Robert à Me André Hesse, dont les yeux inquiets faisaient le tour de l'église, – voyez-vous, dans la vie, il faut être décidément optimiste. Tout s'arrange ! même les malheurs de Mlle Stangerson... Mais qu'avez-vous à regarder tout le temps ainsi derrière vous ? Qui cherchez-vous ?... Vous attendez quelqu'un ?

– Oui, répondit Me André Hesse... J'attends Frédéric Larsan !

Me Henri-Robert rit autant que la sainteté du lieu lui permettait de rire ; mais moi je ne ris point, car je n'étais pas loin de penser comme Me Hesse. Certes ! j'étais à cent lieues de prévoir l'effroyable aventure qui nous menaçait ; mais, quand je me reporte à cette époque et que je fais abstraction de tout ce que j'ai appris depuis – ce à quoi, du reste, je m'appliquerai honnêtement au cours de ce récit, ne laissant apparaître la vérité qu'au fur et à mesure qu'elle nous fut distribuée à nous-mêmes, – je me rappelle fort bien le curieux émoi qui m'agitait alors à la pensée de Larsan.

– Allons, Sainclair ! fit Me Henri-Robert qui s'était aperçu de mon attitude singulière, vous voyez bien que Hesse plaisante...

– Je n'en sais rien, répondis-je.

Et voilà que je regardai attentivement autour de moi, comme l'avait fait Me André Hesse. En vérité, on avait cru Larsan mort si souvent quand il s'appelait Ballmeyer, qu'il pouvait bien ressusciter une fois de plus à l'état de Larsan.

– Tenez ! voici Rouletabille, dit Me Henri-Robert. Je parie qu'il est plus rassuré que vous.

– Oh ! oh ! il est bien pâle ! fit remarquer Me André Hesse.

Le jeune reporter s'avançait vers nous. Il nous serra la main assez distraitement.

– Bonjour, Sainclair ; bonjour, messieurs... Je ne suis pas en retard ?

Il me sembla que sa voix tremblait... Il s'éloigna tout de suite, s'isola dans un coin, et je le vis s'agenouiller sur un prie-Dieu comme un enfant. Il se cacha le visage, qu'il avait en effet fort pâle, dans les mains, et pria.

Je ne savais point que Rouletabille fût pieux et son ardente prière m'étonna. Quand il releva la tête, ses yeux étaient pleins de larmes. Il ne les cachait pas ; il ne se préoccupait nullement de ce qui se passait autour de lui ; il était tout entier à sa prière et peut-être à son chagrin. Quel chagrin ? Ne devait-il pas être heureux d'assister à une union désirée de tous ?... Le bonheur de Robert Darzac et de Mathilde Stangerson n'était-il point son œuvre ?... Après tout, c'était peut-être de bonheur que pleurait le jeune homme. Il se releva et alla se dissimuler dans la nuit d'un pilier. Je n'eus garde de l'y suivre, car je voyais bien qu'il désirait rester seul.

Et puis c'était le moment où Mathilde Stangerson faisait son entrée dans l'église, au bras de son père. Robert Darzac marchait derrière eux. Comme ils étaient changés tous les trois ! Ah ! le drame du Glandier avait passé bien douloureusement sur ces trois êtres ! Mais, chose extraordinaire, Mathilde Stangerson n'en paraissait que plus belle encore. Certes, ce n'était plus cette magnifique personne, ce marbre vivant, cette antique divinité, cette froide beauté païenne qui suscitait, sur ses pas, dans les fêtes officielles de la Troisième République, auxquelles la situation en vue de son père la forçait d'assister, un discret murmure d'admiration extasiée ; il semblait, au contraire, que la fatalité, en lui faisant expier si tard une imprudence commise si jeune, ne l'avait précipitée dans une crise momentanée de désespoir et de folie que pour lui faire quitter ce masque de pierre derrière lequel se cachait l'âme la plus délicate et la plus tendre. Et c'est cette âme, encore inconnue, qui rayonnait ce jour-là, me semblait-il, du plus suave et du plus charmant éclat, sur le pur ovale de son visage, dans ses yeux pleins d'une tristesse heureuse, sur son front poli comme l'ivoire, où se lisait l'amour de tout ce qui était beau et de tout ce qui était bon.

Quant à sa toilette, j'avouerai sottement que je ne me la rappelle plus et qu'il me serait impossible de dire même la couleur de sa robe. Mais ce dont je me souviens, par exemple, c'est de l'expression étrange que prit soudain son regard en ne découvrant point parmi nous celui qu'elle cherchait. Elle ne parut redevenir tout à fait calme et maîtresse d'elle-même que lorsqu'elle eut enfin aperçu Rouletabille derrière son pilier. Elle lui sourit et nous sourit aussi, à notre tour.

– Elle a encore ses yeux de *folle* !

Je me retournai vivement pour voir qui avait prononcé cette phrase abominable. C'était un pauvre sire, que Robert Darzac, dans sa bonté, avait fait nommer aide de laboratoire, chez lui, à la Sorbonne. Il se nommait Brignolles et était vaguement cousin du marié. Nous ne connaissions point d'autre parent à M. Darzac, dont la famille était originaire du Midi. Depuis longtemps, M. Darzac avait perdu son père et sa mère ; il n'avait ni frère ni sœur et semblait avoir rompu toute relation avec son pays, d'où il n'avait rapporté qu'un ardent désir de réussir, une faculté de travail exceptionnelle, une intelligence solide et un besoin naturel d'affection et de dévouement qui avait trouvé avidement l'occasion de se satisfaire auprès du professeur Stangerson et de sa fille. Il avait aussi rapporté de la Provence, son pays natal, un doux accent qui avait fait d'abord sourire ses élèves de la Sorbonne, mais que ceux-ci avaient aimé bientôt comme une musique agréable et discrète qui atténuait un peu l'aridité nécessaire des cours de leur jeune maître, déjà célèbre.

Un beau matin du printemps précédent, il y avait par conséquent un an environ de cela, Robert Darzac leur avait présenté Brignolles. Il venait tout droit d'Aix où il avait été préparateur de physique et où il avait dû commettre quelque faute disciplinaire qui l'avait jeté tout à coup sur le pavé ; mais il s'était souvenu à temps qu'il était parent de M. Darzac, avait pris le train pour Paris et avait su si bien attendrir le fiancé de Mathilde Stangerson que celui-ci, le prenant en pitié, avait trouvé le moyen de l'associer à ses travaux. A ce moment, la santé de Robert Darzac était loin d'être florissante. Elle subissait le contrecoup des formidables émotions qui l'avaient assaillie au Glandier et en cour d'assises ; mais on eût pu croire que la guérison, désormais assurée, de Mathilde, et que la perspective de leur prochain hymen auraient la plus heureuse influence sur l'état moral et, par contrecoup, sur l'état physique du professeur. Or, nous remarquâmes tous au contraire que, du jour où il s'adjoignit ce Brignolles, dont le concours devait lui être, disait-il, d'un précieux soulagement, la faiblesse de M. Darzac ne fit qu'augmenter. Enfin, nous constatâmes aussi que Brignolles ne portait pas chance, car deux fâcheux accidents se produisirent coup sur coup au cours d'expériences qui semblaient cependant ne devoir présenter aucun danger : le premier résultat de l'éclatement inopiné d'un tube de Gessler dont les débris eussent pu dangereusement blesser M. Darzac et qui ne blessa que Brignolles, lequel en conservait encore aux mains quelques cicatrices. Le second, qui aurait pu être extrêmement grave, arriva à la suite de l'explosion stupide d'une petite lampe à essence, au-dessus de laquelle M. Darzac était justement penché. La flamme faillit lui brûler la figure ; heureusement, il n'en fut rien, mais elle lui flamba les cils et lui occasionna, pendant quelque temps, des troubles de la vue, si bien qu'il ne pouvait plus supporter que difficilement la pleine lumière du soleil.

Depuis les mystères du Glandier, j'étais dans un état

d'esprit tel que je me trouvais tout disposé à considérer comme peu naturels les événements les plus simples. Lors de ce dernier accident, j'étais présent, étant venu chercher M. Darzac à la Sorbonne. Je conduisis moi-même notre ami chez un pharmacien et de là chez un docteur, et je priai assez sèchement Brignolles, qui manifestait le désir de nous accompagner, de rester à son poste. En chemin, M. Darzac me demanda pourquoi j'avais ainsi bousculé ce pauvre Brignolles ; je lui répondis que j'en voulais à ce garçon d'une façon générale parce que ses manières ne me plaisaient point, et d'une façon particulière, ce jour-là parce que j'estimais qu'il fallait le rendre responsable de l'accident. M. Darzac voulut en connaître la raison ; mais je ne sus que répondre et il se mit à rire. M. Darzac finit de rire cependant lorsque le docteur lui eut dit qu'il aurait pu perdre la vue et que c'était miracle qu'il en fût quitte à si bon compte.

L'inquiétude que me causait Brignolles était, sans doute, ridicule, et les accidents ne se reproduisirent plus. Tout de même, j'étais si extraordinairement prévenu contre lui que, dans le fond de moi-même, je ne lui pardonnais pas que la santé de M. Darzac ne s'améliorât point. Au début de l'hiver, M. Darzac toussa, si bien que je le suppliai, et que nous le suppliâmes tous, de demander un congé et de s'aller reposer dans le Midi. Les docteurs lui conseillèrent San Remo. Il y fut, et huit jours après, il nous écrivait qu'il se sentait beaucoup mieux ; il lui semblait qu'on lui avait, depuis qu'il était arrivé dans ce pays, enlevé *un poids de dessus la poitrine !*.. « Je respire !... je respire !... nous disait-il. Quand je suis parti de Paris, j'étouffais ! » Cette lettre de M. Darzac me donna beaucoup à réfléchir et je n'hésitai point à faire part de mes réflexions à Rouletabille. Or celui-ci voulut bien s'étonner avec moi de ce que M. Darzac était si mal quand il se trouvait auprès de Brignolles, et si bien quand il en était éloigné... Cette impression était si forte chez moi, tout particulièrement, que je n'eusse point permis à Brignolles de s'absenter. Ma foi non ! S'il avait quitté

Paris, j'aurais été capable de le suivre ! Mais il ne s'en alla point ; au contraire. Les Stangerson ne l'eurent jamais plus près d'eux. Sous prétexte de demander des nouvelles de M. Darzac, il était tout le temps fourré chez M. Stangerson. Il parvint une fois à voir Mlle Stangerson, mais j'avais fait à la fiancée de M. Darzac un tel portrait du préparateur de physique, que je réussis à l'en dégoûter pour toujours, ce dont je me félicitai dans mon for intérieur.

M. Darzac resta quatre mois à San Remo et nous revint presque entièrement rétabli. Ses yeux, cependant, étaient encore faibles et il était dans la nécessité d'en prendre le plus grand soin. Rouletabille et moi avions décidé de surveiller le Brignolles, mais nous fûmes satisfaits d'apprendre que le mariage allait avoir lieu presque aussitôt et que M. Darzac emmènerait sa femme, dans un long voyage, loin de Paris et... loin de Brignolles.

A son retour de San Remo, M. Darzac m'avait demandé :

– Eh bien, où en êtes-vous avec ce pauvre Brignolles ? Êtes-vous revenu sur son compte ?

– Ma foi non ! avais-je répondu.

Et il s'était encore moqué de moi, m'envoyant quelques-unes de ces plaisanteries provençales qu'il affectionnait quand les événements lui permettaient d'être gai, et qui avaient retrouvé dans sa bouche une saveur nouvelle depuis que son séjour dans le Midi avait rendu à son accent toute sa belle couleur initiale.

Il était heureux ! Mais nous ne pûmes avoir une idée véritable de son bonheur – car, entre son retour et son mariage, nous eûmes peu d'occasions de le voir – que sur le seuil même de cette église où il nous apparut comme transformé. Il redressait avec un orgueil bien compréhensible sa taille légèrement voûtée. Le bonheur le faisait plus grand et plus beau !

– C'est le cas de dire qu'il est à la noce, le patron ! ricana Brignolles.

Je m'éloignai de cet homme qui me répugnait et m'avançai jusque dans le dos de ce pauvre M. Stangerson, qui resta, lui, les bras croisés toute la cérémonie, sans rien voir, sans rien entendre. On dut lui frapper sur l'épaule, quand tout fut fini, pour le tirer de son rêve.

Quand on passa à la sacristie, Me André Hesse poussa un profond soupir.

– Ça y est ! fit-il. Je respire...

– Pourquoi ne respiriez-vous donc pas, mon ami ? demanda Me Henri-Robert.

Alors Me André Hesse avoua qu'il avait redouté jusqu'à la dernière minute l'arrivée du mort...

– Que voulez-vous ! répliqua-t-il à son confrère qui se moquait, je ne puis me faire à cette idée que Frédéric Larsan consente à être mort pour de bon !...

Nous nous trouvions tous maintenant – une dizaine de personnes au plus – dans la sacristie. Les témoins signaient sur les registres et les autres félicitaient gentiment les nouveaux mariés. Cette sacristie est encore plus sombre que l'église et j'aurais pu penser que je devais à cette obscurité de ne point apercevoir, en un pareil moment, Joseph Rouletabille, si la pièce n'avait été si petite. De toute évidence, il n'était point là. Qu'est-ce que cela signifiait ? Mathilde l'avait déjà réclamé deux fois et M. Robert Darzac me pria de l'aller chercher, ce que je fis ; mais je rentrai dans la sacristie sans lui ; je ne l'avais pas trouvé.

– Voilà qui est bizarre, fit M. Darzac, et tout à fait inexplicable. Êtes-vous bien sûr d'avoir regardé partout ? Il sera dans quelque coin, à rêver.

– Je l'ai cherché partout et je l'ai appelé, répliquai-je.

Mais M. Darzac ne s'en tint point à ce que je lui disais. Il voulut faire lui-même le tour de l'église. Tout de même, il fut plus heureux que moi, car il apprit d'un mendiant qui se tenait sous le porche avec sa timbale qu'un jeune homme qui ne pouvait être, en effet, que Rouletabille, était sorti de l'église quelques minutes auparavant et s'était éloigné dans un fiacre. Quand il rapporta cette nouvelle à sa femme, celle-ci en parut peinée au-delà de toute expression. Elle m'appela et me dit :

Mr-Stangerson, Robert Darzac et Mathilde –

– Mon cher monsieur Sainclair, vous savez que nous prenons le train dans deux heures à la gare de Lyon ; cherchez-moi notre petit ami et amenez-le-moi, et dites-lui que sa conduite inexplicable m'inquiète beaucoup..

– Comptez sur moi..., fis-je.

Et je me mis à la chasse de Rouletabille sur-le-champ. Mais je revins bredouille à la gare de Lyon. Ni chez lui, ni au journal, ni au café du Barreau où les nécessités de son métier le forçaient souvent de se trouver à cette heure du jour, je ne pus mettre la main sur lui. Aucun de ses camarades ne put me dire où j'aurais quelque chance de le rencontrer. Je vous laisse à penser combien tristement je fus accueilli sur le quai de la gare. M. Darzac était navré ; mais, comme il avait à s'occuper de l'installation des voyageurs, car le professeur Stangerson, qui se rendait à Menton, chez les Rance, accompagnait les nouveaux mariés jusqu'à Dijon, cependant que ceux-ci continuaient leur voyage par Culoz et le Mont-Cenis, il me pria d'annoncer cette mauvaise nouvelle à sa femme. Je fis la triste commission en ajoutant que Rouletabille viendrait sans doute avant le départ du train. Aux premiers mots que je lui dis de cela, Mathilde se prit à pleurer doucement et elle secoua la tête :

– Non ! Non !... c'est fini !... Il ne viendra plus !...

Et elle monta dans son wagon...

C'est alors que l'insupportable Brignolles, voyant l'émoi de la nouvelle mariée, ne put s'empêcher de répéter encore à Me André Hesse, qui, du reste, le fit taire fort malhonnêtement, comme il le méritait : « Regardez donc ! Regardez donc ! .. je vous dis qu'elle a encore ses yeux de folle !... Ah ! Robert a eu tort... il aurait mieux fait d'attendre ! » Je vois encore Brignolles disant cela, et je me rappelle le sentiment d'horreur que, dans le moment même, il m'inspira. Il ne faisait point de doute pour moi depuis longtemps que ce Brignolles était un méchant homme, et surtout un jaloux, et qu'il ne pardonnait point à son parent le service que celui-ci lui avait rendu en le casant dans un poste tout à fait subalterne. Il avait la mine jaune et les traits longs, tirés de haut en bas.

Tout en lui paraissait amertume, et tout en lui était long. Il avait une longue taille, de longs bras, de longues jambes et une longue tête. Cependant, à cette règle de longueur, il fallait faire une exception pour les pieds et pour les mains. Il avait les extrémités petites et presque élégantes. Ayant été si brusquement morigéné pour ses méchants propos par le jeune avocat, Brignolles en conçut une immédiate rancune et quitta la gare après avoir présenté ses civilités aux époux. Du moins je crus qu'il quitta la gare, car je ne le vis plus.

Nous avions encore trois minutes avant le départ du train. Nous espérions encore en l'arrivée de Rouletabille, et nous examinions tous le quai, pensant voir enfin surgir dans la troupe hâtive des voyageurs en retard la figure sympathique de notre jeune ami. Comment se faisait-il qu'il n'apparût point, selon sa coutume et sa manière, bousculant tout et tous, ne se préoccupant point des protestations et des cris qui signalaient ordinairement son passage dans une foule où il se montrait toujours plus pressé que les autres ? Que faisait-il ?... Déjà on fermait les portières ; on en entendait le claquement brutal... et puis ce furent les brèves invitations des employés... « En voiture ! Messieurs !... en voiture !... » quelques galopades dernières,... le coup de sifflet aigu qui commandait le départ,... puis la clameur enrouée de la locomotive, et le convoi se mit en marche... Mais pas de Rouletabille !... Nous en étions si tristes et, aussi, tellement étonnés, que nous restions sur le quai à regarder Mme Darzac sans penser à lui faire entendre nos souhaits de bon voyage. La fille du professeur Stangerson jeta un long regard sur le quai et, dans le moment que le train commençait à accélérer sa marche, sûre désormais qu'elle ne verrait plus, avant son départ, son petit ami, elle me tendit une enveloppe, par la portière...

– Pour lui ! fit-elle...

Et elle ajouta, soudain, avec une figure envahie d'un si subit effroi, et sur un ton si étrange que je ne pus m'empêcher de songer aux néfastes réflexions de Brignolles :

– Au revoir, mes amis !... *ou adieu !*

II

Où il est question de l'humeur changeante de Joseph Rouletabille

En revenant, seul, de la gare, je ne pus que m'étonner de la singulière tristesse qui m'avait envahi, sans que j'en pusse démêler précisément la cause. Depuis le procès de Versailles, aux péripéties duquel j'avais été si intimement mêlé, j'avais lié tout à fait amitié avec le professeur Stangerson, sa fille et Robert Darzac. J'aurais dû être particulièrement heureux d'un événement qui semblait satisfaire tout le monde. Je pensai que l'extraordinaire absence du jeune reporter devait être pour quelque chose dans cette sorte de prostration. Rouletabille avait été traité par les Stangerson et M. Darzac comme un sauveur. Et, surtout, depuis que Mathilde était sortie de la maison de santé où le désarroi de son esprit avait nécessité pendant plusieurs mois des soins assidus, depuis que la fille de l'illustre professeur avait pu se rendre compte du rôle extraordinaire joué par cet enfant dans un drame où, sans lui, elle eût inévitablement sombré avec tous ceux qu'elle aimait, depuis qu'elle avait lu avec toute sa raison, enfin recouvrée, le compte rendu sténographié des débats où Rouletabille apparaissait comme un petit héros miraculeux, il n'était point d'attentions quasi maternelles dont elle n'eût entouré mon ami. Elle s'était intéressée à tout ce qui le touchait, elle avait excité ses confidences, elle avait voulu en savoir sur Rouletabille plus que je n'en savais et plus peut-être qu'il n'en savait lui-même. Elle avait montré une curiosité discrète mais continue relativement à une origine que nous ignorions tous et sur laquelle le jeune homme avait continué de se taire avec une sorte de farouche orgueil. Très sensible à la tendre amitié que lui témoignait la pauvre femme, Rouletabille n'en conservait pas moins une extrême réserve et affectait, dans ses rapports avec elle, une politesse émue qui m'étonnait toujours de la part d'un garçon que j'avais connu si primesautier, si exubérant, si entier dans ses sympathies ou dans ses aversions. Plus d'une fois, je lui en avais fait la remarque, et il m'avait toujours répondu d'une façon évasive en faisant grand étalage, cependant, de ses sentiments dévoués pour une personne qu'il estimait, disait-il, plus que tout au monde, et pour laquelle il eût été prêt à tout sacrifier si le sort ou la fortune lui avaient donné l'occasion de sacrifier quelque chose pour quelqu'un. Il avait aussi des moments d'une incompréhensible humeur. Par exemple, après s'être fait, devant moi, une fête d'aller passer une grande journée de repos chez les Stangerson qui avaient loué pour la belle saison – car ils ne voulaient plus habiter le Glandier – une jolie petite propriété sur les bords de la Marne, à Chennevières, et après avoir montré, à la perspective d'un si heureux congé, une joie enfantine, il lui arrivait de se refuser, tout à coup, sans aucune raison apparente, à m'accompagner. Et je devais partir seul, le laissant dans la petite chambre qu'il avait conservée au coin du boulevard Saint-Michel et de la rue Monsieur-le-Prince. Je lui en voulais de toute la peine qu'il causait ainsi à cette bonne Mlle Stangerson. Un dimanche, celle-ci outrée de l'attitude de mon ami, résolut d'aller le surprendre avec moi dans sa retraite du quartier Latin.

Quand nous arrivâmes chez lui, Rouletabille, qui avait répondu par un énergique : « Entrez ! » au coup que j'avais frappé à sa porte, Rouletabille, qui travaillait à sa petite table, se leva en nous apercevant et devint si pâle... si pâle que nous crûmes qu'il allait défaillir.

– Mon Dieu ! s'écria Mathilde Stangerson en se précipitant vers lui.

Mais, plus prompt qu'elle encore, avant qu'elle ne fût arrivée à la table où il s'appuyait, il avait jeté sur les papiers qui s'y trouvaient éparpillés une serviette de maroquin qui les dissimula entièrement.

Mathilde avait vu, naturellement, le geste. Elle s'arrêta, toute surprise.

– Nous vous dérangeons ? fit-elle sur un ton de doux reproche.

– Non, répondit-il, j'ai fini de travailler. Je vous montrerai ça plus tard. C'est un chef-d'œuvre, une pièce en cinq actes dont je n'arrive pas à trouver le dénouement.

Et il sourit. Bientôt il redevint tout à fait maître de lui et nous dit cent drôleries en nous remerciant d'être venus le troubler dans sa solitude. Il voulut absolument nous inviter à dîner et nous allâmes tous trois manger dans un restaurant du quartier Latin, chez Foyot. Quelle bonne soirée ! Rouletabille avait téléphoné à Robert Darzac qui vint nous rejoindre au dessert. A cette époque M. Darzac n'était point trop souffrant et l'étonnant Brignolles n'avait pas encore fait son apparition dans la capitale. On s'amusa comme des enfants. Ce soir d'été était si beau et si doux dans le Luxembourg solitaire.

Avant de quitter Mlle Stangerson, Rouletabille lui demanda pardon de l'humeur bizarre qu'il montrait quelquefois et s'accusa d'avoir, au fond, un très méchant caractère. Mathilde l'embrassa et Robert Darzac aussi l'embrassa. Et il en fut si ému que, durant le temps que je le reconduisis jusqu'à sa porte, il ne me dit point un mot ; mais au moment de nous séparer, il me serra la main comme jamais encore il ne l'avait fait. Drôle de petit bonhomme !... Ah ! si j'avais su !... Comme je me reproche maintenant de l'avoir, par instants, à cette époque, jugé avec un peu trop d'impatience...

Ainsi triste, triste, assailli de pressentiments que j'essayais en vain de chasser, je revenais de la gare de Lyon, me remémorant les innombrables fantaisies, bizarreries, et quelquefois douloureux caprices de Rouletabille au cours de ces deux dernières années, mais rien, cependant, rien de tout cela ne pouvait me faire prévoir ce qui venait de se passer, et encore moins me l'expliquer. Où était Rouletabille ? Je m'en fus à son hôtel, boulevard Saint-Michel, me disant que si, là encore, je ne le trouvais pas, je pourrais, au moins, laisser la lettre de

Mme Darzac. Quelle ne fut pas ma stupéfaction en entrant dans l'hôtel d'y trouver mon domestique portant ma valise ! Je le priai de m'expliquer ce que cela signifiait, et il me répondit qu'il n'en savait rien : qu'il fallait le demander à M. Rouletabille.

Celui-ci, en effet, pendant que je cherchais partout, excepté, naturellement, chez moi, s'était rendu à mon domicile, rue de Rivoli, s'était fait conduire dans ma chambre par mon domestique, lui avait fait apporter une valise et avait soigneusement rempli cette valise de tout le linge nécessaire à un honnête homme qui se dispose à partir en voyage pour quatre ou cinq jours. Puis, il avait ordonné à mon godiche de transporter ce petit bagage, une heure plus tard, à son hôtel du Boul' Mich'. Je ne fis qu'un bond jusqu'à la chambre de mon ami où je le trouvai en train d'empiler méticuleusement dans un sac de nuit des objets de toilette, du linge de jour et une chemise de nuit. Tant que cette besogne ne fut point terminée, je ne pus rien tirer de Rouletabille, car, dans les petites choses de la vie courante il était volontiers maniaque et, en dépit de la modestie de ses ressources, tenait à vivre fort correctement, ayant l'horreur de tout ce qui touchait de près ou de loin à la bohème. Il daigna enfin m'annoncer que « nous allions prendre nos vacances de Pâques », et que, puisque j'étais libre et que son journal *L'Époque* lui accordait un congé de trois jours, nous ne pouvions mieux faire que d'aller nous reposer « au bord de la mer ». Je ne lui répondis même pas, tant j'étais furieux de la façon dont il venait de se conduire, et aussi tant je trouvais stupide cette proposition d'aller contempler l'Océan ou la Manche par un de ces temps abominables de printemps qui, tous les ans, pendant deux ou trois semaines, nous font regretter l'hiver. Mais il ne s'émut pas outre mesure de mon silence, et, prenant ma valise d'une main, son sac de l'autre, me poussant dans l'escalier, il me fit bientôt monter dans un fiacre qui nous attendait devant la porte de l'hôtel. Une demi-heure plus tard, nous nous trouvions tous deux dans un compartiment de première classe de la ligne du Nord, qui roulait vers Le Tréport, par Amiens. Comme nous entrions en gare de Creil, il me dit :

– Pourquoi ne me donnez-vous pas la lettre que l'on vous a remise pour moi ?

Je le regardai. Il avait deviné que Mme Darzac aurait une grande peine de ne l'avoir point vu au moment de son départ et qu'elle lui écrirait. Ça n'était pas bien malin. Je lui répondis :

– Parce que vous ne le méritez pas.

Et je lui fis d'amers reproches auxquels il ne prit point garde. Il n'essaya même pas de se disculper, ce qui me mit plus en colère que tout. Enfin, je lui donnai la lettre. Il la prit, la regarda, en respira le doux parfum. Comme je le considérais avec curiosité, il fronça les sourcils, dissimulant, sous cette mine rébarbative, une émotion souveraine. Mais il ne put finalement me la cacher qu'en s'appuyant le front à la vitre et en s'absorbant dans une étude approfondie du paysage.

– Eh bien, lui demandai-je, vous ne la lisez pas ?

– Non, me répondit-il, pas ici !... mais là-bas !...

Nous arrivâmes au Tréport en pleine nuit noire, après six heures d'un interminable voyage et par un temps de chien. Le vent de mer nous glaçait et balayait le quai désert. Nous ne rencontrâmes qu'un douanier enfermé dans sa capote et dans son capuchon et qui faisait les cent pas sur le pont du canal. Pas une voiture, naturellement. Quelques papillons de gaz, tremblotant dans leur cage de verre, reflétaient leur éclat falot dans de larges flaques de pluie où nous pataugions à l'envi, cependant que nous courbions le front sous la rafale. On entendait au loin le bruit que faisaient, en claquant sur les dalles sonores, les petits sabots de bois d'une Tréportaise attardée. Si nous ne tombâmes point dans le grand trou noir de l'avant-port, c'est que nous fûmes avertis du danger par la fraîcheur salée qui montait de l'abîme et par la rumeur de la marée. Je maugréais derrière Rouletabille qui nous dirigeait assez difficilement dans cette obscurité humide. Cependant il devait connaître l'endroit, car nous arrivâmes tout de même, cahin-caha, odieusement giflés par l'embrun, à la porte de l'unique hôtel qui reste ouvert, pendant la mauvaise saison, sur la plage. Rouletabille demanda tout de suite à souper et du feu, car nous avions grand-faim et grand-froid.

– Ah çà ! dis-je, daignerez-vous me faire savoir ce que nous sommes venus chercher dans ce pays, en dehors des rhumatismes qui nous guettent et de la pleurésie qui nous menace ?

Car Rouletabille, dans le moment, toussait et ne parvenait point à se réchauffer.

– Oh ! fit-il, je vais vous le dire. Nous sommes venus chercher le *parfum de la Dame en noir !*

Cette phrase me donna si bien à réfléchir que je n'en dormis guère de la nuit. Dehors, le vent de mer ululait toujours, poussant sur la grève sa vaste plainte, puis s'engouffrant tout à coup dans les petites rues de la ville, comme dans des corridors. Je crus entendre remuer dans la chambre à côté, qui était celle de mon ami : je me levai et poussai sa porte. Malgré le froid, malgré le vent, il avait ouvert sa fenêtre, et je le vis distinctement qui envoyait des baisers à l'ombre. Il embrassait la nuit !

Je refermai la porte et revins me coucher discrètement. Le lendemain matin, je fus réveillé par un Rouletabille épouvanté. Sa figure marquait une angoisse extrême et il me tendait un télégramme qui lui venait de Bourg et qui lui avait été, sur l'ordre qu'il en avait donné, réexpédié de Paris. Voici la dépêche : « Venez immédiatement sans perdre une minute. Avons renoncé à notre voyage en Orient et allons rejoindre M. Stangerson à Menton, chez les Rance, aux Rochers Rouges. Que cette dépêche reste secrète entre nous. *Il ne faut effrayer personne.* Vous prétexterez auprès de nous congé, tout ce que vous voudrez, mais venez ! Télégraphiez-moi poste restante à Menton. Vite, vite, je vous attends. Votre désespéré, DARZAC. »

III

Le parfum

– Eh bien, m'écriai-je, en sautant de mon lit. Ça ne m'étonne pas !...

– Vous n'avez jamais cru à *sa* mort ? me demanda Rouletabille avec une émotion telle que je ne pouvais pas me l'expliquer, malgré l'horreur qui se dégageait de la situation, en admettant que nous dussions prendre à la lettre les termes du télégramme de M. Darzac.

– Pas trop, fis-je. Il avait tant besoin de passer pour mort qu'il a pu faire le sacrifice de quelques papiers, lors de la catastrophe de la *Dordogne*. Mais qu'avez-vous, mon ami ?... Vous paraissez d'une faiblesse extrême. Êtes-vous malade ?...

Rouletabille s'était laissé choir sur une chaise. C'est d'une voix presque tremblante qu'il me confia à son tour qu'il n'avait cru réellement à *sa* mort qu'une fois la cérémonie du mariage terminée. Il ne pouvait entrer dans l'esprit du jeune homme que Larsan eût laissé s'accomplir l'acte qui donnait Mathilde Stangerson à M. Darzac, s'il avait été encore vivant. Larsan n'avait qu'à se montrer pour empêcher le mariage, et, si dangereuse qu'eût été, pour lui, cette manifestation, il n'eût point hésité à se livrer, connaissant les sentiments religieux de la fille du professeur Stangerson, et sachant bien qu'elle n'eût jamais consenti à lier son sort à un autre homme, du vivant de son premier mari, se trouvât-elle même délivrée de celui-ci par la loi humaine ! En vain eût-on invoqué auprès d'elle la nullité de ce premier mariage au regard des lois françaises, il n'en restait pas moins qu'un prêtre avait fait d'elle la femme d'un misérable, pour toujours !

Et Rouletabille, essuyant la sueur qui coulait de son front, ajoutait :

– Hélas ! rappelez-vous, mon ami... Aux yeux de Larsan « le presbytère n'a rien perdu de son charme, ni le jardin de son éclat ! »

Je mis ma main sur la main de Rouletabille. Il avait la fièvre. Je voulus le calmer, mais il ne m'entendait pas.

– Et voilà qu'il aurait attendu *après* le mariage, quelques heures après le mariage, pour apparaître, s'écria-t-il. Car, pour moi, comme pour vous, Sainclair, n'est-ce pas ? la dépêche de M. Darzac ne signifierait rien si elle ne voulait pas dire que *l'autre est revenu.*

– Évidemment !... mais M. Darzac a pu se tromper !...

– Oh ! M. Darzac n'est pas un enfant qui a peur... Cependant, il faut espérer, il faut espérer, n'est-ce pas, Sainclair ? qu'il s'est trompé !... Non, non ! ça n'est pas possible, ce serait trop affreux !... trop affreux !... mon ami ! mon ami !... Oh ! Sainclair, ce serait trop terrible !...

Je n'avais jamais vu, même au moment des pires événements du Glandier, Rouletabille aussi agité. Il s'était levé, maintenant... Il marchait dans la chambre, déplaçait sans raison des objets, puis me regardait en répétant : « Trop terrible !... trop terrible ! »

Je lui fis remarquer qu'il n'était point raisonnable de se mettre dans un état pareil, à la suite d'une dépêche qui ne prouvait rien et pouvait être le résultat de quelque hallucination... Et puis, j'ajoutai que ce n'était pas dans le moment que nous allions sans doute avoir besoin de tout notre sang-froid, qu'il fallait nous laisser aller à de semblables épouvantes, inexcusables chez un garçon de sa trempe.

– Inexcusables !... Vraiment, Sainclair,... inexcusables !...

– Mais, enfin, mon cher... Vous me faites peur !... Que se passe-t-il ?

– Vous allez le savoir... La situation est horrible... Pourquoi n'est-il pas mort ?

– Et qu'est-ce qui vous dit, après tout, qu'il ne l'est pas ?

– C'est que, voyez-vous, Sainclair... Chut !... Taisez-vous... Taisez-vous, Sainclair !... C'est que, voyez-vous, *s'il est vivant, moi, j'aimerais autant être mort !*

– Fou ! Fou ! Fou ! c'est surtout s'il est vivant qu'il faut que vous soyez vivant, pour la défendre, *elle !*

– Oh ! oh ! c'est vrai ! ce que vous venez de dire là, Sainclair !... C'est très exactement vrai !... Merci, mon ami !... Vous avez dit le seul mot qui puisse me faire vivre : *« Elle ! »* Croyez-vous cela ! . Je ne pensais qu'à moi !... Je ne pensais qu'à moi !...

Et Rouletabille ricana, et, en vérité, j'eus peur, à mon tour, de le voir ricaner ainsi et je le priai, en le serrant dans mes bras, de bien vouloir me dire pourquoi il était si effrayé, pourquoi il parlait de sa mort à lui, pourquoi il ricanait ainsi...

– Comme à un ami, comme à ton meilleur ami, Rouletabille !... Parle, parle ! Soulage-toi !... Dis-moi ton secret ! dis-le-moi, puisqu'il t'étouffe !... Je t'ouvre mon cœur...

Rouletabille a posé sa main sur mon épaule... il m'a regardé jusqu'au fond des yeux, jusqu'au fond de mon cœur, et il m'a dit :

– Vous allez tout savoir, Sainclair, vous allez en savoir autant que moi, et vous allez être aussi effrayé que moi, mon ami, parce que vous êtes bon, et que je sais que vous m'aimez !

Là-dessus, comme je croyais qu'il allait s'attendrir, il se borna à demander l'indicateur des chemins de fer.

– Nous partons à une heure, me dit-il, il n'y a pas de train direct entre la ville d'Eu et Paris, l'hiver ; nous n'arriverons à Paris qu'à sept heures. Mais nous aurons grandement le temps de faire nos malles et de prendre à la gare de Lyon, le train de neuf heures pour Marseille et Menton.

Il ne me demandait même pas mon avis ; il m'emmenait à Menton comme il m'avait emmené au Tréport ; il savait bien que dans les conjonctures présentes je n'avais rien à lui refuser. Du reste, je le voyais dans un état si anormal que, n'eût-il point voulu de moi, je ne l'aurais pas quitté. Et puis, nous entrions en pleines vacations et mes affaires du Palais me laissaient toute liberté.

– Nous allons donc à la ville d'Eu ? demandai-je.

– Oui, nous prendrons le train là-bas. Il faut une demi-heure à peine pour aller en voiture du Tréport à Eu...

– Nous serons restés peu de temps dans ce pays, fis-je.

– Assez, je l'espère,... assez pour ce que je suis venu y chercher, hélas !...

Je pensai au parfum de la Dame en noir, et je me tus. Ne m'avait-il point dit que j'allais tout savoir. Il m'emmena sur la jetée. Le vent était encore violent et nous dûmes nous abriter derrière le phare. Il resta un instant songeur et ferma les yeux devant la mer.

– C'est ici, finit-il par dire, que je l'ai vue pour la dernière fois.

Il regarda le banc de pierre.

– Nous nous sommes assis là ; elle m'a serré sur son cœur. J'étais un tout petit enfant ; j'avais neuf ans. Elle m'a dit de rester là sur ce banc, et puis elle s'en est allée et je ne l'ai plus jamais revue... C'était le soir... un doux soir d'été, le soir de la distribution des prix... Oh ! elle n'avait pas assisté à la distribution, mais je savais qu'elle viendrait le soir,... un soir plein d'étoiles et si clair que j'ai espéré un instant distinguer son visage. Cependant, elle s'est couverte de son voile en poussant un soupir. Et puis elle est partie. Je ne l'ai plus jamais revue...

– Et vous, mon ami ?

– Moi ?

– Oui ; qu'avez-vous fait ? Vous êtes resté longtemps sur ce banc ?...

– J'aurais bien voulu... mais le cocher est venu me chercher et je suis rentré...

– Où ?

– Eh bien, mais... au collège...

– Il y a donc un collège au Tréport ?

– Non pas, mais il y en a un à Eu,... je suis rentré au collège d'Eu.

Il me fit signe de le suivre.

– Nous y allons, dit-il... Comment voulez-vous que je sache ici ?... Il y a eu trop de tempêtes !...

Une demi-heure plus tard nous étions à Eu. Au bas de la rue des Marronniers, notre voiture roula bruyamment sur les pavés durs de la grand-place froide et déserte, pendant que le cocher annonçait son arrivée en faisant claquer son fouet à tour de bras, remplissant la petite ville morte de la musique déchirante de sa lanière de cuir.

Bientôt, on entendit, par-dessus les toits, sonner une horloge – celle du collège, me dit Rouletabille – et tout se tut. Le cheval, la voiture, s'étaient immobilisés sur la place. Le cocher avait disparu dans un cabaret. Nous entrâmes dans l'ombre glacée de la haute église gothique qui bordait, d'un côté, la grand-place. Rouletabille jeta un coup d'œil sur le château dont on apercevait l'architecture de briques roses couronnées de vastes toits Louis XIII, façade morne qui semble pleurer ses princes exilés ; il considéra, mélancolique, le bâtiment carré de la mairie qui avançait vers nous la lance hostile de son drapeau sale, les maisons silencieuses, le café de Paris – le café de messieurs les officiers – la boutique du coiffeur celle du libraire. N'était-ce point là qu'il avait acheté ses premiers livres neufs, payés par la Dame en noir ?...

– Rien n'est changé !...

Un vieux chien, sans couleur, sur le seuil du libraire, allongeait son museau paresseux sur ses pattes gelées.

– C'est Cham ! fit Rouletabille. Oh ! je le reconnais bien !... C'est mon bon Cham !

Et il l'appela :

– Cham ! Cham !...

Le chien se souleva, tourné vers nous, ecoutant cette voix qui l'appelait. Il fit quelques pas difficiles, nous frôla, et retourna s'allonger sur son seuil, indifférent.

– Oh ! dit Rouletabille, c'est lui !... mais il ne me reconnaît plus...

Il m'entraîna dans une ruelle qui descendait une pente rapide, pavée de cailloux pointus. Il me tenait par la main et je sentais toujours sa fièvre. Nous nous arrêtâmes bientôt devant un petit temple de style jésuite qui dressait devant nous son porche orné de ces demi-cercles de pierre, sortes de « consoles renversées », qui sont le propre d'une architecture qui n'a contribué en rien à la gloire du XVIIe siècle. Ayant poussé une petite porte basse,

Rouletabille me fit entrer sous une voûte harmonieuse au fond de laquelle sont agenouillées, sur la pierre de leurs tombeaux vides, les magnifiques statues de marbre de Catherine de Clèves et de Guise le Balafré.

– La chapelle du collège, me dit tout bas le jeune homme.

Il n'y avait personne dans cette chapelle.

Nous l'avons traversée en hâte. Sur la gauche Rouletabille poussa très doucement un tambour qui donnait sur une sorte d'auvent.

– Allons, fit-il tout bas, tout va bien. Comme cela, nous serons entrés dans le collège et le concierge ne m'aura pas vu. Certainement il m'aurait reconnu !

– Quel mal y aurait-il à cela ?

Mais justement, un homme, tête nue, un trousseau de clefs à la main, passa devant l'auvent et Rouletabille se rejeta dans l'ombre.

– C'est le père Simon ! Ah ! comme il a vieilli ! Il n'a plus de cheveux. Attention !... c'est l'heure où il va balayer l'étude des petits... Tout le monde est en classe en ce moment... Oh ! nous allons être bien libres ! Il ne reste plus que la mère Simon dans sa loge, à moins qu'elle ne soit morte... En tout cas, d'ici elle ne nous verra pas... Mais attendons !... Voilà que le père Simon revient !...

Pourquoi Rouletabille tenait-il tant à se dissimuler ? Pourquoi ? Décidément, je ne savais rien de ce garçon que je croyais si bien connaître ! Chaque heure passée avec lui me réservait toujours une surprise. En attendant que le père Simon nous laissât le champ libre, Rouletabille et moi parvînmes à sortir de l'auvent sans être aperçus et, dissimulés dans le coin d'une petite cour-jardin, derrière des arbrisseaux, nous pouvions maintenant, penchés au-dessus d'une rampe de briques, contempler à l'aise, au-dessous de nous, les vastes cours et les bâtiments du collège que nous dominions de notre cachette. Rouletabille me serrait le bras comme s'il avait peur de tomber...

– Mon Dieu, fit-il la voix rauque... tout cela a été bouleversé ! On a démoli la vieille étude « où j'ai retrouvé le couteau », et le préau dans lequel « il avait caché l'argent » a été transporté plus loin... Mais les murs de la chapelle n'ont point changé de place, eux !... Regardez, Sainclair, penchez-vous ; cette porte qui donne dans les sous-sols de la chapelle, c'est la porte de la petite classe. Je l'ai franchie combien de fois, mon Dieu ! quand j'étais tout petit enfant... Mais jamais, jamais je ne sortais de là aussi joyeux, même aux heures des plus folles récréations, que lorsque le père Simon venait me chercher pour aller au parloir où m'attendait la Dame en noir !... Pourvu, mon Dieu ! qu'on n'ait point touché au parloir !...

Et il risqua un coup d'œil en arrière, avança la tête.

– Non ! Non !... Tenez, le voilà, le parloir !... à côté de la voûte... c'est la première porte à droite,... c'est là qu'elle venait,... c'est là,... nous allons y aller tout à l'heure, quand le père Simon sera descendu...

Et il claquait des dents...

– C'est fou, dit-il, je crois que je vais devenir fou... Qu'est-ce que vous voulez ! C'est plus fort que moi, n'est-ce pas ?... L'idée que je vais revoir le parloir... où elle m'attendait... Je ne vivais que dans l'espoir de la voir, et quand elle était partie, malgré que je lui promettais toujours d'être raisonnable, je tombais dans un si morne désespoir que, chaque fois, on craignait pour ma santé. On ne parvenait à me faire sortir de ma prostration qu'en m'affirmant que je ne la verrais plus si je tombais malade. Jusqu'à la visite suivante, je restais avec son souvenir et avec son parfum. N'ayant jamais pu distinctement voir son cher visage, et m'étant enivré jusqu'à en défaillir, lorsqu'elle me serrait dans ses bras, de son parfum, je vivais moins avec son image qu'avec son odeur. Les jours qui suivaient sa visite, je m'échappais de temps en temps, pendant les récréations, jusqu'au parloir, et, lorsque celui-ci était vide, comme aujourd'hui, j'aspirais, je respirais religieusement cet air qu'elle avait respiré, je faisais provision de cette atmosphère où elle avait un instant passé, et je sortais le cœur embaumé... C'était le plus délicat, le plus subtil et certainement le

La mystérieuse Dame en noir –

plus naturel, le plus doux parfum du monde et j'imaginais bien que je ne le rencontrerais plus jamais jusqu'à ce jour que je vous ai dit, Sainclair... vous vous rappelez... le jour de la réception à l'Élysée...

– Ce jour-là, mon ami, vous avez rencontré Mathilde Stangerson...

– C'est vrai !... répondit-il d'une voix tremblante...

... Ah ! si j'avais su à ce moment que la fille du professeur Stangerson, lors de son premier mariage en Amérique, avait eu un enfant, un fils qui aurait dû, s'il était vivant encore, avoir l'âge de Rouletabille, peut-être, après le voyage que mon ami avait fait là-bas et où il avait été certainement renseigné, peut-être eussé-je enfin compris son émotion, sa peine, le trouble étrange qu'il avait à prononcer ce nom de Mathilde Stangerson dans ce collège où venait autrefois la Dame en noir !

Il y eut un silence que j'osai troubler.

– Et vous n'avez jamais su pourquoi la Dame en noir n'était plus revenue ?

– Oh ! fit Rouletabille, je suis sûr que la Dame en noir est revenue... Mais c'est moi qui étais parti !...

– Qui est-ce qui était venu vous chercher ?

– Personne !... je m'étais sauvé !...

– Pourquoi ?... Pour la chercher ?

– Non ! Non !... pour la fuir !... pour la fuir, vous dis-je, Sainclair !... Mais elle est revenue !... je suis sûr qu'elle est revenue !...

– Elle a dû être désespérée de ne plus vous retrouver !...

Rouletabille leva les bras vers le ciel, secoua la tête.

– Est-ce que je sais ?... Peut-on savoir ?... Ah ! je suis bien malheureux !... Chut ! mon ami !... chut !... le père Simon... là... Il s'en va... enfin... Vite ! au parloir !...

Nous y fûmes en trois enjambées. C'était une pièce banale, assez grande, avec de pauvres rideaux blancs à ses fenêtres nues. Elle était meublée de six chaises de paille alignées contre les murailles, d'une glace au-dessus de la cheminée et d'une pendule. Il faisait là-dedans assez sombre.

En entrant dans cette pièce, Rouletabille se découvrit avec un de ces gestes de respect et de recueillement que l'on n'a, à l'ordinaire, qu'en pénétrant dans un endroit sacré. Il était devenu très rouge, s'avançait à petits pas, très embarrassé, roulant sa casquette de voyage entre ses doigts. Il se tourna vers moi et, tout bas, plus bas, plus bas encore qu'il ne m'avait parlé dans la chapelle...

– Oh ! Sainclair ! le voilà, le parloir !... Tenez, touchez mes mains, je brûle... je suis rouge, n'est-ce pas ?... j'étais toujours rouge quand j'entrais ici et que je savais que j'allais l'y trouver !... Certainement, j'ai couru... je suis essoufflé... je n'ai pas pu attendre, n'est-ce pas ?... Oh ! mon cœur, mon cœur qui bat comme quand j'étais tout petit... Tenez, j'arrivais ici... là, là !... à la porte, et puis je m'arrêtais, tout honteux... Mais j'apercevais son ombre noire dans le coin ; elle me tendait silencieusement les bras et je m'y jetais, et tout de suite, en nous embrassant, nous pleurions !... C'était bon ! C'était ma mère, Sainclair !... Oh ! ce n'est pas elle qui me l'a dit ; au contraire, elle, elle me disait que ma mère était morte et qu'elle était une amie de ma mère... Seulement, comme elle me disait aussi de l'appeler : « Maman ! » et qu'elle pleurait quand je l'embrassais, je sais bien que c'était ma mère... Tenez, elle s'asseyait toujours là, dans ce coin sombre, et elle venait à la tombée du jour, quand on n'avait pas encore allumé, dans le parloir... En arrivant, elle déposait, sur le rebord de cette fenêtre, un gros paquet blanc, entouré d'une ficelle rose. C'était une brioche. J'adore les brioches, Sainclair !...

Et Rouletabille ne put plus se retenir. Il s'accouda à la cheminée et il pleura, pleura... Quand il fut un peu soulagé, il releva la tête, me regarda et me sourit tristement. Et puis, il s'assit, très las. Je n'avais garde de lui adresser la parole. Je sentais si bien que ce n'était pas avec moi qu'il causait, mais avec ses souvenirs...

Je le vis qui sortait de sa poitrine la lettre que je lui avais remise et, les mains tremblantes, il la décacheta. Il la lut lentement. Soudain, sa main retomba, et il poussa un gémissement. Lui, tout à l'heure si rouge, était devenu si pâle,... si pâle qu'on eût dit que tout son sang s'était retiré de son cœur. Je fis un mouvement, mais son geste m'interdit de l'approcher. Et puis, il ferma les yeux.

J'aurais pu croire qu'il dormait. Je m'éloignai tout doucement alors, sur la pointe des pieds, comme on fait dans la chambre d'un malade. J'allai m'appuyer à une croisée qui donnait sur une petite cour habitée par un grand marronnier. Combien de temps restai-je là à considérer ce marronnier ? Est-ce que je sais !... Est-ce que je sais seulement ce que nous aurions répondu à quelqu'un de la maison qui fût entré dans le parloir, à ce moment ? Je songeais obscurément à l'étrange et mystérieuse destinée de mon ami... à cette femme qui était peut-être sa mère, et qui, peut-être, ne l'était pas !... Rouletabille était

alors si jeune... il avait tant besoin d'une mère qu'il s'en était peut-être, dans son imagination, donné une... Rouletabille !... Quel autre nom lui connaissions-nous ?... Joseph Joséphin. C'était sans doute sous ce nom-là qu'il avait fait ses premières études, ici... Joseph Joséphin, comme le disait le rédacteur en chef de *L'Époque :* « Ça n'est pas un nom, ça ! » Et, maintenant, qu'était-il venu faire ici ? Rechercher la trace d'un parfum !... Revivre un souvenir ?... une illusion ?...

Je me retournai au bruit qu'il fit. Il était debout ; il paraissait très calme ; il avait cette figure soudainement rasséréné de ceux qui viennent de remporter une grande victoire intérieure.

– Sainclair, il faut nous en aller, maintenant... Allons-nous-en, mon ami !... Allons-nous-en !...

Et il quitta le parloir sans même regarder derrière lui. Je le suivais.

Dans la rue déserte où nous parvînmes sans avoir été remarqués, je l'arrêtai et je lui demandai, anxieux :

– Eh bien, mon ami... Avez-vous retrouvé le parfum de la Dame en noir ?...

Certes ! il vit bien qu'il y avait dans ma question tout mon cœur, plein de l'ardent désir que cette visite aux lieux de son enfance lui rendît un peu la paix de l'âme.

– Oui, fit-il, très grave... Oui, Sainclair,... je l'ai retrouvé...

Et il me montra la lettre de la fille du professeur Stangerson.

Je le regardais, hébété, ne comprenant pas... puisque je ne savais pas... Alors, il me prit les deux mains et, les yeux dans les yeux, il me dit :

– Je vais vous confier un grand secret, Sainclair,... le secret de ma vie et peut-être, un jour, le secret de ma mort... Quoi qu'il arrive, il mourra avec vous et avec moi ! Mathilde Stangerson avait un enfant... un fils,... ce fils est mort, *est mort pour tous, excepté pour vous et pour moi !...*

Je reculai, frappé de stupeur, étourdi, sous une pareille révélation... Rouletabille, le fils de Mathilde Stangerson !... Et puis, tout à coup, j'eus un choc plus violent encore... Mais alors !... Mais alors !... Rouletabille était le fils de Larsan !

Oh !... Je comprenais, maintenant, toutes les hésitations de Rouletabille... Je comprenais pourquoi, ce matin, mon ami, dans la prescience de la vérité, disait : « Pourquoi n'est-il pas mort ? S'il est vivant, moi j'aimerais autant être mort ! »

Rouletabille lut certainement cette phrase dans mes yeux et il fit simplement un signe qui voulait dire : « C'est cela, Sainclair, maintenant, vous y êtes ! »

Puis il finit sa pensée tout haut :

– Silence !

Arrivés à Paris, nous nous sommes séparés pour nous retrouver à la gare. Là, Rouletabille me tendit une nouvelle dépêche qui venait de Valence et qui était signée du professeur Stangerson. En voici le texte : « M. Darzac me dit que vous avez quelques jours de congé. Nous serions tous très heureux si vous pouviez venir les passer parmi nous. Nous vous attendons aux Rochers Rouges chez M. Arthur Rance, qui sera enchanté de vous présenter à sa femme. Ma fille serait bien heureuse aussi de vous voir. Elle joint ses instances aux miennes. Amitiés. »

Enfin, alors que nous montions dans le train, le concierge de l'hôtel de Rouletabille se précipitait sur le quai et nous apportait une troisième dépêche. Elle venait, celle-là, de Menton, et elle était signée de Mathilde. Elle ne portait. que ces deux mots : « Au secours ! »

IV

En route

Maintenant, je sais tout. Rouletabille vient de me raconter son extraordinaire et aventureuse enfance, et je sais aussi pourquoi il ne redoute rien tant à cette heure que de voir Mme Darzac pénétrer le mystère qui les sépare. Je n'ose plus rien dire, rien conseiller à mon ami. Ah ! le malheureux pauvre gosse !... Quand il eut lu cette dépêche : *« Au secours ! »* il la porta à ses lèvres, et puis, me broyant la main, il dit : « Si j'arrive trop tard, *je nous vengerai !* » Ah ! l'énergie froide et sauvage de cela ! De temps en temps, un geste trop brusque trahit la passion de son âme, mais en général il est calme. Comme il est calme maintenant, affreusement !... Quelle résolution a-t-il donc prise dans le silence du parloir, alors qu'il se tenait immobile et les yeux clos dans le coin où s'asseyait la Dame en noir ?...

... Pendant que nous roulons vers Lyon et que Rouletabille rêve, étendu, tout habillé, sur sa couchette, je vous dirai donc comment et pourquoi l'enfant s'était échappé du collège d'Eu, et ce qu'il en advint.

Rouletabille s'était enfui du collège comme un voleur ! Il n'est point besoin de chercher d'autre expression, puisqu'il était bien accusé de vol ! Voici toute l'affaire : étant âgé de neuf ans, – il était déjà d'une intelligence extraordinaire précoce et porté à la résolution des problèmes les plus bizarres, les plus difficiles. D'une force de

logique surprenante, quasi incomparable à cause de sa simplicité et de l'unité sommaire de son raisonnement, il étonnait son professeur de mathématiques par son mode *philosophique* de travail. Il n'avait jamais pu apprendre sa table de multiplication et comptait sur ses doigts. Il faisait faire ordinairement ses opérations par ses camarades, comme on donne une vulgaire besogne à accomplir à un domestique... Mais, auparavant, il leur avait indiqué la marche du problème. Ignorant encore les principes de l'algèbre classique, il avait inventé pour son usage personnel une algèbre, faite de signes bizarres rappelant l'écriture cunéiforme, à l'aide de laquelle il marquait toutes les étapes de son raisonnement mathématique, et il était arrivé ainsi à inscrire des formules générales qu'il était le seul à comprendre. Son professeur le comparait avec orgueil à Pascal trouvant tout seul, en géométrie, les premières propositions d'Euclide. Il appliquait à la vie quotidienne cette admirable faculté de raisonner. Et cela, matériellement et normalement, c'est-à-dire, par exemple, qu'un acte ayant été commis, farce d'écolier, scandale, dénonciation ou rapportage, par un inconnu parmi dix personnages qu'il connaissait, il *dégageait* presque fatalement cet inconnu d'après les données morales qu'on lui avait fournies ou que ses observations personnelles lui avaient procurées. Ceci pour le moral ; et pour le matériel, rien ne lui semblait plus simple que de retrouver un objet caché ou perdu... ou dérobé... C'est là surtout qu'il déployait une invention merveilleuse, comme si la nature, dans son incroyable équilibre, après avoir créé un père qui était le mauvais génie du vol, avait voulu en faire naître un fils qui eût été le bon génie des volés.

Cette étrange aptitude, après lui avoir valu, en plusieurs circonstances amusantes, à propos d'objets chipés, quelques succès d'estime dans le personnel du collège, devait un jour lui être fatale. Il découvrit d'une façon si anormale une petite somme d'argent qui avait été volée au surveillant général, que nul ne voulut croire que cette découverte était uniquement due à son intelligence et à sa perspicacité. Cette hypothèse parut à tous de toute évidence, impossible ; et il finit bientôt, grâce à une malheureuse coïncidence d'heure et de lieu, par passer pour le voleur. On voulut lui faire avouer sa faute ; il s'en défendit avec une énergie indignée qui lui valut une punition sévère ; le principal fit une enquête où Joseph Joséphin fut desservi, avec la lâcheté coutumière aux enfants, par ses petits camarades. Certains se plaignirent qu'on leur dérobât depuis quelque temps des livres, des objets scolaires, et accusèrent formellement celui qu'ils voyaient déjà accablé. Le fait qu'on ne lui connaissait point de parents et qu'on ignorait « d'où il venait » lui fut, plus que jamais, dans ce petit monde, reproché comme un crime. Quand ils parlèrent de lui, ils dirent : « le voleur ». Il se battit et il eut le dessous, car il n'était point très fort. Il était désespéré. Il eût voulu mourir. Le principal, qui était le meilleur des hommes, persuadé malheureusement qu'il avait affaire à une petite nature vicieuse sur laquelle il fallait produire une impression profonde, en lui faisant comprendre toute l'horreur de son acte, imagina de lui dire que, s'il n'avouait point le vol, il ne le conserverait point plus longtemps, et qu'il était décidé, du reste, à écrire le jour même à la personne qui s'intéressait à lui, à Mme Darbel – c'était le nom qu'elle avait donné – pour qu'elle vînt le chercher. L'enfant ne répondit point et se laissa reconduire dans la petite chambre où il avait été confiné. Le lendemain, on l'y chercha en vain. Il s'était enfui. Il avait réfléchi que le principal à qui il avait été confié depuis les plus tendres années de son enfance – si bien qu'il ne se rappelait guère d'une façon un peu précise d'autre cadre à sa petite vie que celui du collège – s'était toujours montré bon pour lui et qu'il ne le traitait de la sorte que parce qu'il croyait à sa culpabilité. Il n'y avait donc point de raison pour que la Dame en noir ne crût point, elle aussi, qu'il avait volé. Passer pour un voleur auprès de la Dame en noir, plutôt la mort ! Et il s'était sauvé, en sautant, la nuit, pardessus le mur du jardin. Il avait couru tout de suite au canal dans lequel, en sanglotant, après une pensée suprême donnée à la Dame en noir, il s'était jeté. Heureusement, dans son désespoir, le pauvre enfant avait oublié qu'il savait nager.

Si j'ai rapporté assez longuement cet incident de l'enfance de Rouletabille, c'est que je suis sûr que, dans sa situation actuelle, on en comprendra toute l'importance. Alors qu'il ignorait qu'il était le fils de Larsan, Rouletabille ne pouvait déjà songer à ce triste épisode sans être déchiré par l'idée que la Dame en noir avait pu croire, en effet, qu'il était un voleur, mais depuis qu'il s'imaginait avoir la certitude – imagination trop fondée, hélas ! – du lien naturel et légal qui l'unissait à Larsan, quelle douleur, quelle peine infinie devait être la sienne ! Sa mère, en apprenant l'événement, avait dû penser que les criminels instincts du père revivraient dans le fils et peut-être... – et peut-être – idée plus cruelle que la mort elle-même, s'était-elle réjouie de sa mort !

Car il passa pour mort. On retrouva toutes les traces de sa fuite jusqu'au canal, et on repêcha son béret. En réalité, comment vécut-il ? De la façon la plus singulière. Au sortir de son bain et, bien décidé à fuir le pays, ce gamin, que l'on recherchait partout, dans le canal et hors du canal, imagina une façon bien originale de traverser toute la contrée sans être inquiété. Cependant, il n'avait pas lu *La Lettre volée.* Son génie le servit. Il raisonna, comme toujours. Il connaissait, pour les avoir entendu souvent raconter, ces histoires de gamins, petits diables et mauvaises têtes, qui se sauvaient de chez leurs parents pour courir les aventures, se cachant le jour dans les champs et dans les bois, marchant la nuit, et vite retrouvés d'ailleurs par les gendarmes ou forcés de revenir au logis parce qu'ils manquaient bientôt de tout et qu'ils n'osaient demander à manger au long de la route qu'ils suivaient et qui était trop surveillée. Notre petit Rouletabille, lui, dormit comme tout le monde, la nuit, et marcha au grand jour sans se cacher de personne. Seulement, après avoir fait sécher ses vêtements – on commençait à entrer heureusement dans la bonne saison et il n'eut point à souffrir du froid – il les mit en pièces. Il en fit des loques dont il se couvrit et, ostensiblement, il mendia, sale et déguenillé ; il tendait la main, affirmant aux passants que, s'il ne rapportait point des sous, ses parents le battraient. Et on le prenait pour quelque enfant de bohémiens dont il se trouvait toujours quelque voiture dans les environs. Bientôt ce fut l'époque des fraises des bois. Il en cueillit et en vendit dans de petits paniers de feuillages. Et il m'avoua que, s'il n'avait pas été travaillé par l'affreuse pensée que la Dame en noir pouvait croire qu'il était un voleur, il aurait conservé de cette période de sa vie le plus heureux souvenir. Son astuce et son naturel courage le servirent pendant toute cette expédition qui dura des mois. Où allait-il ? A Marseille ! C'était son idée.

Il avait vu, dans un livre de géographie, des vues du Midi, et jamais il n'avait regardé ces gravures sans pousser un soupir en songeant qu'il ne connaîtrait peut-être jamais ce pays enchanté. A force de vivre comme un bohémien, il fit la connaissance d'une petite caravane de romanichels qui suivait la même route que lui et qui se rendait aux Saintes-Maries-de-la-Mer – dans la Crau – pour élire leur roi. Il rendit à ces gens quelques services, sut leur plaire, et ceux-ci, qui n'ont point coutume de demander aux passants leurs papiers, ne voulurent point en savoir davantage. Ils pensèrent que, victime de mauvais traitements, l'enfant s'était enfui de quelque baraque de saltimbanques et ils le gardèrent avec eux. Ainsi parvint-il dans le Midi. Aux environs d'Arles, il les quitta et arriva enfin à Marseille. Là, ce fut le paradis,... un éternel été et... le port ! Le port était d'une ressource inépuisable pour les petits vauriens de la ville. Ce fut un trésor pour Rouletabille. Il y puisa, comme il lui plaisait, au fur et à mesure de ses besoins, qui n'étaient point grands. Par exemple, il se fit « pêcheur d'oranges ». C'est dans le moment qu'il exerçait cette lucrative profession qu'il fit connaissance, un beau matin, sur les quais, d'un journaliste de Paris, M. Gaston Leroux, et cette rencontre devait avoir par la suite une telle influence sur la destinée de Rouletabille que je ne crois point superflu de donner ici l'article où le rédacteur du *Matin* a rapporté cette mémorable entrevue :

Comme le soleil, perçant enfin un ciel de nuées, frappait de ses rayons obliques la robe d'or de Notre-Dame-de-la-Garde, je descendis vers les quais. Les grandes dalles en étaient humides encore, et, sous nos pas, nous renvoyaient notre image. Le peuple des matelots, des débardeurs et des portefaix, s'agitait autour des poutres venues des forêts du Nord, actionnait les poulies et tirait sur les câbles. Le vent âpre du large, se glissant sournoisement entre la tour Saint-Jean et le fort Saint-Nicolas, étalait sa rude caresse sur les eaux frissonnantes du Vieux-Port. Flanc à flanc, hanche à hanche, les petites barques se tendaient les bras où s'enroulait la voile latine, et dansaient en cadence. A côté d'elles, fatiguées des roulis lointains, lasses d'avoir tangué pendant des jours et des nuits sur des mers inconnues, les lourdes carènes reposaient pesamment, étirant vers les cieux en loques leurs grands mâts immobiles. Mon regard, à travers la forêt aérienne des vergues et des hunes, alla jusqu'à la tour qui atteste qu'il y a vingt-cinq siècles des enfants de l'antique Phocée jetèrent l'ancre sur cette côte heureuse, et qu'ils venaient des routes liquides d'Ionie. Puis mon attention retourna à la dalle des quais, et j'aperçus le petit pêcheur d'oranges.

Il était debout, cambré dans les lambeaux d'une jaquette qui lui battait les talons, nu-tête et pieds nus, la chevelure blonde et les yeux noirs ; et je crois bien qu'il avait neuf ans. Une corde passée en bretelle sur l'épaule soutenait à son côté un sac de toile. Son poing gauche était campé à la taille, et de la main droite il s'appuyait à un bâton, long trois fois comme lui, qui se terminait tout là-haut par une petite rondelle de liège. L'enfant était immobile et contemplatif. Alors je lui demandai ce qu'il faisait là. Il me répondit qu'il était pêcheur d'oranges.

Il paraissait très fier d'être pêcheur d'oranges et négligea de me demander des sous comme font les petits vauriens sur les ports. Je lui parlai encore ; mais cette fois, il garda le silence, car il considérait attentivement l'eau. Nous étions entre la fine taille du *Fides,* venu de Castellamare, et le beaupré d'un trois-mâts-goélette venu de Gênes. Plus loin, deux tartanes arrivées le matin des Baléares arrondissaient leurs ventres, et je vis que ces ventres étaient pleins d'oranges, car ils en perdaient de toutes parts. Les oranges nageaient sur les eaux ; la houle légère les portait vers nous à petites vagues. Mon pêcheur sauta dans un canot, courut à la proue, et, armé de son bâton couronné de liège, attendit. Puis il pêcha. Le liège de son bâton amena une orange, deux, trois, quatre. Elles disparurent dans le sac. Il en pêcha une cinquième, sauta sur le quai et ouvrit la pomme d'or. Il plongea son petit museau dans la pelure entrouverte et dévora.

– Bon appétit ! lui fis-je.

– Monsieur, me répondit-il, tout barbouillé de jus vermeil, moi, je n'aime que les fruits.

– Ça tombe bien, répliquai-je ; mais quand il n'y a pas d'oranges ?

– Je travaille au charbon.

Et sa menotte, s'étant engouffrée dans le sac, en sortit avec un énorme morceau de charbon.

Le jus de l'orange avait coulé sur la guenille de sa jaquette. Cette guenille avait une poche. Le petit sortit de la poche un mouchoir inénarrable et, soigneusement, essuya sa guenille. Puis il remit avec orgueil son mouchoir dans sa poche.

– Qu'est-ce que fait ton père ? demandai-je.

– Il est pauvre.

– Oui, mais qu'est-ce qu'il fait ?

Le pêcheur d'oranges eut un mouvement d'épaules.

– Il ne fait rien, puisqu'il est pauvre !

Mon questionnaire sur sa généalogie n'avait pas l'air de lui plaire.

Il fila le long du quai et je le suivis ; nous arrivâmes ainsi au « gardiennage », petit carré de mer où l'on tient en garde les petits yachts de plaisance, les petits bateaux bien propres d'acajou ciré, les petits navires d'une toilette irréprochable. Mon gamin les considérait d'un œil connaisseur et prenait à cette inspection un vif plaisir. Une embarcation jolie, toute sa voile dehors – elle n'en avait qu'une – accosta. Cette voile était immaculée, gonflait son albe triangle, éclatant dans le radieux soleil.

– Voilà du beau linge ! fit mon bonhomme.

Là-dessus, il marcha dans une flaque, et sa jaquette, qui décidément le préoccupait au-dessus de toutes choses, en fut tout éclaboussée. Quel désastre ! Il en aurait pleuré. Vite, il sortit son mouchoir et essuya, essuya, puis il me regarda d'un œil suppliant et me dit :

– Monsieur ! je ne suis pas sale par-derrière ?...

Je lui en donnai ma parole d'honneur. Alors, confiant, il remit encore une fois son mouchoir dans sa poche.

A quelques pas de là, sur le trottoir qui longe les vieilles maisons jaunes ou rouges ou bleues, les maisons dont les fenêtres étalent la lessive des chiffons multicolores, il y avait, derrière des tables, des marchandes de moules. Les petites tables étalaient les moules, un couteau rouillé, un flacon de vinaigre.

Comme nous arrivions devant les marchandes et que les moules étaient fraîches et tentantes, je dis au pêcheur d'oranges :

– Si tu n'aimais pas que les fruits, je pourrais t'offrir une douzaine de moules.

Ses yeux noirs brillaient de désir et nous nous mîmes, tous deux, à manger des moules. La marchande nous les ouvrait et nous dégustions. Elle voulut nous servir du vinaigre, mais mon compagnon l'arrêta d'un geste impérieux. Il ouvrit son sac, tâtonna, et sortit triomphalement un citron. Le citron, ayant voisiné avec le morceau de charbon, était passé au noir. Mais son propriétaire reprit son mouchoir et essuya. Puis il coupa le fruit et m'en offrit la moitié, mais j'aime les moules pour elles-mêmes et je le remerciai.

Après déjeuner, nous revînmes sur le quai. Le pêcheur d'oranges me demanda une cigarette qu'il alluma avec une allumette qu'il avait dans une autre poche de sa jaquette.

Alors, la cigarette aux lèvres, lançant vers le ciel des bouffées comme un homme, le bambin se campa sur une dalle au-dessus de l'eau, et le regard fixé tout là-haut sur Notre-Dame-de-la-Garde, il se mit dans la position du gamin célèbre qui fait le plus bel ornement de Bruxelles. Il ne perdait pas un pouce de sa taille, était très fier et semblait vouloir emplir le port.

Gaston LEROUX

Le surlendemain Joseph Joséphin retrouvait sur le port M. Gaston Leroux qui venait à lui le journal à la main. Le gamin lut l'article et le journaliste lui donna une belle pièce de cent sous. Rouletabille ne fit aucune difficulté pour l'accepter. Il trouva même ce don fort naturel. « Je prends votre pièce, dit-il à Gaston Leroux, à titre de collaborateur. » Avec ces cent sous, il s'acheta une magnifique boîte à cirer avec tous ses accessoires, et il alla s'installer en face de Brégaillon. Pendant deux ans, il s'empara des pieds de tous ceux qui venaient manger en cet endroit la traditionnelle bouillabaisse. Entre deux cirages, il s'asseyait sur sa boîte et lisait. Avec le sentiment de la propriété qu'il avait trouvé au fond de sa boîte, l'ambition lui était venue. Il avait reçu une trop bonne éducation et une trop bonne instruction primaire pour ne point comprendre que, s'il n'achevait pas lui-même ce que d'autres avaient si bien commencé, il se privait de la meilleure chance qui lui restait de se faire une situation dans le monde.

Les clients finirent par s'intéresser à ce petit décrotteur qui avait toujours sur sa boîte quelques bouquins d'histoire ou de mathématiques et un armateur le prit si bien en amitié qu'il lui donna une place de groom dans ses bureaux.

Bientôt Rouletabille fut promu à la dignité de rond-de-cuir et put faire quelques économies. A seize ans, ayant un peu d'argent en poche, il prenait le train pour Paris. Qu'allait-il y faire ? Y chercher la Dame en noir. Pas un jour il n'avait cessé de penser à la mystérieuse visiteuse du parloir et, bien qu'elle ne lui eût jamais dit qu'elle habitât la capitale, il était persuadé qu'aucune autre ville du monde n'était digne de posséder une dame qui avait un aussi joli parfum. Et puis, les petits collégiens eux-mêmes qui avaient pu apercevoir sa silhouette élégante quand elle se glissait dans le parloir, ne disaient-ils point : « Tiens, la Parisienne est venue aujourd'hui ! » Il eût été difficile de préciser l'idée de derrière la tête de Rouletabille, et peut-être bien l'ignorait-il lui-même. Son désir était-il simplement de « voir » la Dame en noir, de la regarder passer de loin comme un dévot regarde passer une sainte image ? Oserait-il l'aborder ? L'affreuse histoire de vol dont l'importance n'avait fait que grandir dans l'imagination de Rouletabille n'était-elle point toujours entre eux comme une barrière qu'il n'avait pas le droit de franchir ? Peut-être bien... peut-être bien, mais enfin il voulait la voir, de cela seulement il était tout à fait sûr.

Sitôt débarqué dans la capitale, il alla trouver M. Gaston Leroux et s'en fit reconnaître, et puis il lui déclara que, ne se sentant aucun goût bien précis pour un métier quelconque, ce qui était tout à fait fâcheux pour une créature ardente au travail comme la sienne, il avait résolu de se faire journaliste et il lui demanda, tout de go, une place de reporter. Gaston Leroux tenta de le détourner d'un aussi funeste projet, mais en vain. C'est alors que, de guerre lasse, il lui dit :

– Mon petit ami, puisque vous n'avez rien à faire, tâchez donc de trouver « le pied gauche de la rue Oberkampf ».

Et il le quitta sur ces mots bizarres qui donnèrent à réfléchir au pauvre Rouletabille que ce galapias de journaliste se moquait de lui. Cependant, ayant acheté les feuilles, il lut que le journal *L'Époque* offrait une honnête récompense à qui lui rapporterait le débris humain qui manquait à la femme coupée en morceaux de la rue Oberkampf. Le reste, nous le connaissons.

Dans *Le Mystère de la chambre jaune,* j'ai raconté comment Rouletabille se manifesta à cette occasion et de quelle façon aussi lui fut révélée du même coup, à lui-même, sa singulière profession qui devait être toute sa vie de commencer à raisonner quand les autres avaient fini.

J'ai dit par quel hasard il fut conduit un soir à l'Élysée où il sentit passer le parfum de la Dame en noir. Il s'aperçut alors qu'il suivait Mlle Stangerson. Qu'ajouterais-je de plus ? Des considérations sur les émotions qui ont assailli Rouletabille à propos de ce parfum lors des événements du Glandier et surtout depuis son voyage en Amérique ! On les devine. Toutes ses hésitations, toutes ses « sautes » d'humeur, qui donc maintenant ne les comprendrait pas ? Les renseignements rapportés par lui de Cincinnati sur l'enfant de celle qui avait été la femme de Jean Roussel avaient dû être suffisamment explicites pour lui donner à penser qu'il pouvait bien être cet enfant-là, pas assez cependant pour qu'il pût en être sûr ! Cependant son instinct le portait si victorieusement vers la fille du professeur qu'il avait toutes les peines du monde parfois à ne point se jeter à son cou, à se retenir de la presser dans ses bras et de lui crier : « Tu es ma mère ! Tu es ma mère ! » Et il se sauvait, comme il s'était sauvé de la sacristie pour ne point laisser échapper en une seconde d'attristement, ce secret qui le brûlait depuis des années !... Et puis, en vérité, il avait peur !... Si elle allait le rejeter !... le repousser !... l'éloigner avec horreur !... lui, le petit voleur du collège d'Eu ! lui... le fils de Roussel-Ballmeyer !... lui l'héritier des crimes de Larsan !... S'il allait ne plus la revoir, ne plus vivre à ses côtés, ne plus la respirer, elle et son cher parfum, le parfum de la Dame en noir !... Ah ! comme il lui avait fallu combattre, à cause de cette vision effroyable, le premier mouvement qui le poussait à lui demander chaque fois qu'il la voyait : « Est-ce toi ! Est-ce toi la Dame en noir ? » Quant à elle, elle l'avait aimé tout de suite, mais à cause de sa conduite au Glandier sans doute... *Si c'était vraiment elle,* elle devait le croire mort, lui !... Et si ce n'était pas elle,... si par une fatalité qui mettait en déroute et son pur instinct et son raisonnement... *si ce n'était pas elle...* Est-ce qu'il pouvait risquer, par son imprudence, de lui apprendre qu'il s'était enfui du collège d'Eu, pour vol ?... Non ! Non ! pas ça !... Elle lui avait demandé souvent :

– Où avez-vous été élevé, mon jeune ami ? Où avez-vous fait vos premières études ?

Et il avait répondu :

– A Bordeaux !

Il aurait voulu pouvoir répondre : « A Pékin ! »

Cependant ce supplice ne pouvait durer. Si c'était « elle », eh bien, il saurait lui dire des choses qui feraient fondre son cœur.

Tout valait mieux que de n'être point serré dans ses bras. Ainsi, parfois se raisonnait-il. Mais il lui fallait être sûr !... sûr au-delà de la raison, sûr de se trouver en face de la Dame en noir *comme le chien est sûr de respirer son maître...* Cette mauvaise figure de rhétorique qui se présentait tout naturellement à son esprit devait le conduire à l'idée de « remonter la piste ». Elle nous mena, dans les conditions que l'on sait, au Tréport et à Eu. Cependant, j'oserai dire que cette expédition n'aurait peut-être point donné de résultats décisifs aux yeux d'un tiers qui, comme moi, *n'était pas influencé par l'odeur,* si la lettre de Mathilde, que j'avais remise à Rouletabille dans le train, n'était tout à coup venue lui apporter cette assurance que nous allions chercher. Cette lettre, je ne l'ai point lue. C'est un document si sacré aux yeux de mon ami que d'autres yeux ne le verront jamais, mais je sais que les doux reproches qu'elle lui faisait à l'ordinaire de sa sauvagerie et de son manque de confiance avaient pris sur ce papier un tel accent de douleur que Rouletabille n'aurait pas pu s'y tromper, même si la fille du professeur Stangerson avait oublié de lui confier, dans une phrase finale où sanglotait tout son désespoir de mère, que « l'intérêt qu'elle lui portait venait moins des services rendus que du souvenir qu'elle avait gardé d'un petit garçon, le fils de l'une de ses amies, qu'elle avait beaucoup aimée, et qui s'était suicidé, " comme un petit homme ", à l'âge de neuf ans. Rouletabille lui ressemblait beaucoup ! »

V

Panique

Dijon... Mâcon... Lyon... Certainement, là-haut, audessus de ma tête, il ne dort pas... Je l'ai appelé tout doucement et il ne m'a pas répondu,... mais je mettrais ma main au feu qu'il ne dort pas !... A quoi songe-t-il ?... Comme il est calme ! Qu'est-ce donc qui peut bien lui donner un calme pareil ?... Je le vois encore, dans le parloir, se levant soudain, en disant : « Allons-nous-en ! » et cela d'une voix si posée, si tranquille, si résolue... Allons-nous-en vers qui ? Vers quoi avait-il résolu d'aller ? Vers *elle,* évidemment, qui était en danger et qui ne pouvait être sauvée que par lui ; vers elle, qui était sa mère *et qui ne le saurait pas !*

– C'est un secret qui doit rester entre vous et moi ; l'enfant est mort pour tous, excepté pour vous *et pour moi !*

C'était cela sa résolution, cette volonté subitement arrêtée de ne rien lui dire. Et lui, le pauvre enfant, qui n'était venu chercher cette certitude que pour avoir le droit de *lui* parler ! Dans le moment même qu'il savait, il s'astreignait à oublier ; il se condamnait au silence. Petite grande âme héroïque, qui avait compris que la Dame en noir qui avait besoin de son secours ne voudrait pas d'un salut acheté au prix de la lutte du fils contre le père ! Jusqu'où pouvait aller cette lutte ? Jusqu'à quel sanglant conflit ? Il fallait tout prévoir et il fallait avoir les mains libres, n'est-ce pas, Rouletabille, pour défendre la Dame en noir ?...

Si calme est Rouletabille que je n'entends pas sa respiration. Je me penche sur lui,... il a les yeux ouverts.

– Savez-vous à quoi je réfléchis ? me dit-il... A cette dépêche qui nous vient de Bourg et qui est signée Darzac, et à cette autre dépêche qui nous vient de Valence et qui est signée Stangerson.

– J'y ai pensé, et cela me semble, en effet, assez bizarre. A Bourg, M. et Mme Darzac ne sont plus avec M. Stangerson, qui les a quittés à Dijon. Du reste, la dépêche le dit bien : « Nous allons rejoindre M. Stangerson. » Or, la dépêche Stangerson prouve que M. Stangerson, qui avait continué directement son chemin vers Marseille, se trouve à nouveau avec les Darzac. Les Darzac auraient donc rejoint M. Stangerson sur la ligne de Marseille ; mais alors il faut supposer que le professeur s'est arrêté en route. A quelle occasion ? Il n'en prévoyait aucune. A la gare, il disait : « Moi, je serai à Menton demain matin à dix heures. » « Voyez l'heure à laquelle la dépêche a été mise à Valence et constatons sur l'indicateur l'heure à laquelle M. Stangerson devait normalement passer à Valence à moins qu'il ne se soit arrêté en route. »

Nous avons consulté l'indicateur. M. Stangerson devait passer à Valence à minuit quarante-quatre et la dépêche portait « minuit quarante-sept », elle avait donc été jetée par les soins de M. Stangerson à Valence, au cours de son voyage normal. A ce moment, il devait donc avoir été rejoint par M. et Mme Darzac. Toujours l'indicateur en main, nous parvînmes à comprendre le mystère de cette rencontre. M. Stangerson avait quitté les Darzac à Dijon, où ils étaient tous arrivés à six heures vingt-sept du soir. Le professeur avait alors pris le train qui partait de Dijon à sept heures huit et arrivait à Lyon à dix heures quatre et à Valence à minuit quarante-sept. Pendant ce temps les Darzac, quittant Dijon à sept heures, continuaient leur route sur Modane et, par Saint-Amour, arrivaient à Bourg à neuf heures trois du soir, train qui doit repartir normalement de Bourg à neuf heures huit. La dépêche de M. Darzac était partie de Bourg et portait l'indication de dépôt neuf heures vingt-huit. Les Darzac étaient donc restés à Bourg, ayant laissé leur train. On pouvait prévoir aussi le cas où le train aurait eu du retard. En tout cas, nous devions chercher la raison d'être de la dépêche de M. Darzac entre Dijon et Bourg, *après le départ de M. Stangerson.* On pouvait même préciser entre Louhans et Bourg ; le train s'arrête en effet à Louhans, et si le drame avait eu lieu avant Louhans (où ils étaient arrivés à huit heures), il est probable que Darzac eût télégraphié de cette station.

Cherchant ensuite la correspondance Bourg-Lyon, nous constatâmes que M. Darzac avait mis sa dépêche à Bourg une minute avant le départ pour Lyon du train de neuf heures vingt-neuf. Or, ce train arrive à Lyon à dix heures trente-trois, alors que le train de M. Stangerson arrivait à Lyon à dix heures trente-quatre. Après le détour par Bourg et leur stationnement à Bourg, M. et Mme Darzac avaient pu, avaient dû rejoindre M. Stangerson à Lyon, où ils étaient une minute avant lui ! Maintenant, quel drame les avait ainsi rejetés de leur route ? Nous ne pouvions que nous livrer aux plus tristes hypothèses qui avaient toutes pour base, hélas ! la réapparition de Larsan. Ce qui nous apparaissait avec une netteté suffisante, c'était la volonté de chacun de nos amis de n'effrayer *personne.* M. Darzac, de son côté, Mme Darzac, du sien, avaient dû tout faire pour se dissimuler la gravité de la situation. Quant à M. Stangerson nous pouvions nous demander s'il avait été mis au courant du fait nouveau.

Ayant ainsi approximativement démêlé les choses à distance, Rouletabille m'invita à profiter de la luxueuse installation que la Compagnie internationale des Wagons-Lits met à la disposition des voyageurs amis du repos autant que des voyages, et il me montra l'exemple en se livrant à une toilette de nuit aussi méticuleuse que s'il avait pu y procéder dans une chambre d'hôtel. Un quart d'heure après, il ronflait ; mais je ne crus guère à son ronflement. En tout cas, moi je ne dormis point. A Avignon, Rouletabille sauta de son lit, passa un pantalon, un veston, et courut sur le quai avaler un chocolat bouillant. Moi, je n'avais pas faim. D'Avignon à Marseille, dans notre anxiété, le voyage se passa assez silencieusement ; puis, à la vue de cette ville où il avait mené tout d'abord une existence si bizarre, Rouletabille, sans doute pour réagir contre l'angoisse qui grandissait en nous au fur et à mesure que nous approchions de l'heure à laquelle nous allions « savoir », se remémora quelques anciennes anecdotes qu'il me conta sans paraître du reste y prendre le moindre plaisir. Je n'étais guère à ce qu'il me disait. Ainsi arrivâmes-nous à Toulon.

Quel voyage ! Il eût pu être si beau ! A l'ordinaire, c'était avec un enthousiasme toujours nouveau que je revoyais ce pays merveilleux, cette Côte d'Azur aperçue au réveil comme un coin de paradis après l'horrible départ de Paris, dans la neige, dans la pluie ou dans la boue, dans l'humidité, dans le noir, dans le sale ! Avec quelle joie, le soir, je posais le pied sur les quais du prestigieux P.-L.M., sûr de retrouver le glorieux ami qui m'attendrait, le lendemain matin, au bout de ces deux rails de fer : le soleil !

A partir de Toulon, notre impatience devint extrême. A Cannes, nous ne fûmes point surpris du tout en apercevant sur le quai de la gare M. Darzac qui nous cherchait. Il avait été certainement touché par la dépêche que Rouletabille lui avait envoyée de Dijon, annonçant l'heure de notre arrivée à Menton. Arrivé lui-même avec

Mme Darzac et M. Stangerson, la veille à dix heures du matin, à Menton, il avait dû repartir ce matin même de Menton et venir au-devant de nous jusqu'à Cannes, car nous pensions bien que, d'après sa dépêche, il avait des choses confidentielles à nous dire. Il avait la figure sombre et défaite. En le voyant, nous eûmes peur.

– Un malheur ?... interrogea Rouletabille.

– Non, pas encore !... répondit-il.

– Dieu soit loué ! fit Rouletabille en soupirant, nous arrivons à temps...

M. Darzac dit simplement :

– Merci d'être venus !

Et il nous serra la main en silence, nous entraînant dans notre compartiment, dans lequel il nous enferma, prenant soin de tirer les rideaux, ce qui nous isola complètement. Quand nous fûmes tout à fait chez nous et que le train se fut remis en marche, il parla enfin. Son émotion était telle que sa voix en tremblait.

– Eh bien, fit-il, il n'est pas mort !

– Nous nous en sommes bien doutés, interrompit Rouletabille. Mais, en êtes-vous sûr ?

– Je l'ai vu comme je vous vois.

– Et Mme Darzac aussi l'a vu ?

– Hélas ! mais il faut tout tenter pour qu'elle arrive à croire à quelque illusion ! Je ne tiens pas à ce qu'elle redevienne folle, la malheureuse !... Ah ! mes amis, quelle fatalité nous poursuit !... Qu'est-ce que cet homme est revenu faire autour de nous ?... Que nous veut-il encore ?...

Je regardai Rouletabille. Il était encore plus sombre que M. Darzac. Le coup qu'il craignait l'avait frappé. Il en restait affalé dans son coin. Il y eut un silence entre nous trois, puis M. Darzac reprit :

– Écoutez ! il faut que cet homme disparaisse !... il le faut !... On le joindra, on lui demandera ce qu'il veut... et tout l'argent qu'il voudra, on le lui donnera... ou alors, je le tue ! c'est simple !... je crois que c'est ce qu'il y a de plus simple !... N'est-ce pas votre avis ?...

Nous ne lui répondîmes point... Il paraissait trop à

plaindre. Rouletabille, dominant son émotion par un effort visible, engagea M. Darzac à essayer de se calmer et à nous raconter par le menu tout ce qui s'était passé depuis son départ de Paris.

Alors, il nous apprit que l'événement s'était produit à Bourg même, ainsi que nous l'avions pensé. Il faut que l'on sache que deux compartiments du wagon-lit avaient été loués par M. Darzac. Ces deux compartiments étaient reliés entre eux par un cabinet de toilette. Dans l'un on avait mis le sac de voyage et le nécessaire de toilette de Mme Darzac, dans l'autre, les petits bagages. C'est dans ce dernier compartiment que M. et Mme Darzac et le professeur Stangerson firent le voyage de Paris à Dijon. Là, tous trois étaient descendus et avaient dîné au buffet. Ils avaient le temps puisque, arrivés à six heures vingt-sept, M. Stangerson ne quittait Dijon qu'à sept heures huit et les Darzac à sept heures exactement.

Le professeur avait fait ses adieux à sa fille et à son gendre sur le quai même de la gare, après le dîner. M. et Mme Darzac étaient montés dans leur compartiment (le compartiment aux petits bagages) et étaient restés à la fenêtre, s'entretenant avec le professeur, jusqu'au départ du train. Celui-ci était déjà en marche, quand le professeur Stangerson sur le quai, faisait encore des signes amicaux à M. et Mme Darzac. De Dijon à Bourg, ni M. ni Mme Darzac ne pénétrèrent dans le compartiment adjacent à celui dans lequel ils se tenaient et dans lequel se trouvait le sac de voyage de Mme Darzac. La portière de ce compartiment, donnant sur le couloir, avait été fermée à Paris, aussitôt le bagage de Mme Darzac déposé. Mais cette portière n'avait été fermée ni extérieurement à clef par l'employé, ni intérieurement au verrou par les Darzac. Le rideau de cette portière avait été tiré intérieurement sur la vitre, par les soins de Mme Darzac, de telle sorte que du corridor on ne pouvait rien voir de ce qui se passait dans le compartiment. Le rideau de la portière de l'autre compartiment où se tenaient les voyageurs n'avait pas été tiré. Tout ceci fut établi par Rouletabille grâce à un questionnaire très serré dans le détail duquel je n'entre point, mais dont je donne le résultat pour établir nettement les conditions extérieures du voyage des Darzac jusqu'à Bourg et de M. Stangerson jusqu'à Dijon.

Arrivés à Bourg, les voyageurs apprenaient que, par suite d'un accident survenu sur la ligne de Culoz, le train se trouvait immobilisé pour une heure et demie en gare de Bourg. M. et Mme Darzac étaient alors descendus, s'étaient promenés un instant. M. Darzac, au cours de la conversation qu'il eut alors avec sa femme, s'était rappelé qu'il avait omis d'écrire quelques lettres pressantes avant leur départ. Tous deux étaient entrés au buffet. M. Darzac avait demandé qu'on lui remît ce qu'il fallait pour écrire. Mathilde s'était assise à ses côtés, puis elle s'était levée et avait dit à son mari qu'elle allait se promener devant la gare, faire un petit tour pendant qu'il finirait sa correspondance.

– C'est cela, avait répondu M. Darzac. Aussitôt que j'aurai terminé, j'irai vous rejoindre.

Et maintenant, je laisse la parole à M. Darzac :

– J'avais fini d'écrire, nous dit-il, et je me levai pour aller rejoindre Mathilde quand je la vis arriver, affolée, dans le buffet. Aussitôt qu'elle m'aperçut, elle poussa un cri et se jeta dans mes bras. « Oh ! mon Dieu ! disait-elle. Oh ! mon Dieu ! » Et elle ne pouvait pas dire autre chose. Elle tremblait horriblement. Je la rassurai, je lui dis qu'elle n'avait rien à craindre puisque j'étais là, et je lui demandai doucement, patiemment, quel avait été l'objet d'une aussi subite terreur. Je la fis asseoir, car elle ne se tenait plus sur ses jambes, et je la suppliai de prendre quelque chose, mais elle me dit qu'il lui serait impossible d'absorber pour le moment même une goutte d'eau, et elle claquait des dents. Enfin, elle put parler et elle me raconta, en s'interrompant presque à chaque phrase et en regardant autour d'elle avec épouvante, qu'elle était allée se promener, comme elle me l'avait dit, devant la gare, mais qu'elle n'avait pas osé s'en éloigner, pensant que j'aurais bientôt fini d'écrire. Puis elle était rentrée dans la gare et était revenue sur le quai. Elle se dirigeait vers le buffet quand elle aperçut à travers les vitres éclairées du train, les employés des Wagons-Lits qui dressaient les couchettes dans un wagon à côté du nôtre. Elle songea tout à coup que son sac de nuit, dans lequel elle avait mis des bijoux, était resté ouvert et elle voulut immédiatement aller le fermer, non point qu'elle mît en doute la probité parfaite de ces honnêtes gens, mais par un geste de prudence tout naturel en voyage. Elle monta donc dans le wagon, se glissa dans le couloir et arriva à la portière du compartiment qu'elle s'était réservé, et dans lequel nous n'étions point entrés depuis notre départ de Paris. Elle ouvrit cette portière, et, aussitôt, elle poussa un horrible cri. Or ce cri ne fut pas entendu, car il n'était resté personne dans le wagon et un train passait dans ce moment, remplissant la gare de la clameur de sa locomotive. Qu'était-il donc arrivé ? Cette chose inouïe, affolante, monstrueuse. Dans le compartiment, la petite porte ouvrant sur le cabinet de toilette était à demi tirée à l'intérieur de ce compartiment, s'offrant de biais au regard de la personne qui entrait dans le compartiment. Cette petite porte était ornée d'une glace. Or, dans la glace, Mathilde venait d'apercevoir la figure de Larsan ! Elle se rejeta en arrière, appelant à son secours, et fuyant si précipitamment qu'en bondissant hors du wagon elle tomba à deux genoux sur le quai. Se relevant, elle arrivait enfin au buffet, dans l'état que je vous ai dit. Quand elle m'eut dit ces choses, mon premier soin fut de ne pas y croire, d'abord parce que je ne le voulais pas, l'événement étant trop horrible, ensuite parce que j'avais le devoir, sous peine de voir Mathilde redevenir folle, de faire celui qui n'y croyait pas ! Est-ce que Larsan n'était pas mort, et bien mort ?... En vérité, je le croyais comme je le lui disais, et il ne faisait point de doute pour moi qu'il n'y avait eu dans tout ceci qu'un effet de glace et d'imagination. Je voulus naturellement m'en assurer et je lui offris d'aller immédiatement avec elle dans son compartiment pour lui prouver qu'elle avait été victime d'une sorte d'hallucination. Elle s'y opposa, me criant que ni elle, ni moi, ne retournerions jamais dans ce compartiment et que, du reste, elle se refusait à voyager cette nuit ! Elle disait tout cela par petites phrases hachées... elle ne retrouvait pas sa respiration... elle me faisait une peine infinie... Plus je lui disais qu'une telle apparition était impossible, plus elle insistait sur sa réalité ! Je lui dis encore qu'elle avait bien peu vu Larsan lors du drame du Glandier, ce qui était vrai, et qu'elle ne connaissait pas assez *cette figure-là* pour être sûre de ne s'être point trouvée en face de l'image de quelqu'un qui lui ressemblait ! Elle me répondit qu'elle se rappelait parfaitement la figure de Larsan, que celle-ci lui était apparue dans deux circonstances telles qu'elle ne l'oublierait jamais, dût-elle vivre cent ans ! Une première fois, lors de l'affaire de la galerie inexplicable, et la seconde dans la minute même où, dans sa chambre, on était venu m'arrêter ! Et puis maintenant qu'elle avait appris qui était Larsan, ce n'étaient point seulement les traits du policier qu'elle avait reconnus ; mais, derrière ceux-là, le type redoutable de l'homme qui n'avait cessé de la poursuivre depuis tant d'années !... Ah ! elle jurait sur sa tête et sur la mienne, qu'elle venait de voir Ballmeyer !... que Ballmeyer était vivant !... vivant dans la glace, avec sa figure rase de Larsan, toute rase, toute rase... et son grand front dénudé !... Elle s'accrochait à moi comme si elle eût redouté une séparation plus terrible encore que les autres !... Elle m'avait entraîné sur le quai... Et puis, tout à coup, elle me quitta en se mettant la main sur les yeux et elle se jeta dans le bureau du chef de gare... Celui-ci fut aussi effrayé que moi de voir l'état de la malheureuse. Je me disais : « Elle va redevenir folle ! » J'expliquai au chef de gare que ma femme avait eu peur, toute seule, dans son compartiment, que je le priais de veiller sur elle pendant que je me rendais dans le compartiment moi-même pour tâcher de m'expliquer ce qui l'avait effrayée ainsi... Alors, mes amis, alors... continua Robert Darzac, je suis sorti du bureau du chef de gare, mais je n'en étais pas plus tôt sorti que j'y rentrais, refermant sur nous la porte précipitamment. Je devais avoir une mine singulière, car le chef de gare me considéra avec une grande curiosité.

C'est que, moi aussi, je venais de voir Larsan ! Non ! Non ! ma femme n'avait pas rêvé tout éveillée... Larsan était là, dans la gare... sur le quai, derrière cette porte.

Ce disant, Robert Darzac se tut un instant comme si le souvenir de cette vision personnelle lui ôtait la force de continuer son récit. Il se passa la main sur le front, poussa un soupir, reprit :

– Il y avait, devant la porte du chef de gare, un bec de gaz et, sous le bec de gaz, il y avait Larsan. Évidemment, il nous attendait, il nous guettait... Et, chose extraordinaire, *il ne se cachait pas !* Au contraire, on eût dit qu'il se tenait là, uniquement pour être vu !... Le geste qui m'avait fait refermer la porte devant cette apparition était purement instinctif. Quand je rouvris cette porte, décidé à aller droit au misérable, il avait disparu !... Le chef de gare croyait avoir affaire à deux fous. Mathilde me regardait agir sans prononcer une parole, les yeux grands ouverts, comme une somnambule. Elle revint à la réalité des choses pour s'enquérir s'il y avait loin de Bourg à Lyon et quel était le prochain train qui s'y rendait. En même temps, elle me priait de donner des ordres pour nos bagages ; et elle me demandait de lui accorder que nous irions rejoindre son père le plus tôt possible. Je ne voyais que ce moyen de la calmer et, loin de faire une objection quelconque à ce nouveau projet, j'entrai immédiatement dans ses vues. Du reste, maintenant que j'avais vu Larsan, de mes propres yeux oui, oui, de mes propres yeux vu, je sentais bien que notre grand voyage était devenu impossible et, faut-il vous l'avouer, mon ami, ajouta Darzac en se tournant vers Rouletabille, je me pris à penser que nous courions désormais un réel danger, un de ces mystérieux et fantastiques dangers dont vous seul pouviez nous sauver, s'il en était temps encore. Mathilde me fut reconnaissante de la docilité avec laquelle je pris immédiatement toutes dispositions pour rejoindre sans plus tarder son père, et elle me remercia avec une grande effusion quand elle sut que nous allions pouvoir prendre quelques minutes plus tard – car tout ce drame avait à peine duré un quart d'heure –

le train de neuf heures vingt-neuf, qui arrivait à Lyon à dix heures environ, et, en consultant l'indicateur des chemins de fer, nous constations que nous pouvions ainsi rejoindre à Lyon même M. Stangerson. Mathilde m'en marqua encore une grande gratitude, comme si j'avais été réellement responsable de cette heureuse coïncidence. Elle avait reconquis un peu de calme quand le train de neuf heures arriva en gare ; mais, au moment d'y prendre place, comme nous traversions rapidement le quai et que nous passions justement sous le bec de gaz où m'était apparu Larsan, je la sentis encore défaillir à mon bras et, aussitôt, je regardai autour de nous, mais je n'aperçus aucune figure suspecte. Je lui demandai si elle avait encore vu quelque chose, mais elle ne me répondit pas. Son trouble cependant augmentait, et elle me supplia de ne point nous isoler mais d'entrer dans un compartiment déjà aux deux tiers plein de voyageurs. Sous prétexte d'aller surveiller mes bagages, je la quittai un instant au milieu de ces gens, et j'allai jeter au télégraphe la dépêche que vous avez reçue. Je ne lui ai point parlé de cette dépêche parce que je continuais à prétendre que ses yeux l'avaient certainement trompée, et parce que, pour rien au monde, je ne voulais paraître ajouter foi à une pareille résurrection. Du reste, je constatai, en ouvrant le sac de ma femme, qu'on n'avait pas touché à ses bijoux. Les rares paroles que nous échangeâmes concernèrent le secret que nous devions garder sur tout ceci vis-à-vis de M. Stangerson, qui en aurait conçu un chagrin peut-être mortel. Je passe sur la stupéfaction de celui-ci en nous découvrant sur le quai de la gare de Lyon. Mathilde lui raconta qu'à cause d'un grave accident de chemin de fer, barrant la ligne de Culoz, nous avions décidé, puisqu'il fallait nous résoudre à un détour, de le rejoindre, et d'aller passer quelques jours avec lui chez Arthur Rance et sa jeune femme, comme nous en avions été priés instamment, du reste, par ce fidèle ami de la famille.

... A ce propos, il serait peut-être temps d'apprendre au lecteur, quitte à interrompre un instant le récit de

M. Darzac, que Mr. Arthur William Rance qui, comme je l'ai rapporté dans *Le Mystère de la chambre jaune*, avait nourri pendant de si longues années un amour sans espoir pour Mlle Stangerson, y avait si bien renoncé, qu'il avait fini par convoler en justes noces avec une jeune Américaine qui ne rappelait en rien la mystérieuse fille de l'illustre professeur.

Après le drame du Glandier, et pendant que Mlle Stangerson était encore retenue dans une maison de santé des environs de Paris, où elle achevait de se guérir, on apprit, un beau jour, que Mr. William Arthur Rance allait épouser la nièce d'un vieux géologue de l'Académie des sciences de Philadelphie. Ceux qui avaient connu sa malheureuse passion pour Mathilde et qui en avaient mesuré toute l'importance jusque dans les excès qu'elle détermina – elle avait pu faire, un moment, d'un homme, jusqu'à ce jour sobre et de sens rassis, un alcoolique – ceux-là prétendirent que Rance se mariait par désespoir et n'augurèrent rien de bon d'une union aussi inattendue. On racontait que l'affaire, qui était bonne pour Arthur Rance, car Miss Edith Prescott était riche, s'était conclue d'une façon assez bizarre. Mais ce sont là des histoires que je vous raconterai quand j'aurai le temps. Vous apprendrez alors aussi par quelle suite de circonstances les Rance étaient venus se fixer aux Rochers Rouges, dans l'antique château fort de la presqu'île d'Hercule dont ils s'étaient rendus, l'automne précédent, propriétaires.

Mais maintenant, il me faut rendre la parole à M. Darzac, continuant de raconter son étrange voyage.

– Quand nous eûmes donné ces explications à M. Stangerson, narra notre ami, ma femme et moi vîmes bien que le professeur ne comprenait rien à ce que nous lui racontions et qu'au lieu de se réjouir de nous revoir, il en était tout attristé. Mathilde essayait en vain de paraître gaie. Son père voyait bien qu'il s'était passé, depuis que nous l'avions quitté, quelque chose que nous lui cachions. Elle fit celle qui ne s'en apercevait pas et mit la conversation sur la cérémonie du matin. Ainsi vint-elle à parler de vous, mon ami (M. Darzac s'adressait à Rouletabille), et alors je saisis l'occasion de faire comprendre à M. Stangerson que, puisque vous ne saviez que faire de votre congé, dans le moment que nous allions nous trouver tous à Menton, vous seriez très touché d'une invitation qui vous permettrait de le passer parmi nous. Ce n'est pas la place qui manque aux Rochers Rouges, et Mr. Arthur Rance et sa jeune femme ne demandent qu'à vous faire plaisir. Pendant que je parlais, Mathilde m'approuvait du regard et ma main, qu'elle pressa avec une tendre effusion, me dit la joie que ma proposition lui causait. C'est ainsi qu'en arrivant à Valence je pus mettre au télégraphe la dépêche que M. Stangerson, à mon instigation, venait d'écrire et que vous avez certainement reçue. De toute la nuit, vous pensez bien que nous n'avons pas dormi. Pendant que son père reposait dans le compartiment à côté de nous Mathilde avait ouvert mon sac et en avait tiré un revolver. Elle l'avait armé, me l'avait mis dans la poche de mon paletot et m'avait dit : « Si *on* nous attaque, vous nous défendrez ! » Ah ! quelle nuit, mon ami, quelle nuit nous avons passée !... Nous nous taisions, nous trompant mutuellement, faisant ceux qui sommeillaient, les paupières closes dans la lumière, car nous n'osions pas faire de l'ombre autour de nous. Les portières de notre compartiment fermées au verrou, nous redoutions encore de *le* voir apparaître. Quand un pas se faisait entendre dans le couloir, nos cœurs bondissaient. Il nous semblait reconnaître son pas... Et elle avait masqué la glace, de peur d'y voir surgir encore son visage !... Nous avait-il suivis ?... Avions-nous pu le tromper ?... Lui avions-nous échappé ?... Était-il remonté dans le train de Culoz ?... Pouvions-nous espérer cela ?... Quant à moi je ne le pensais pas... Et elle ! elle !... Ah ! je la sentais, silencieuse et comme morte, là, dans son coin... je la sentais affreusement désespérée, plus malheureuse encore que moi-même, à cause de tout le malheur qu'elle traînait derrière elle, comme une fatalité... J'aurais voulu la consoler, la réconforter, mais je ne trouvais point les mots qu'il fallait sans doute, car, aux premiers que je prononçai, elle me fit un signe désolé et je compris qu'il serait plus charitable de me taire. Alors, comme elle, je fermai les yeux...

Ainsi parla M. Robert Darzac, et ceci n'est point une relation approximative de son récit. Nous avions jugé, Rouletabille et moi, cette narration si importante que nous fûmes d'accord, à notre arrivée à Menton, pour la retracer aussi fidèlement que possible. Nous nous y employâmes tous les deux, et, notre texte à peu près arrêté, nous le soumîmes à M. Robert Darzac qui lui fit subir quelques modifications sans importance, à la suite de quoi il se trouva tel que je le rapporte ici.

La nuit du voyage de M. Stangerson et de M. et Mme Darzac ne présenta aucun incident digne d'être noté. En gare de Menton-Garavan, ils trouvèrent Mr. Arthur Rance, qui fut bien étonné de voir les nouveaux époux ; mais, quand il sut qu'ils avaient décidé de passer chez lui quelques jours, aux côtés de M. Stangerson, et d'accepter ainsi une invitation que M. Darzac, sous différents prétextes, avait jusqu'alors repoussée, il en marqua une parfaite satisfaction et déclara que sa femme en aurait une grande joie. Également, il se réjouit d'apprendre la prochaine arrivée de Rouletabille. Mr. Arthur Rance n'avait pas été sans souffrir de l'extrême réserve avec laquelle, même depuis son mariage avec Miss Edith Prescott, M. Robert Darzac l'avait toujours traité. Lors de son dernier voyage à San Remo, le jeune professeur en Sorbonne s'était borné, en passant, à une visite au château d'Hercule, faite sur le ton le plus cérémonieux. Cependant, quand il était revenu en France, en gare de Menton-Garavan, la première station après la frontière, il avait été salué très cordialement, et gentiment complimenté sur sa meilleure mine par les Rance qui, avertis du retour de Darzac par les Stangerson, s'étaient empressés d'aller le surprendre au passage. En somme il ne dépendait point d'Arthur Rance que ses rapports avec les Darzac devinssent excellents.

Nous avons vu comment la réapparition de Larsan, en

gare de Bourg, avait jeté bas tous les plans de voyage de M. et Mme Darzac et aussi avait transformé leur état d'âme, leur faisant oublier leurs sentiments de retenue et de circonspection vis-à-vis de Rance, et les jetant, avec M. Stangerson, qui n'était averti de rien, bien qu'il commencât à se douter de quelque chose, chez des gens qui ne leur étaient point sympathiques, mais qu'ils considéraient comme honnêtes et loyaux et susceptibles de les défendre. En même temps, ils appelaient Rouletabille à leur secours. C'était une véritable panique. Elle grandit, d'une façon des plus visibles, chez M. Robert Darzac quand, arrivés en gare de Nice, nous fûmes rejoints par Mr. Arthur Rance lui-même. Mais, avant qu'il nous rejoignît, il se passa un petit incident que je ne saurais passer sous silence. Aussitôt arrivés à Nice, j'avais sauté sur le quai et m'étais précipité au bureau de la gare pour demander s'il n'y avait point là une dépêche à mon nom. On me tendit le papier bleu et sans l'ouvrir, je courus retrouver Rouletabille et M. Darzac.

– Lisez, dis-je au jeune homme.

Rouletabille ouvrit la dépêche, et lut :

« Brignolles pas quitté Paris depuis 6 avril ; certitude. »

Rouletabille me regarda et pouffa.

– Ah çà ! fit-il. C'est vous qui avez demandé ce renseignement ? Qu'est-ce que vous avez donc cru ?

– C'est à Dijon, répondis-je, assez vexé de l'attitude de Rouletabille, que l'idée m'est venue que Brignolles pouvait être pour quelque chose dans les malheurs que font prévoir les dépêches que vous aviez reçues. Et j'ai prié un de mes amis de bien vouloir me renseigner sur les faits et gestes de cet individu. J'étais très curieux de savoir s'il n'avait pas quitté Paris.

– Eh bien, répondit Rouletabille, vous voilà renseigné. Vous ne pensez pourtant pas que les traits pâlots de votre Brignolles cachaient Larsan ressuscité ?

– Ça, non ! m'écriai-je, avec une entière mauvaise foi, car je me doutais que Rouletabille se moquait de moi.

La vérité était que j'y avais bien pensé.

– Vous n'en avez pas encore fini avec Brignolles ? me demanda tristement M. Darzac. C'est un pauvre homme, mais c'est un brave homme.

– Je ne le crois pas, protestai-je.

Et je me rejetai dans mon coin. D'une façon générale, je n'étais pas très heureux dans mes conceptions personnelles auprès de Rouletabille, qui s'en amusait souvent. Mais, cette fois, nous devions avoir, quelques jours plus tard, la preuve que, si Brignolles ne cachait point une nouvelle transformation de Larsan, il n'en était pas moins un misérable. Et, à ce propos, Rouletabille et M. Darzac, en rendant hommage à ma clairvoyance, me firent leurs excuses. Mais n'anticipons pas. Si j'ai parlé de cet incident, c'est aussi pour montrer combien l'idée d'un Larsan dissimulé sous quelque figure de notre entourage, que nous connaissions peu, me hantait. Dame ! Ballmeyer avait si souvent prouvé, à ce point de vue, son talent, je dirai même son génie, que je croyais être dans la note en me méfiant de toutes, de tous. Je devais comprendre bientôt – et l'arrivée inopinée de Mr. Arthur Rance fut pour beaucoup dans la modification de mes idées – que Larsan avait, cette fois, changé de tactique. Loin de se dissimuler, le bandit s'exhibait maintenant, au moins à certains d'entre nous, avec une audace sans pareille. Qu'avait-il à craindre en ce pays ? Ce n'était ni M. Darzac, ni sa femme qui allaient le dénoncer ! ni, par conséquent, leurs amis. Son ostentation semblait avoir pour but de ruiner le bonheur des deux époux qui croyaient être à jamais débarrassés de lui ! Mais, en ce cas-là, une objection s'élevait. Pourquoi cette vengeance ? N'eût-il pas été plus vengé en se montrant avant le mariage ! Il l'aurait empêché ! Oui, mais il fallait se montrer à Paris ! Encore pouvions-nous nous arrêter à cette pensée que le danger d'une telle manifestation à Paris eût pu faire réfléchir Larsan ? Qui oserait l'affirmer ?

Mais écoutons Arthur Rance qui vient de nous rejoindre tous trois, dans notre compartiment. Arthur Rance, naturellement, ne sait rien de l'histoire de Bourg, rien de la réapparition de Larsan dans le train, et il vient nous apprendre une terrifiante nouvelle. Tout de même, si nous avons gardé quelque espoir d'avoir perdu Larsan sur la ligne de Culoz, il va falloir y renoncer. Arthur Rance, lui aussi, vient de se trouver en face de Larsan ! Et il est venu nous avertir, avant notre arrivée là-bas, pour que nous puissions nous concerter sur la conduite à tenir.

– Nous venions de vous conduire à la gare, rapporte Rance à Darzac. Le train parti, votre femme, M. Stangerson et moi étions descendus, en nous promenant, jusqu'à la jetée-promenade de Menton. M. Stangerson donnait le bras à Mme Darzac. Il lui parlait. Moi, je me trouvais à la droite de M. Stangerson qui, par conséquent, se tenait au milieu de nous. Tout à coup, comme nous nous arrêtions, à la sortie du jardin public, pour laisser passer un tramway, je me heurtai à un individu qui me dit : « Pardon, monsieur ! » et je tressaillis aussitôt, car j'avais entendu cette voix-là ; je levai la tête : c'était Larsan !

C'était la voix de la cour d'assises ! Il nous fixait tous les trois avec ses yeux calmes. Je ne sais point comment je pus retenir l'exclamation prête à jaillir de mes lèvres ! le nom du misérable ! Comment je ne m'écriai point : « Larsan !... » J'entraînai rapidement M. Stangerson et sa fille qui, eux, n'avaient rien vu ; je leur fis faire le tour du kiosque de la musique, et les conduisis à une station de voitures. Sur le trottoir, debout, devant la station, je retrouvai Larsan. Je ne sais pas, je ne sais vraiment pas comment M. Stangerson et sa fille ne l'ont pas vu !...

– Vous en êtes sûr ? interrogea anxieusement Robert Darzac.

– Absolument sûr !... Je feignis un léger malaise ; nous montâmes en voiture et je dis au cocher de pousser son cheval. L'homme était toujours debout sur le trottoir nous fixant de son regard glacé, quand nous nous mîmes en route.

– Et vous êtes sûr que ma femme ne l'a pas vu ? redemanda Darzac, de plus en plus agité.

– Oh ! certain, vous dis-je...

– Mon Dieu ! interrompit Rouletabille, si vous pensez, monsieur Darzac, que vous puissiez abuser longtemps votre femme sur la réapparition de Larsan, vous vous faites de bien grandes illusions.

– Cependant, répliqua Darzac, dès la fin de notre voyage, l'idée d'une hallucination avait fait de grands progrès dans son esprit et en arrivant à Garavan, elle me paraissait presque calme.

– En arrivant à Garavan ? fit Rouletabille, voilà, mon cher monsieur Darzac, la dépêche que votre femme m'envoyait.

Et le reporter lui tendit le télégramme où il n'y avait que ces deux mots : « Au secours ! »

Sur quoi, ce pauvre M. Darzac parut encore plus effondré.

– Elle va redevenir folle ! dit-il, en secouant lamentablement la tête

C'est ce que nous redoutions tous, et, chose singulière, quand nous arrivâmes enfin en gare de Menton-Garavan, et que nous y trouvâmes M. Stangerson et Mme Darzac, qui étaient sortis malgré la promesse formelle que le professeur avait faite à Arthur Rance, de rester avec sa fille aux Rochers Rouges jusqu'à son retour, pour des raisons qu'il devait lui dire plus tard et qu'il n'avait pas encore eu le temps d'inventer, c'est avec une phrase qui n'était que l'écho de notre terreur que Mme Darzac accueillit Joseph Rouletabille. Aussitôt qu'elle eut aperçu le jeune homme, elle courut à lui, et nous eûmes cette impression qu'elle se contraignait pour ne point, devant nous tous, le serrer dans ses bras. Je vis qu'elle s'accrochait à lui comme un naufragé s'agrippe à la main qui peut seule le sauver de l'abîme. Et je l'entendis qui murmurait : « Je sens que je redeviens folle ! » Quant à Rouletabille, je l'avais vu quelquefois aussi pâle, mais jamais d'apparence aussi froide.

VI

Le fort d'Hercule

Quand il descend de la station de Garavan, quelle que soit la saison qui le voit venir en ce pays enchanté, le voyageur peut se croire parvenu en ce jardin des Hespérides dont les pommes d'or excitèrent les convoitises du vainqueur du monstre de Némée. Je n'aurais peut-être point cependant, – à l'occasion des innombrables citronniers et orangers qui, dans l'air embaumé, laissent pendre, au long des sentiers, par-dessus les clôtures, leurs grappes de soleil, – je n'aurais peut-être point évoqué le souvenir suranné du fils de Jupiter et d'Alcmène si tout, ici, ne rappelait sa gloire mythologique et sa promenade fabuleuse à la plus douce des rives. On raconte bien que les Phéniciens, en transportant leurs pénates à l'ombre du rocher que devaient habiter un jour les Grimaldi, donnèrent au petit port qu'il abrite et, tout le long de la côte, à un mont, à un cap, à une presqu'île, qui l'ont conservé, ce nom d'Hercule, qui était celui de leur dieu ; mais, moi, j'imagine que, ce nom, ils l'y trouvèrent déjà et que si, en vérité, les divinités, fatiguées de la poussière blonde des chemins de l'Hellade, s'en furent chercher ailleurs un merveilleux séjour, tiède et parfumé, pour s'y reposer de leurs aventures, elles n'en ont point trouvé de plus beau que celui-là. Ce furent les premiers touristes de la Riviera. Le jardin des Hespérides n'était pas ailleurs, et Hercule avait préparé la place à ses camarades de l'Olympe en les débarrassant de ce méchant dragon à cent têtes qui voulait conserver la Côte d'Azur pour lui tout seul. Aussi je ne suis point bien sûr que les os de l'*Elephas antiquus,* découverts il y a quelques années au fond des Rochers Rouges, ne sont pas les os de ce dragon-là !

Quand, descendant tous de la gare, nous fûmes arrivés, en silence, au rivage, nos yeux furent tout de suite frappés par la silhouette éblouissante du château fort, debout, sur la presqu'île d'Hercule, que les travaux accomplis sur la frontière ont fait, hélas ! disparaître depuis une dizaine d'années. Les feux obliques du soleil qui allaient frapper les murs de la vieille Tour Carrée, la faisaient éclater sur la mer comme une cuirasse. Elle semblait garder encore, vieille sentinelle, toute rajeunie de lumière, cette baie de Garavan recourbée comme une faucille d'azur. Et puis, au fur et à mesure que nous avançâmes, son éclat s'éteignit. L'astre, derrière nous, s'était incliné vers la crête des monts ; les promontoires, à l'Occident, s'enveloppaient déjà, à l'approche du soir, de leur écharpe de pourpre, et le château n'était plus qu'une ombre menaçante et hostile quand nous en franchîmes le seuil.

Sur les premières marches d'un étroit escalier qui conduisait à l'une des tours, se tenait une pâle et charmante figure. C'était la femme d'Arthur Rance, la belle et étincelante Edith. Certes, la fiancée de Lammermoor n'était pas plus blanche, le jour où le jeune étranger aux yeux noirs la sauva d'un taureau impétueux ; mais Lucie avait les yeux bleus, mais Lucie était blonde, ô Edith !... Ah ! quand on veut faire figure romanesque dans un cadre moyenâgeux, figure de princesse incertaine, lointaine, plaintive et mélancolique, il ne faut point avoir ces yeux-là, my lady ! Et votre chevelure est plus noire que l'aile d'un corbeau. Cette couleur n'est point dans le genre angélique. Êtes-vous un ange, Edith ? Cette langueur est-elle bien naturelle ? Cette douceur de vos traits ne ment-elle point ? Pardon, de vous poser toutes ces questions, Edith ; mais, quand je vous ai vue pour la première fois, après avoir été séduit par la délicate harmonie de toute votre blanche image, immobile sur ce perron de pierre, j'ai suivi le regard noir de vos yeux qui s'est posé sur la fille du professeur Stangerson, et j'ai vu qu'il avait un éclat dur qui faisait un contraste étrange avec le timbre amical de votre voix et le sourire nonchalant de votre bouche.

La voix de cette jeune femme est d'un charme sûr ; la grâce de toute sa personne est parfaite ; son geste est harmonieux. Aux présentations dont Arthur Rance s'est naturellement chargé, elle répond de la façon la plus simple, la plus accueillante, la plus hospitalière. Rouletabille et moi tentons un effort poli pour conserver notre liberté ; nous formulons la possibilité de gîter ailleurs qu'au château d'Hercule. Elle a une moue délicieuse, hausse les épaules d'un geste enfantin, déclare que nos chambres sont prêtes et parle d'autre chose.

– Venez ! Venez ! Vous ne connaissez pas le château. Vous allez voir !... Vous allez voir !... Oh ! je vous montrerai *la Louve* une autre fois,... c'est le seul coin triste d'ici ! c'est lugubre ! sombre et froid ! ça fait peur ! j'adore avoir peur !... Oh ! monsieur Rouletabille, vous me raconterez, n'est-ce pas, des histoires qui me feront peur !...

Et elle glisse, dans sa robe blanche, devant nous. Elle marche comme une comédienne. Elle est tout à fait singulièrement jolie, dans ce jardin d'Orient, entre cette vieille tour menaçante et les frêles arceaux fleuris d'une chapelle en ruine. La vaste cour que nous traversons est si bien garnie de toutes parts de plantes grasses, d'herbes et de feuillages, de cactus et d'aloès, de lauriers-cerises, de roses sauvages et de marguerites, qu'on jurerait qu'un printemps éternel a élu domicile dans cette enceinte, jadis la baille du château où se réunissait toute la gent de guerre. Cette cour, de par l'aide des vents du ciel et de par la négligence des hommes, était devenue naturellement jardin, un beau jardin fou dans lequel on voit bien que la châtelaine a fait tailler le moins possible et qu'elle n'a point tenté de ramener, trop brusquement, à la raison. Derrière toute cette verdure et tout cet embaumement, on apercevait la plus gracieuse chose qui se pût imaginer en architecture défunte. Figurez-vous les plus purs arceaux d'un gothique flamboyant, élevés sur les premières assises de la vieille chapelle romane ; les piliers, habillés de plantes grimpantes, de géranium-lierre et de verveine, s'élancent de leur gaine parfumée et recourbent sur l'azur du ciel leur arc brisé, que rien ne semble plus soutenir. Il n'y a plus de toit à cette chapelle. Et elle n'a plus de murs... Il ne reste plus d'elle que ce morceau de dentelle de pierre qu'un miracle d'équilibre retient suspendu dans l'air du soir...

Et, à notre gauche, voici la tour énorme, massive, la tour du XIIe siècle que les gens du pays appellent, nous raconte Mrs. Edith, la Louve et que rien, ni le temps, ni les hommes, ni la paix, ni la guerre, ni le canon, ni la tempête, n'a pu ébranler. Elle est telle encore qu'elle apparut aux Sarrasins pillards en 1107, qui s'emparèrent des îles Lérins et qui ne purent rien contre le château d'Hercule ; telle qu'elle se montra à Salagéri et à ses corsaires génois quand, ceux-ci ayant tout pris du fort, même la Tour Carrée, même le Vieux Château, elle tint bon, isolée, ses défenseurs ayant fait sauter les courtines qui la reliaient aux autres défenses, jusqu'à l'arrivée des princes de Provence qui la délivrèrent. C'est là que Mrs. Edith a élu domicile.

Mais je cesse de regarder les choses pour regarder les gens, Arthur Rance, par exemple, regarde Mme Darzac. Quant à celle-ci et à Rouletabille, ils semblent loin, loin de nous. M. Darzac et M. Stangerson échangent des propos quelconques. Au fond, la même pensée habite tous ces gens qui ne disent rien ou qui, lorsqu'ils se disent quelque chose, se mentent. Nous arrivons à une poterne.

– C'est ce que nous appelons, dit Edith, toujours avec son affectation d'enfantillage, la Tour du Jardinier. De cette poterne, on découvre tout le fort, tout le château, le côté Nord et le côté Sud. Voyez !...

Et son bras, qui traîne en écharpe, nous désigne les choses...

– Toutes ces pierres ont leur histoire. Je vous les dirai, si vous êtes bien sages...

– Comme Edith est gaie ! murmure Arthur Rance. Je pense qu'il n'y a qu'elle de gaie, ici.

Nous avons passé sous la poterne et nous voici dans une nouvelle cour. Nous avons le vieux donjon en face de nous. L'aspect en est vraiment impressionnant. Il est haut et carré ; aussi le désigne-t-on quelquefois sous cette appellation : la Tour Carrée. Et, comme cette tour occupe le coin le plus important de toute la fortification, on l'appelle encore la Tour du Coin... C'est le morceau le plus extraordinaire, le plus important de toute cette agglomération d'ouvrages défensifs. Les murs y sont plus épais que partout ailleurs et plus hauts. A mi-hauteur, c'est encore le ciment romain qui les scelle,... ce sont encore les pierres entassées par les colons de César.

– Là-bas, cette tour, dans le coin opposé continue Edith, c'est la Tour de Charles le Téméraire, ainsi appelée parce que c'est le duc qui en a fourni le plan quand il a fallu transformer les défenses du château pour résister à l'artillerie. Oh ! je suis très savante... Le vieux Bob a fait de cette tour son cabinet d'études. C'est dommage, car nous aurions eu là une magnifique salle à manger... Mais je n'ai jamais rien su refuser au vieux Bob !... Le vieux Bob, ajoute-t-elle, c'est mon oncle,... c'est lui qui veut que je l'appelle comme ça, depuis que j'ai été toute petite... Il n'est pas ici, en ce moment... Il est parti, il y a cinq jours, pour Paris, et il revient demain. Il est allé comparer des pièces anatomiques qu'il a trouvées dans les Rochers Rouges avec celles du Muséum d'histoire naturelle de Paris... Ah ! voici une oubliette...

Et elle nous montre, au milieu de cette seconde cour, un puits, qu'elle appelait oubliette, par pur romantisme, et au-dessus duquel un eucalyptus, à la chair lisse et aux bras nus, se penchait comme une femme à la fontaine.

Depuis que nous étions passés dans la seconde cour, nous comprenions mieux – moi, du moins, car Rouletabille, de plus en plus indifférent à toutes choses, ne semblait ni voir, ni entendre – la disposition du fort d'Hercule. Comme cette disposition est d'une importance capitale dans les incroyables événements qui vont se produire presque aussitôt notre arrivée aux Rochers Rouges, je vais mettre, tout d'abord, sous les yeux du lecteur le plan général du fort tel qu'il a été tracé plus tard par Rouletabille lui-même...

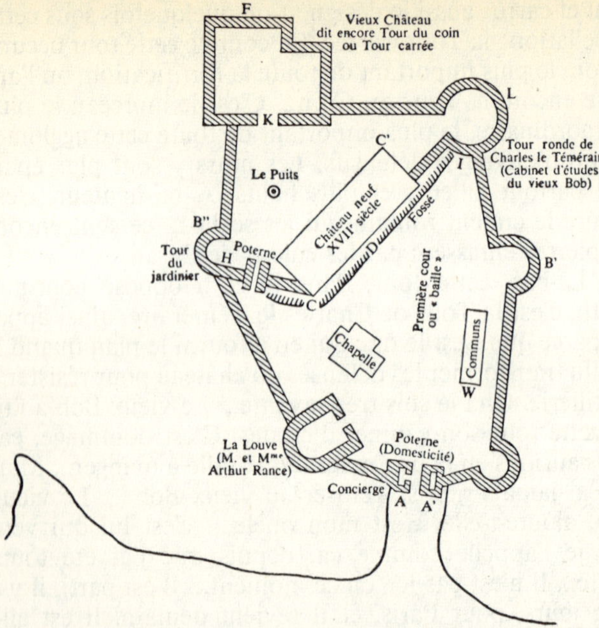

Ce château avait été construit, en 1140, par les seigneurs de la Mortola. Pour l'isoler complètement de la terre ; ceux-ci n'avaient pas hésité à faire une île de cette presqu'île en coupant l'isthme minuscule qui la reliait au rivage. Sur le rivage même, ils avaient établi une barbacane, fortification sommaire en demi-cercle, destinée à protéger les approches du pont-levis et des deux tours d'entrée. Cette barbacane n'avait point laissé de trace. Et l'isthme, dans la suite des siècles, avait retrouvé sa forme première ; le pont-levis avait été enlevé ; le fossé avait été comblé. Les murs du château d'Hercule épousaient la forme de la presqu'île, qui était celle d'un hexagone irrégulier. Ces murs se dressaient au ras du roc et celui-ci, par places, surplombait les eaux qui, inlassablement, le creusaient, si bien qu'une petite barque eût pu s'y abriter par calme plat et quand elle ne craignait point que le ressac ne la rejetât et ne la brisât contre ce plafond naturel. Cette disposition était merveilleuse pour la défense qui n'avait guère, dans ces conditions, à craindre l'escalade, de quelque côté que ce fût.

On entrait donc dans le fort par la porte Nord que gardaient les deux tours A et A′ reliées par une voûte. Ces tours, qui avaient fort souffert lors des derniers sièges par les Génois, avaient été un peu réparées par la suite et venaient d'être mises en état d'être habitées par les soins de Mrs. Rance qui en avait consacré les locaux à la domesticité. Le rez-de-chaussée de la tour A servait de logis aux concierges. Une petite porte s'ouvrait dans le flanc de la tour A, sous la voûte, et permettait au veilleur de se rendre compte de toutes les entrées et sorties. Une lourde porte de chêne bardée de fer, dont les deux vantaux étaient repliés depuis d'innombrables années contre le mur intérieur des deux tours, ne servait plus de rien tant on l'avait trouvée difficile à manier, et l'entrée du château n'était fermée que par une petite grille que chacun ouvrait, maître ou fournisseur, à volonté. Cette entrée était la seule qui permît de pénétrer dans le château. Comme je l'ai dit, passé cette entrée, on se trouvait dans une première cour ou *baille* fermée de tous côtés par le mur d'enceinte et par les tours ou ce qui restait des tours. Ces murs étaient loin d'avoir conservé leur hauteur première. Les courtines anciennes qui rejoignaient les tours avaient été rasées et étaient remplacées par une sorte de boulevard circulaire vers lequel on montait de l'intérieur de la baille par des rampes assez douces. Ces boulevards étaient encore couronnés d'un parapet percé de meurtrières pour les petites pièces. Car cette transformation avait eu lieu au XVe siècle, dans le moment où tout châtelain devait commencer à compter sérieusement avec l'artillerie. Quant aux tours B, B′, B″ qui avaient longtemps encore conservé leur homogénéité et leur hauteur première, et pour lesquelles on s'était borné à cette époque à supprimer le toit pointu qui avait été remplacé par une plate-forme destinée à supporter de l'artillerie, elles avaient été plus tard rasées à la hauteur du parapet des boulevards et l'on en avait fait des sortes de demi-lunes. Cette opération avait été accomplie au XVIIe siècle, lors de la construction d'un château moderne, appelé encore Château Neuf bien qu'il fût en ruine, et cela pour déblayer la vue dudit château. Ce Château Neuf était placé en C C′.

Sur le terre-plein des anciennes tours, terre-plein entouré lui aussi d'un parapet, on avait planté des palmiers qui, du reste, avaient mal poussé, brûlés par le vent et l'eau de mer. Quand on se penchait au-dessus du parapet circulaire qui faisait tout le tour de la propriété en surplombant le roc avec lequel il faisait corps, roc qui, lui-même, surplombait la mer, on se rendait compte que le château continuait à être aussi fermé que dans le temps où les courtines des murs atteignaient aux deux tiers de la hauteur des vieilles tours. La Louve avait été respectée, comme je l'ai dit, et il n'était point jusqu'à son échauguette, restaurée, bien entendu, qui ne dressât sa silhouette étrangement vieillotte au-dessus de l'azur méditerranéen. J'ai dit aussi les ruines de la chapelle. Les anciens communs W adossés au parapet entre B et B′ avaient été transformés en écuries et cuisines.

Je viens de décrire ici toute la partie avancée du château d'Hercule. On ne pouvait pénétrer dans la seconde enceinte que par la poterne H que Mrs. Arthur Rance appelait la Tour du Jardinier et qui n'était, en somme, qu'un épais pavillon défendu autrefois par la tour B″ et par une autre tour, située en C, et qui avait entièrement disparu au moment de la construction du Château Neuf C C′. Un fossé et un mur partaient alors de B″ pour aboutir en I à la Tour de Charles le Téméraire, avançant, en C, en forme d'éperon au milieu de la baille et barrant entièrement toute la première cour qu'ils fermaient. Le fossé existait toujours, large et profond, mais le mur avait été supprimé sur toute la longueur du Château Neuf et remplacé par le mur du château lui-même. Une porte centrale en D, maintenant condamnée, s'ouvrait sur un pont qui avait été jeté sur le fossé et qui permettait autrefois les communications directes avec la baille. Or ce pont volant avait été démoli ou s'était effondré, et, comme les fenêtres du château, très élevées au-dessus du fossé, étaient encore garnies de leurs épais barreaux de fer, on pouvait prétendre en toute vérité que la seconde cour était restée aussi impénétrable que lorsqu'elle était entièrement défendue par son mur d'enceinte, au moment où le Château Neuf n'existait pas.

Le sol de cette seconde cour, de la Cour de Charles le Téméraire, comme les anciens guides du pays l'appelaient encore, était un peu plus élevé que le niveau de la première. Le roc formait là une assise plus haute, naturel piédestal de cette colonne colossale, prodigieuse et noire, de ce Vieux Château, tout carré, tout droit, d'un seul bloc, allongeant son ombre formidable sur le flot clair. On ne pénétrait dans le Vieux Château F que par une petite porte K. Les anciens du pays ne l'appelaient jamais autrement que la Tour Carrée, pour la distinguer de la Tour Ronde, dite de Charles le Téméraire. Un parapet semblable à celui qui fermait la première cour, reliait entre elles les tours B″, F et L, fermant également la seconde.

Nous avons dit que la Tour Ronde avait été autrefois rasée à mi-hauteur, remaniée et refaite par un Mortola, sur les plans de Charles le Téméraire lui-même, à qui il avait rendu quelques services dans la guerre helvétique. Cette tour avait quinze toises de diamètre extérieurement et se composait d'une batterie basse dont le sol était placé à une toise en contrebas du niveau supérieur du plateau. On descendait dans cette batterie basse par une pente, aboutissant à une salle octogone dont les voûtes portaient sur quatre gros piliers cylindriques. Sur cette chambre s'ouvraient trois énormes embrasures pour trois gros canons. C'est de cette salle octogone que Mrs. Edith eût voulu faire une vaste salle à manger, car, si elle était admirablement fraîche à cause de l'épaisseur des murs, qui était formidable, la lumière du rocher et l'éblouissante clarté de la mer pouvaient y pénétrer à volonté par ces embrasures-meurtrières qui avaient été agrandies en carré et formaient maintenant des fenêtres garnies, elles aussi, de puissants barreaux de fer. Cette tour L, dont l'oncle de Mrs. Edith s'était emparé pour y travailler et y caser ses nouvelles collections, avait un terre-plein merveilleux où la châtelaine avait fait transporter de la terre arable, des plantes et des fleurs, et où elle avait ainsi créé le plus étonnant jardin suspendu qui se pût rêver. Une cabane, tout habillée de feuilles sèches de palmiers, formait là un heureux abri. J'ai marqué, sur le plan, d'une teinte grise, tous les bâtiments ou parties de bâtiments qui avaient été, par les soins de Mrs. Edith, disposés, agencés et restaurés pour l'habitation immédiate.

Du château du XVIIe siècle dit Château Neuf, on n'avait réparé en C', au premier étage, que deux chambres et un petit salon, pour les hôtes de passage. C'est là que Rouletabille et moi devions coucher ; quant à M. et Mme Robert Darzac, ils habitaient dans la Tour Carrée dont nous aurons à parler d'une façon plus particulière.

Deux pièces, au rez-de-chaussée de cette Tour Carrée, restaient réservées au vieux Bob qui couchait là. M. Stangerson habitait au premier étage de la Louve, au-dessous du ménage Rance.

Mrs. Edith voulut nous montrer elle-même nos chambres. Elle nous fit traverser des salles aux plafonds effondrés, aux parquets défoncés, aux murs moisis ; mais, de-ci, de-là, quelques lambris, un trumeau, une peinture écaillée, une tapisserie en loques, attestaient l'ancienne splendeur du Château Neuf né de la fantaisie d'un Mortola du grand siècle. En revanche, nos petites chambres ne rappelaient en rien ce passé magnifique. Elles en avaient été nettoyées avec un soin qui me toucha. Propres et hygiéniques, sans tapis, badigeonnées, laquées de clair, meublées sommairement à la moderne, elles nous plurent beaucoup. J'ai dit que nos deux chambres étaient séparées par un petit salon.

Comme je faisais le nœud de ma cravate, j'appelai Rouletabille lui demandant s'il était prêt. Je n'obtins aucune réponse. J'allai dans sa chambre, et je constatai avec surprise qu'il en était déjà parti. Je me mis à sa fenêtre, qui donnait, comme les miennes, sur la Cour de Charles le Téméraire. Cette cour était vide, habitée seulement par son grand eucalyptus, dont, à cette heure, l'odeur forte montait jusqu'à moi. Au-dessus du parapet du boulevard, j'apercevais l'immense étendue des eaux silencieuses. La mer était devenue d'un bleu un peu sombre à la tombée du soir, et les ombres de la nuit étaient visibles à l'horizon de la côte italienne, s'accrochant déjà à la pointe d'Ospédaletti. Aucun bruit, aucun frisson, sur la terre et dans les cieux. Je n'avais observé encore un pareil silence et une pareille immobilité de la nature qu'à la minute qui précède les plus violents orages et le déchaînement de la foudre. Cependant, nous n'avions rien de tel à craindre et la nuit s'annonçait, décidément, sereine...

Mais quelle est cette ombre apparue ? D'où vient ce spectre qui glisse sur les eaux ? Debout, à l'avant d'une petite barque qu'un pêcheur fait avancer au rythme lent de ses deux rames, j'ai reconnu la silhouette de Larsan ! Qui s'y tromperait, qui tenterait de s'y tromper ? Ah ! il n'est que trop reconnaissable. Et si ceux devant lesquels il vient ce soir étaient disposés à douter que ce fût lui, il met une si menaçante coquetterie à s'exhiber dans toute sa figure d'autrefois, qu'il ne les renseignerait pas davantage en leur criant : « C'est moi ! »

Oh ! oui, c'est lui ! C'est lui ! c'est le grand Fred. La barque silencieuse, avec sa statue immobile, fait le tour du château fort. Elle passe maintenant sous les fenêtres de la Tour Carrée, et puis elle dirige sa proue du côté de la pointe de Garibaldi vers les carrières des Rochers Rouges. Et l'homme est toujours debout, les bras croisés, la tête tournée vers la tour, apparition diabolique au seuil de la nuit qui, lente et sournoise, s'approche de lui parderrière, l'enveloppe de sa gaze légère et l'emporte.

Maintenant, en baissant les yeux, j'aperçois deux ombres dans la Cour du Téméraire ; elles sont au coin du parapet auprès de la petite porte de la Tour Carrée. L'une de ces ombres, la plus grande, retient l'autre et supplie.

La plus petite voudrait s'échapper ; on dirait qu'elle est prête à prendre son élan vers la mer. Et j'entends la voix de Mme Darzac qui dit :

– Prenez garde ! C'est un piège qu'il vous tend. Je vous défends de me quitter, ce soir !...

Et la voix de Rouletabille :

– Il faudra bien qu'il aborde au rivage. Laissez-moi courir au rivage !

– Que ferez-vous ! gémit la voix de Mathilde.

– Tout ce qu'il faudra.

Et, encore, la voix de Mathilde, la voix épouvantée :

– Je vous défends de toucher à cet homme !

Et je n'entends plus rien.

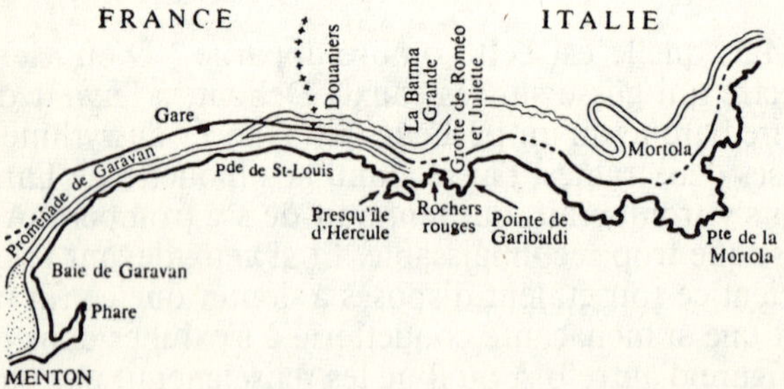

Voici un croquis de la côte méditerranéenne, entre Menton et la pointe de la Mortola, indiquant la situation des Rochers Rouges et de la presqu'île d'Hercule

Je suis descendu et j'ai trouvé Rouletabille, seul, assis sur la margelle du puits. Je lui ai parlé, et il ne m'a pas répondu, comme il lui arrive quelquefois. Je m'en fus dans la baille, et, là, je rencontrai M. Darzac qui vint à moi, fort agité. Il me cria de loin :

– Eh bien ! *L'*avez-vous vu ?

– Oui, je *l'*ai vu, fis-je.

– Et elle, elle, savez-vous si elle l'a vu ?

– Elle l'a vu. Elle était avec Rouletabille quand il est passé ! Quelle audace !

Robert Darzac en tremblait encore de l'avoir vu. Il me dit qu'aussitôt qu'il l'avait aperçu, il avait couru comme un fou au rivage, mais qu'il n'était pas arrivé à temps à la pointe de Garibaldi et que la barque avait disparu comme par enchantement. Mais déjà Robert Darzac me quittait, courant rejoindre Mathilde, anxieux de l'état d'esprit dans lequel il allait la retrouver. Cependant, il revenait presque aussitôt, triste et abattu. La porte de son appartement était fermée. Sa femme désirait être seule un instant.

– Et Rouletabille ? demandai-je.

– Je ne l'ai pas vu !

Nous restâmes ensemble sur le parapet, à regarder la nuit qui avait emporté Larsan. Robert Darzac était infiniment triste. Pour détourner le cours de ses pensées, je lui posai quelques questions sur le ménage Rance, auxquelles il finit par répondre.

C'est ainsi que, peu à peu, je devais apprendre comment, après le procès de Versailles, Arthur Rance était retourné à Philadelphie, et comment, un beau soir, il s'était trouvé dans un banquet de famille, à côté d'une jeune personne romanesque qui l'avait séduit immédiatement par un tour d'esprit littéraire qu'il avait rarement rencontré chez ses belles compatriotes. Elle n'avait rien de ce type alerte, désinvolte, indépendant et audacieux qui devait aboutir à la « fluffy-ruffles », si en honneur de nos jours. Un peu dédaigneuse, douce et mélancolique, d'une pâleur intéressante, elle eût plutôt rappelé les tendres héroïnes de Walter Scott, lequel était, du reste, paraît-il, son auteur favori. Ah ! certes, elle retardait, elle retardait d'une façon délicieuse. Comment cette figure délicate parvint-elle à impressionner si vivement Arthur Rance qui avait tant aimé la majestueuse Mathilde ? Ce sont là les secrets du cœur. Toujours est-il que, se sentant devenir amoureux, Arthur Rance en avait profité, ce soir-là, pour se griser abominablement. Il dut commettre quelque inélégante bêtise, laisser échapper un propos si incorrect que Miss Edith le pria soudain, et à haute voix, de ne plus lui adresser la parole. Le lendemain, Arthur Rance faisait faire officiellement ses excuses à Miss Edith, et jurait qu'il ne boirait plus que de l'eau : il devait tenir ce serment.

Arthur Rance connaissait de longue date l'oncle, ce vieux brave homme de Munder, le vieux Bob, comme on l'avait surnommé à l'Université, un type extraordinaire qui était aussi célèbre par ses aventures d'explorateur que par ses découvertes de géologue. Il était doux comme

Le vieux Bob

un mouton, mais n'avait pas son pareil pour chasser le tigre des pampas. Il avait passé la moitié de son existence de professeur au sud du Rio-Negro, chez les Patagons, à la recherche de l'homme tertiaire ou tout au moins de son squelette, non point de l'anthropopithèque ou de quelque autre pithécanthropus, se rapprochant plus ou moins du singe, mais bien de l'homme, plus fort, plus puissant que celui qui habite de nos jours la planète, de l'homme, enfin, contemporain des prodigieux mammifères qui sont apparus sur le globe avant l'époque quaternaire. Il revenait généralement de ces expéditions avec quelques caisses de cailloux et un bagage respectable de tibias et de fémurs sur lesquels le monde savant bataillait, mais aussi avec une riche collection de « peaux de lapin », comme il disait, qui attestait que le vieux savant à lunettes savait encore se servir d'armes moins préhistoriques que la hache en silex ou le perçoir du troglodyte. Aussitôt de retour à Philadelphie, il reprenait possession de sa chaire, se courbait sur ses bouquins, sur ses cahiers et, maniaque comme un « rond-de-cuir », dictait son cours, s'amusant à faire sauter dans les yeux de ses plus proches élèves les copeaux de ses longs crayons dont il ne se servait jamais, mais qu'il taillait interminablement. Et, quand il avait atteint son but – qu'il visait – on voyait apparaître au-dessus de son pupitre sa bonne tête chenue que fendait, sous les lunettes d'or, le large rire silencieux de sa bouche joviale.

Tous ces détails me furent donnés plus tard par Arthur Rance lui-même, qui avait été l'élève du vieux Bob, mais qui ne l'avait pas revu depuis de nombreuses années, quand il fit la connaissance de Miss Edith ; et, si je les rapporte si complètement ici, c'est que, par une suite de circonstances fort naturelles, nous allons retrouver le vieux Bob aux Rochers Rouges.

Miss Edith, lors de la fameuse soirée où Arthur Rance lui fut présenté et où il se conduisit d'une façon aussi incohérente, ne s'était montrée peut-être si mélancolique que parce qu'elle venait de recevoir de fâcheuses nouvelles de son oncle. Celui-ci, depuis quatre ans, ne se décidait pas à revenir de chez les Patagons. Dans sa dernière lettre, il lui disait qu'il était bien malade et qu'il désespérait de la revoir avant de mourir. On pourrait être tenté de penser qu'une nièce au cœur tendre, dans ces conditions, eût pu s'abstenir de paraître à un banquet, si familial fût-il, mais Miss Edith, au cours des voyages de son oncle, avait tant reçu de fâcheuses nouvelles, et son oncle était revenu de si loin, toujours si bien portant, qu'on ne lui tiendra certainement point rigueur de ce que sa tristesse ne l'eût point, ce soir-là, retenue à la maison. Cependant, trois mois plus tard, sur une nouvelle lettre, elle décida de partir et d'aller rejoindre, toute seule, son oncle, au fond de l'Araucanie. Pendant ces trois mois, il s'était passé des événements mémorables. Miss Edith avait été touchée des remords d'Arthur Rance et de sa persistance à ne plus boire que de l'eau. Elle avait appris que les mauvaises habitudes d'intempérance de ce gentleman n'avaient été prises qu'à la suite d'un désespoir d'amour, et cette circonstance lui avait plu par-dessus tout. Ce caractère romanesque dont j'ai parlé tout à l'heure devait servir rapidement les desseins d'Arthur Rance ; et, au moment du départ de Miss Edith pour l'Araucanie, nul ne s'étonna de ce que l'ancien élève du vieux Bob accompagnât sa nièce. Si les fiançailles n'étaient pas encore officielles, c'est qu'elles n'attendaient pour le devenir que la bénédiction du géologue. Miss Edith et Arthur Rance retrouvèrent à San Luis l'excellent oncle. Il était d'une humeur charmante et d'une santé florissante. Rance, qui ne l'avait pas revu depuis si longtemps, eut le toupet de lui dire qu'il avait rajeuni, ce qui est le plus habile des compliments. Aussi, quand sa nièce lui eut appris qu'elle s'était fiancée à ce charmant garçon, la joie de l'oncle fut remarquable. Tous trois revinrent à Philadelphie où le mariage fut célébré. Miss Edith ne connaissait pas la France. Arthur Rance décida d'y faire leur voyage de noces. Et c'est ainsi qu'ils trouvèrent, comme il sera conté tout à l'heure, une occasion scientifique de se fixer aux environs de Menton, non point en France, mais à cent mètres de la frontière, en Italie, devant les Rochers Rouges.

La cloche ayant retenti et Arthur Rance étant venu audevant de nous, nous nous dirigeâmes vers la Louve, dans la salle basse de laquelle, ce soir-là, était servi le dîner. Quand nous y fûmes tous réunis, moins le vieux Bob, absent du fort d'Hercule, Mrs. Edith nous demanda si quelqu'un de nous avait aperçu une petite barque qui avait fait le tour du château et dans laquelle se trouvait un homme debout. L'attitude singulière de cet homme l'avait frappée. Comme personne ne lui répondit, elle reprit :

– Oh ! je saurai qui c'est, car je connais le marin qui conduisait la barque. C'est un grand ami du vieux Bob.

– Vraiment ! fit Rouletabille, vous connaissez ce marin, madame ?

– Il vient quelquefois au château. Il vient vendre du poisson. Les gens du pays lui ont donné un nom bizarre que je ne saurais vous répéter dans leur impossible patois, mais je me le suis fait traduire. Cela veut dire : « Le Bourreau de la Mer ! » Un bien joli nom, n'est-ce pas ?

VII

De quelques précautions qui furent prises par Joseph Rouletabille pour défendre le fort d'Hercule contre une attaque ennemie

Rouletabille n'eut même point la politesse de demander l'explication de cet étonnant sobriquet. Il paraissait abîmé dans les plus sombres réflexions. Drôle de dîner ! Drôle de château. Drôles de gens ! Les grâces languissantes de Mrs. Edith ne suffirent point à nous galvaniser. Il y avait là deux nouveaux ménages, quatre amoureux qui auraient dû être la gaieté de l'heure, et rayonner de la joie de vivre. Le repas fut des plus tristes. Le spectre de Larsan planait sur les convives, même sur celui d'entre nous qui ne le savait point si proche.

Il est juste de dire, du reste, que le professeur Stangerson depuis qu'il avait appris la cruelle, la douloureuse vérité, ne pouvait se débarrasser de ce spectre-là. Je ne crois point m'avancer beaucoup, en prétendant que la première victime du drame du Glandier et la plus malheureuse de toutes était le professeur Stangerson. Il avait tout perdu : sa foi dans la science, l'amour du travail, et – ruine plus affreuse que toutes les autres – la religion de sa fille. Il avait tant cru en elle ! Elle avait été pour lui l'objet d'un si constant orgueil ! Il l'avait associée pendant tant d'années, vierge sublime, à sa recherche de l'inconnu ! Il avait été si merveilleusement ébloui de cette définitive volonté qu'elle avait eue de refuser sa beauté à quiconque eût pu l'éloigner de son père et de la science ! Et, quand il en était encore à considérer avec extase un pareil sacrifice, il apprenait que, si sa fille refusait de se marier, c'est qu'elle l'était déjà à un Ballmeyer ! Le jour où Mathilde avait décidé de tout avouer à son père et de lui confesser un passé qui devait, aux yeux du professeur déjà averti par le mystère du Glandier, éclairer le présent d'un éclat bien tragique, le jour où, tombant à ses pieds et embrassant ses genoux, elle lui avait raconté le drame de son cœur et de sa jeunesse, le professeur Stangerson avait serré dans ses bras tremblants son enfant chérie ; il avait déposé le baiser du pardon sur sa tête adorée, il avait mêlé ses larmes aux sanglots de celle qui avait expié sa faute dans la folie, et il lui avait juré qu'elle ne lui avait jamais été plus précieuse que depuis qu'il savait ce qu'elle avait souffert. Et elle s'en était allée un peu consolée. Mais lui, resté seul, se releva un autre homme..., un homme seul, tout seul..., l'homme seul ! Le professeur Stangerson avait perdu sa fille et ses dieux !

Il l'avait vue avec indifférence se marier à Robert Darzac, qui avait été, cependant, son élève le plus cher. En vain Mathilde s'efforçait-elle de réchauffer son père d'une tendresse plus ardente. Elle sentait bien qu'il ne lui appartenait plus, que son regard se détournait d'elle, que ses yeux vagues fixaient dans le passé une image qui n'était plus la sienne, mais qui l'avait été, hélas ! et que, s'ils revenaient à elle, à elle Mme Darzac, c'était pour apercevoir à ses côtés, non point la figure respectée d'un honnête homme, mais la silhouette éternellement vivante, éternellement infâme, de l'autre ! de celui qui avait été le premier mari, de celui qui lui avait volé sa fille !... Il ne travaillait plus !... Le grand secret de la *Dissociation de la matière* qu'il s'était promis d'apporter aux hommes retournerait au néant d'où, un instant, il l'avait tiré, et les hommes iraient, répétant pendant des siècles encore, la parole imbécile : *Ex nihilo nihil !*

Le repas était rendu plus lugubre encore par le cadre dans lequel il nous était servi, cadre sombre, éclairé d'une lampe gothique, de vieux candélabres de fer forgé, entre des murs de forteresse garnis de tapisseries d'Orient et contre lesquels s'appuyaient de vieilles armoires datant de la première invasion sarrasine, et des sièges à la Dagobert.

A tour de rôle, j'examinais les convives, et ainsi m'apparaissaient les causes particulières de la tristesse générale. M. et Mme Robert Darzac étaient à côté l'un de l'autre. La maîtresse de céans n'avait évidemment point voulu séparer des époux aussi neufs, dont l'union ne datait que de l'avant-veille. Des deux, je dois dire que le plus désolé était, sans contredit, notre ami Robert. Il ne prononçait pas une parole. Mme Darzac, elle, se mêlait encore à la conversation, échangeait quelques réflexions banales avec Arthur Rance. Devrais-je ajouter même, à ce propos, qu'après la scène à laquelle j'avais assisté du haut de ma fenêtre entre Rouletabille et Mathilde je m'attendais à voir celle-ci plus atterrée... quasi anéantie par cette vision menaçante d'un Larsan surgi des eaux. Mais non ! bien au contraire, je constatais une remarquable différence entre l'aspect effaré sous lequel elle nous était apparue précédemment à la gare, par exemple, et celui-ci qui était presque entièrement de sang-froid. On eût dit que cette apparition l'avait plutôt soulagée et quand je fis part, dans la soirée, de cette réflexion à Rouletabille, le jeune reporter fut de mon avis et m'expliqua cette apparente anomalie de la façon la plus simple. Mathilde ne devait rien tant redouter que de redevenir folle, et la certitude cruelle où elle était maintenant de ne pas avoir été victime de l'hallucination de son cerveau troublé avait certainement servi à lui rendre un peu de calme. Elle préférait encore avoir à se défendre de Larsan vivant que de son fantôme ! Dans la première entrevue qu'elle avait eue avec Rouletabille dans la Tour Carrée pendant que j'achevais ma toilette, elle avait, du reste, semblé à mon jeune ami tout à fait hantée par cette idée qu'elle redevenait folle ! Rouletabille, me racontant cette entrevue, m'avoua qu'il n'avait pu lui rendre quelque tranquillité qu'en prenant le contre-pied de tout ce qu'avait fait Robert Darzac, c'est-à-dire en ne lui cachant point que ses yeux avaient bien vu clair et vu Frédéric Larsan ! Quand elle sut que Robert Darzac ne lui avait dissimulé cette *réalité* que par la crainte qu'elle n'en fût épouvantée et qu'il avait été le premier à télégraphier à Rouletabille de venir à leur secours, elle avait poussé un soupir qui ressemblait à s'y méprendre à un sanglot. Elle avait pris les mains de Rouletabille et les avait soudain couvertes de baisers, comme une mère fait, dans un accès de gloutonnerie adorable, aux mains de son tout petit enfant. Évidemment, elle était instinctivement reconnaissante au jeune homme vers lequel elle se sentait irrésistiblement portée par toutes les forces mystérieuses de son être maternel, de ce qu'il repoussait, d'un mot, la folie qui rôdait toujours autour d'elle et qui, de temps en temps, revenait frapper à sa porte. C'est dans ce moment qu'ils avaient aperçu, tous deux en même temps, par la fenêtre de la tour, Frédéric Larsan, debout, dans sa barque. Ils l'avaient d'abord regardé avec stupeur, immobiles et muets. Puis un cri de rage s'était échappé de la gorge angoissée de Rouletabille et celui-ci avait voulu se précipiter, courir sus à l'homme ! Nous avons vu comment Mathilde l'avait retenu, s'accrochant à lui jusque sur le parapet... Évidemment, c'était horrible, cette résurrection naturelle de Larsan, mais moins horrible que la résurrection continuelle et surnaturelle d'un Larsan qui n'existerait que dans son cerveau malade !... Elle ne voyait plus Larsan partout. *Elle le voyait où il était !*

A la fois nerveuse et douce, tantôt patiente et par instants impatiente, Mathilde, tout en répondant à Arthur Rance, prenait de M. Darzac les soins les plus charmants, les plus tendres. Elle était pleine d'attention, le servant elle-même, avec un admirable et sérieux sourire, veillant à ce qu'il n'eût point la vue fatiguée par l'approche trop brusque d'une lumière. Robert la remerciait et semblait, je dois bien le constater, affreusement malheureux. Et j'étais bien obligé de me rappeler que le malencontreux Larsan était arrivé à temps pour rappeler à Mme Darzac qu'avant d'être Mme Darzac elle était Mme Jean Roussel-Ballmeyer-Larsan devant Dieu et même, au regard de certaines lois transatlantiques, devant les hommes.

Si le but de Larsan avait été, en se montrant, de porter un coup affreux à un bonheur qui n'était encore qu'en expectative, il avait pleinement réussi !... Et, peut-être, en historien exact de l'événement, devons-nous appuyer sur ce fait moral, grandement à l'honneur de Mathilde, que ce n'est point seulement l'état de désarroi où se trouvait son esprit à la suite de la réapparition de Larsan, qui l'incita à faire comprendre à Robert Darzac, le premier soir où ils se trouvèrent face à face – enfin seuls ! – dans l'appartement de la Tour Carrée, que cet appartement était assez vaste pour y loger séparément leurs deux désespoirs mais ce fut encore le sentiment du devoir, c'est-à-dire de ce qu'ils se devaient chacun à tous deux, qui leur dicta la plus noble et la plus auguste des décisions ! J'ai déjà dit que Mathilde Stangerson avait été très religieusement élevée, non point par son père qui était assez indifférent sur ce chapitre, mais par les femmes et surtout par sa vieille tante de Cincinnatti. Les études auxquelles elle s'était livrée par la suite, aux côtés du professeur, n'avaient en rien ébranlé sa foi et le professeur s'était bien gardé d'influencer en quoi que ce fût, à ce propos, l'esprit de sa fille. Celle-ci avait conservé, même au moment le plus redoutable de la création du néant, théorie sortie du cerveau de son père, ainsi que celle de la dissociation de la matière, la foi des Pasteur et des Newton. Et elle disait couramment que, s'il était prouvé que tout venait de rien, c'est-à-dire de l'éther impondérable, et retournait à ce rien, pour en ressortir éternellement, grâce à un système qui se rapprochait d'une façon singulière des fameux atomes crochus des anciens, il restait à prouver que *ce rien, origine de tout, n'avait pas été créé par Dieu.* Et, en bonne catholique, ce Dieu, évidemment, était le sien, le seul qui eût son vicaire ici-bas, appelé pape. J'aurais peut-être passé sous silence les théories religieuses de Mathilde si elles n'avaient été d'un appoint certain dans les résolutions qu'elle eut à prendre vis-à-vis de son nouvel époux devant les hommes, quand il lui fut révélé que son mari devant Dieu était encore de ce monde. La mort de Larsan ayant paru certaine, elle était allée à une nouvelle bénédiction nuptiale avec l'assentiment de son confesseur, en veuve. Et voilà qu'elle n'était plus veuve, mais bigame devant Dieu ! Au surplus, une telle catastrophe n'était point irrémédiable et elle dut elle-même faire luire aux yeux attristés de ce pauvre M. Darzac la perspective d'un sort meilleur qui serait arrangé comme il convient par la cour de Rome, à laquelle, le plus vite possible, il faudrait soumettre le litige. Bref, en conclusion de tout ce qui précède, M. et Mme Robert Darzac, quarante-huit heures après leur mariage à Saint-Nicolas-du-Chardonnet, faisaient chambre à part, au fond de la Tour Carrée Le lecteur comprendra alors qu'il n'en fallait peut-être point davantage pour expliquer l'irrémédiable mélancolie de Robert et les soins consolateurs de Mathilde.

Sans être précisément au courant, ce soir-là, de tous ces détails, j'en soupçonnais néanmoins le plus important. De M. et Mme Darzac mes yeux s'en furent au voisin de celle-ci, Mr. Arthur William Rance, et ma pensée déjà s'emparait d'un nouveau sujet d'observation, lorsque le maître d'hôtel vint nous annoncer que le concierge Bernier demandait à parler tout de suite à Rouletabille. Celui-ci se leva aussitôt, s'excusa, et sortit.

– Tiens ! fis-je, les Bernier ne sont donc plus au Glandier !

On se rappelle, en effet, que ces Bernier – l'homme et la femme – étaient les concierges de M. Stangerson à Sainte-Geneviève-des-Bois. J'ai raconté dans *Le Mystère de la chambre jaune,* comment Rouletabille les avait fait remettre en liberté, alors qu'ils étaient accusés de complicité dans l'attentat du pavillon de la Chênaie. Leur reconnaissance pour le jeune reporter, à cette occasion, avait été des plus grandes, et Rouletabille avait pu, dès lors, faire état de leur dévouement. M. Stangerson répondit à mon interpellation en m'apprenant que tous ses domestiques avaient quitté le Glandier qu'il avait à jamais abandonné. Comme les Rance avaient besoin de concierges pour le fort d'Hercule, le professeur avait été heureux de leur céder ces loyaux serviteurs dont il n'avait jamais eu à se plaindre, en dehors d'une petite histoire de braconnage qui avait failli tourner si mal pour eux. Maintenant, ils logeaient dans l'une des tours de la poterne d'entrée dont ils avaient fait leur loge et d'où ils surveillaient le mouvement d'entrée et de sortie du fort d'Hercule.

Rouletabille n'avait pas paru le moins du monde étonné quand le maître d'hôtel lui avait annoncé que Bernier désirait lui dire un mot : c'était donc, pensai-je, qu'il était déjà au fait de leur présence aux Rochers Rouges. En somme, je découvrais – sans en être stupéfait, du reste – que Rouletabille avait sérieusement employé les quelques minutes pendant lesquelles je le croyais dans sa chambre et que j'avais consacrées, moi, à ma toilette ou à d'inutiles bavardages avec M. Darzac.

Ce départ inattendu de Rouletabille jeta un froid. Chacun se demandait si cette absence ne coïncidait point avec quelque événement important relatif au retour de Larsan. Mme Robert Darzac était inquiète. Et, parce que Mathilde se montrait fâcheusement impressionnée, je vis bien que Mr. Arthur Rance crut bon de manifester, lui aussi, un discret émoi. Ici, il est bon de dire que Mr. Arthur Rance et sa femme n'étaient point au courant de tous les malheurs de la fille du professeur Stangerson. On avait, naturellement, jugé inutile de leur faire part du mariage secret de Mathilde et de Jean Roussel, devenu Larsan. C'était là un secret de famille. Mais ils savaient mieux que n'importe qui – Arthur Rance pour avoir été mêlé au drame du Glandier, et sa femme parce que son mari le lui avait raconté – avec quel acharnement le célèbre agent de la Sûreté avait poursuivi celle qui devait être un jour Mme Darzac. Les crimes de Larsan s'expliquaient naturellement aux yeux d'Arthur Rance par une passion désordonnée, et il ne faut point s'étonner qu'un homme qui avait été aussi longtemps épris de Mathilde que le phrénologue américain n'eût point cherché à l'attitude de Larsan d'autre explication que celle d'un amour furieux et sans espoir. Quant à Mrs. Edith, je me rendis bientôt parfaitement compte que les raisons du drame du Glandier ne lui semblaient point aussi simples que voulait bien le dire son mari. Pour qu'elle pensât comme celui-ci, il eût fallu qu'elle éprouvât pour Mathilde un enthousiasme approchant de celui d'Arthur Rance et, bien au contraire, toute son attitude, que j'observais à loisir, sans qu'elle s'en doutât, disait : « Mais, enfin ! qu'a donc cette femme de si étonnant pour avoir inspiré des sentiments aussi chevaleresques, aussi criminels à des cœurs d'hommes, pendant de si longues années ?... Eh quoi ! la voilà donc cette femme pour laquelle, policier, on tue ; pour laquelle, sobre, on s'enivre ; et pour laquelle on se fait condamner, innocent ? Qu'a-t-elle de plus que moi qui n'ai su que me faire platement épouser par un mari que je n'aurais jamais eu si elle ne l'avait pas repoussé ? Oui, qu'a-t-elle ? Elle n'a même plus la jeunesse ! Et cependant mon mari m'oublie pour la regarder encore ! » Voilà ce que je lus dans les yeux de Mrs. Edith qui regardait son mari regarder Mathilde. Ah ! les yeux noirs de la douce, de la langoureuse Mrs. Edith !

Je me félicite de ces présentations nécessaires que je viens de faire au lecteur. Il est bon qu'il sache les sentiments qui habitent le cœur de chacun, dans le moment que chacun va avoir un rôle à jouer dans l'étrange et inouï drame qui se prépare dans l'ombre, dans l'ombre qui enveloppe le fort d'Hercule. Et encore, je n'ai rien dit du vieux Bob, ni du prince Galitch, mais leur tour, n'en doutez point, viendra. C'est que j'ai pris comme règle, dans une affaire aussi considérable, de ne peindre choses et gens qu'au fur et à mesure de leur apparition au cours des événements. Ainsi le lecteur passera par toutes les alternatives, que quelques-uns de nous ont connues, d'angoisse et de paix, de mystère et de clarté, d'incompréhension et de compréhension ! Tant mieux si la lumière définitive se fait dans l'esprit du lecteur avant l'heure où elle m'est apparue. Comme il disposera, ni plus ni moins, des mêmes moyens que nous pour voir clair il se sera prouvé à lui-même qu'il jouit d'un cerveau digne du crâne de Rouletabille.

Nous achevâmes ce premier repas sans avoir revu notre jeune ami et nous nous levâmes de table sans nous communiquer le fond de notre pensée qui était des plus troubles. Mathilde s'enquit immédiatement de Rouletabille quand elle fut sortie de la Louve, et je l'accompagnai jusqu'à l'entrée du fort. M. Darzac et Mrs. Edith nous suivaient. M. Stangerson avait pris congé de nous. Arthur Rance, qui avait un instant disparu, vint nous rejoindre comme nous arrivions sous la voûte. La nuit était claire, tout illuminée de lune. Cependant, on avait allumé des lanternes sous la voûte qui retentissait de grands coups sourds. Et nous entendîmes la voix de Rouletabille qui encourageait ceux qui l'entouraient : « Allons ! encore un effort ! » disait-il, et des voix, après la sienne, se mettaient à haleter comme font les marins qui halent les barques sur la jetée, à l'entrée des ports. Enfin, un grand tumulte nous emplit les oreilles. On se serait cru dans une cloche. C'étaient les deux vantaux de l'énorme porte de fer qui venaient de se rejoindre pour la première fois depuis plus de cent ans.

Mrs. Edith s'étonna de cette manœuvre de la dernière heure et demanda ce qu'était devenue la grille qui faisait jusqu'alors fonction de porte. Mais Arthur Rance lui saisit le bras et elle comprit qu'elle n'avait qu'à se taire, ce qui ne l'empêcha point de murmurer : « Vraiment, ne dirait-on pas que nous allons subir un siège ? » Mais Rouletabille entraînait déjà tout notre groupe dans la baille, et nous annonçait, en riant, que, si nous avions par hasard le désir d'aller faire un tour en ville, il fallait pour ce soir-là y renoncer, attendu que ses ordres étaient donnés et que nul ne pouvait plus sortir du château, ni y entrer. Le père Jacques, ajouta-t-il, toujours en affectant de plaisanter, était chargé par lui d'exécuter la consigne et chacun savait qu'il était impossible de séduire ce vieux serviteur. C'est ainsi que j'appris que le père Jacques, que j'avais connu au Glandier, avait accompagné le professeur Stangerson à qui il servait de valet de chambre. La veille, il avait couché dans un petit cabinet de la Louve, attenant à la chambre de son maître, mais Rouletabille avait changé tout cela, et c'était le père Jacques maintenant, qui avait pris la place des concierges dans la tour A.

– Mais où sont les Bernier ? demanda Mrs. Edith, intriguée.

– Ils sont déjà installés dans la Tour Carrée, dans la chambre d'entrée, à gauche ; ils serviront de concierges à la Tour Carrée !... répondit Rouletabille.

– Mais la Tour Carrée n'a pas besoin de concierges ! s'écria Mrs. Edith, dont l'ahurissement était sans bornes.

– C'est ce que nous ne savons pas, madame, répliqua le reporter sans explication.

Mais il prit à part Mr. Arthur Rance et lui fit comprendre qu'il devait mettre sa femme au courant de la réapparition de Larsan. Si l'on prétendait cacher la vérité plus longtemps à M. Stangerson, on ne pouvait guère y parvenir sans l'aide intelligente de Mrs. Edith. Enfin, il était bon que chacun, désormais, au fort d'Hercule, fût préparé à tout, autrement dit, *ne fût surpris par rien !*

Là-dessus, il nous fit traverser la baille et nous nous trouvâmes à la poterne du jardinier. J'ai dit que cette poterne H commandait l'entrée de la seconde cour ; mais il y avait beau temps qu'à cet endroit le fossé avait été comblé. Autrefois, il y avait là un pont-levis. Rouletabille, à notre grande stupéfaction, déclara que le lendemain il ferait dégager le fossé et rétablir le pont-levis !

Dans le moment même, il s'occupait de faire fermer, par les gens du château, cette poterne par une sorte de porte de fortune en attendant mieux, faite de planches et de vieux bahuts que l'on avait sortis de la bâtisse du jardinier. Ainsi, le château se barricadait et Rouletabille était seul maintenant à en rire tout haut ; car Mrs. Edith, mise rapidement au courant par son mari, ne disait plus rien, se contentant de s'amuser *in petto* prodigieusement de ces visiteurs qui transformaient son vieux château fort en place imprenable parce qu'ils redoutaient l'approche d'un homme, d'un seul homme !... C'est que Mrs. Edith ne connaissait point cet homme-là et qu'elle n'avait pas passé par le Mystère de la Chambre Jaune ! Quant aux autres – et Arthur Rance lui-même était de ceux-là – ils trouvaient tout naturel et absolument raisonnable que Rouletabille les fortifiât contre l'inconnu, contre le mystère, contre l'invisible, contre ce on ne savait quoi qui rôdait dans la nuit, autour du fort d'Hercule !

A cette poterne, Rouletabille n'avait placé personne, car il se réservait ce poste cette nuit-là, pour lui-même. De là, il pouvait surveiller et la première et la seconde cour. C'était un point stratégique qui commandait tout le château. On ne pouvait parvenir du dehors jusqu'aux Darzac qu'en passant d'abord par le père Jacques, en A, par Rouletabille en H, et par le ménage Bernier qui veillait sur la porte K de la Tour Carrée. Le jeune homme avait décidé que les veilleurs désignés ne se coucheraient pas. Comme nous passions près du puits de la Cour du Téméraire, je vis à la clarté de la lune qu'on avait

Le puits de la Cour du Téméraire –

dérangé la planche circulaire qui le fermait. Je vis aussi, sur la margelle, un seau attaché à une corde. Rouletabille m'expliqua qu'il avait voulu savoir si ce vieux puits correspondait avec la mer et qu'il y avait puisé une eau absolument douce, preuve que cette eau n'avait aucune relation avec l'élément salé. Il fit quelques pas alors avec Mme Darzac qui prit aussitôt congé de nous et entra dans la Tour Carrée. M. Darzac, sur la prière de Rouletabille, resta avec nous, ainsi qu'Arthur Rance. Quelques phrases d'excuses à l'adresse de Mrs. Edith firent comprendre à celle-ci qu'on la priait poliment de s'aller coucher, ce qu'elle fit d'une grâce assez nonchalante et en saluant Rouletabille d'un ironique : « Bonsoir, monsieur le capitaine ! »

Quand nous fûmes seuls, entre hommes, Rouletabille nous entraîna vers la poterne, dans la petite chambre du jardinier ; c'était une pièce fort obscure, basse de plafond, où l'on se trouvait merveilleusement blottis pour voir sans être vus. Là, Arthur Rance, Robert Darzac, Rouletabille et moi, dans la nuit, sans même avoir allumé une lanterne, nous tînmes notre premier conseil de guerre. Ma foi, je ne saurais quel autre nom donner à cette réunion d'hommes effarés, réfugiés derrière les pierres de ce vieux château guerrier.

– Nous pouvons tranquillement délibérer ici, commença Rouletabille ; personne ne nous entendra et nous ne serons surpris par personne. Si l'on parvenait à franchir la première porte gardée par le père Jacques sans qu'il s'en aperçût, nous serions immédiatement avertis par l'avant-poste que j'ai établi au milieu même de la baille, dissimulé dans les ruines de la chapelle. Oui, j'ai placé là votre jardinier, Mattoni, monsieur Rance. Je crois, à ce qu'on m'a dit, qu'on peut être sûr de cet homme ? Dites-moi, je vous prie, votre avis ?...

J'écoutais Rouletabille avec admiration. Mrs. Edith avait raison. C'était vrai qu'il s'improvisait notre capitaine et voilà que, d'emblée, il prenait toutes dispositions susceptibles d'assurer la défense de la place. Certes ! j'imagine qu'il n'avait point envie de la rendre, à n'importe quel prix, et qu'il était parfaitement disposé à se faire sauter en notre compagnie, plutôt que de capituler. Ah ! le brave petit gouverneur de place que c'était là ! Et, en vérité, il fallait être tout à fait brave pour entreprendre de défendre le fort d'Hercule contre Larsan, plus brave que s'il se fût agi de mille assiégeants, comme il arriva à l'un des comtes de la Mortola qui n'eut, pour débarrasser la place, qu'à faire donner grosses pièces, couleuvrines et bombardes et puis à charger l'ennemi déjà à moitié défait par le feu bien dirigé d'une artillerie qui était l'une des plus perfectionnées de l'époque. Mais là, aujourd'hui, qu'avions-nous à combattre ? Des ténèbres ! Où était l'ennemi ? Partout et nulle part ! Nous ne pouvions ni viser, ne sachant où était le but, ni encore moins prendre l'offensive, ignorant où il fallait porter nos coups ! Il ne nous restait qu'à nous garder, à nous enfermer, à veiller et à attendre !

Mr. Arthur Rance ayant déclaré à Rouletabille qu'il répondait de son jardinier Mattoni, notre jeune homme, sûr désormais d'être couvert de ce côté, prit son temps pour nous expliquer d'abord d'une façon générale la situation. Il alluma sa pipe, en tira trois ou quatre bouffées rapides et dit :

– Voilà ! Pouvons-nous espérer que Larsan, après s'être montré si insolemment à nous, sous nos murs, comme pour nous braver, comme pour nous défier, s'en tiendra à cette manifestation platonique ? Se contentera-t-il d'un succès moral qui aura porté le trouble, la terreur et le découragement dans une partie de la garnison ? Et disparaîtra-t-il ? Je ne le pense pas, à vrai dire. D'abord, parce que ce n'est point dans son caractère essentiellement combatif, et qui ne se satisfait pas avec des demi-succès, ensuite parce que rien ne le force à disparaître ! Songez qu'il peut tout contre nous, mais que nous ne pouvons rien contre lui, que nous défendre et frapper, si nous le pouvons, quand il le voudra bien ! Nous n'avons, en effet, aucun secours à attendre du dehors. Et il le sait bien ; c'est ce qui le fait si audacieux et si tranquille. Qui pouvons-nous appeler à notre aide ?

– Le procureur ! fit, avec une certaine hésitation, Arthur Rance, car il pensait bien que si cette hypothèse n'avait pas été encore envisagée par Rouletabille, c'est qu'il devait y avoir quelque obscure raison à cela.

Rouletabille considéra son hôte avec un air de pitié qui n'était point non plus exempt de reproche. Et il dit, d'un ton glacé qui renseigna définitivement Arthur Rance sur la maladresse de sa proposition :

– Vous devriez comprendre, monsieur, que je n'ai point, à Versailles, sauvé Larsan de la justice française, pour le livrer, aux Rochers Rouges, à la justice italienne.

Mr. Arthur Rance, qui ignorait, comme je l'ai dit, le premier mariage de la fille du professeur Stangerson, ne pouvait mesurer, comme nous, toute l'impossibilité où nous étions de révéler l'existence de Larsan sans déchaîner, surtout depuis la cérémonie de Saint-Nicolas-du-Chardonnet, le pire des scandales et la plus redoutable des catastrophes ; mais certains incidents inexpliqués du procès de Versailles avaient dû suffisamment le frapper pour qu'il fût à même de saisir que nous redoutions par-dessus tout d'intéresser à nouveau le public à ce que l'on avait appelé *Le Mystère de Mademoiselle Stangerson.*

Il comprit ce soir-là, mieux que jamais, que Larsan nous tenait par un de ces secrets terribles qui décident de l'honneur ou de la mort des gens, en dehors de toutes les magistratures de la terre.

Il s'inclina donc devant M. Robert Darzac, sans plus dire un mot ; mais ce salut signifiait de toute évidence que Mr. Arthur Rance était prêt à combattre pour la cause de Mathilde comme un noble chevalier qui s'inquiète peu des raisons de la bataille, du moment qu'il meurt pour sa belle. Du moins, j'interprétai ainsi son geste, persuadé que l'Américain, malgré son récent mariage, était loin d'avoir oublié son ancienne passion.

M. Darzac dit :

– Il faut que cet homme disparaisse, mais en silence, soit qu'on le réduise à merci, soit qu'on passe avec lui un traité de paix, soit qu'on le tue !... Mais la première condition de sa disparition est le secret de sa réapparition. Surtout, je me ferai l'interprète de Mme Darzac en vous priant de tout faire au monde pour que M. Stangerson ignore que nous sommes menacés encore des coups de ce bandit !

– Les désirs de Mme Darzac sont des ordres, répliqua Rouletabille. M. Stangerson ne saura rien !...

On s'occupa ensuite de la situation faite aux domestiques et de ce qu'on pouvait attendre d'eux. Heureusement, le père Jacques et les Bernier étaient déjà à demi dans le secret des choses et ne s'étonneraient de rien. Mattoni était assez dévoué pour obéir à Mrs. Edith « sans comprendre ». Les autres ne comptaient pas. Il y avait bien encore Walter, le domestique du vieux Bob, mais il avait accompagné son maître à Paris et ne devait revenir qu'avec lui.

Rouletabille se leva, échangea par la fenêtre un signe avec Bernier qui se tenait debout sur le seuil de la Tour Carrée et revint s'asseoir au milieu de nous.

– Larsan ne doit pas être loin, dit-il. Pendant le dîner, j'ai fait une reconnaissance autour de la place. Nous disposons, au-delà de la porte Nord, d'une défense naturelle et sociale merveilleuse et qui remplace avantageusement l'ancienne barbacane du château. Nous avons là, à cinquante pas, du côté de l'Occident, les deux postes frontières des douaniers français et italiens dont l'inexorable vigilance peut nous être d'un grand secours. Le père Bernier est tout à fait bien avec ces braves gens et je suis allé avec lui les interroger. Le douanier italien ne parle que l'italien, mais le douanier français parle les deux langues, plus le jargon du pays, et c'est ce douanier (qui s'appelle, m'a dit Bernier, Michel) qui nous a servi de truchement général. Par son intermédiaire, nous avons appris que nos deux douaniers s'étaient intéressés à la manœuvre insolite, autour de la presqu'île d'Hercule, de la petite barque de Tullio, surnommé *Le Bourreau de la Mer*. Le vieux Tullio est une des anciennes connaissances de nos douaniers. C'est le plus habile contrebandier de la côte. Il traînait ce soir, dans sa barque, un individu que les douaniers n'avaient jamais vu. La barque, Tullio et l'inconnu ont disparu du côté de la pointe de Garibaldi. J'y suis allé avec le père Bernier, et, pas plus que M. Darzac qui y était allé précédemment, nous n'avons rien aperçu. Cependant Larsan a dû débarquer... j'en ai comme le pressentiment. Dans tous les cas, je suis sûr que la barque de Tullio a abordé près de la pointe de Garibaldi...

– Vous en êtes sûr ? s'écria M. Darzac

– A cause de quoi en êtes-vous sûr ? demandai-je.

– Bah ! fit Rouletabille, elle a laissé encore la trace de sa proue dans le galet du rivage et, en abordant, elle a fait tomber de son bord le réchaud à pommes de pin que j'ai retrouvé et que les douaniers ont reconnu, réchaud qui sert à Tullio à éclairer les eaux quand il pêche la pieuvre, par les nuits calmes.

– Larsan est certainement descendu ! reprit M. Darzac... Il est aux Rochers Rouges !

– En tout cas, si la barque l'a laissé aux Rochers Rouges, il n'en est point revenu, fit Rouletabille. Les deux postes des douaniers sont placés sur le chemin étroit qui conduit des Rochers Rouges en France, de telle sorte que nul n'y peut passer de jour ou de nuit sans être aperçu. Vous savez, d'autre part, que les Rochers Rouges forment cul-de-sac et que le sentier s'arrête devant ces rochers, à trois cents mètres environ de la frontière. Le sentier passe entre les Rochers et la mer. Les Rochers sont à pic et constituent une falaise d'une soixantaine de mètres de hauteur.

– Certes ! fit Arthur Rance, qui n'avait encore rien dit, et qui semblait très intrigué, il n'a pu escalader la falaise.

– Il se sera caché dans les grottes, observa Darzac ; il y a dans la falaise des poches profondes.

– Je l'ai pensé ! dit Rouletabille. Aussi, moi, je suis retourné tout seul aux Rochers Rouges, après avoir renvoyé le père Bernier.

– C'était imprudent, remarquai-je.

– C'était par prudence ! corrigea Rouletabille. J'avais des choses à dire à Larsan, que je ne tenais point à faire savoir à un tiers... Bref, je suis retourné aux Rochers Rouges ; devant les grottes, j'ai appelé Larsan.

– Vous l'avez appelé ! s'écria Arthur Rance.

– Oui ! je l'ai appelé dans la nuit commençante, j'ai agité mon mouchoir, comme font les parlementaires avec leur drapeau blanc. Mais est-ce qu'il ne m'a point entendu ? Est-ce qu'il n'a point vu mon drapeau ?... Il n'a pas répondu.

– Il n'était peut-être plus là, hasardai-je.

– Je n'en sais rien !... J'ai entendu du bruit dans une grotte !...

– Et vous n'y êtes pas allé ? demanda vivement Arthur Rance.

– Non ! répondit simplement Rouletabille, mais vous pensez bien, n'est-ce pas ? que ce n'est point parce que j'ai peur de lui...

– Courons-y ! nous écriâmes-nous tous, en nous levant d'un même mouvement, et qu'on en finisse une bonne fois !

– Je crois, fit Arthur Rance, que nous n'avons jamais eu une meilleure occasion de joindre Larsan. Eh ! nous ferons bien de lui ce que nous voudrons, au fond des Rochers Rouges !

Darzac et Arthur Rance étaient déjà prêts ; j'attendais ce qu'allait dire Rouletabille. D'un geste il les calma et les pria de se rasseoir...

– Il faut réfléchir à ceci, fit-il, que Larsan n'aurait pas agi autrement qu'il ne l'a fait, s'il avait voulu nous attirer ce soir dans les grottes des Rochers Rouges. Il se montre à nous, il débarque presque sous nos yeux à la pointe de Garibaldi, il nous eût crié en passant sous nos fenêtres : « Vous savez je suis aux Rochers Rouges ! Je vous attends ! Venez-y !... » qu'il n'aurait peut-être pas été plus explicite ni plus éloquent !

– Vous êtes allé aux Rochers Rouges, repartit Arthur Rance, qui s'avoua, du reste, profondément touché par l'argument de Rouletabille... et il ne s'est pas montré. Il s'y cache, méditant quelque crime abominable pour cette nuit... Il faut le déloger de là.

– Sans doute, répliqua Rouletabille, ma promenade aux Rochers Rouges n'a produit aucun résultat, parce que j'y suis allé seul... mais que nous y allions tous et nous pourrons trouver un résultat à notre retour...

– A notre retour ? interrogea Darzac, qui ne comprenait pas.

– Oui, expliqua Rouletabille, à notre retour au château où nous aurons laissé Mme Darzac toute seule ! et où nous ne la retrouverions peut-être plus !... Oh ! ajouta-t-il, dans le silence général, ce n'est là qu'une hypothèse. En ce moment il nous est défendu de raisonner autrement que par hypothèse...

Nous nous regardions tous, et cette hypothèse nous accablait. Évidemment, sans Rouletabille, nous allions faire une grosse bêtise, nous allions peut-être à un désastre...

Rouletabille s'était levé, pensif.

– Au fond, finit-il par dire, nous n'avons rien de mieux à faire pour cette nuit, que de nous barricader. Oh ! barricade provisoire, car je veux que la place soit mise en état de défense absolue dès demain. J'ai fait fermer la porte de fer et je la fais garder par le père Jacques. J'ai mis Mattoni en sentinelle dans la chapelle. J'ai rétabli ici un barrage, sous la poterne, le seul point vulnérable de la seconde enceinte et je garderai moi-même ce barrage. Le père Bernier veillera toute la nuit à la porte de la Tour Carrée, et la mère Bernier, qui a de très bons yeux, et à laquelle j'ai fait encore donner une lunette marine, restera jusqu'au matin sur la plate-forme de la tour. Sainclair s'installera dans le petit pavillon de feuilles de palmier, sur la terrasse de la Tour Ronde. Du haut de cette terrasse, il surveillera, avec moi du reste, toute la seconde cour et les boulevards et parapets. Mr. Arthur Rance et M. Robert Darzac se rendront dans la baille et devront se promener jusqu'à l'aurore, le premier sur le boulevard de l'Ouest, le second sur celui de l'Est, boulevards qui bornent la première cour du côté de la mer. Le service sera dur cette nuit, parce que nous ne sommes pas encore organisés. Demain nous dresserons un état de notre petite garnison et des domestiques sûrs, dont nous pouvons disposer en toute sécurité. S'il y a des domestiques douteux, on les fera sortir de la place. Vous apporterez ici, dans cette poterne, en cachette, toutes les armes dont vous pouvez disposer, fusils, revolvers. On se les partagera suivant les besoins du service de garde. La consigne est de tirer sur tout individu qui ne répond pas au *qui vive !* et qui ne vient pas se faire reconnaître. Il n'y a point de mot de passe, c'est inutile. Pour passer, il suffira de crier son nom et de faire voir son visage. Du reste, il n'y aura que nous qui aurons le droit de passer. Dès demain matin, je ferai dresser, à l'entrée intérieure de la porte Nord, la grille qui fermait jusqu'à ce soir son entrée extérieure, – entrée qui est close, désormais, par la porte de fer ; et, dans la journée, les fournisseurs ne pourront franchir la voûte au-delà de la grille ; ils déposeront leur marchandise dans la petite loge de la tour où j'ai gîté le père Jacques. A sept heures, tous les soirs, la porte de fer sera fermée. Demain matin, également, Mr. Arthur Rance donnera des ordres pour faire venir menuisiers, maçons et charpentiers. Tout ce monde sera compté et ne devra, sous aucun prétexte, franchir la poterne de la seconde enceinte ; tout ce monde sera également compté avant sept heures du soir, heure à laquelle devra avoir lieu le départ des ouvriers, au plus tard. Dans cette journée, les ouvriers devront entièrement achever leur travail, qui consistera à me fabriquer une porte pour ma poterne, à réparer une légère brèche du mur qui joint le Château Neuf à la Tour du Téméraire, et une autre petite brèche, qui se trouve située près de l'ancienne Tour Ronde du coin (B sur le plan) qui défend l'angle nord-ouest de la baille. Après quoi, je serai tranquille, et Mme Darzac, à laquelle je défends de quitter le château jusqu'à nouvel ordre, étant ainsi en sûreté, je pourrai tenter une sortie et partir en reconnaissance sérieuse à la recherche du camp de Larsan. Allons, Mister Arthur Rance, aux armes ! Allez me chercher les armes dont vous disposez ce soir... Moi, j'ai prêté mon revolver au père Bernier, qui se promènera devant la porte de l'appartement de Mme Darzac...

Quiconque eût ignoré les événements du Glandier et

aurait entendu un pareil langage dans la bouche de Rouletabille n'aurait point manqué de traiter de fous et celui qui le tenait, et ceux qui l'écoutaient ! Mais, je le répète, si celui-là avait vécu la nuit de *la galerie inexplicable,* et la nuit du *cadavre incroyable,* il aurait fait comme moi : il eût chargé son revolver, et attendu le jour sans faire le malin !

VIII

Quelques pages historiques sur Jean Roussel-Larsan-Ballmeyer

Une heure plus tard, nous étions tous à notre poste et nous faisions les cent pas, le long des parapets, examinant attentivement la terre, le ciel et les eaux et écoutant avec anxiété les moindres bruits de la nuit, la respiration de la mer, le vent du large qui commença à chanter vers trois heures du matin. Mrs. Edith, qui s'était levée, vint alors rejoindre Rouletabille sous sa poterne. Celui-ci m'appela, me donna la garde de la poterne et de Mrs. Edith et s'en fut faire une ronde. Mrs. Edith était de la plus charmante humeur du monde. Le sommeil lui avait fait du bien et elle semblait s'amuser follement de la figure blafarde qu'elle venait de trouver à son mari auquel elle avait porté un verre de whisky.

– Oh ! c'est très amusant ! me disait-elle en frappant dans ses petites mains. C'est très amusant !... Ce Larsan, comme je voudrais le connaître !...

Je ne pus m'empêcher de frissonner en entendant ce blasphème. Décidément, il y a de petites âmes romanesques qui ne doutent de rien, et qui, dans leur inconscience, insultent au destin. Ah ! la malheureuse, si elle s'était doutée !

Je passai deux heures charmantes avec Mrs. Edith à lui

raconter d'affreuses histoires sur Larsan, toutes *historiques.* Et, puisque l'occasion s'en présente, je me permettrai de faire connaître au lecteur *historiquement,* si je puis me servir ici d'une expression qui rend parfaitement ma pensée, ce type de Larsan-Ballmeyer, dont certains, à l'occasion du rôle inouï que je lui attribuai dans *Le Mystère de la chambre jaune,* ont pu mettre l'existence en doute. Comme ce rôle atteint, dans *Le Parfum de la dame en noir,* à des hauteurs que quelques-uns pourraient juger inaccessibles, j'estime qu'il est de mon devoir de préparer l'esprit du lecteur à admettre en fin de compte que je ne suis que le vulgaire rapporteur d'une affaire unique dans le monde, et que je n'invente rien. Au surplus, Rouletabille, dans le cas où j'aurais la sotte prétention d'ajouter à une aussi prodigieuse et naturelle histoire quelque ornement imaginaire, s'y opposerait et me dirait mon fait, raide comme balle. Des intérêts trop considérables sont en jeu et le fait d'une telle publication doit entraîner de trop redoutables conséquences pour que je ne m'astreigne point à une narration sévère, un peu sèche et méthodique. Je renverrai donc ceux qui

pourraient croire à quelque roman policier – l'abominable mot a été prononcé – au procès de Versailles. Mes Henri-Robert et André Hesse, qui plaidaient pour M. Robert Darzac, firent entendre là d'admirables plaidoiries qui ont été sténographiées et dont, certainement, ils ont dû conserver quelque copie. Enfin, il ne faut pas oublier que, bien avant que le destin ne mît aux prises Larsan-Ballmeyer et Joseph Rouletabille, l'élégant bandit avait donné une rude besogne aux chroniqueurs judiciaires. Nous n'avons qu'à ouvrir la *Gazette des Tribunaux* et à parcourir les comptes rendus des grands quotidiens, le jour où Ballmeyer fut condamné par la cour d'assises de la Seine à dix ans de travaux forcés, pour être renseignés sur le type. Alors, on comprendra qu'il n'y a plus rien à inventer sur un homme quand on peut raconter une pareille histoire ; et ainsi le lecteur, connaissant désormais « son genre », c'est-à-dire sa façon d'opérer et son audace sans seconde, se gardera de sourire quand Joseph Rouletabille, prudemment, entre Ballmeyer-Larsan et Mme Darzac, jettera un pont-levis.

M. Albert Bataille, du *Figaro,* qui a publié les admirables *Causes criminelles et mondaines,* a consacré de bien intéressantes pages à Ballmeyer.

Ballmeyer avait eu une enfance heureuse. Il n'est point arrivé à l'escroquerie, comme tant d'autres, après avoir parcouru les dures étapes de la misère. Fils d'un riche commissionnaire de la rue Molay, il aurait pu rêver d'autres destinées ; mais sa vocation, c'était la mainmise sur l'argent d'autrui. Tout jeune, il se destina à l'escroquerie comme d'autres se destinent à l'École des mines. Son début fut un coup de génie. L'histoire est incroyable – Ballmeyer subtilisant une lettre adressée à la maison de son père, puis prenant le train pour Lyon, avec l'argent volé, et écrivant à l'auteur de ses jours :

« Monsieur, je suis un ancien militaire retraité et médaillé. Mon fils, commis des postes, a, pour payer une dette de jeu, soustrait, dans le bureau ambulant, une lettre à votre adresse. J'ai réuni la famille ; d'ici à quelques jours nous pourrons parfaire la somme nécessaire au remboursement. Vous êtes père : ayez pitié d'un père ! Ne brisez pas tout un passé d'honneur ! »

M. Ballmeyer père accorda noblement des délais. Il attend encore le premier acompte ou plutôt il ne l'attend plus, le procès lui ayant appris, après dix années, quel était le vrai coupable.

Ballmeyer, rapporte M. Albert Bataille, semble avoir reçu de la nature tous les attributs qui constituent l'escroc de race : une prodigieuse variété d'esprit, le don de persuader les naïfs, le souci de la mise en scène et du détail, *le génie du travestissement,* la précaution infinie, à ce point qu'il faisait marquer son linge à des initiales appropriées toutes les fois qu'il jugeait utile de changer de nom. Mais, ce qui le caractérise surtout, c'est, en dehors d'aptitudes étonnantes pour l'évasion, une coquetterie de fraude, d'ironie, de défi à la justice ; c'est le plaisir malin de dénoncer lui-même au Parquet de prétendus coupables, sachant combien le magistrat s'attarde par tempérament aux fausses pistes.

Cette joie de mystifier les juges apparaît dans tous les actes de sa vie.

Au régiment, Ballmeyer vole la caisse de sa compagnie : il accuse le capitaine-trésorier.

Il commet un vol de quarante mille francs au préjudice de la maison Furet, et, aussitôt, il dénonce au juge d'instruction M. Furet comme s'étant volé lui-même.

L'affaire Furet restera longtemps célèbre dans les fastes judiciaires, sous cette rubrique désormais classique : « Le coup du téléphone. » La science appliquée à l'escroquerie n'a encore rien donné de mieux.

Ballmeyer soustrait une traite de mille six cents livres sterling dans le courrier de MM. Furet frères, négociants commissionnaires, rue Poissonnière, qui l'ont laissé s'installer dans leurs bureaux.

Il se rend rue Poissonnière, dans la maison de M. Furet, et, contrefaisant la voix de M. Edmond Furet, demande par téléphone à M. Cohen, banquier, s'il serait disposé à escompter la traite. M. Cohen répond affirmativement et, dix minutes plus tard, Ballmeyer, après avoir coupé le fil téléphonique pour prévenir un contrordre ou des demandes d'explications, fait toucher l'argent par un compère, un nommé Rivard, qu'il a connu naguère aux bataillons d'Afrique, où de fâcheuses histoires de régiment les avaient fait expédier l'un et l'autre.

Il prélève la part du lion ; puis il court au Parquet pour dénoncer Rivard, et, comme je le disais, le volé, M. Edmond Furet lui-même !...

Une confrontation épique a lieu dans le cabinet de M. Espierre, le juge d'instruction chargé de l'affaire.

– Voyons, mon cher Furet, dit Ballmeyer au négociant ahuri, je suis désolé de vous accuser, mais vous devez la vérité à la justice. C'est une affaire qui ne tire pas à conséquence : avouez donc ! Vous avez eu besoin de quarante mille francs pour liquider une petite dette au Salon des courses, et vous les avez fait payer à votre maison. C'est vous qui avez téléphoné.

– Moi ! moi ! balbutiait M. Edmond Furet, anéanti.

– Avouez donc, vous savez bien qu'on a reconnu votre voix.

Le malheureux volé coucha bel et bien à Mazas pendant huit jours et la police fournit sur lui un rapport épouvantable ; si bien que M. Cruppi, alors avocat général, aujourd'hui ministre du Commerce, dut présenter à M. Furet les excuses de la justice. Quant à Rivard, il était condamné par contumace à vingt ans de travaux forcés !

On pourrait raconter vingt traits de ce genre sur Ballmeyer. En vérité, à ce moment-là, avant de s'adonner au drame, il jouait la comédie, et quelle comédie ! Il faut connaître tout au long l'histoire d'une de ses évasions. Rien de plus prodigieusement comique que l'aventure de ce prisonnier rédigeant un long mémoire insipide, uniquement pour pouvoir l'étaler sur la table du juge, M. Villers, et, en bouleversant les imprimés, jeter un coup d'œil sur la formule des ordres de mises en liberté.

Rentré à Mazas, le filou écrivit une lettre signée « Villers », dans laquelle, selon la formule surprise, M. Villers priait le directeur de la prison de mettre le détenu Ballmeyer en liberté sur-le-champ. Mais il manquait au papier le timbre du juge.

Ballmeyer ne s'embarrassa pas pour si peu. Il reparut le lendemain à l'instruction, dissimulant sa lettre dans sa manche, protesta de son innocence, feignit une grande colère, et, en gesticulant avec le cachet déposé sur la table, il fit tout à coup tomber l'encrier sur le pantalon bleu du garde qui l'accompagnait.

Pendant que le pauvre Pandore, entouré du magistrat et du greffier, qui compatissaient à son malheur, épongeait tristement son « numéro un », Ballmeyer profitait de l'inattention générale pour appliquer un fort coup de tampon sur l'ordre de mise en liberté et se confondait à son tour en excuses.

Le tour était joué. L'escroc sortit en jetant négligemment le papier signé et timbré aux gardes de la souricière.

– A quoi donc pense M. Villers, fit-il, de me faire porter ses papiers ! Me prend-il pour son domestique ?

Les gardes ramassèrent précieusement l'imprimé, et le brigadier de service le fit porter à son adresse, à Mazas. C'était l'ordre de mettre sur-le-champ en liberté un nommé Ballmeyer. Le soir même, Ballmeyer était libre.

C'était sa seconde évasion. Arrêté pour le vol Furet, il s'était échappé une première fois en passant la jambe et en jetant du poivre au garde qui l'amenait au Dépôt, et le soir même il assistait, cravaté de blanc, à une première de la Comédie-Française. Déjà, à l'époque où il avait été condamné par le conseil de guerre à cinq ans de travaux publics pour avoir volé la caisse de sa compagnie, il avait failli sortir du Cherche-Midi en se faisant enfermer par ses camarades dans un sac de papiers de rebut. Un contre-appel imprévu fit échouer ce plan si bien conçu.

... Mais on n'en finirait point s'il fallait raconter ici les étonnantes aventures du premier Ballmeyer.

Tour à tour comte de Maupas, vicomte Drouet d'Erlon, comte de Motteville, comte de Bonneville [1], élégant,

1. Historique.

beau joueur, faisant la mode, il parcourt les plages et les villes d'eaux : Biarritz, Aix-les-Bains, Luchon, perdant au cercle jusqu'à dix mille francs dans sa soirée, entouré de jolies femmes, qui se disputent ses sourires ; car cet escroc émérite est doublé d'un séducteur. Au régiment, il avait fait la conquête, platonique heureusement, de la fille de son colonel !... Connaissez-vous le « type » maintenant ?

Eh bien, c'est cet homme que Joseph Rouletabille allait combattre !

Je crus bien, ce soir-là, avoir suffisamment édifié Mrs. Edith sur la personnalité du célèbre bandit. Elle m'écoutait dans un profond silence qui finit par m'impressionner et alors, me penchant sur elle, je m'aperçus qu'elle dormait. Cette attitude aurait pu ne point me donner une grande idée de cette petite personne. Mais, comme elle me permit de la contempler à loisir, il en résulta au contraire pour moi des sentiments que je voulus en vain plus tard chasser de mon cœur.

La nuit se passa sans surprise. Quand le jour arriva, je le saluai avec un grand soupir de soulagement. Tout de même Rouletabille ne me permit de m'aller coucher qu'à huit heures du matin quand il eut réglé son service de jour. Il était déjà au milieu des ouvriers qu'il avait fait venir et qui travaillaient activement à la réparation de la brèche de la tour B. Les travaux furent menés si judicieusement et si promptement, que le château fort d'Hercule se trouva le soir même aussi hermétiquement clos dans la nature, avec toutes ses enceintes, qu'il l'est linéairement parlant sur la papier. Assis sur un gros moellon, ce matin-là, Rouletabille commençait déjà à dessiner sur son calepin le plan que j'ai soumis au lecteur, et il me disait, cependant que, fatigué de ma nuit, je faisais des efforts ridicules pour ne point fermer les yeux :

– Voyez-vous, Sainclair ! Les imbéciles vont croire *que je me fortifie pour me défendre.* Eh bien, ce n'est là qu'une pauvre partie de la vérité : *car je me fortifie sur-*

tout pour raisonner. Et, si je bouche les brèches, c'est moins pour que Larsan ne puisse s'y introduire que pour épargner à ma raison l'occasion d'une « fuite » ! Par exemple, je ne pourrais raisonner dans une forêt ! Comment voulez-vous raisonner dans une forêt ? La raison fuit de toutes parts, dans une forêt ! Mais dans un château fort bien clos ! Mon ami, c'est comme dans un coffre-fort bien fermé : si vous êtes dedans, et que vous ne soyez point fou, *il faut bien que votre raison s'y retrouve !*

– Oui, oui ! répétai-je en branlant la tête, il faut bien que votre raison s'y retrouve !...

– Eh bien, là-dessus, me fit-il, allez vous coucher, mon ami, car vous dormez tout debout.

IX

Arrivée inattendue du « vieux Bob »

Quand on vint frapper à ma porte, vers onze heures du matin, cependant que la voix de la mère Bernier me transmettait l'ordre de Rouletabille de me lever, je me précipitai à ma fenêtre. La rade était d'une splendeur sans pareille et la mer d'une transparence telle que la lumière du soleil la traversait comme eût fait d'une glace sans tain, de telle sorte qu'on apercevait les rochers, les algues et la mousse et tout le fond maritime, comme si l'élément aquatique eût cessé de les recouvrir. La courbe harmonieuse de la rive mentonaise enfermait cette onde pure dans un cadre fleuri. Les villas de Garavan, toutes blanches et toutes roses, paraissaient fraîches écloses de cette nuit. La presqu'île d'Hercule était un bouquet qui flottait sur les eaux, et les vieilles pierres du château embaumaient.

Jamais la nature ne m'était apparue plus douce, plus

accueillante, plus aimante, ni surtout plus digne d'être aimée. L'air serein, la rive nonchalante, la mer pâmée, les montagnes violettes, tout ce tableau auquel mes sens d'homme du Nord étaient peu accoutumés évoquait des idées de caresses. C'est alors que je vis un homme qui frappait la mer. Oh ! il la frappait à tour de bras ! J'en aurais pleuré, si j'avais été poète. Le misérable paraissait agité d'une rage affreuse. Je ne pouvais me rendre compte de ce qui avait excité sa fureur contre cette onde tranquille ; mais celle-ci devait évidemment lui avoir donné quelque motif sérieux de mécontentement, car il ne cessait ses coups, il s'était armé d'un énorme gourdin et debout dans sa petite embarcation qu'un enfant craintif poussait de la rame en tremblant, il administrait à la mer, un instant éclaboussée, « une dégelée de marrons » qui provoquait la muette indignation de quelques étrangers arrêtés au rivage. Mais, comme il arrive toujours en pareil cas où l'on redoute de se mêler de ce qui ne vous regarde pas, ceux-ci laissaient faire sans protester. Qu'est-ce qui pouvait exciter cet homme sauvage ? Peut-être le calme même de la mer qui, après avoir été un moment troublée par l'insulte de ce fou, reprenait son visage immobile.

Je fus alors interpellé par la voix amie de Rouletabille qui m'annonçait que l'on déjeunait à midi. Rouletabille exhibait une tenue de plâtrier, tous ses habits attestant qu'il s'était promené dans des maçonneries trop fraîches. D'une main il s'appuyait sur un mètre et son autre main jouait avec un fil à plomb. Je lui demandai s'il avait aperçu l'homme qui battait les eaux. Il me répondit que c'était Tullio qui travaillait de son état à chasser le poisson dans les filets, en lui faisant peur. C'est alors que je compris pourquoi, dans le pays, on appelait Tullio le « Bourreau de la Mer ».

Rouletabille m'apprit encore par la même occasion qu'ayant interrogé Tullio, ce matin, sur l'homme qu'il avait conduit dans sa barque la veille au soir et à qui il avait fait faire le tour de la presqu'île d'Hercule, Tullio lui avait répondu qu'il ne connaissait point cet homme, que c'était un original qu'il avait embarqué à Menton et qui lui avait donné cinq francs pour qu'il le débarquât à la pointe des Rochers Rouges.

Je m'habillai vivement et rejoignis Rouletabille qui m'apprit que nous allions avoir au déjeuner un nouvel hôte : il s'agissait du vieux Bob. On l'attendit pour se mettre à table et puis, comme il n'arrivait point, on commença de déjeuner sans lui, dans le cadre fleuri de la terrasse ronde du Téméraire.

Une admirable bouillabaisse apportée toute fumante du restaurant des Grottes, qui possède la réserve la mieux fournie en rascasses et poissons de roches de tout le littoral, arrosée d'un petit « vino del paese » et servie dans la lumière et la gaieté des choses, contribua au moins autant que toutes les précautions de Rouletabille à nous rasséréner. En vérité, le véritable Larsan nous faisait moins peur sous le beau soleil des cieux éclatants qu'à la pâle lueur de la lune et des étoiles ! Ah ! que la nature humaine est oublieuse et facilement impressionnable ! J'ai honte de le dire : nous étions très fiers – oh ! tout à fait fiers (du moins je parle pour moi et pour Arthur Rance et aussi naturellement pour Mrs. Edith, dont la nature romanesque et mélancolique était superficielle) de sourire de nos transes nocturnes et de notre garde armée sur les boulevards de la citadelle... quand le vieux Bob fit son apparition. Et – disons-le, disons-le – ce n'est point cette apparition qui eût pu ramener à des pensées plus moroses. J'ai rarement aperçu quelqu'un de plus comique que le vieux Bob se promenant, dans le soleil éblouissant d'un printemps du Midi, avec un chapeau haut de forme noir, sa redingote noire, son gilet noir, son pantalon noir, ses lunettes noires, ses cheveux blancs et ses joues roses. Oui, oui, nous avons bien ri sous la tonnelle de la Tour de Charles le Téméraire. Et le vieux Bob rit avec nous. Car le vieux Bob est la gaieté même.

Que faisait ce vieux savant au château d'Hercule ? Le moment est peut-être venu de le dire. Comment s'était-il résolu à quitter ses collections d'Amérique, et ses tra-

La pittoresque apparition du vieux Bob

vaux, et ses dessins, et son musée de Philadelphie ? Voilà. On n'a pas oublié que Mr. Arthur Rance était déjà considéré dans sa patrie comme un phrénologue d'avenir, quand sa mésaventure amoureuse avec Mlle Stangerson l'éloigna tout à coup de l'étude qu'il prit en dégoût. Après son mariage avec Miss Edith, celle-ci l'y poussant, il sentit qu'il se remettrait avec plaisir à la science de Gall et de Lavater. Or, dans le moment même qu'ils visitaient la Côte d'Azur, l'automne qui précéda les événements actuels, on faisait grand bruit autour des découvertes nouvelles que M. Abbo venait de faire aux Rochers Rouges, dénommés encore, dans le patois mentonais, *Baoussé-Roussé.* Depuis de longues années, depuis 1874, les géologues et tous ceux qui s'occupent d'études préhistoriques avaient été extrêmement intéressés par les débris humains trouvés dans les cavernes et les grottes des Rochers Rouges. MM. Julien, Rivière, Girardin, Delesot, étaient venus travailler sur place et avaient su intéresser l'Institut et le ministère de l'Instruction publique à leurs découvertes. Celles-ci firent bientôt sensation, car elles attestaient, à ne pouvoir s'y méprendre, que les premiers hommes avaient vécu en cet endroit avant l'époque glaciaire. Sans doute la preuve de l'existence de l'homme à l'époque quaternaire était faite depuis longtemps ; mais, cette époque mesurant, d'après certains, deux cent mille ans, il était intéressant de fixer cette existence dans une étape déterminée de ces deux cent mille années. On fouillait toujours aux Rochers Rouges et on allait de surprise en surprise. Cependant, la plus belle des grottes, la *Barma Grande,* comme on l'appelait dans le pays, était restée intacte, car elle était propriété privée de M. Abbo, qui tenait le restaurant des Grottes, non loin de là, au bord de la mer. M. Abbo venait de se déterminer, lui aussi, à fouiller sa grotte. Or, la rumeur publique (car l'événement avait dépassé les bornes du monde scientifique) répandait le bruit qu'il venait de trouver dans la *Barma Grande* d'extraordinaires ossements humains, des squelettes très bien conservés par une terre ferrugineuse, contemporaine des mammouths du début de l'époque quaternaire ou même de la fin de l'époque tertiaire !

Arthur Rance et sa femme coururent à Menton et, pendant que son mari passait ses journées à remuer des « débris de cuisine », comme on dit en termes scientifiques, datant de deux cent mille ans, fouillant lui-même l'humus de la *Barma Grande* et mesurant les crânes de nos ancêtres, sa jeune femme prenait un inlassable plaisir à s'accouder non loin de là aux créneaux moyenâgeux d'un vieux château fort qui dressait sa massive silhouette sur une petite presqu'île, reliée aux Rochers Rouges par quelques pierres écroulées de la falaise. Les légendes les plus romanesques se rattachaient à ce vestige des vieilles guerres génoises ; et il semblait à Edith, mélancoliquement penchée au haut de sa terrasse, sur le plus beau décor du monde, qu'elle était une de ces nobles demoiselles de l'ancien temps, dont elle avait tant aimé les cruelles aventures dans les romans de ses auteurs favoris. Le château était à vendre à un prix des plus raisonnables. Arthur Rance l'acheta et, ce faisant, il combla de joie sa femme qui fit venir les maçons et les tapissiers et eut tôt fait, en trois mois, de transformer cette antique bâtisse en un délicieux nid d'amoureux pour une jeune personne qui se souvient de *La Dame du lac* et de *La Fiancée de Lammermoor.*

Quand Arthur Rance s'était trouvé en face du dernier squelette découvert dans la *Barma Grande* ainsi que des fémurs de l'*Elephas antiquus* sortis de la même couche de terrain, il avait été transporté d'enthousiasme, et son premier soin avait été de télégraphier au vieux Bob que l'on avait peut-être enfin découvert à quelques kilomètres de Monte-Carlo ce qu'il cherchait, au prix de mille périls, depuis tant d'années, au fond de la Patagonie. Mais son télégramme ne parvint pas à destination, car le vieux Bob, qui avait promis de rejoindre le nouveau ménage dans quelques mois avait déjà pris le bateau pour l'Europe. Évidemment, la renommée l'avait déjà renseigné sur les trésors des *Baoussé-Roussé.* Quelques jours plus tard, il débarquait à Marseille et arrivait à Menton où il s'installait en compagnie d'Arthur Rance et de sa nièce dans le fort d'Hercule, qu'il remplit aussitôt des éclats de sa gaieté.

La gaieté du vieux Bob nous paraît un peu théâtrale, mais c'est là, sans doute, un effet de notre triste humeur de la veille. Le vieux Bob a une âme d'enfant ; et il est coquet comme une vieille femme c'est-à-dire que sa coquetterie change rarement d'objet et qu'ayant, une fois pour toutes, adopté un costume sévère, de préférence correct (redingote noire, gilet noir, pantalon noir, cheveux blancs, joues roses), elle s'attache uniquement à en perpétuer l'impressionnante harmonie. C'est dans cet uniforme professoral que le vieux Bob chassait le tigre des pampas et qu'il fouille maintenant les grottes des Rochers Rouges, à la recherche des derniers ossements de l'*Elephas antiquus.*

Mrs. Edith nous le présenta et il poussa un gloussement poli, et puis il se reprit à rire de toute sa large bouche qui allait de l'un à l'autre de ses favoris poivre et sel qu'il avait soigneusement taillés en triangles. Le vieux Bob exultait et nous en apprîmes bientôt la raison. Il rapportait de sa visite au Muséum de Paris la certitude que le squelette de la *Barma Grande* n'était point plus ancien que celui qu'il avait rapporté de sa dernière expédition à la Terre de Feu. Tout l'Institut était de cet avis et prenait pour base de ses raisonnements le fait que l'os à moelle de l'*Elephas* que le vieux Bob avait apporté à Paris, et que le propriétaire de la *Barma Grande* lui avait prêté après lui avoir affirmé qu'il l'avait trouvé dans la même couche de terrain que le fameux squelette, – que cet os à moelle, disons-nous, appartenait à un *Elephas antiquus* du milieu de la période quaternaire. Ah ! il fallait entendre avec quel joyeux mépris le vieux Bob parlait de ce milieu de la période quaternaire ! A cette idée d'un os à moelle du milieu de la période quaternaire, il éclatait de rire comme si on lui avait conté une bonne farce ! Est-ce qu'à notre époque un savant, un véritable savant, digne en vérité de ce nom de savant, pouvait encore s'intéresser à un squelette du milieu de la période quaternaire ! Le sien – son squelette, ou tout au moins celui qu'il avait rapporté de la Terre de Feu – datait du commencement de cette période, par conséquent était plus vieux de cent mille ans... vous entendez : cent mille ans ! Et il en était sûr, à cause de cette omoplate ayant appartenu à l'ours des cavernes, omoplate qu'il avait trouvée, lui, le vieux Bob, entre les bras de son propre squelette. (Il disait : *mon propre squelette*, ne faisant plus de différence, dans son enthousiasme, entre son squelette vivant qu'il habillait tous les jours de sa redingote noire, de son gilet noir, de son pantalon noir, de ses cheveux blancs, de ses joues roses, et le squelette préhistorique de la Terre de Feu.)

– Ainsi, mon squelette date de l'ours des cavernes !... Mais celui des *Baoussé-Roussé !* Oh ! là là ! mes enfants ! tout au plus de l'époque du mammouth . et encore ! non, non !... du rhinocéros à narines cloisonnées ! Ainsi !... On n'a plus rien à découvrir, mesdames et messieurs, dans la période du rhinocéros à narines cloisonnées !... Je vous le jure, foi de vieux Bob !... Mon squelette à moi vient de l'époque chelléenne, comme vous dites en France... Pourquoi riez-vous, espèces d'ânes !... Tandis que je ne suis même point sûr que l'*Elephas antiquus* des Rochers Rouges date de l'époque moustérienne ! Et pourquoi pas de l'époque solutréenne ? ou encore, ou encore ! de l'époque magdalénienne !... Non ! non ! c'en est trop ! Un *Elephas antiquus* de l'époque magdalénienne, ça n'est pas possible ! Cet *Elephas* me rendra fou ! Cet *antiquus* me rendra malade ! Ah ! j'en mourrai de joie... pauvres *Baoussé-Roussé !*

Mrs. Edith eut la cruauté d'interrompre la jubilation du vieux Bob en lui annonçant que le prince Galitch, qui s'était rendu acquéreur de la grotte de Roméo et Juliette, aux Rochers Rouges, devait avoir fait une découverte tout à fait sensationnelle, car elle l'avait vu, le lendemain même du départ du vieux Bob pour Paris, passer devant le fort d'Hercule, emportant sous son bras une petite caisse qu'il lui avait montrée en lui disant : « Voyez-vous, Mistress Rance, j'ai là un trésor, oh ! un véritable trésor ! » Elle avait demandé ce que c'était que ce trésor, mais l'autre l'avait agacée, disant qu'il voulait en faire la surprise au vieux Bob, à son retour ! Enfin le prince Galitch lui avait avoué qu'il venait de découvrir « le plus vieux crâne de l'humanité » !

Mrs. Edith n'avait pas plus tôt prononcé cette phrase que toute la gaieté du vieux Bob s'écroula ; une fureur souveraine se répandit sur ses traits ravagés et il cria :

– Ça n'est pas vrai !... Le plus vieux crâne de l'humanité, il est au vieux Bob ! c'est le crâne du vieux Bob !

Et il hurla :

– Mattoni ! Mattoni ; fais apporter ma malle, ici !... ici !...

Justement Mattoni traversait la Cour de Charles le Téméraire avec le bagage du vieux Bob sur son dos. Il obéit au professeur et apporta la malle devant nous. Sur quoi le vieux Bob, prenant son trousseau de clefs, se jeta à genoux et ouvrit la caisse. De cette caisse, qui contenait des effets et du linge pliés avec beaucoup d'ordre, il sortit un carton à chapeau et, de ce carton, il sortit un crâne qu'il déposa au milieu de la table parmi nos tasses à café.

– Le plus vieux crâne de l'humanité, dit-il, le voilà !... C'est le crâne du vieux Bob !... Regardez-le !... C'est lui ! Le vieux Bob ne sort jamais sans son crâne !...

Et il le prit et se mit à le caresser, les yeux brillants et ses lèvres épaisses écartées à nouveau par le rire. Si vous vouliez bien vous représenter que le vieux Bob savait imparfaitement le français et le prononçait mi à l'anglaise, mi à l'espagnole – il parlait parfaitement l'espagnol – vous voyez et vous entendez la scène ! Rouletabille et moi, nous n'en pouvions plus et nous nous tenions les côtes de rire. D'autant mieux que, dans ses discours, le vieux Bob s'interrompait lui-même de rire pour nous demander quel était l'objet de notre gaieté. Sa colère eut auprès de nous plus de succès encore, et il n'est pas jusqu'à Mme Darzac qui ne s'essuyât les yeux, parce que, en vérité, le vieux Bob était drôle à faire pleurer avec son plus vieux crâne de l'humanité. Je pus constater à cette heure où nous prenions le café qu'un crâne de deux cent mille ans n'est point effrayant à voir, surtout si, comme celui-là, il a toutes ses dents.

Soudain le vieux Bob devint sérieux. Il éleva le crâne dans la main droite et, l'index de la main gauche appuyé au front de l'ancêtre :

– Lorsqu'on regarde le crâne par le haut, on note une forme pentagonale très nette, qui est due au développement notable des bosses pariétales et à la saillie de l'écaille de l'occipital ! La grande largeur de la face tient au développement exagéré des accords zygomatiques !... Tandis que, dans la tête des troglodytes des *Baoussé-Roussé*, qu'est-ce que j'aperçois ?...

Je ne saurais dire ce que le vieux Bob aperçut, dans ce moment-là, dans la tête des troglodytes, car je ne l'écoutais plus, *mais je le regardais.* Et je n'avais plus envie de rire du tout. Le vieux Bob me parut effrayant, farouche, factice comme un vieux cabot, avec sa gaieté en fer-blanc et sa science de pacotille. Je ne le quittai plus des yeux. Il me sembla que *ses cheveux remuaient !* Oui, comme remue une perruque. Une pensée, la pensée de Larsan qui ne me quittait plus jamais complètement, m'embrasa la cervelle ; j'allais peut-être parler quand un bras se glissa sous le mien, et je fus entraîné par Rouletabille.

– Qu'avez-vous, Sainclair ?... me demanda, sur un ton affectueux, le jeune homme.

– Mon ami, fis-je, je ne vous le dirai point, car vous vous moqueriez encore de moi...

Il ne me répondit pas tout d'abord et m'entraîna vers le boulevard de l'Ouest. Là, il regarda autour de lui, vit que nous étions seuls, et me dit :

– Non, Sainclair, non... je ne me moquerai point de vous... car vous êtes dans la vérité *en le voyant partout autour de vous.* S'il n'y était point tout à l'heure, il y est peut-être maintenant... Ah ! il est plus fort que les pierres !... Il est plus fort que tout !... *Je le redoute moins dehors que dedans !...* Et je serais bien heureux que ces pierres que j'ai appelées à mon secours pour l'empêcher d'entrer m'aident à le retenir... Car, Sainclair, JE LE SENS ICI !

Je serrai la main de Rouletabille, car moi aussi, chose singulière, j'avais cette impression,... je sentais sur moi les yeux de Larsan,... je l'entendais respirer... Quand cette sensation avait-elle commencé ? Je n'aurais pu le dire... Mais il me semblait qu'elle m'était venue avec le vieux Bob.

Je dis à Rouletabille, avec inquiétude :

– Le vieux Bob ?

Il ne me répondit pas. Au bout de quelques instants, il fit :

– Prenez-vous toutes les cinq minutes la main gauche avec la main droite, et demandez-vous : « Est-ce toi Larsan ? » *Quand vous vous serez répondu, ne soyez pas trop rassuré car il vous aura peut-être menti et il sera déjà dans votre peau que vous n'en saurez rien encore !*

Sur quoi, Rouletabille me laissa seul sur le boulevard de l'Ouest. C'est là que le père Jacques vint me trouver. Il m'apportait une dépêche. Avant de la lire, je le félicitai sur sa bonne mine. Comme nous tous, il avait cependant passé une nuit blanche ; mais il m'expliqua que le plaisir de voir enfin sa maîtresse heureuse le rajeunissait de dix ans. Puis il tenta de me demander les motifs de la veille étrange qu'on lui avait imposée et le pourquoi de tous les événements qui se poursuivaient au château depuis l'arrivée de Rouletabille et des précautions exceptionnelles qui avaient été prises pour en défendre l'entrée à tout étranger. Il ajouta même que, si cet affreux Larsan n'était point mort, il serait porté à croire qu'on redoutait son retour. Je lui répondis que ce n'était point le moment de raisonner et que, s'il était un brave homme, il devait, comme tous les autres serviteurs, observer la consigne en soldat, sans essayer d'y rien comprendre ni surtout de la discuter. Il me salua et s'éloigna en hochant la tête. Cet homme était évidemment très intrigué et il ne me déplaisait point que, puisqu'il avait la surveillance de la porte Nord, il songeât à Larsan. Lui aussi avait failli être victime de Larsan ; il ne l'avait pas oublié. Il s'en tiendrait mieux sur ses gardes.

Je ne me pressais point d'ouvrir cette dépêche que le père Jacques m'avait apportée et j'avais tort, car elle me parut extraordinairement intéressante dès le premier coup d'œil que j'y portai. Mon ami de Paris qui, sur ma prière, m'avait déjà renseigné sur Brignolles m'apprenait que ledit Brignolles avait quitté Paris la veille au soir pour le Midi. Il avait pris le train de dix heures trente-cinq minutes du soir. Mon ami me disait qu'il avait des raisons de croire que Brignolles avait pris un billet pour Nice.

Qu'est-ce que Brignolles venait faire à Nice ? C'est une question que je me posai et que, dans un sot accès d'amour-propre, que j'ai bien regretté depuis, je ne soumis point à Rouletabille. Celui-ci s'était si bien moqué de moi lorsque je lui avais montré la première dépêche m'annonçant que Brignolles n'avait point quitté Paris, que je résolus de ne point lui faire part de celle qui m'affirmait son départ. Puisque Brignolles avait si peu d'importance pour lui, je n'aurai garde de « l'excéder » avec Brignolles ! Et je gardai Brignolles pour moi tout seul ! Si bien que, prenant mon air le plus indifférent, je rejoignis Rouletabille dans la Cour de Charles le Téméraire. Il était en train de consolider avec des barres de fer la lourde planche de chêne circulaire qui fermait l'ouverture du puits, et il me démontra que, même si le puits communiquait avec la mer, il serait impossible à quelqu'un qui tenterait de s'introduire dans le château par ce chemin de soulever cette planche, et qu'il devrait renoncer à son projet. Il était en sueur, les bras nus, le col arraché, un lourd marteau à la main. Je trouvai qu'il se donnait bien du mouvement pour une besogne relativement simple, et je ne pus me retenir de le lui dire, comme un sot qui ne voit pas plus loin que le bout de son nez ! Est-ce que je n'aurais pas dû deviner que ce garçon s'exténuait volontairement, et qu'il ne se livrait à toute cette fatigue physique que pour s'efforcer d'oublier le chagrin qui lui brûlait sa brave petite âme ? Mais non ! Je n'ai pu comprendre cela qu'une demi-heure plus tard, en le surprenant étendu sur les pierres en ruine de la chapelle, exhalant, dans le sommeil qui était venu le terrasser sur ce lit un peu rude, un mot, un simple mot qui me renseignait suffisamment sur son état d'âme : « *Maman !....* » Rouletabille rêvait de la Dame en noir !... Il rêvait peut-être qu'il l'embrassait comme autrefois, quand il était tout petit et qu'il arrivait tout rouge d'avoir couru, dans le parloir du collège d'Eu. J'attendis alors un instant, me demandant avec inquiétude s'il fallait le laisser là et s'il n'allait point par hasard dans son sommeil laisser échapper son secret. Mais, ayant avec ce mot soulagé son cœur, il ne laissa plus entendre qu'une musique sonore. Rouletabille ronflait comme une toupie. Je crois bien que c'était la première fois que Rouletabille dormait depuis notre arrivée de Paris.

J'en profitai pour quitter le château sans avertir personne, et, bientôt, ma dépêche en poche, je prenais le train pour Nice. Ensuite j'eus l'occasion de lire cet écho de première page du *Petit Niçois :* « Le professeur Stangerson est arrivé à Garavan où il va passer quelques semaines chez Mr. Arthur Rance, qui s'est rendu acquéreur du fort d'Hercule et qui, aidé de la gracieuse Mrs. Arthur Rance, se plaît à offrir la plus exquise hospitalité à ses amis dans ce cadre pittoresque et moyenâgeux. A la dernière minute nous apprenons que la fille du professeur Stangerson, dont le mariage avec M. Robert Darzac vient d'être célébré à Paris est arrivée également au fort d'Hercule avec le jeune et célèbre professeur de la Sorbonne. Ces nouveaux hôtes nous descendent du Nord au moment où tous les étrangers nous quittent. Combien ils ont raison ! Il n'est point de plus beau printemps au monde que celui de la Côte d'Azur ! »

A Nice, dissimulé derrière une vitre du buffet, je guettai l'arrivée du train de Paris dans lequel pouvait se trouver Brignolles. Et, justement, je vis descendre mon Brignolles ! Ah ! mon cœur battait ferme, car enfin ce voyage dont il n'avait point fait part à M. Darzac ne me paraissait rien moins que naturel ! Et puis, je n'avais pas la berlue : Brignolles se cachait. Brignolles baissait le nez. Brignolles se glissait, rapide comme un voleur, parmi les voyageurs vers la sortie. Mais j'étais derrière lui. Il sauta dans une voiture fermée, je me précipitai dans une voiture non moins fermée. Place Masséna, il quitta son fiacre, se dirigea vers la Jetée-Promenade et, là, prit une autre voiture ; je le suivais toujours. Ces manœuvres me paraissaient de plus en plus louches. Enfin la voiture de Brignolles s'engagea sur la route de la Corniche et, prudemment, je pris le même chemin que lui. Les nombreux détours de cette route, ses courbes accentuées me permettaient de voir sans être vu. J'avais promis un fort pourboire à mon cocher s'il m'aidait à réaliser ce programme, et il s'y employa le mieux du monde. Ainsi arrivâmes-nous à la gare de Beaulieu. Là, je fus bien étonné de voir la voiture de Brignolles s'arrêter à la gare, et Brignolles descendre, régler son cocher et entrer dans la salle d'attente. Il allait prendre un train. Comment faire ? Si je

Brignolles —

voulais monter dans le même train que lui, n'allait-il point m'apercevoir dans cette petite gare, sur ce quai désert ? Enfin, je devais tenter le coup. S'il m'apercevait, j'en serais quitte pour feindre la surprise et ne plus le lâcher jusqu'à ce que je fusse sûr de ce qu'il venait faire dans ces parages. Mais la chose se passa fort bien et Brignolles ne m'aperçut pas. Il monta dans un train omnibus qui se dirigeait vers la frontière italienne. En somme, tous les pas de Brignolles le rapprochaient du fort d'Hercule. J'étais monté dans le wagon qui suivait le sien et je surveillai le mouvement des voyageurs à toutes les gares.

Brignolles ne s'arrêta qu'à Menton. Il avait voulu certainement y arriver par un autre train que le train de Paris, et dans un moment où il avait peu de chances de rencontrer des visages de connaissance à la gare. Je le vis descendre ; il avait relevé le col de son pardessus et enfoncé davantage encore son chapeau de feutre sur ses yeux. Il jeta un regard circulaire sur le quai, et, rassuré, se pressa vers la sortie. Dehors, il se jeta dans une vieille et sordide diligence qui attendait le long du trottoir. D'un coin de la salle d'attente, j'observai mon Brignolles. Qu'est-ce qu'il faisait là ? Et où allait-il dans cette vieille guimbarde poussiéreuse ? J'interrogeai un employé qui me dit que cette voiture était la diligence de Sospel.

Sospel est une petite ville pittoresque perdue entre les derniers contreforts des Alpes, à deux heures et demie de Menton, en voiture. Aucun chemin de fer n'y passe. C'est l'un des coins les plus retirés, les plus inconnus de la France et les plus redoutés des fonctionnaires et... des chasseurs alpins qui y tiennent garnison. Seulement, le chemin qui y mène est l'un des plus beaux qui soient, car il faut, pour découvrir Sospel, contourner je ne sais combien de montagnes, longer de hauts précipices, et suivre, jusqu'à Castillon, l'étroite et profonde vallée du Careï, tantôt sauvage comme un paysage de Judée, tantôt verte ou fleurie, féconde, douce au regard avec le frémissement argenté de ses innombrables plants d'oliviers qui descendent du ciel jusqu'au lit clair du torrent par un escalier de géants. J'étais allé à Sospel quelques années auparavant, avec une bande de touristes anglais, dans un immense char traîné par huit chevaux, et j'avais gardé de ce voyage une sensation de vertige que je retrouvai tout entière dès que le nom fut prononcé. Qu'est-ce que Brignolles allait faire à Sospel ? Il fallait le savoir. La diligence s'était remplie et déjà elle se mettait en route dans un grand bruit de ferrailles et de vitres dansantes. Je fis marché avec une voiture de place et moi aussi j'escaladai la vallée du Careï. Ah ! comme je regrettais déjà de n'avoir pas averti Rouletabille ! L'attitude bizarre de Brignolles lui eût donné des idées, des idées utiles, des idées *raisonnables,* tandis que moi je ne savais pas « raisonner », je ne savais que suivre ce Brignolles comme un chien suit son maître ou un policier son gibier, à la piste. Et encore, si je l'avais bien suivie, cette piste ! C'est dans le moment qu'il ne fallait pour rien au monde la perdre qu'elle m'échappa, dans le moment où je venais de faire une découverte formidable ! J'avais laissé la diligence prendre une certaine avance, précaution que j'estimais nécessaire, et j'arrivai moi-même à Castillon peut-être dix minutes après Brignolles. Castillon se trouve tout à fait au sommet de la route entre Menton et Sospel. Mon cocher me demanda la permission de laisser souffler un peu son cheval et de lui donner à boire. Je descendis de voiture et qu'est-ce que je vis à l'entrée d'un tunnel sous lequel il était nécessaire de passer pour atteindre le versant opposé de la montagne ? Brignolles et Frédéric Larsan !

Je restai planté sur mes pieds comme si, soudain, j'avais pris racine au sol ! Je n'eus pas un cri, pas un geste. J'étais, ma foi, foudroyé par cette révélation ! Puis je repris mon esprit et, en même temps qu'un sentiment d'horreur m'envahissait pour Brignolles, un sentiment d'admiration m'envahissait pour moi-même. Ah ! j'avais deviné juste ! J'étais le seul à avoir deviné que ce Brignolles du diable était un danger terrible pour Robert Darzac ! Si l'on m'avait écouté, il y aurait beau temps que le professeur sorbonnien s'en serait séparé ! Brignolles, créature de Larsan, complice de Larsan !... quelle découverte ! Quand je disais que les accidents de laboratoire n'étaient pas *naturels !* Me croira-t-on maintenant ? Ainsi, j'avais bien vu Brignolles et Larsan se parlant, discutant à l'entrée du tunnel de Castillon ! Je les avais vus... mais où donc étaient-ils passés ? Car je ne les voyais plus... Dans le tunnel, évidemment. Je hâtai le pas, laissant là mon cocher, et arrivai moi-même sous le tunnel, tâtant dans ma poche mon revolver. J'étais dans un état ! Ah ! qu'est-ce qu'allait dire Rouletabille, quand je lui raconterais une chose pareille ?... Moi, moi, j'avais découvert Brignolles et Larsan !

... Mais où sont-ils ? Je traverse le tunnel tout noir... Pas de Larsan, pas de Brignolles. Je regarde la route qui descend vers Sospel... Personne sur la route... Mais, sur ma gauche, vers le vieux Castillon, il m'a semblé apercevoir deux ombres qui se hâtent... Elles disparaissent... Je cours... J'arrive au milieu des ruines... Je m'arrête... Qui me dit que les deux ombres ne me guettent point derrière un mur ?...

Ce vieux Castillon n'était plus habité et pour cause. Il avait été entièrement ruiné, détruit, par le tremblement de terre de 1887. Il ne restait plus, çà et là, que quelques pans de murailles achevant tout doucement de s'écrouler, quelques masures décapitées et noircies par l'incendie, quelques piliers isolés qui étaient restés debout, épargnés par la catastrophe et qui se penchaient mélancoliquement vers le sol, tristes de n'avoir plus rien à soutenir. Quel silence autour de moi ! Avec mille précautions, j'ai parcouru ces ruines, considérant avec effroi la profondeur des crevasses que, près de là, la secousse de 1887 avait ouvertes dans le roc. L'une particulièrement paraissait un puits sans fond et, comme j'étais penché au-dessus d'elle, me retenant au tronc noirci d'un olivier, je fus presque bousculé par un coup d'aile. J'en sentis le vent sur ma figure et je reculai en poussant un cri. Un aigle venait de sortir, rapide comme une flèche, de cet abîme. Il monta droit au soleil, et puis je le vis redescendre vers moi et décrire des cercles menaçants au-dessus de ma tête, poussant des clameurs sauvages comme pour me reprocher d'être venu le troubler dans ce royaume de solitude et de mort que le feu de la terre lui avait donné.

Avais-je été victime d'une illusion ? Je ne revis plus mes deux ombres... Étais-je encore le jouet de mon imagination, en ramassant sur le chemin un morceau de papier à lettres qui me parut ressembler singulièrement à celui dont M. Robert Darzac se servait à la Sorbonne ?

Sur ce bout de papier je déchiffrai deux syllabes que je pensai avoir été tracées par Brignolles. Ces syllabes devaient terminer un mot dont le commencement manquait. A cause de la déchirure on ne pouvait plus lire que *« bonnet »*.

Deux heures plus tard, je rentrais au fort d'Hercule et racontai le tout à Rouletabille qui se borna à mettre le morceau de papier dans son portefeuille et à me prier de garder le secret de mon expédition pour moi tout seul.

Étonné de produire si peu d'effet avec une découverte que je jugeais si importante, je regardai Rouletabille. Il détourna la tête, mais point assez vite pour qu'il pût me cacher ses yeux pleins de larmes.

– Rouletabille, m'écriai-je...

Mais, encore, il me ferma la bouche :

– Silence ! Sainclair !

Je lui pris la main : il avait la fièvre. Et je pensai bien que cette agitation ne lui venait point seulement de préoccupations relatives à Larsan. Je lui reprochai de me cacher ce qui se passait entre lui et la Dame en noir, mais il ne me répondit pas, suivant sa coutume, et s'éloigna une fois de plus en poussant un profond soupir.

On m'avait attendu pour dîner. Il était tard. Le dîner fut lugubre malgré les éclats de la gaieté du vieux Bob. Nous n'essayions même plus de nous dissimuler l'atroce angoisse qui nous glaçait le cœur. On eût dit que chacun de nous était renseigné sur le coup qui nous menaçait et que le drame pesait déjà sur nos têtes. M. et Mme Darzac ne mangeaient pas. Mrs. Edith me regardait d'une singulière façon. A dix heures, j'allai prendre ma faction, avec soulagement, sous la poterne du jardinier. Pendant que j'étais dans la petite salle du conseil, la Dame en noir et Rouletabille passèrent sous la voûte. Un falot les éclairait. Mme Darzac m'apparut dans un état d'exaltation remarquable. Elle suppliait Rouletabille avec des mots que je ne saisissais pas. Je n'entendis de cette sorte d'altercation qu'un seul mot prononcé par Rouletabille : « Voleur ! »... Tous deux étaient entrés dans la Cour du Téméraire... La Dame en noir tendit vers le jeune homme des bras qu'il ne vit pas, car il la quitta aussitôt et s'en fut s'enfermer dans sa chambre... Elle resta seule un instant, dans la cour, s'appuya au tronc de l'eucalyptus dans une attitude de douleur inexprimable, puis rentra à pas lents dans la Tour Carrée.

Nous étions au 10 avril. L'attaque de la Tour Carrée devait se produire dans la nuit du 11 au 12.

X

La journée du 11

Cette attaque eut lieu dans des conditions si mystérieuses et *si en dehors de la raison humaine, apparemment,* que le lecteur me permettra, pour mieux lui faire saisir tout ce que l'événement eut de tragiquement *déraisonnable,* d'insister sur certaines particularités de l'emploi de notre temps dans la journée du 11.

1° *La matinée*

Toute cette journée fut d'une chaleur accablante et les heures de garde furent particulièrement pénibles. Le soleil était torride et il nous eût été douloureux de surveiller la mer qui brûlait comme une plaque d'acier chauffée à blanc, si nous n'avions été munis de lorgnons de verres fumés dont il est difficile de se passer dans ce pays, la saison d'hiver écoulée.

A neuf heures, je descendis de ma chambre et allai sous la poterne, dans la salle dite par nous du conseil de guerre, relever de sa garde Rouletabille. Je n'eus point le temps de lui poser la moindre question, car M. Darzac

La chaleur était accablante –

arriva sur ces entrefaites, nous annonçant qu'il avait à nous dire des choses fort importantes. Nous lui demandâmes avec anxiété de quoi il s'agissait, et il nous répondit qu'il voulait quitter le fort d'Hercule avec Mme Darzac. Cette déclaration nous laissa d'abord muets de surprise, le jeune reporter et moi. Je fus le premier à dissuader M. Darzac de commettre une pareille imprudence. Rouletabille demanda froidement à M. Darzac la raison qui l'avait soudain déterminé à ce départ. Il nous renseigna en nous rapportant une scène qui s'était passée la veille au soir au château, et nous saisîmes, en effet, combien la situation des Darzac devenait difficile au fort d'Hercule. L'affaire tenait en une phrase : « Mrs. Edith avait eu une attaque de nerfs ! » Nous comprîmes immédiatement à propos de quoi, car il ne faisait pas de doute pour Rouletabille et pour moi que la jalousie de Mrs. Edith allait chaque heure grandissante et qu'elle supportait de plus en plus avec impatience les attentions de son mari pour Mme Darzac. Les bruits de la dernière querelle qu'elle avait cherchée à Mr. Rance avaient traversé, la nuit dernière, les murs pourtant épais de la Louve, et M. Darzac, qui passait tranquillement dans la baille accomplissant, à son tour, son service de surveillance et faisant sa ronde, avait été touché par quelques échos de cette effroyable colère.

Rouletabille tint, en cette circonstance, comme toujours, à M. Darzac, le langage de la raison. Il lui accorda en principe que son séjour et celui de Mme Darzac au fort d'Hercule devaient être, le plus possible, abrégés ; mais aussi il lui fit entendre qu'il y allait de leur sécurité à tous deux que leur départ ne fût point trop précipité. Une nouvelle lutte était engagée entre eux et Larsan. S'ils s'en allaient, Larsan saurait toujours bien les rejoindre, et dans un pays et dans un moment où ils l'attendraient le moins. Ici, ils étaient prévenus, ils étaient sur leurs gardes, car ils *savaient.* A l'étranger, ils se trouveraient à la merci de tout ce qui les entourerait, car ils n'auraient point les remparts du fort d'Hercule pour les défendre. Certes ! cette situation ne pourrait se prolonger, mais

Rouletabille demandait encore huit jours, pas un de plus, pas un de moins. « Huit jours, leur dit Colomb, et je vous donne un monde », Rouletabille eût volontiers dit : « Huit jours, et dans huit jours je vous livre Larsan. » Il ne le disait pas, mais on sentait bien qu'il le pensait.

M. Darzac nous quitta en haussant les épaules. Il paraissait furieux. C'était la première fois que nous lui voyions cette humeur.

Rouletabille dit :

– Mme Darzac ne nous quittera pas et M. Darzac restera.

Et il s'en alla à son tour.

Quelques instants plus tard, je vis arriver Mrs. Edith. Elle avait une toilette charmante, d'une simplicité qui lui seyait merveilleusement. Elle fut tout de suite coquette avec moi, montrant une gaieté un peu forcée et se moquant joliment du métier que je faisais. Je lui répondis un peu vivement qu'elle manquait de charité puisqu'elle n'ignorait point que tout le mal exceptionnel que nous nous donnions et que la pénible surveillance à laquelle nous nous astreignions sauvaient peut-être, dans le moment, la meilleure des femmes. Alors, elle s'écria, en éclatant de rire :

– La Dame en noir ! Elle vous a donc tous ensorcelés !...

Mon Dieu ! qu'elle avait un joli rire ! En d'autres temps, certes ! je n'eusse point permis qu'on parlât ainsi à la légère de la Dame en noir, mais je n'eus point ce matin-là le courage de me fâcher... Au contraire, je ris avec Mrs. Edith.

– C'est que c'est un peu vrai, fis-je...

– Mon mari en est encore fou !... Jamais je ne l'aurais cru si romanesque !... Mais moi aussi, ajouta-t-elle assez drôlement, je suis romanesque...

Et elle me regarda de cet œil curieux qui, déjà, m'avait tant troublé...

– Ah !...

C'est tout ce que je trouvais à dire.

– Ainsi j'ai beaucoup de plaisir, continua-t-elle, à la

conversation du prince Galitch, qui est certainement plus romanesque que vous tous !

Je dus faire une drôle de mine, car elle en marqua un bruyant amusement. Quelle petite femme bizarre !

Alors, je lui demandai qui était ce prince Galitch dont elle nous parlait souvent et qu'on ne voyait jamais.

Elle me répliqua qu'on le verrait au déjeuner, car elle l'avait invité à notre intention ; et elle me donna, sur lui, quelques détails.

J'appris ainsi que le prince Galitch est un des plus riches boyards de cette partie de la Russie appelée « Terre noire », féconde entre toutes, placée entre les forêts du Nord et les steppes du Midi.

Héritier, dès l'âge de vingt ans, d'un des plus vastes patrimoines moscovites, il avait su encore l'agrandir par une gestion économe et intelligente dont on n'eût point cru capable un jeune homme qui avait eu jusqu'alors pour principale occupation la chasse et les livres. On le disait sobre, avare et poète. Il avait hérité de son père, à la cour, une haute situation. Il était chambellan de Sa Majesté et l'on supposait que l'empereur, à cause des immenses services rendus par le père, avait pris le fils en particulière affection. Avec cela il était délicat comme une femme à la fois et fort comme un Turc. Bref, ce gentilhomme russe avait tout pour lui. Sans le connaître, il m'était déjà antipathique. Quant à ses relations avec les Rance, elles étaient d'excellent voisinage. Ayant acheté depuis deux ans la propriété magnifique que ses jardins suspendus, ses terrasses fleuries, ses balcons embaumés avaient fait surnommer à Garavan, « les jardins de Babylone », il avait eu l'occasion de rendre quelques services à Mrs. Edith lorsque celle-ci avait achevé de transformer la baille du château en un jardin exotique. Il lui avait fait cadeau de certaines plantes qui avaient fait revivre dans quelques coins du fort d'Hercule une végétation à peu près retenue jusqu'alors aux rives du Tigre et de l'Euphrate. Mr. Rance avait invité quelquefois le prince à dîner, à la suite de quoi le prince avait envoyé, en guise de fleurs, un palmier de Ninive ou un cactus dit de Sémiramis. Cela ne lui coûtait rien. Il en avait trop, il en était gêné, et il préférait garder pour lui les roses. Mrs. Edith avait pris un certain intérêt à la fréquentation du jeune boyard, à cause des vers qu'il lui disait. Après les lui avoir dits en russe, il les traduisait en anglais et il lui en avait même fait, en anglais, pour elle, pour elle seule. Des vers, de vrais vers d'un poète, dédiés à Mrs. Edith ! Celle-ci en avait été si flattée qu'elle avait demandé à ce Russe qui lui avait fait des vers anglais de les lui traduire en russe. C'étaient là jeux littéraires qui amusaient beaucoup Mrs. Edith, mais qu'Arthur Rance goûtait peu. Celui-ci ne cachait pas, du reste, que le prince Galitch ne lui plaisait qu'à moitié, et, s'il en était ainsi, ce n'était point que la moitié qui déplaisait à Mr. Rance chez le prince Galitch fût précisément la moitié qui intéressait tant sa femme, c'est-à-dire « la moitié poète » ; non, c'était la « moitié avare ». Il ne comprenait pas qu'un poète fût avare. J'étais bien de son avis. Le prince n'avait point d'équipage. Il prenait le tramway et souvent faisait son marché lui-même, assisté de son seul domestique Ivan qui portait le panier aux provisions. Et il se disputait, ajoutait la jeune femme, qui tenait ce détail de sa propre cuisinière, – il se disputait chez les marchandes de poisson, à propos d'une rascasse pour deux sous. Chose bizarre, cette extrême avarice ne répugnait point à Mrs. Edith, qui lui trouvait une certaine originalité. Enfin nul n'était jamais entré chez lui. Jamais il n'avait invité les Rance à venir admirer ses jardins.

– Il est beau ? demandai-je à Mrs. Edith quand celle-ci eut fini son panégyrique.

– Trop beau ! me répliqua-t-elle. Vous verrez !...

Je ne saurais dire pourquoi cette réponse me fut particulièrement désagréable. Je ne fis qu'y penser après le départ de Mrs. Edith et jusqu'à la fin de mon service de garde qui se termina à onze heures et demie.

Le premier coup de cloche du déjeuner venait de sonner ; je courus me laver les mains et faire un bout de toilette et je montai les degrés de la Louve rapidement, croyant que le déjeuner serait servi dans cette tour ; mais je m'arrêtai dans le vestibule, tout étonné d'entendre de la musique. Qui donc, dans les circonstances actuelles, osait, au fort d'Hercule, jouer du piano ? Eh ! mais, on chantait ; oui, une voix douce, douce et mâle à la fois, en sourdine, chantait. C'était un chant étrange, une mélopée tantôt plaintive, tantôt menaçante. Je le sais maintenant par cœur ; je l'ai tant entendue depuis ! Ah ! vous la connaissez bien peut-être si vous avez franchi les frontières de la froide Lituanie, si vous êtes entré une fois dans le vaste empire du Nord. C'est le chant des vierges demi-nues qui entraînent le voyageur dans les flots et le noient sans miséricorde ; c'est le chant du *Lac de Willis,* que Sienkiewicz a fait entendre un jour immortel à Michel Vereszezaka... Écoutez ça :

« Si vous approchez du Switez aux heures de la nuit, le front tourné vers le lac, des étoiles sur vos têtes, des étoiles sous vos pieds, et deux lunes pareilles s'offriront à vos yeux... Tu vois cette plante qui caresse le rivage, ce sont les épouses et les filles de Switez que Dieu a changées en fleurs. Elles balancent au-dessus de l'abîme leurs têtes blanches comme des phalènes ; leur feuille est verte comme l'aiguille du mélèze argentée par les frimas.

« Image de l'innocence pendant la vie, elles ont gardé sa robe virginale après la mort ; elles vivent dans l'ombre et ne souffrent point de souillure ; des mains mortelles n'oseraient y toucher.

« Le tsar et sa horde en firent un jour l'expérience, lorsque après avoir cueilli ces belles fleurs ils voulurent en orner leurs tempes et leurs casques d'acier.

« Tous ceux qui étendirent leurs mains sur les flots (si terrible est le pouvoir de ces fleurs !) furent atteints du haut mal ou frappés de mort subite.

« Quand le temps eut effacé ces choses de la mémoire des hommes, seul, le souvenir du châtiment s'est conservé pour le peuple, et le peuple en le perpétuant par ses récits, appelle aujourd'hui *tsars* les fleurs du Switez !...

« Cela disant, la *Dame du lac* s'éloigna lentement ; le lac s'entrouvrit jusqu'au plus profond de ses entrailles ·

mais le regard cherchait en vain la belle inconnue qui s'était couvert la tête d'une vague et dont on n'a jamais plus entendu parler... »

C'étaient les paroles mêmes, les paroles traduites de la chanson que murmurait la voix à la fois douce et mâle, pendant que le piano faisait entendre un accompagnement mélancolique. Je poussai la porte de la salle et je me trouvai en face d'un jeune homme qui se leva. Aussitôt, derrière moi, j'entendis le pas de Mrs. Edith. Elle nous présenta. J'avais devant moi le prince Galitch.

Le prince était ce que l'on est convenu d'appeler dans les romans : « un beau et pensif jeune homme » ; son profil droit et un peu dur aurait donné à sa physionomie un aspect particulièrement sévère, si ses yeux, d'une clarté et d'une douceur et d'une candeur troublantes, n'eussent laissé transparaître une âme presque enfantine. Ils étaient entourés de longs cils noirs, si noirs qu'ils ne l'eussent point été davantage s'ils avaient été brossés au khol ; et, quand on avait remarqué cette particularité des cils, on avait, du coup, saisi la raison de toute l'étrangeté de cette physionomie. La peau du visage était presque trop fraîche, ainsi qu'elle est au visage des femmes

Le prince Galitch –

savamment maquillées et des phtisiques. Telle fut mon impression ; mais j'étais trop intimement prévenu contre ce prince Galitch pour y attacher raisonnablement quelque importance. Je le jugeai trop jeune, sans doute parce que je ne l'étais plus assez.

Je ne trouvai rien à dire à ce trop beau jeune homme qui chantait des poèmes si exotiques ; Mrs. Edith sourit de mon embarras, me prit le bras – ce qui me fit grand plaisir – et nous emmena à travers les buissons parfumés de la baille, en attendant le second coup de cloche du déjeuner qui devait être servi sous la cabane de palmes sèches, au terre-plein de la Tour du Téméraire.

2° *Le déjeuner et ce qui s'en suivit. Une terreur contagieuse s'empare de nous.*

A midi, nous nous mettions à table sur la terrasse du Téméraire, d'où la vue était incomparable. Les feuilles de palmier nous couvraient d'une ombre propice ; mais, hors de cette ombre, l'embrasement de la terre et des cieux était tel que nos yeux n'en auraient pu supporter l'éclat si nous n'avions tous pris la précaution de mettre ces binocles noirs dont j'ai parlé au début de ce chapitre.

A ce déjeuner se trouvaient : M. Stangerson, Mathilde, le vieux Bob, M. Darzac, Mr. Arthur Rance, Mrs. Edith, Rouletabille, le prince Galitch et moi. Rouletabille tournait le dos à la mer, s'occupant fort peu des convives, et était placé de telle sorte qu'il pouvait surveiller tout ce qui se passait dans toute l'étendue du château fort. Les domestiques étaient à leurs postes ; le père Jacques à la grille d'entrée, Mattoni à la poterne du jardinier et les Bernier dans la Tour Carrée, devant la porte de l'appartement de M. et de Mme Darzac.

Le début du repas fut assez silencieux. Nous étions presque inquiétants à contempler, autour de cette table, muets, penchant les uns vers les autres nos vitres noires derrière lesquelles il était aussi impossible d'apercevoir nos prunelles que nos pensées.

Le prince Galitch parla le premier.

Il fut tout à fait aimable avec Rouletabille et, comme il essayait un compliment sur la renommée du reporter, celui-ci le bouscula un peu. Le prince n'en parut point froissé, mais il expliqua qu'il s'intéressait particulièrement aux faits et gestes de mon ami en sa qualité de sujet du tsar, depuis qu'il savait que Rouletabille devait partir prochainement pour la Russie. Mais le reporter répliqua que rien encore n'était décidé et qu'il attendait des ordres de son journal ; sur quoi le prince s'étonna en tirant un journal de sa poche. C'était une feuille de son pays dont il nous traduisit quelques lignes annonçant l'arrivée prochaine à Saint-Pétersbourg de Rouletabille. Il se passait là-bas, à ce que nous conta le prince, des événements si incroyables et si dénués apparemment de logique dans la haute sphère gouvernementale que, sur le conseil même du chef de la Sûreté de Paris, le maître de la police avait résolu de prier le journal *L'Époque* de lui prêter son jeune reporter. Le prince Galitch avait si bien présenté la chose que Rouletabille rougit jusqu'aux deux oreilles et qu'il répliqua sèchement qu'il n'avait jamais, même dans sa courte vie, fait œuvre policière et que le chef de la Sûreté de Paris et le maître de la police de Saint-Pétersbourg étaient deux imbéciles. Le prince se prit à rire de toutes ses dents, qu'il avait belles, et vraiment je vis bien que son sourire n'était point beau, mais féroce et bête, ma foi, comme un sourire d'enfant dans une bouche de grande personne. Il fut tout à fait de l'avis de Rouletabille et, pour le prouver, il ajouta :

– Vraiment on est heureux de vous entendre parler de la sorte, car on demande maintenant au journaliste des besognes qui n'ont point affaire avec un véritable homme de lettres.

Rouletabille, indifférent, laissa tomber la conversation.

Mrs. Edith la releva en parlant avec extase de la splendeur de la nature. Mais, pour elle, il n'était rien de plus beau sur la côte que les jardins de Babylone, et elle le dit. Elle ajouta avec malice :

– Ils nous paraissent d'autant plus beaux, qu'on ne peut les voir que de loin.

L'attaque était si directe que je crus que le prince allait y répondre par une invitation.

Mais il n'en fut rien. Mrs. Edith marqua un léger dépit, et elle déclara tout à coup :

– Je ne veux point mentir, prince. Vos jardins, je les ai vus.

– Comment cela ? interrogea Galitch avec un singulier sang-froid.

– Oui, je les ai visités, et voici comment...

Alors elle raconta, pendant que le prince se raidissait en une attitude glacée, comment elle avait vu les jardins de Babylone.

Elle y avait pénétré, comme par mégarde, par-derrière, en poussant une barrière qui faisait communiquer directement ces jardins avec la montagne. Elle avait marché d'enchantement en enchantement, mais sans être étonnée. Quand on passait sur le bord de la mer, ce que l'on apercevait des jardins de Babylone l'avait préparée aux merveilles dont elle violait si audacieusement le secret. Elle était arrivée auprès d'un petit étang, tout petit, noir comme de l'encre, et sur la rive duquel se tenaient un grand lis d'eau et une petite vieille toute ratatinée, au menton en galoche. En l'apercevant, le grand lis d'eau et la petite vieille s'étaient enfuis, celle-ci si légère, qu'elle s'appuyait pour courir sur celui-là comme elle eût fait d'un bâton. Mrs. Edith avait bien ri. Elle avait appelé :

– Madame ! Madame !

Mais la petite vieille n'en avait été que plus épouvantée et elle avait disparu avec son lis derrière un figuier de Barbarie. Mrs. Edith avait continué sa route, mais ses pas étaient devenus plus inquiets. Soudain, elle avait entendu un grand froissement de feuillages et ce bruit particulier que font les oiseaux sauvages quand, surpris par le chasseur, ils s'échappent de la prison de verdure où ils se sont blottis. C'était une seconde petite vieille, plus ratatinée encore que la première, mais moins légère, et qui s'appuyait sur une vraie canne à bec-de-corbin. Elle s'évanouit – c'est-à-dire que Mrs. Edith la perdit de vue au détour du sentier. Et une troisième petite vieille appuyée sur deux cannes à bec-de-corbin surgit encore du mystérieux jardin ; elle s'échappa du tronc d'un eucalyptus géant ; et elle allait d'autant plus vite qu'elle avait, pour courir, quatre pattes, tant de pattes qu'il était tout à fait étonnant qu'elle ne s'y embrouillât point. Mrs. Edith avançait toujours. Et ainsi elle parvint jusqu'au perron de marbre habillé de roses de la villa ; mais, la gardant, les trois petites vieilles étaient alignées sur la plus haute marche, comme trois corneilles sur une branche, et elles ouvrirent leurs becs menaçants d'où s'échappèrent des croassements de guerre. Ce fut au tour de Mrs. Edith de s'enfuir.

Mrs. Edith avait raconte son aventure d'une façon si délicieuse et avec tant de charme emprunté à une littérature falote et enfantine que j'en fus tout bouleversé et que je compris combien certaines femmes qui n'ont rien de naturel peuvent l'emporter dans le cœur d'un homme sur d'autres qui n'ont pour elles que la nature.

Le prince ne parut nullement embarrassé de cette petite histoire. Il dit, sans sourire :

– Ce sont mes trois fées. Elles ne m'ont jamais quitté depuis que je suis né au pays de Galitch. Je ne puis travailler ni vivre sans elles. Je ne sors que lorsqu'elles me le permettent et elles veillent sur mon labeur poétique avec une jalousie féroce.

Le prince n'avait pas fini de nous donner cette fantaisiste explication de la présence des trois vieilles aux jardins de Babylone, que Walter, le valet du vieux Bob, apporta une dépêche à Rouletabille. Celui-ci demanda la permission de l'ouvrir, et lut tout haut :

– « Revenez le plus tôt possible ; vous attendons avec impatience. Magnifique reportage à faire à Pétersbourg. »

Cette dépêche était signée du rédacteur en chef de *L'Époque.*

– Eh ! qu'en dites-vous, monsieur Rouletabille ? demanda le prince ; ne trouvez-vous point, maintenant, que j'étais bien renseigné ?

La Dame en noir n'avait pu retenir un soupir.

– Je n'irai pas à Pétersbourg, déclara Rouletabille.

– On le regrettera à la cour, fit le prince, j'en suis sûr, et permettez-moi de vous dire, jeune homme, que vous manquez l'occasion de votre fortune.

Le « jeune homme » déplut singulièrement à Rouletabille qui ouvrit la bouche pour répondre au prince, mais qui la referma, à mon grand étonnement, sans avoir répondu. Et le prince continua :

– ... Vous eussiez trouvé là-bas un terrain d'expériences digne de vous. On peut tout espérer quand on a été assez fort pour dévoiler un *Larsan !...*

Le mot tomba au milieu de nous avec fracas et nous nous réfugiâmes derrière nos vitres noires d'un commun mouvement. Le silence qui suivit fut horrible... Nous restions maintenant immobiles autour de ce silence-là, comme des statues... Larsan !...

Pourquoi ce nom que nous avions prononcé si souvent depuis quarante-huit heures, ce nom qui représentait un danger avec lequel nous commencions de nous familiariser, – pourquoi, à ce moment précis, ce nom nous produisit-il un effet que, pour ma part, je n'avais encore jamais aussi brutalement ressenti ? Il me semblait que j'étais sous le coup de foudre d'un geste magnétique. Un malaise indéfinissable se glissait dans mes veines. J'aurais voulu fuir, et il me parut que si je me levais, je n'aurais point la force de me contenir... Le silence que nous continuions à garder contribuait à augmenter cet incroyable état d'hypnose... Pourquoi ne parlait-on pas ?... Qu'est-ce que faisait la gaieté du vieux Bob ?... On ne l'avait pas entendue au repas ?... Et les autres, les autres, pourquoi restaient-ils muets derrière leurs vitres noires ?... Tout à coup, je tournai la tête et je regardai derrière moi. Alors, je compris, à ce geste instinctif, que j'étais la proie d'un phénomène tout naturel... Quelqu'un me regardait... deux yeux étaient fixés sur moi, *pesaient* sur moi. Je ne vis point ces yeux et je ne sus d'où me venait ce regard,... mais il était là... je le sentais... *et c'était son regard à lui...* Et cependant, il n'y avait personne derrière moi... ni à droite, ni à gauche, ni en face,...

personne autour de moi que les gens qui étaient assis à cette table, immobiles derrière leurs binocles noirs... Alors,... alors, j'eus la certitude que les yeux de Larsan me regardaient derrière l'un de ces binocles-là !... Ah ! les vitres noires ! les vitres noires derrière lesquelles se cachait Larsan !...

Et puis, tout à coup, je ne sentis plus rien... Le regard, sans doute, avait cessé de regarder... je respirai... Un double soupir répondit au mien... Est-ce que Rouletabille ?... est-ce que la Dame en noir auraient, eux aussi, supporté le même poids, dans le même moment, le poids de ses yeux ?... Le vieux Bob disait :

– Prince, je ne crois point que votre dernier os à moelle du milieu de la période quaternaire...

Et tous les binocles noirs remuèrent...

Rouletabille se leva et me fit un signe. Je le rejoignis hâtivement dans la salle du conseil. Aussitôt que je me présentai, il ferma la porte et me dit :

– Eh bien, l'avez-vous senti ?...

J'étouffais ; je murmurai :

– Il est là... il est là !... A moins que nous ne devenions fous !...

Un silence, et je repris plus calme :

– Vous savez, Rouletabille, qu'il est très possible que nous devenions fous... Cette hantise de Larsan nous conduira au cabanon, mon ami !... Il n'y a pas deux jours que nous sommes enfermés dans ce château, et voyez déjà dans quel état...

Rouletabille m'interrompit.

– Non ! Non ! je le sens !... Il est là !... Je le touche !... Mais où... Mais quand ?... Depuis que je suis entré ici, je sens qu'il ne faut pas que je m'en éloigne !... Je ne tomberai pas dans le piège !... je n'irai pas le chercher dehors, bien que je l'aie vu dehors !... bien que vous l'ayez vu, vous-même, dehors !...

Puis il s'est calmé tout à fait, a froncé les sourcils, a allumé sa bouffarde et a dit comme aux beaux jours, aux beaux jours où sa raison, qui ignorait encore le lien qui l'unissait à la Dame en noir, n'était pas troublée par les mouvements de son cœur :

– Raisonnons !...

Et il en revint tout de suite à cet argument qu'il nous avait déjà servi et qu'il se répétait sans cesse lui-même pour ne point, disait-il, se laisser séduire *par le côté extérieur des choses.* « Ne point chercher Larsan là où il se montre, le chercher partout où il se cache. »

Ceci suivi de cet argument complémentaire :

– Il ne se montre si bien là où il paraît être que pour qu'on ne le voie pas là où il est.

Et il reprit :

– Ah ! *le côté extérieur des choses !* Voyez-vous, Sainclair ; il y a des moments où, pour raisonner, je voudrais pouvoir m'arracher les yeux. Arrachons-nous les yeux, Sainclair ; cinq minutes... cinq minutes seulement... *et nous verrons peut-être clair !*

Il s'assit, posa sa pipe sur la table, se prit la tête dans les mains et dit :

– Voici, je n'ai plus d'yeux. Dites-moi. Sainclair : *qu'y a-t-il à l'intérieur des pierres ?*

– Qu'est-ce que je vois à l'intérieur des pierres ? répétai-je.

– Eh non ! Eh non ! vous n'avez plus d'yeux, vous ne voyez plus rien ! *Énumérez sans voir ?* ÉNUMÉREZ-LES TOUS !

– Il y a d'abord vous et moi, fis-je, comprenant enfin où il voulait en venir.

– Très bien.

– Ni vous, ni moi, continuai-je, ne sommes Larsan.

– Pourquoi ?

– Pourquoi ?... Eh ! dites-le donc !... Il faut que vous me disiez pourquoi ? J'admets, moi, que je ne suis pas Larsan, j'en suis sûr, puisque je suis Rouletabille ; mais, vis-à-vis de Rouletabille, me direz-vous pourquoi vous n'êtes pas Larsan ?

– Parce que vous l'auriez bien vu !...

– Malheureux ! hurla Rouletabille, en s'enfonçant avec plus de force les poings dans les yeux ! je n'ai plus d'yeux, je ne peux pas vous voir !... Si Jarry, de la brigade des jeux, n'avait pas *vu* s'asseoir à la banque de Trouville le comte de Maupas, il aurait juré, par la seule vertu du raisonnement, que l'homme qui prenait alors les cartes était Ballmeyer ! Si Noblet, de la brigade des garnis, ne s'était trouvé face à face, un soir, chez la Troyon, avec un homme qu'il reconnut pour être le vicomte Drouet d'Erlon, il aurait juré que l'homme qu'il venait arrêter et qu'il n'arrêta pas parce qu'il l'avait *vu,* était Ballmeyer ! Si l'inspecteur Giraud, qui connaissait le comte de Motteville comme vous me connaissez, n'avait pas *vu,* un après-midi, aux courses de Longchamp, *causant à deux de ses amis dans le pesage,* n'avait pas *vu,* dis-je, le comte de Motteville, il eût arrêté Ballmeyer [1] ! Ah ! voyez-vous, Sainclair ! ajouta le jeune homme d'une voix sourde et frémissante, mon père est né avant moi !... et il faut être bien fort pour « arrêter » mon père !...

Ceci fut dit avec tant de désespoir, que le peu de force que j'avais de raisonner s'évanouit tout à fait. Je me bornai à lever les mains au ciel, geste que Rouletabille ne vit point, car il ne voulait plus rien voir !...

– Non ! non ! il ne faut plus rien *voir,* répéta-t-il... ni vous, ni M. Stangerson, ni M. Darzac, ni Arthur Rance, ni le vieux Bob, ni le prince Galitch... Mais il faut *savoir* pourquoi aucun de ceux-là ne peut être Larsan ! Seulement alors, seulement, je respirerai derrière les pierres...

Moi, je ne respirais plus... On entendait, sous la voûte de la poterne, le pas régulier de Mattoni qui montait sa garde.

– Eh bien, et les domestiques ? fis-je avec effort... et Mattoni ?... et les autres ?

– Je sais, je suis bien sûr qu'ils n'ont point quitté le fort d'Hercule pendant que Larsan apparaissait à Mme Darzac et à M. Darzac en gare de Bourg...

– Avouez encore, Rouletabille, fis-je, que vous ne vous en occupez pas, parce que tout à l'heure, *ils n'étaient point derrière les binocles noirs !*

Rouletabille frappa du pied, et s'écria :

– Taisez-vous ! Taisez-vous, Sainclair !... *Vous allez me rendre plus nerveux que ma mère !*

1. Historique.

Cette phrase, dite dans la colère, me frappa étrangement. J'eus voulu questionner Rouletabille sur l'état d'esprit de la Dame en noir, mais il avait repris, posément :

– 1° Sainclair n'est pas Larsan puisque Sainclair était au Tréport avec moi pendant que Larsan était à Bourg.

« 2° Le professeur Stangerson n'est pas Larsan, puisqu'il était sur la ligne de Dijon à Lyon pendant que Larsan était à Bourg. En effet, arrivés à Lyon, une minute avant lui, M. et Mme Darzac le virent descendre de son train.

« Mais tous les autres, s'il est suffisant de pouvoir être à Bourg à ce moment-là pour être Larsan, peuvent être Larsan, car tous pouvaient être à Bourg.

« D'abord M. Darzac y était : ensuite Arthur Rance a été absent les deux jours qui ont précédé l'arrivée du professeur et de M. Darzac. Il arrivait tout juste à Menton pour les recevoir (Mrs. Edith elle-même, sur mes questions, que je posais à bon escient, m'a avoué que, ces deux jours-là, son mari avait dû s'absenter, pour affaires). Le vieux Bob faisait son voyage à Paris. Enfin, le prince Galitch n'a pas été vu aux grottes ni hors des jardins de Babylone...

« Prenons d'abord M. Darzac.

– Rouletabille ! m'écriai-je, c'est un sacrilège !

– Je le sais bien !

– Et c'est une stupidité !...

– Je le sais aussi... mais pourquoi ?

– Parce que, fis-je, hors de moi, Larsan a beau avoir du génie ; il pourra peut-être tromper un policier, un journaliste, un reporter, et, je le dis : un Rouletabille... il pourra peut-être tromper une fille au point de se faire passer pour son père – ceci pour vous rassurer sur le cas de M. Stangerson – mais jamais il ne pourra tromper une femme, au point de se faire passer pour son fiancé. Eh ! mon ami, Mathilde Stangerson connaissait M. Darzac avant qu'elle n'eût franchi à son bras le fort d'Hercule !...

– Et elle connaissait aussi Larsan ! ajouta froidement Rouletabille. Eh bien, mon cher, vos raisons sont puissantes, mais, comme (oh ! l'ironie de cela !) je ne sais pas au juste jusqu'où va le génie de mon père, j'aime mieux, pour rendre à M. Robert Darzac une personnalité que je n'ai jamais songé à lui enlever, me baser sur un argument un peu plus solide : *Si Robert Darzac était Larsan, Larsan ne serait pas apparu à plusieurs reprises à Mathilde Stangerson, puisque c'est la réapparition de Larsan qui enlève Mathilde Stangerson à Robert Darzac !*

– Eh ! m'écriai-je !... A quoi bon tant de vains raisonnements quand on n'a qu'à ouvrir les yeux ?... Ouvrez-les, Rouletabille !

Il les ouvrit.

– Sur qui ? dit-il avec une amertume sans égale. Sur le prince Galitch ?

– Pourquoi pas ? Il vous plaît, à vous, ce prince de la Terre Noire qui chante des chansons lituaniennes ?

– Non ! répondit Rouletabille, mais il plaît à Mrs. Edith.

Et il ricana. Je serrai les poings. Il s'en aperçut, mais fit tout comme s'il ne s'en apercevait pas.

– Le prince Galitch est un nihiliste qui ne m'occupe guère, fit-il tranquillement.

– Vous en êtes sûr ?... Qui vous a dit ?

– La femme de Bernier connaît l'une des trois petites vieilles dont nous a parlé, au déjeuner, Mrs. Edith. J'ai fait une enquête. C'est la mère d'un des trois pendus de Kazan, qui avaient voulu faire sauter l'empereur. J'ai vu la photographie des malheureux. Les deux autres vieilles sont les deux autres mères... Aucun intérêt, fit brusquement Rouletabille.

Je ne pus retenir un geste d'admiration.

– Ah ! vous ne perdez pas votre temps !

– L'*autre* non plus, gronda-t-il.

Je croisai les bras.

– Et le vieux Bob ? fis-je.

– Non ! mon cher, non ! souffla Rouletabille, presque avec rage ; celui-là, non !... Vous avez vu qu'il a une perruque, n'est-ce pas ?... Eh bien, *je vous prie de croire que lorsque mon père met une perruque, cela ne se voit pas !*

Il me dit cela si méchamment que je me disposai à le quitter. Il m'arrêta.

– Eh bien, mais ?... Nous n'avons rien dit d'Arthur Rance ?...

– Oh ! celui-là n'a pas changé,... dis-je.

– Toujours les yeux ! Prenez garde à vos yeux, Sainclair...

Et il me serra la main. Je sentis que la sienne était moite et brûlante. Il s'éloigna. Je restai un instant sur place, songeant... songeant à quoi... A ceci, que j'avais tort de prétendre qu'Arthur Rance n'avait pas changé... D'abord, maintenant, il laissait pousser un soupçon de moustache, ce qui était tout à fait anormal pour un Américain routinier de sa trempe... ensuite, il portait les cheveux plus longs, avec une large mèche collée sur le front... ensuite, je ne l'avais pas vu depuis deux ans... on change toujours en deux ans... et puis Arthur Rance, qui ne buvait que de l'alcool, ne boit plus que de l'eau... Mais alors, Mrs. Edith ?... Qu'est-ce que Mrs. Edith ?... Ah çà ! est-ce que je deviens fou, moi aussi ?... Pourquoi dis-je : moi aussi ?... comme... comme la Dame en noir ?... comme... comme Rouletabille ?... est-ce que je ne trouve pas que Rouletabille devient un peu fou ?... Ah ! la Dame en noir nous a tous ensorcelés !... Parce que la Dame en noir vit dans le perpétuel frisson de *son* souvenir, voilà que nous tremblons du même frisson qu'elle... La peur, ça se gagne,... comme le choléra.

3° *De l'emploi de mon après-midi, jusqu'à cinq heures.*

Je profitai de ce que je n'étais point de garde pour aller me reposer dans ma chambre ; mais je dormis mal, ayant rêvé tout de suite que le vieux Bob, Mr. Rance et Mrs. Edith formaient une affreuse association de bandits qui avaient juré notre perte à Rouletabille et à moi. Et, quand je me réveillai, sous cette impression funèbre, et que je revis les vieilles tours et le Vieux Château, toutes ces pierres menaçantes, je ne fus pas loin de donner raison à mon cauchemar et je me dis tout haut : « Dans quel repaire sommes-nous venus nous réfugier ? » Je mis le nez à la fenêtre. Mrs. Edith passait dans la Cour du Téméraire, s'entretenant négligemment avec Rouletabille et roulant entre ses jolis doigts fuselés une rose éclatante. Je descendis aussitôt. Mais, arrivé dans la cour, je ne la trouvai plus. Je suivis Rouletabille qui entrait faire son tour d'inspection dans la Tour Carrée.

Je le vis très calme et très maître de sa pensée ; très maître aussi de ses yeux qu'il ne fermait plus. Ah ! c'était toujours un spectacle de le voir regarder les choses autour de lui. Rien ne lui échappait. La Tour Carrée, habitation de la Dame en noir, était l'objet de son constant souci.

Et, à ce propos, je crois opportun, quelques heures avant le moment où va se produire la tant mystérieuse attaque, de donner ici le plan intérieur de l'étage habité de cette tour, étage qui se trouvait de plain-pied avec la Cour de Charles le Téméraire.

Quand on entrait dans la Tour Carrée par la seule porte K, on se trouvait dans un large corridor qui avait fait partie autrefois de la salle des gardes. La salle des gardes prenait autrefois tout l'espace O, O^1, O^2, O^3, et était fermée de murs de pierre qui existaient toujours avec leurs portes donnant sur les autres pièces du Vieux Château. C'est Mrs. Arthur Rance, qui, dans cette salle des gardes, avait fait élever des murailles de planches de façon à constituer une pièce assez spacieuse qu'elle avait le dessein de transformer en salle de bains.

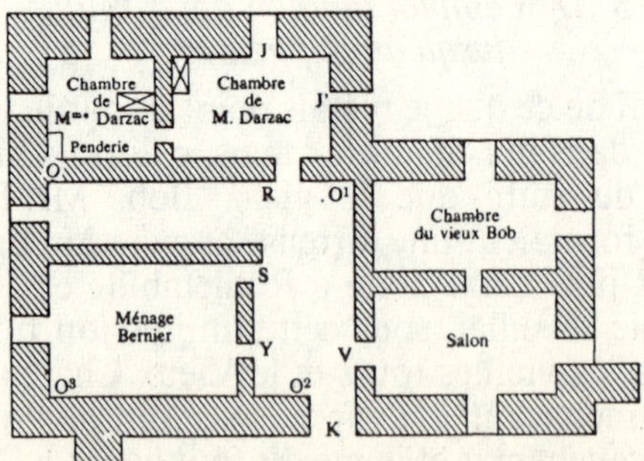

Cette pièce même était entourée maintenant par les deux couloirs à angle droit O, O^1 et O^1, O^2. La porte de cette pièce qui servait de loge aux Bernier était située en S. On était dans la nécessité de passer devant cette porte pour se rendre en R, où se trouvait l'unique porte permettant d'entrer dans l'appartement des Darzac. L'un des époux Bernier devait toujours se tenir dans la loge. Et il n'y avait qu'eux qui avaient le droit d'entrer dans leur loge. De cette loge, on surveillait également, par une petite fenêtre pratiquée en Y, la porte V qui donnait sur l'appartement du vieux Bob. Quand M. et Mme Darzac ne se trouvaient point dans leur appartement, l'unique clef qui ouvrait la porte R était toujours chez les Bernier ; et c'était une clef spéciale et toute neuve, fabriquée la veille dans un endroit que seul Rouletabille connaissait. Le jeune reporter avait posé la serrure lui-même.

Rouletabille aurait bien désiré que la consigne qu'il avait imposée pour l'appartement Darzac fût également suivie pour l'appartement du vieux Bob, mais celui-ci s'y était opposé avec un éclat comique auquel il avait fallu céder. Le vieux Bob ne voulait pas être traité comme un prisonnier et il tenait absolument à entrer chez lui et à en ressortir quand il lui en prenait fantaisie sans avoir à demander sa clef au concierge. Sa porte resterait ouverte et ainsi il pourrait autant de fois qu'il lui plairait se rendre de sa chambre ou de son salon à son bureau installé dans la Tour de Charles le Téméraire sans déranger personne et sans se tourmenter de personne. Pour cela, il fallait encore laisser la porte K ouverte. Il l'exigea et Mrs. Edith donna raison à son oncle sur un ton d'ironie tel, ironie qui s'adressait à la prétention que pouvait avoir Rouletabille de traiter le vieux Bob à l'instar de la fille du professeur Stangerson, que Rouletabille n'insista pas. Mrs. Edith lui avait dit de ses lèvres minces : « Mais, monsieur Rouletabille, mon oncle, lui, ne craint pas qu'on l'enlève ! » Et Rouletabille avait compris qu'il n'avait plus qu'à rire avec le vieux Bob de cette idée saugrenue, qu'on pût enlever comme une jolie femme l'homme dont le principal attrait était de posséder le plus vieux crâne de l'humanité ! Et il avait ri... il avait même ri plus fort que le vieux Bob, mais à une condition c'est que la porte K fût fermée à clef passé dix heures du soir, et que cette clef restât toujours en possession des Bernier qui viendraient lui ouvrir s'il y avait lieu. Ceci encore dérangeait le vieux Bob qui travaillait quelquefois très tard dans la Tour de Charles le Téméraire. Mais non plus il ne voulait avoir l'air de contrecarrer en tout ce brave M. Rouletabille qui avait, disait-il, peur des voleurs ! Car il faut tout de suite faire observer à la décharge du vieux Bob que, s'il se prêtait si peu aux consignes défensives de notre jeune ami, c'est qu'on n'avait point jugé utile de le mettre au courant de la résurrection de Larsan-Ballmeyer. Il avait bien entendu parler des malheurs extraordinaires qui avaient fondu autrefois sur cette pauvre Mlle Stangerson ; mais il était à cent lieues de penser qu'elle n'avait point rompu avec ces malheurs-là depuis qu'elle s'appelait Mme Darzac. Et puis le vieux Bob était un égoïste comme presque tous les savants. Très heureux, à cause qu'il possédait le plus vieux crâne de l'humanité, il ne pouvait concevoir que tout le monde ne le fût point autour de lui.

Rouletabille, après s'être aimablement enquis de la santé de la mère Bernier qui était en train d'éplucher des pommes de terre dites « saucisses » dont un grand sac, à ses côtés, était plein pria le père Bernier de nous ouvrir la porte de l'appartement Darzac.

C'était la première fois que je pénétrais dans la chambre de M. Darzac. L'aspect en était glacial. Elle me parut froide et sombre. La pièce très vaste, était meublée fort simplement d'un lit de chêne, d'une table-toilette que l'on avait glissée dans l'une des deux ouvertures J pratiquées dans la muraille, autour de ce qui avait été autrefois des meurtrières. Si épaisse était la muraille et si grande l'ouverture que toute cette embrasure formait une sorte de petite chambrette dans la grande, et M. Darzac en avait fait son cabinet de toilette. La seconde fenêtre J était plus petite. Ces deux fenêtres étaient garnies de barreaux épais entre lesquels on pouvait à peine passer le bras. Le lit, haut sur ses pieds était adossé à la muraille extérieure et poussé contre la cloison (de pierre) qui séparait la chambre de M. Darzac de celle de sa femme. En face, dans l'angle de la tour, se trouvait un placard. Au centre de la chambre, une table-guéridon sur laquelle on avait déposé quelques livres de science et tout ce qu'il fallait pour écrire. Et puis, un fauteuil et trois chaises. C'était tout. Il était absolument impossible de se cacher dans cette chambre, si ce n'est, naturellement, dans le placard. Aussi le père et la mère Bernier avaient-ils reçu l'ordre de visiter, chaque fois qu'ils faisaient l'appartement, ce placard où M. Darzac enfermait ses vêtements ; et Rouletabille lui-même qui, en l'absence de Darzac, venait de temps à autre jeter, dans les chambres de la Tour Carrée, le coup d'œil du maître, ne manquait-il jamais de le fouiller.

Il le fit encore devant moi. Quand nous passâmes ensuite dans la chambre de Mme Darzac nous étions bien sûrs que nous ne laissions personne derrière nous chez M. Darzac. Aussitôt entré dans l'appartement, Bernier qui nous avait suivis avait eu soin, comme il le faisait toujours, de tirer les verrous qui fermaient intérieurement l'unique porte faisant communiquer l'appartement avec le corridor.

La chambre de Mme Darzac était plus petite que celle de son mari. Mais bien éclairée, à cause de la disposition spéciale des fenêtres et gaie. Aussitôt qu'il y eut mis les pieds, je vis Rouletabille pâlir et tourner vers moi son bon et (alors) mélancolique visage. Il me dit :

– Eh bien, Sainclair, le sentez-vous le parfum de la Dame en noir ?

Ma foi, non ! je ne sentais rien du tout. La fenêtre, garnie de barreaux comme toutes les autres qui donnaient sur la pleine mer, était, du reste, grande ouverte et une brise légère faisait voleter l'étoffe que l'on avait tirée sur une tringle au-dessus d'une « penderie » qui garnissait un côté de la muraille. L'autre côté était occupé par le lit. Cette penderie était si haut placée que les robes et peignoirs qui la garnissaient et que l'étoffe qui la recouvrait ne tombaient point jusqu'au parquet, de telle sorte qu'il eût été absolument impossible à quelqu'un qui eût voulu se cacher là de dissimuler ses pieds et le bas de ses jambes. Comme la tringle sur laquelle glissaient les portemanteaux était des plus légères, il n'eût pu également s'y suspendre. Rouletabille n'en examina pas moins avec soin cette garde-robe. Pas de placard dans cette pièce. Table-toilette, table-bureau, un fauteuil, deux chaises et les quatre murs, entre lesquels personne que nous, en toute vérité évidente du bon Dieu.

Rouletabille, après avoir regardé sous le lit, donna le signal du départ et nous balaya d'un geste de l'appartement. Il en sortit le dernier. Bernier ferma aussitôt la porte avec la petite clef qu'il remit dans la poche du haut de son veston que fermait une boutonnière qu'il boutonna. Nous fîmes le tour des corridors et aussi celui de l'appartement du vieux Bob, composé d'un salon et d'une chambre aussi facile à visiter que l'appartement Darzac. Personne dans l'appartement, ameublement sommaire, un placard, une bibliothèque, à peu près vides, aux portes ouvertes. Quand nous sortîmes de l'appartement, la mère Bernier venait de placer sa chaise sur le pas de sa porte, ce qui lui permettait de voir plus clair à sa besogne qui était toujours celle du pelage des pommes de terre dites « saucisses ».

Nous entrâmes dans la pièce occupée par les Bernier et la visitâmes comme le reste. Les autres étages étaient inhabités et communiquaient avec le rez-de-chaussée par un petit escalier intérieur qui commençait dans l'angle O^3 pour aboutir au sommet de la tour. Une trappe dans le plafond de la pièce habitée par les Bernier fermait cet escalier. Rouletabille demanda un marteau et des clous et encloua la trappe. Cet escalier devenait inutilisable.

On pouvait dire en principe et en fait que rien n'échappait à Rouletabille et que celui-ci ayant fait sa tournée dans la Tour Carrée n'y laissa personne d'autre que le père et la mère Bernier quand nous en fûmes sortis tous deux. On peut dire également qu'aucun être humain ne se trouvait dans l'appartement des Darzac avant que Bernier, quelques minutes plus tard, ne l'eût ouvert lui-même à M. Darzac, ainsi que je vais le raconter.

Il était environ cinq heures moins cinq quand, laissant Bernier dans son corridor, devant la porte de l'appartement Darzac, Rouletabille et moi nous nous retrouvâmes dans la Cour du Téméraire.

A ce moment, nous gagnons le terre-plein de l'ancienne tour B". Nous nous asseyons sur le parapet, les yeux tournés vers la terre, attirés par la réverbération sanglante des Rochers Rouges. Justement, voilà que nous apercevons, vers le bord de la *Barma Grande,* qui ouvre sa gueule mystérieuse dans la face flamboyante des *Baoussé-Roussé,* la silhouette agitée et funéraire du vieux Bob. Il est la seule chose noire dans la nature. La falaise rouge surgit des eaux dans un tel élan radieux qu'on pourrait la croire toute chaude et toute fumante encore du feu central qui l'a mise au monde. Par quel prodigieux anachronisme, ce moderne croquemort, avec sa redingote et son chapeau haut de forme, s'agite-t-il, grotesque et macabre, devant cette caverne trois cents fois millénaire, creusée dans la lave ardente pour servir de premier toit à la première famille, aux premiers jours de la terre ? Pourquoi ce fossoyeur sinistre dans ce décor embrasé ? Nous le voyons brandir son crâne et nous l'entendons rire... rire... rire. Ah ! son rire nous fait mal maintenant, nous déchire les oreilles et le cœur.

Du vieux Bob, notre attention s'en va à M. Robert Darzac qui vient de passer la poterne du jardinier et qui traverse la Cour du Téméraire. Il ne nous voit pas. Ah ! il ne rit pas, lui ! Rouletabille le plaint et il comprend qu'il soit à bout de patience. Dans l'après-midi, il a encore dit à mon ami qui me l'a répété :

– Huit jours, c'est beaucoup ! Je ne sais pas si je pourrai supporter ce supplice encore huit jours.

– Et où irez-vous ? lui demanda Rouletabille.

– A Rome ! a-t-il répondu.

Évidemment, la fille du professeur Stangerson ne le

suivra maintenant que là et Rouletabille croit que c'est cette idée que le pape pourra arranger son affaire qui a mis ce voyage dans la cervelle de ce pauvre M. Darzac. Pauvre, pauvre M. Darzac ! Non, vraiment, il ne faut pas en sourire. Nous ne le quittons pas des yeux jusqu'à la porte de la Tour Carrée. Il est certain « qu'il n'en peut plus » ! Sa taille s'est encore voûtée. Il a les mains dans les poches. Il a l'air dégoûté de tout ! de tout ! Oui, il a l'air dégoûté de tout, avec ses mains dans ses poches ! Mais, patience, il sortira les mains de ses poches et l'on ne sourira pas toujours ! Et, je puis l'avouer tout de suite, moi qui ai souri... Eh bien, M. Darzac m'a procuré, grâce à l'aide géniale de Rouletabille, le frisson d'épouvante le plus affreux qui puisse secouer des moelles humaines, en vérité ! Alors ! Alors, qui est-ce qui l'aurait cru !

M. Darzac s'en fut tout droit à la Tour Carrée, où il trouva naturellement Bernier qui lui ouvrit son appartement. Comme Bernier était sorti devant la porte de l'appartement, qu'il avait la clef dans sa poche et que, dans l'appartement, il fut établi par la suite qu'aucun barreau n'avait été scié, nous établissons que *lorsque M. Darzac entre dans sa chambre, il n'y a personne dans l'appartement. Et c'est la vérité.*

Évidemment tout cela a été bien précisé *après,* par chacun de nous ; mais si je vous en parle *avant,* c'est que je suis déjà hanté par « l'inexplicable » qui se prépare dans l'ombre et qui est prêt à éclater.

A ce moment, il est cinq heures.

4° *La soirée depuis cinq heures jusqu'à la minute où se produisit l'attaque de la Tour Carrée.*

Rouletabille et moi restâmes une heure environ à bavarder, autrement dit, à continuer à nous « monter la tête », sur le terre-plein de cette tour B''. Tout à coup, Rouletabille me donna un petit coup sec sur l'épaule et fit : « Mais, j'y pense !... » et il s'en fut dans la Tour Carrée où je le suivis. J'étais à cent lieues de deviner à quoi il pensait. Il pensait au sac de pommes de terre de la mère Bernie, qu'il vida entièrement sur le plancher de leur chambre pour la plus grande stupéfaction de la bonne femme ; puis, content de ce geste qui répondait évidemment à une préoccupation de son esprit, il revint avec moi dans la Cour du Téméraire, cependant que, derrière nous, le père Bernier riait encore des pommes de terre répandues.

Mme Darzac se montra un instant à la fenêtre de la chambre occupée par son père, au premier étage de la Louve.

La chaleur était devenue insupportable. Nous étions menacés d'un violent orage et nous aurions voulu qu'il éclatât tout de suite...

Ah ! l'orage nous soulagerait beaucoup... La mer a la tranquillité lourde et épaisse d'une nappe oléagineuse. Ah ! la mer est pesante, et l'air est pesant, et nos poitrines sont pesantes. Il n'y a de léger sur la terre et dans les cieux que le vieux Bob qui est réapparu sur le bord de la *Barma Grande* et qui s'agite encore. On dirait qu'il danse. Non, il fait un discours. A qui ? Nous nous penchons sur le parapet pour voir. Il y a évidemment quelqu'un sur la grève à qui le vieux Bob tient des propos préhistoriques. Mais des feuilles de palmier nous cachent l'auditoire du vieux Bob. Enfin l'auditoire remue et s'avance ; il s'approche du *professeur noir,* comme l'appelle Rouletabille. Cet auditoire est composé de deux personnes : Mrs. Edith... c'est bien elle, avec ses grâces languissantes, sa façon de s'appuyer sur le bras de son mari... Au bras de son mari ! Mais celui-ci n'est point son mari ! Quel est donc cet homme, ce jeune homme, au bras de qui Mrs. Edith s'appuie avec tant de grâces languissantes ?

Rouletabille se retourne, cherchant autour de nous quelqu'un pour nous renseigner : Mattoni ou Bernier. Justement Bernier est sur le seuil de la porte de la Tour Carrée. Rouletabille lui fait signe. Bernier nous rejoint et son œil suit la direction indiquée par l'index de Rouletabille.

– Qui est avec Mrs. Edith ? demande le reporter. Savez-vous ?

– Ce jeune homme ? répond sans hésiter Bernier, c'est le prince Galitch.

Rouletabille et moi, nous nous regardons. Il est vrai que nous n'avions jamais encore vu marcher de loin le prince Galitch ; mais vraiment je ne me serais pas imaginé cette démarche... Rouletabille me comprend, hausse les épaules..

– C'est bien, dit-il à Bernier... Merci...

Et nous continuons de regarder Mrs. Edith et son prince.

– Je ne puis dire qu'une chose, fait Bernier avant de nous quitter, c'est que c'est un prince qui ne me revient pas. Il est trop doux. Il est trop blond, il a des yeux trop bleus. On dit qu'il est russe. Ça va, ça vient, ça quitte le pays sans dire gare ! L'avant-dernière fois qu'il était invité ici à déjeuner, madame et monsieur l'attendaient et n'osaient commencer sans lui. Eh bien, on a reçu une dépêche où il priait de l'excuser, parce qu'il avait manqué le train. La dépêche était datée de Moscou...

Et Bernier, ricanant, drôlement, retourne sur le seuil de sa tour.

Nos yeux fixent toujours la grève. Mrs. Edith et le prince continuent leur promenade vers la grotte de Roméo et Juliette ; le vieux Bob cesse soudain de gesticuler, descend de la *Barma Grande,* s'en vient vers le château, y entre, traverse la baille, et nous voyons très bien (du haut du terre-plein de la tour B'') qu'il a fini de rire. Le vieux Bob est devenu la tristesse même. Il est silencieux. Il passe maintenant sous la poterne. Nous l'appelons ; il ne nous entend pas. Il porte devant lui à bras tendus son plus vieux crâne et tout à coup, voilà qu'il devient furieux. Il adresse les pires injures au plus vieux crâne de l'humanité. Il descend dans la Tour Ronde et nous avons entendu quelque temps encore les éclats de sa colère jusqu'au fond de la batterie basse. Des coups sourds y retentissaient. On eût dit qu'il se battait contre les murs.

Six heures, à ce moment, sonnaient à la vieille horloge du Château Neuf. Et, presque en même temps, un roulement de tonnerre se fit entendre sur la mer lointaine. Et la ligne de l'horizon devint toute noire.

Alors, un garçon d'écurie, Walter, une brave brute, incapable d'une idée, mais qui avait montré depuis des années un dévouement de bête à son maître, qui était le vieux Bob, passa sous la poterne du jardinier, entra dans la Cour de Charles le Téméraire et vint à nous. Il me tendit une lettre, il en donna une également à Rouletabille et continua son chemin vers la Tour Carrée.

Sur ce Rouletabille lui demanda ce qu'il allait faire à la Tour Carrée. Il répondit qu'il allait porter au père Bernier le courrier de M. et Mme Darzac ; tout ceci en anglais, car Walter ne connaît que cette langue ; mais nous, nous la parlons suffisamment pour la comprendre. Walter était chargé de distribuer le courrier depuis que le père Jacques n'avait plus le droit de s'éloigner de sa loge. Rouletabille lui prit le courrier des mains et lui dit qu'il allait faire lui-même la commission.

Quelques gouttes d'eau commençaient alors à tomber.

Nous nous dirigeâmes vers la porte de M. Darzac. Dans le corridor, à cheval sur une chaise, le père Bernier fumait sa pipe.

– M. Darzac est toujours là ? demanda Rouletabille.

– Il n'a pas bougé, répondit Bernier.

Nous frappons. Nous entendons les verrous que l'on tire de l'intérieur (ces verrous doivent toujours être poussés dès que la personne est entrée. Règlement Rouletabille).

M. Darzac est en train de ranger sa correspondance quand nous pénétrons chez lui. Pour écrire, il s'asseyait devant la petite table-guéridon, juste en face de la porte R et faisait face à cette porte.

Mais suivez bien tous nos gestes. Rouletabille grogne de ce que la lettre qu'il lit confirme le télégramme qu'il a reçu le matin et le presse de revenir à Paris : son journal veut absolument l'envoyer en Russie.

M. Darzac lit avec indifférence les deux ou trois lettres

que nous venons de lui remettre et les met dans sa poche. Moi, je tends à Rouletabille la missive que je viens de recevoir ; elle est de mon ami de Paris qui, après m'avoir donné quelques détails sans importance sur le départ de Brignolles, m'apprend que ledit Brignolles se fait adresser son courrier à Sospel, à l'hôtel des Alpes. Ceci est extrêmement intéressant et M. Darzac et Rouletabille se réjouissent du renseignement. Nous convenons d'aller à Sospel le plus tôt qu'il nous sera possible, et nous sortons de l'appartement Darzac. La porte de la chambre de Mme Darzac n'était pas fermée. Voilà ce que j'observai en sortant. J'ai dit, du reste, que Mme Darzac n'était point chez elle. Aussitôt que nous fûmes sortis, le père Bernier referma à clef la porte de l'appartement, aussitôt... aussitôt... je l'ai vu, vu, vu... aussitôt et il mit la clef dans sa poche, dans la petite poche d'en haut de son veston. Ah ! je le vois encore mettre la clef dans sa petite poche de son veston, je le jure !... et il en a boutonné le bouton.

Puis nous sortons de la Tour Carrée, tous les trois, laissant le père Bernier dans son corridor, comme un bon chien de garde qu'il est et qu'il n'a jamais cessé d'être jusqu'au dernier jour. Ce n'est pas parce qu'on a un peu braconné qu'on ne saurait être un bon chien de garde. Au contraire, ces chiens-là, ça braconne toujours. Et je le dis hautement, dans tout ce qui va suivre, le père Bernier a toujours fait son devoir et n'a jamais dit que la vérité. Sa femme aussi, la mère Bernier, était une excellente concierge, intelligente, et avec ça pas bavarde. Aujourd'hui qu'elle est veuve, je l'ai à mon service. Elle sera heureuse de lire ici le cas que je fais d'elle et aussi l'hommage rendu à son mari. Ils l'ont mérité tous les deux.

Il était environ six heures et demie, quand, au sortir de la Tour Carrée, nous allâmes rendre visite au vieux Bob dans sa Tour Ronde, Rouletabille, M. Darzac et moi. Aussitôt entré dans la batterie basse, M. Darzac poussa un cri en voyant l'état dans lequel on avait mis un lavis auquel il travaillait depuis la veille pour essayer de se distraire, et qui représentait le plan à une grande échelle du château fort d'Hercule tel qu'il existait au xve siècle, d'après des documents que nous avait montrés Arthur Rance. Ce lavis était tout à fait gâché et la peinture en avait été toute barbouillée. Il tenta en vain de demander des explications au vieux Bob, qui était agenouillé auprès d'une caisse contenant un squelette, et si préoccupé par une omoplate qu'il ne lui répondit même pas.

J'ouvre ici une petite parenthèse pour demander pardon au lecteur de la précision méticuleuse avec laquelle, depuis quelques pages, je reproduis nos faits et gestes ; mais je dois dire tout de suite que les événements les plus futiles ont une importance en réalité considérable, car chaque pas que nous faisons, en ce moment, nous le faisons en plein drame, sans nous en douter, hélas !

Comme le vieux Bob était d'une humeur de dogue, nous le quittâmes, du moins Rouletabille et moi. M. Darzac resta en face de son lavis gâché et pensant sans doute à toute autre chose.

En sortant de la Tour Ronde, Rouletabille et moi levâmes les yeux au ciel qui se couvrait de gros nuages noirs. La tempête était proche. En attendant, la pluie tombait déjà et nous étouffions.

– Je vais me jeter sur mon lit, déclarai-je... Je n'en puis plus... Il fait peut-être frais là-haut, toutes fenêtres ouvertes...

Rouletabille me suivit dans le Château Neuf. Soudain, comme nous étions arrivés sur le premier palier du vaste escalier branlant, il m'arrêta :

– Oh ! oh ! fit-il à voix basse, elle est là...

– Qui ?

– La Dame en noir ! Vous ne sentez pas que tout l'escalier en est embaumé ?

Et il se dissimula derrière une porte en me priant de continuer mon chemin sans plus m'occuper de lui ; ce que je fis.

Quelle ne fut pas ma stupéfaction, en poussant la porte de ma chambre, de me trouver face à face avec Mathilde !...

Elle poussa un léger cri et disparut dans l'ombre, s'envolant comme un oiseau surpris. Je courus à l'escalier et je me penchai sur la rampe. Elle glissait le long des marches comme un fantôme. Elle fut bientôt au rez-de-chaussée et je vis au-dessous de moi, Rouletabille qui, penché sur la rampe du premier palier, regardait, lui aussi.

Et il remonta jusqu'à moi.

– Hein ! fit-il, qu'est-ce que je vous avais dit !... La malheureuse !

Il paraissait à nouveau très agité.

– J'ai demandé huit jours à M. Darzac... Il faut que tout soit fini dans vingt-quatre heures ou je n'aurai plus la force de rien !...

Et il s'affala tout à coup sur une chaise.

– J'étouffe !... gémit-il, j'étouffe ! Et il arracha sa cravate. – De l'eau ! – J'allais lui chercher une carafe, mais il m'arrêta : Non !... c'est l'eau du ciel qu'il me faut !

Et il montra le poing au ciel noir qui ne crevait toujours point.

Dix minutes, il resta assis sur cette chaise, à penser. Ce qui m'étonnait, c'est qu'il ne me posait aucune question sur ce que la Dame en noir était venue faire chez moi. J'aurais été embarrassé de lui répondre. Enfin, il se leva :

– Où allez-vous ?

– Prendre la garde à la poterne.

Il ne voulut même point venir dîner et demanda qu'on lui apportât sa soupe, comme à un soldat. Le dîner fut servi à huit heures et demie à la Louve. Robert Darzac, qui venait de quitter le vieux Bob, déclara que celui-ci ne voulait pas dîner. Mrs. Edith, craignant qu'il ne fût souffrant, s'en fut tout de suite à la Tour Ronde. Elle ne voulut point que Mr. Arthur Rance l'accompagnât. Elle paraissait en fort mauvais termes avec son mari. La Dame en noir arriva sur ces entrefaites avec le professeur Stangerson. Mathilde me regarda douloureusement avec un air de reproche qui me troubla profondément. Ses yeux ne me quittaient point. Personne ne mangea.

Arthur Rance ne cessait de regarder la Dame en noir. Toutes les fenêtres étaient ouvertes. On suffoquait. Un éclair et un violent coup de tonnerre se succédèrent rapidement et, tout à coup, ce fut le déluge. Un soupir de soulagement détendit nos poitrines oppressées. Mrs. Edith revenait juste à temps pour n'être point noyée par la pluie furieuse qui semblait devoir engloutir la presqu'île.

Elle raconta avec animation qu'elle avait trouvé le vieux Bob le dos courbé devant son bureau, et la tête entre ses mains. Il n'avait point répondu à ses questions. Elle l'avait secoué amicalement, mais il avait fait l'ours. Alors, comme il tenait obstinément ses mains sur ses oreilles, elle l'avait piqué, avec une petite épingle à tête de rubis, dont elle retenait à l'ordinaire les plis du fichu léger qu'elle jetait le soir sur ses épaules. Il avait grogné, lui avait attrapé la petite épingle à tête de rubis et l'avait jetée en rageant sur son bureau. Et puis, il lui avait enfin parlé brutalement, comme il ne l'avait encore jamais fait : « Vous, madame ma nièce, laissez-moi tranquille. » Mrs. Edith en avait été si peinée qu'elle était sortie sans ajouter un mot, se promettant de ne plus remettre, ce soir-là, les pieds à la Tour Ronde. En sortant de la Tour Ronde, Mrs. Edith avait tourné la tête pour voir une fois encore son vieil oncle et elle avait été stupéfaite de ce qui lui avait été donné d'apercevoir. Le plus vieux crâne de l'humanité était sur le bureau de l'oncle sens dessus dessous, la mâchoire en l'air toute barbouillée de sang, et le vieux Bob, qui s'était toujours conduit d'une façon correcte avec lui, *le vieux Bob crachait dans son crâne !* Elle s'était enfuie un peu effrayée.

Là-dessus, Robert Darzac rassura Mrs. Edith en lui disant que ce qu'elle avait pris pour du sang était de la peinture. Le crâne du vieux Bob était badigeonné de la peinture de Robert Darzac.

Je quittai le premier la table pour courir à Rouletabille, et aussi pour échapper au regard de Mathilde. Qu'est-ce que la Dame en noir était venue faire dans ma chambre ? Je devais bientôt le savoir.

Quand je sortis, la foudre était sur nos têtes et la pluie redoublait de force. Je ne fis qu'un bond jusqu'à la poterne. Pas de Rouletabille ! Je le trouvai sur la terrasse B'', surveillant l'entrée de la Tour Carrée et recevant tout l'orage sur le dos.

Je le secouai pour l'entraîner sous la poterne.

– Laisse donc, me disait-il... Laisse donc ! C'est le déluge ! Ah ! comme c'est bon ! comme c'est bon ! toute cette colère du ciel ! Tu n'as donc pas envie de hurler avec le tonnerre, toi ! Eh bien, moi, je hurle, écoute ! Je hurle !... Je hurle !... Heu ! heu ! heu !... Plus fort que le tonnerre !... Tiens ! on ne l'entend plus !...

Et il poussa dans la nuit retentissante, au-dessus des flots soulevés, des clameurs de sauvage. Je crus, cette fois, qu'il était devenu vraiment fou. Hélas ! le malheureux enfant exhalait en cris indistincts l'atroce douleur qui le brûlait, dont il essayait en vain d'étouffer la flamme dans sa poitrine héroïque : *la douleur du fils de Larsan !*

Et tout à coup je me retournai, car une main venait de me saisir le poignet et une forme noire s'accrochait à moi dans la tempête :

– Où est-il ?... Où est-il ?

C'était Mme Darzac qui cherchait, elle aussi, Rouletabille. Un nouvel éclat de la foudre nous enveloppa. Rouletabille, dans un affreux délire, hurlait au tonnerre à se déchirer la gorge. Elle l'entendit. Elle le vit. Nous étions couverts d'eau, trempés par la pluie du ciel et par l'écume de la mer. La jupe de Mme Darzac claquait dans la nuit comme un drapeau noir et m'enveloppait les jambes. Je soutins la malheureuse, car je la sentais défaillir, et, alors, il arriva ceci que, dans ce vaste déchaînement des éléments, au cours de cette tempête, sous cette douche terrible, au sein de la mer rugissante, je sentis tout à coup son parfum, le doux et pénétrant et si mélancolique parfum de la Dame en noir !... Ah ! je comprends ! Je comprends comment Rouletabille s'en est souvenu par-delà les années... Oui, oui, c'est une odeur pleine de mélancolie, un parfum pour tristesse intime...

Quelque chose comme le parfum isolé et discret et tout à fait personnel d'une plante abandonnée, qui eût été condamnée à fleurir pour elle toute seule, toute seule... Enfin ! c'est un parfum qui m'a donné de ces idées-là et que j'ai essayé d'analyser comme ça plus tard... parce que Rouletabille m'en parlait toujours... Mais c'était un bien doux et bien tyrannique parfum qui m'a comme enivré d'un coup là au milieu de cette bataille des eaux et du vent et de la foudre, tout d'un coup, quand je l'ai eu *saisi*. Parfum extraordinaire ! Ah ! car j'avais passé vingt fois auprès de la Dame en noir sans découvrir ce que ce parfum avait d'extraordinaire, et il m'apparaissait dans un moment où les plus persistants parfums de la terre – et même tous ceux qui font mal à la tête – sont balayés comme une haleine de rose par le vent de mer. Je comprends que lorsqu'on l'avait, je ne dis pas senti, mais *saisi* (car enfin tant pis si je me vante, mais je suis persuadé que tout le monde ne pourrait à son gré comprendre le parfum de la Dame en noir, et il fallait certainement pour cela être très intelligent, et il est probable que, ce soir-là, je l'étais plus que les autres soirs, bien que, ce soir-là, je ne dusse rien comprendre de ce qui se passait autour de moi). Oui, quand on avait saisi une fois cette mélancolique et captivante, et adorablement désespérante odeur, – eh bien, c'était pour la vie ! et le cœur devait en être embaumé, si c'était un cœur de fils comme celui de Rouletabille ; ou embrasé, si c'était un cœur d'amant, comme celui de M. Darzac ; ou empoisonné, si c'était un cœur de bandit, comme celui de Larsan... Non ! non, on ne devait plus pouvoir s'en passer jamais ! et, maintenant, je comprends Rouletabille et Darzac et Larsan et tous les malheurs de la fille du professeur Stangerson !...

Donc, dans la tempête, s'accrochant à mon bras, la Dame en noir appelait Rouletabille et une fois encore Rouletabille nous échappa, bondit, se sauva à travers la nuit en criant : « Le parfum de la Dame en noir ! Le parfum de la Dame en noir !... »

La malheureuse sanglotait. Elle m'entraîna vers la tour. Elle frappa de son poing désespéré à la porte que Bernier nous ouvrit, et elle ne s'arrêtait point de pleurer. Je lui disais des choses banales, la suppliant de se calmer, et cependant j'aurais donné ma fortune pour trouver des mots qui, sans trahir personne, lui eussent peut-être fait comprendre quelle part je prenais au drame qui se jouait entre la mère et l'enfant.

Brusquement elle me fit entrer à droite, dans le salon qui précédait la chambre du vieux Bob, sans doute parce que la porte en était ouverte. Là, nous allions être aussi seuls que si elle m'avait fait entrer chez elle, car nous savions que le vieux Bob travaillait tard dans la Tour du Téméraire.

Mon Dieu ! Dans cette soirée horrible, le souvenir de ce moment que je passai en face de la Dame en noir n'est pas le moins douloureux. J'y fus mis à une épreuve à laquelle je ne m'attendais point et quand, à brûle-pourpoint, sans qu'elle prît même le temps de nous plaindre de la façon dont nous venions d'être traités par les éléments – car je ruisselais sur le parquet comme un vieux parapluie – elle me demanda : « Il y a longtemps, monsieur Sainclair, que vous êtes allé au Tréport ? » je fus plus ébloui, étourdi que par tous les coups de foudre de l'orage. Et je compris que, dans le moment même que la nature entière s'apaisait au-dehors, j'allais subir, maintenant que je me croyais à l'abri, un plus dangereux assaut que celui que le flot des mers livre vainement depuis des siècles au rocher d'Hercule ! Je dus faire mauvaise contenance et trahir tout l'émoi où me plongeait cette phrase inattendue. D'abord, je ne répondis point ; je balbutiai, et certainement je fus tout à fait ridicule. Voilà des années que ces choses se sont passées. Mais j'y assiste encore comme si j'étais mon propre spectateur. Il y a des gens qui sont mouillés et qui ne sont point ridicules. Ainsi la Dame en noir avait beau être trempée et, comme moi, sortir de l'ouragan, eh bien, elle était admirable avec ses cheveux défaits, son col nu, ses magnifiques épaules que moulait la soie légère d'un vêtement, lequel apparaissait à mes yeux extasiés comme une loque sublime, jetée par quelque héritier de Phidias sur la glaise immortelle qui vient de prendre la forme de la beauté ! Je sens bien que mon émotion, même après tant d'années, quand je songe à ces choses, me fait écrire des phrases qui manquent de simplicité. Je n'en dirai point plus long sur ce sujet. Mais ceux qui ont approché la fille du professeur Stangerson me comprendront peut-être, et je ne veux ici, vis-à-vis de Rouletabille, qu'affirmer le sentiment de respectueuse consternation qui me gonfla le cœur devant cette mère divinement belle, qui, dans le désordre harmonieux où l'avait jetée l'affreuse tempête – physique et morale – où elle se débattait, venait me supplier de trahir mon serment. Car j'avais juré à Rouletabille de me taire, et voilà, hélas ! que mon silence même parlait plus haut que ne l'avait jamais fait aucune de mes plaidoiries.

Elle me prit les mains et me dit sur un ton que je n'oublierai de ma vie :

– Vous êtes son ami. Dites-lui donc que nous avons assez souffert tous deux !

Et elle ajouta avec un gros sanglot :

– Pourquoi continue-t-il à mentir ?

Moi, je ne répondais rien. Qu'est-ce que j'aurais répondu? Cette femme avait été toujours si « distante », comme on dit maintenant, vis-à-vis de tout le monde en général et de moi en particulier. Je n'avais jamais existé pour elle... et voilà qu'après m'avoir fait respirer le parfum de la Dame en noir elle pleurait devant moi comme une vieille amie...

Oui comme une vieille amie... Elle me raconta tout, j'appris tout, en quelques phrases pitoyables et simples comme l'amour d'une mère... tout ce que me cachait ce petit sournois de Rouletabille. Évidemment, ce jeu de cache-cache ne pouvait durer et ils s'étaient bien devinés tous les deux. Poussée par un sûr instinct, elle avait voulu définitivement savoir ce que c'était que ce Rouletabille qui l'avait sauvée et qui avait l'âge de l'autre... et qui ressemblait à l'autre. Et une lettre était venue lui apporter à Menton même la preuve récente que Rouletabille lui avait menti et n'avait jamais mis les pieds dans une institution de Bordeaux. Immédiatement, elle avait exigé du jeune homme une explication, mais celui-ci s'y était âprement dérobé. Toutefois, il s'était troublé quand elle lui avait parlé du Tréport et du collège d'Eu et du voyage que nous avions fait là-bas avant de venir à Menton.

– Comment l'avez-vous su ? m'écriai-je, me trahissant aussitôt.

Elle ne triompha même point de mon innocent aveu, et elle m'apprit d'une phrase tout son stratagème. Ce n'était point la première fois qu'elle venait dans nos chambres quand je l'avais surprise le soir même... Mon bagage portait encore l'étiquette récente de la consigne eudoise.

– Pourquoi ne s'est-il point jeté dans mes bras, quand je les lui ai ouverts ? gémit-elle. Hélas ! hélas ! s'il se refuse à être le fils de Larsan, ne consentira-t-il jamais à être le mien ?

Rouletabille s'était conduit d'une façon atroce pour cette femme qui avait cru son enfant mort, qui l'avait pleuré désespérément, comme je l'appris plus tard, et qui goûtait enfin, au milieu de malheurs incomparables, à la joie mortelle de voir son fils ressuscité... Ah ! le malheureux !... La veille au soir, il lui avait ri au nez, quand elle lui avait crié, à bout de forces, qu'elle avait eu un fils et que ce fils *c'était lui !* Il lui avait ri au nez en pleurant !... Arrangez cela comme vous voudrez ! C'est elle qui me l'a dit et je n'aurais jamais cru Rouletabille si cruel, ni si sournois, ni si mal élevé.

Certes ! il se conduisait d'une façon abominable ! Il était allé jusqu'à lui dire qu'*il n'était sûr d'être le fils de personne, pas même d'un voleur !* C'est alors qu'elle était rentrée dans la Tour Carrée et qu'elle avait désiré mourir. Mais elle n'avait pas retrouvé son fils pour le perdre sitôt et elle vivait encore ! J'étais hors de moi ! Je lui baisais les mains. Je lui demandais pardon pour Rouletabille. Ainsi, voilà quel était le résultat de la politique de mon ami. Sous prétexte de la mieux défendre contre Larsan, c'est lui qui la tuait ! Je ne voulus pas en savoir davantage ! J'en savais trop ! Je m'enfuis ! J'appelai Bernier qui m'ouvrit la porte ! Je sortis de la Tour Carrée, en maudissant Rouletabille. Je croyais le trouver dans la Cour du Téméraire, mais celle-ci était déserte.

A la poterne, Mattoni venait de prendre la garde de dix heures. Il y avait une lumière dans la chambre de mon ami. J'escaladai l'escalier branlant du Château Neuf. Enfin ! voici sa porte : je l'ouvre, je l'enfonce. Rouletabille est devant moi :

– Que voulez-vous, Sainclair ?

En quelques phrases hachées, je lui narre tout, et il connaît mon courroux.

– Elle ne vous a pas tout dit, mon ami, réplique-t-il d'une voix glacée. Elle ne vous a pas dit qu'elle me défend de *toucher à cet homme !...*

– C'est vrai, m'écriai-je... je l'ai entendu !

– Eh bien ! Qu'est-ce que vous venez me raconter, alors ? continue-t-il, brutal. Vous ne savez pas ce qu'elle m'a dit hier ? Elle m'a ordonné de partir ! Elle aimerait mieux mourir que de me voir aux prises *avec mon père !*

Et il ricane, ricane.

– Avec mon père !... Elle le croit sans doute plus fort que moi !...

Il était affreux en parlant ainsi.

Mais, tout à coup, il se transforma et rayonna d'une beauté fulgurante.

– Elle a peur pour moi ! eh bien, moi, j'ai peur pour elle !.. *Et je ne connais pas mon père... et je ne connais pas ma mère !*

A ce moment, un coup de feu déchire la nuit, suivi du cri de la mort ! Ah ! revoilà le cri, *le cri de la galerie inexplicable !* Mes cheveux se dressent sur ma tête et Rouletabille chancelle comme s'il venait d'être frappé lui-même !...

Et puis, il bondit à la fenêtre ouverte et une clameur désespérée emplit la forteresse : *Maman ! Maman ! Maman !*

XI

L'attaque de la Tour Carrée

J'avais bondi derrière lui, je l'avais pris à bras-le-corps, redoutant tout de sa folie. Il y avait dans ses cris : « Maman ! Maman ! Maman ! » une telle fureur de désespoir, un appel ou plutôt une annonce de secours tellement au-dessus des forces humaines que je pouvais craindre qu'il n'oubliât qu'il n'était qu'un homme, c'est-à-dire incapable de voler directement de cette fenêtre à cette tour, de traverser comme un oiseau ou comme une flèche cet espace noir qui le séparait du crime et qu'il remplissait de son effrayante clameur. Tout à coup, il se retourna, me renversa, se précipita, dévala, dégringola, roula, se rua à travers couloirs, chambres, escaliers, cour, jusqu'à cette tour maudite qui venait de jeter dans la nuit le cri de mort de la *galerie inexplicable !*

Et moi, je n'avais encore eu que le temps de rester à la fenêtre, cloué sur place par l'horreur de ce cri. J'y étais encore quand la porte de la Tour Carrée s'ouvrit et quand, dans son cadre de lumière, apparut la forme de la Dame en noir ! Elle était toute droite et bien vivante, malgré le cri de la mort, mais son pâle et spectral visage reflétait une terreur indicible. Elle tendit les bras vers la nuit et la nuit lui jeta Rouletabille, et les bras de la Dame en noir se refermèrent et je n'entendis plus que des soupirs et des gémissements, et encore ces deux syllabes que la nuit répétait indéfiniment : « Maman ! Maman ! »

Je descendis à mon tour dans la cour, les tempes battantes, le cœur désordonné, les reins rompus. Ce que

Elle était vivante...

j'avais vu sur le seuil de la Tour Carrée ne me rassurait en aucune façon. C'est en vain que j'essayais de me raisonner : Eh ! quoi, au moment même où nous croyions tout perdu, au contraire, n'était-il point retrouvé ? Le fils n'avait-il point retrouvé la mère ? La mère n'avait-elle point enfin retrouvé l'enfant ?... Mais pourquoi... pourquoi ce cri de mort quand elle était si vivante ? Pourquoi ce cri d'angoisse avant qu'elle apparût, debout, sur le seuil de la tour ?

Chose extraordinaire, il n'y avait personne dans la Cour du Téméraire quand je la traversai. Personne n'avait donc entendu le coup de feu ? Personne n'avait donc entendu les cris ? Où se trouvait M. Darzac ? Où se trouvait le vieux Bob ? Travaillaient-ils encore dans la batterie basse de la Tour Ronde ? J'aurais pu le croire, car j'apercevais, au niveau du sol de cette tour, de la lumière. Et Mattoni ? Mattoni, lui non plus, n'avait donc rien entendu ?... Mattoni qui veillait sous la poterne du jardinier ? Eh bien ! Et Bernier ! et la mère Bernier ! Je ne les voyais pas. Et la porte de la Tour Carrée était restée ouverte ! Ah ! le doux murmure : « Maman ! Maman ! Maman ! » Et je l'entendais, elle, qui ne disait que cela en pleurant : « Mon petit ! mon petit ! mon petit ! » Ils n'avaient même pas eu la précaution de refermer complètement la porte du salon du vieux Bob. C'est là encore qu'elle avait entraîné, qu'elle avait emporté son enfant !

... Et ils y étaient seuls, dans cette pièce, à s'étreindre, à se répéter : « Maman ! Mon petit !... » Et puis ils se dirent des choses entrecoupées, des phrases sans suite... des stupidités divines... « Alors, tu n'es pas mort ! »... Sans doute, n'est-ce pas ? Eh bien, c'était suffisant pour les faire repartir à pleurer... Ah ! ce qu'ils devaient s'embrasser, rattraper le temps perdu ! Ce qu'il devait le respirer, lui, le parfum de la Dame en noir !... Je l'entendis qui disait encore : « Tu sais, maman, ce n'est pas moi qui avais volé !... » Et l'on aurait pensé, au son de sa voix, qu'il avait encore neuf ans en disant ces choses, le pauvre Rouletabille. « Non ! mon petit !... non, tu n'as pas volé !... Mon petit ! mon petit !... » Ah ! ce n'était pas ma faute si j'entendais... mais j'en avais l'âme toute chavirée... C'était une mère qui avait retrouvé son petit, quoi !

Mais où était Bernier ? J'entrai à gauche dans la loge, car je voulais savoir pourquoi on avait crié et qui est-ce qui avait tiré.

La mère Bernier se tenait au fond de la loge qu'éclairait une petite veilleuse. Elle était un paquet noir sur un fauteuil. Elle devait être au lit quand le coup de feu avait éclaté et elle avait jeté sur elle, à la hâte, quelque vêtement. J'approchai la veilleuse de son visage. Les traits étaient décomposés par la peur.

– Où est le père Bernier ? demandai-je.

– Il est là, répondit-elle en tremblant.

– Là ?... Où, là ?...

Mais elle ne me répondit pas.

Je fis quelques pas dans la loge et je trébuchai. Je me penchai pour savoir sur quoi je marchais ; je marchais sur des pommes de terre. Je baissai la veilleuse et j'examinai le parquet. Le parquet était couvert de pommes de terre ; il en avait roulé partout. La mère Bernier ne les avait donc pas ramassées depuis que Rouletabille avait vidé le sac ?

Je me relevai, je retournai à la mère Bernier :

– Ah ! çà, fis-je, on a tiré !... Qu'est-ce qu'il y a eu ?

– Je ne sais pas, répondit-elle.

Et, aussitôt, j'entendis qu'on refermait la porte de la tour, et le père Bernier apparut sur le seuil de la loge

– Ah ! c'est vous, monsieur Sainclair ?

– Bernier !... Qu'est-il arrivé ?

– Oh ! rien de grave, monsieur Sainclair, rassurez-vous, rien de grave... (Et sa voix était trop forte, trop « brave » pour être aussi assurée qu'elle le voulait paraître.) Un accident sans importance... M. Darzac, en posant son revolver sur sa table de nuit, l'a fait partir. Madame a eu peur, naturellement, et elle a crié ; et comme la fenêtre de leur appartement était ouverte, elle a bien pensé que M. Rouletabille et vous aviez entendu quelque chose, et elle est sortie tout de suite pour vous rassurer.

– M. Darzac était donc rentré chez lui ?...

– Il est arrivé ici presque aussitôt que vous avez eu quitté la tour, monsieur Sainclair. Et le coup de feu est parti presque aussitôt qu'il est entré dans sa chambre. Vous pensez que, moi aussi, j'ai eu peur ! Ah ! je me suis précipité !... M. Darzac m'a ouvert lui-même. Heureusement, il n'y avait personne de blessé.

– Aussitôt mon départ de la tour, Mme Darzac était donc rentrée chez elle ?

Aussitôt. Elle a entendu M. Darzac qui arrivait à la tour et elle l'a suivi dans leur appartement. Ils y sont allés ensemble.

– Et M. Darzac ? Il est resté dans sa chambre ?

– Tenez, le voilà !...

Je me retournai ; je vis Robert ; malgré le peu de clarté de l'appartement, je vis qu'il était atrocement pâle. Il me faisait signe. Je m'approchai de lui et il me dit :

– Écoutez, Sainclair ! Bernier a dû vous raconter l'accident. Ce n'est pas la peine d'en parler à personne, si l'on ne vous en parle pas. Les autres n'ont peut-être pas entendu ce coup de revolver. C'est inutile d'effrayer les gens, n'est-ce pas ?... Dites donc ! J'ai un service personnel à vous demander.

– Parlez, mon ami, fis-je, je vous suis tout acquis, vous le savez bien. Disposez de moi, si je puis vous être utile.

– Merci, mais il ne s'agit que de décider Rouletabille à aller se coucher ; quand il sera parti, ma femme se calmera, elle aussi, et elle ira se reposer. Tout le monde a besoin de se reposer. Du calme, du calme, Sainclair ! Nous avons tous besoin de calme et de silence...

– Bien, mon ami, comptez sur moi !

Je lui serrai la main avec une naturelle expansion, une force qui attestait mon dévouement ; j'étais persuadé que tous ces gens-là nous cachaient quelque chose, quelque chose de très grave !...

Il entra dans sa chambre, et je n'hésitai pas à aller retrouver Rouletabille dans le salon du vieux Bob.

Mais, sur le seuil de l'appartement du vieux Bob, je me heurtai à la Dame en noir et à son fils qui en sortaient. Ils étaient tous deux si silencieux et avaient une attitude si incompréhensible pour moi, qui avais entendu les transports de tout à l'heure et qui m'attendais à trouver le fils dans les bras de sa mère, que je restai en face d'eux sans dire un mot, sans faire un geste. L'empressement que mettait Mme Darzac à quitter Rouletabille en une circonstance aussi exceptionnelle m'intrigua à un point que je ne saurais dire, et la soumission avec laquelle Rouletabille acceptait son congé m'anéantissait. Mathilde se pencha sur le front de mon ami, l'embrassa et lui dit : « Au revoir, mon enfant » d'une voix si blanche, si triste, et en même temps si solennelle, que je crus entendre l'adieu déjà lointain d'une mourante. Rouletabille, sans répondre à sa mère, m'entraîna hors de la tour. Il tremblait comme une feuille.

Ce fut la Dame en noir elle-même qui ferma la porte de la Tour Carrée. J'étais sûr qu'il se passait dans la tour quelque chose d'inouï. L'histoire de l'accident ne me satisfaisait en rien ; et il n'est point douteux que Rouletabille n'eût pensé comme moi, si sa raison et son cœur n'eussent encore été tout étourdis de ce qui venait de se passer entre la Dame en noir et lui !... Et puis, qui me disait que Rouletabille ne pensait pas comme moi ?

... Nous étions à peine sortis de la Tour Carrée que j'entreprenais Rouletabille. D'abord je le poussai dans l'encoignure du parapet qui joignait la Tour Carrée à la Tour Ronde, dans l'angle formé par l'avancée, sur la cour, de la Tour Carrée.

Le reporter, qui s'était laissé conduire par moi docilement, comme un enfant, dit à voix basse :

– Sainclair, j'ai juré à ma mère que je ne verrais rien, que je n'entendrais rien de ce qui se passerait cette nuit à la Tour Carrée. C'est le premier serment que je fais à ma mère, Sainclair ; mais ma part de paradis pour elle ! Il faut que je voie et que j'entende...

Nous étions là non loin d'une fenêtre encore éclairée, ouvrant sur le salon du vieux Bob et surplombant la mer. Cette fenêtre n'était point fermée, et c'est ce qui nous avait permis, sans doute, d'entendre distinctement le coup de revolver et le cri de la mort malgré l'épaisseur des murailles de la tour. De l'endroit où nous nous trouvions maintenant, nous ne pouvions rien voir par cette fenêtre, mais n'était-ce pas déjà quelque chose que de pouvoir entendre ?... L'orage avait fui, mais les flots n'étaient pas encore apaisés et ils se brisaient sur les rocs de la presqu'île d'Hercule avec cette violence qui rendait toute approche de barque impossible ! Ainsi pensai-je dans le moment à une barque, parce que, une seconde, je crus voir apparaître ou disparaître – dans l'ombre – une ombre de barque. Mais quoi ! C'était là évidemment une illusion de mon esprit qui voyait des ombres hostiles partout, – de mon esprit certainement plus agité que les flots.

Nous nous tenions là, immobiles, depuis cinq minutes, quand un soupir – ah ! ce long, cet affreux soupir ! un gémissement profond comme une *expiration,* comme un souffle d'agonie, une plainte sourde, lointaine comme la vie qui s'en va, proche comme la mort qui vient, nous arriva par cette fenêtre et passa sur nos fronts en sueur. Et puis, plus rien... non, on n'entendait plus rien que le mugissement intermittent de la mer, et, tout à coup, la lumière de la fenêtre s'éteignit. La Tour Carrée, toute noire, rentra dans la nuit. Mon ami et moi nous étions saisi la main et nous nous commandions ainsi, par cette communication muette, l'immobilité et le silence. *Quelqu'un mourait, là, dans la tour !* Quelqu'un qu'on nous cachait ! Pourquoi ? Et qui ? Qui ? Quelqu'un qui n'était ni Mme Darzac, ni M. Darzac, ni le père Bernier, ni la mère Bernier, ni, à n'en point douter, le vieux Bob : *quelqu'un qui ne pouvait pas être dans la tour.*

Penchés à tomber au-dessus du parapet, le cou tendu vers cette fenêtre qui avait laissé passer cette agonie, nous écoutions encore. Un quart d'heure s'écoula ainsi... un siècle. Rouletabille me montra alors la fenêtre de sa chambre, restée éclairée. Je compris. Il fallait aller éteindre cette lumière et redescendre. Je pris mille précautions ; cinq minutes plus tard, j'étais revenu auprès de Rouletabille. Il n'y avait plus maintenant d'autre lumière dans la Cour du Téméraire que la faible lueur au ras du sol dénonçant le travail tardif du vieux Bob dans la batterie basse de la Tour Ronde et le lumignon de la poterne du jardinier où veillait Mattoni. En somme, en considérant la position qu'ils occupaient, on pouvait très bien s'expliquer que ni le vieux Bob ni Mattoni n'eussent rien entendu de ce qui s'était passé dans la Tour Carrée, ni même, dans l'orage finissant, des clameurs de Rouletabille poussées au-dessus de leurs têtes. Les murs de la poterne étaient épais et le vieux Bob était enfoui dans un véritable souterrain.

J'avais eu à peine le temps de me glisser auprès de Rouletabille, dans l'encoignure de la tour et du parapet, poste d'observation qu'il n'avait point quitté, que nous entendions distinctement la porte de la Tour Carrée qui tournait avec précaution sur ses gonds. Comme j'allais me pencher au-delà de l'encoignure, et allonger mon buste sur la cour, Rouletabille me rejeta dans mon coin, ne permettant qu'à lui-même de dépasser de la tête le mur de la Tour Carrée ; mais, comme il était très courbé, je violai la consigne et je regardai par-dessus la tête de mon ami, et voici ce que je vis :

D'abord, le père Bernier, bien reconnaissable malgré l'obscurité, qui, sortant de la Tour, se dirigeait sans faire aucun bruit du côté de la poterne du jardinier. Au milieu de la cour il s'arrêta, regarda du côté de nos fenêtres, le front levé sur le Château Neuf, et puis il se retourna du côté de la tour et fit un signe que nous pouvions interpréter comme un signe de tranquillité. A qui s'adressait ce signe ? Rouletabille se pencha encore ; mais il se rejeta brusquement en arrière, me repoussant.

Quand nous nous risquâmes à regarder à nouveau dans la cour, il n'y avait plus personne. Enfin, nous vîmes revenir le père Bernier, ou plutôt nous l'entendîmes d'abord, car il y eut entre lui et Mattoni une courte conversation dont l'écho assourdi nous arrivait. Et puis nous entendîmes quelque chose qui grimpait sous la voûte de la poterne du jardinier, et le père Bernier apparut avec, à côté de lui, la masse noire et tout doucement roulante d'une voiture. Nous distinguions bientôt que c'était la petite charrette anglaise, traînée par Toby, le poney d'Arthur Rance. La Cour du Téméraire était de terre battue et le petit équipage ne faisait pas plus de bruit sur cette terre que s'il avait glissé sur un tapis. Enfin, Toby était si sage et si tranquille qu'on eût dit qu'il avait reçu les instructions du père Bernier. Celui-ci, arrivé à côté du puits, releva encore la tête du côté de nos fenêtres et puis, tenant toujours Toby par la bride, arriva sans encombre à la porte de la Tour Carrée ; enfin, laissant devant la porte le petit équipage, il entra dans la tour. Quelques instants s'écoulèrent qui nous parurent, comme on dit, des siècles, surtout à mon ami qui s'était mis à nouveau à trembler de tous ses membres sans que j'en pusse deviner la raison subite.

Et le père Bernier réapparut. Il retraversait la cour, tout seul, et retournait à la poterne. C'est alors que nous dûmes nous pencher davantage, et, certainement, les personnes qui étaient maintenant sur le seuil de la Tour Carrée auraient pu nous apercevoir si elles avaient regardé de notre côté, mais elles ne pensaient guère à nous. La nuit s'éclaircissait alors d'un beau rayon de lune qui fit une grande raie éclatante sur la mer et allongea sa clarté bleue dans la Cour du Téméraire. Les deux personnages qui étaient sortis de la tour et s'étaient approchés de la voiture parurent si surpris qu'ils eurent un mouvement de recul. Mais nous entendions très bien la Dame en noir prononcer cette phrase à voix basse : *« Allons, du courage, Robert, il le faut ! »* Plus tard, nous avons discuté avec Rouletabille pour savoir si elle avait dit : *« il le faut »* ou *« il en faut »,* mais nous ne pûmes point conclure.

Et Robert Darzac dit d'une voix singulière :

« Ce n'est point ce qui me manque. » Il était courbé sur quelque chose qu'il traînait et qu'il souleva avec une peine infinie et qu'il essaya de glisser sous la banquette de la petite charrette anglaise. Rouletabille avait retiré sa casquette et claquait littéralement des dents. Autant que nous pûmes la distinguer, la chose était un sac. Pour remuer ce sac, M. Darzac avait fait de gros efforts, et nous entendîmes un soupir. Appuyée contre le mur de la tour, la Dame en noir le regardait, sans lui prêter aucune aide. Et soudain, dans le moment que M. Darzac avait réussi à pousser le sac dans la voiture, Mathilde prononça, d'une voix sourdement épouvantée, ces mots : *« Il remue encore !... – C'est la fin !... »* répondit M. Darzac qui, maintenant, s'épongeait le front. Sur quoi il mit son pardessus et prit Toby par la bride. Il s'éloigna, faisant un signe à la Dame en noir, mais celle-ci, toujours appuyée à la muraille comme si on l'avait allongée là

pour quelque supplice, ne lui répondit pas. M. Darzac nous parut plutôt calme. Il avait redressé la taille. Il marchait d'un pas ferme... on pouvait dire d'un pas d'hon nête homme conscient d'avoir accompli son devoir. Toujours avec de grandes précautions, il disparut avec sa voiture sous la poterne du jardinier et la Dame en noir rentra dans la Tour Carrée.

Je voulus alors sortir de notre coin, mais Rouletabille m'y maintint énergiquement. Il fit bien, car Bernier débouchait de la poterne et retraversait la cour, se dirigeant à nouveau vers la Tour Carrée. Quand il ne fut plus qu'à deux mètres de la porte qui s'était refermée, Rouletabille sortit lentement de l'encoignure du parapet, se glissa entre la porte et Bernier effrayé, et mit les mains au poignet du concierge.

– Venez avec moi, lui dit-il.

L'autre paraissait anéanti. J'étais sorti de ma cachette, moi aussi. Il nous regardait maintenant dans le rayon bleu de la lune, ses yeux étaient inquiets et ses lèvres murmurèrent :

– C'est un grand malheur !

XII

Le corps impossible

– Ce sera un grand malheur, si vous ne dites point la vérité, répliqua Rouletabille à voix basse ; mais il n'y aura point de malheur du tout si vous ne nous cachez rien. Allons, venez !

Et il l'entraîna, lui tenant toujours le poignet, vers le Château Neuf, et je les suivis. A partir de ce moment, je retrouvai tout mon Rouletabille. Maintenant qu'il était si heureusement débarrassé d'un problème sentimental qui l'avait intéressé si personnellement, maintenant qu'il avait retrouvé le parfum de la Dame en noir, il reconquérait toutes les forces incroyables de son esprit pour la lutte entreprise contre le mystère ! Et jusqu'au jour où tout fut conclu, jusqu'à la minute suprême – la plus dramatique que j'aie vécue de ma vie, même aux côtés de Rouletabille – *où la vie et la mort eurent parlé et se furent expliquées par sa bouche,* il ne va plus avoir un geste d'hésitation dans la marche à suivre ; il ne prononcera plus un mot qui ne contribue nécessairement à nous sauver de l'épouvantable situation faite à l'assiégé par l'attaque de la Tour Carrée, dans la nuit du 12 au 13 avril.

Bernier ne lui résista pas. D'autres voudront lui résister qu'il brisera et qui crieront grâce.

Bernier marche devant nous, le front bas, tel un accusé qui va rendre compte à des juges. Et, quand nous sommes arrivés dans la chambre de Rouletabille, nous le faisons asseoir en face de nous ; j'ai allumé la lampe.

Le jeune reporter ne dit pas un mot ; il regarde Bernier, en bourrant sa pipe ; il essaie évidemment de lire sur ce visage toute l'honnêteté qui s'y peut trouver. Puis son sourcil froncé s'allonge, son œil s'éclaire, et, ayant jeté vers le plafond quelques nuages de fumée, il dit :

– Voyons, Bernier, *comment l'ont-ils tué ?*

Bernier secoua sa rude tête de gars picard.

– J'ai juré de ne rien dire. Je n'en sais rien, monsieur ! Ma foi, je n'en sais rien !...

Rouletabille :

– Eh bien, racontez-moi ce que vous ne savez pas ! Car si vous ne me racontez pas ce que vous ne savez pas, Bernier, je ne réponds plus de rien !...

– Et de quoi donc, monsieur, ne répondez-vous plus ?

– Mais, de votre sécurité, Bernier !...

– De ma sécurité, à moi ?... Je n'ai rien fait !

– De notre sécurité à tous, de notre vie ! répliqua Rouletabille en se levant et en faisant quelques pas dans la chambre, ce qui lui donna le temps de faire sans doute, mentalement, quelque opération algébrique nécessaire... Alors, reprit-il, il était dans la Tour Carrée ?

– Oui, fit la tête de Bernier.

– Où ? Dans la chambre du vieux Bob ?

– Non ! fit la tête de Bernier.

– Caché chez vous, dans votre loge ?

– Non, fit la tête de Bernier.

– Ah ! çà, mais où était-il donc ? Il n'était pourtant pas dans l'appartement de M. et Mme Darzac ?

– Oui, fit la tête de Bernier.

– Misérable ! grinça Rouletabille.

Et il sauta à la gorge de Bernier. Je courus au secours du concierge, et l'enlevai aux griffes de Rouletabille.

Quand il put respirer :

– Ah ! çà, monsieur Rouletabille, pourquoi voulez-vous m'étrangler ? fit-il.

– Vous le demandez, Bernier ? Vous osez encore le demander ? Et vous avouez qu'*il* était dans l'appartement de M. et Mme Darzac ! Et qui donc l'a introduit dans cet appartement, si ce n'est vous ? Vous qui, seul, avez la clef quand M. et Mme Darzac ne sont pas là ?

Bernier se leva, très pâle :

– C'est vous, monsieur Rouletabille, qui m'accusez d'être le complice de Larsan !

– Je vous défends de prononcer ce nom-là ! s'écria le reporter. Vous savez bien que Larsan est mort ! Et depuis longtemps !...

– Depuis longtemps ! reprit Bernier, ironique... c'est vrai... j'ai eu tort de l'oublier ! Quand on se dévoue à ses maîtres, quand on se bat pour ses maîtres, il faut ignorer même *contre qui.* Je vous demande pardon !

– Écoutez-moi bien, Bernier, je vous connais et je vous estime. Vous êtes un brave homme. Aussi, ce n'est pas votre bonne foi que j'incrimine : c'est votre négligence.

– Ma négligence ! Et Bernier, de pâle qu'il était, devint écarlate. Ma négligence ! Je n'ai point bougé de ma loge, de mon couloir ! J'ai eu toujours la clef sur moi et je vous jure que personne n'est entré dans cet appartement, personne d'autre, après que vous l'avez eu visité, à cinq heures, que M. Robert et Mme Robert Darzac. Je ne compte point, naturellement, la visite que vous y avez faite, à six heures environ, vous et M. Sainclair !

– Ah ! çà, reprit Rouletabille, vous ne me ferez point croire que cet individu – nous avons oublié son nom, n'est-ce pas, Bernier ? nous l'appellerons l'homme – *que l'homme a été tué chez M. et Mme Darzac s'il n'y était pas !*

– Non ! Aussi je puis vous affirmer qu'il y était !

– Oui, mais comment y était-il ? Voilà ce que je vous demande, Bernier. Et vous seul pouvez le dire, puisque vous seul aviez la clef en l'absence de M. Darzac, et que M. Darzac n'a point quitté sa chambre quand il avait la clef, et qu'on ne pouvait se cacher dans sa chambre pendant qu'il était là !

– Ah ! voilà bien le mystère, monsieur ! Et qui intrigue M. Darzac plus que tout ! Mais je n'ai pu lui répondre que ce que je vous réponds : voilà bien le mystère !

– Quand nous avons quitté la chambre de M. Darzac, M. Sainclair et moi, avec M. Darzac, à six heures un quart environ, vous avez fermé immédiatement la porte ?

– Oui, monsieur.

– Et quand l'avez-vous rouverte ?

– Mais, cette nuit, une seule fois pour laisser entrer M. et Mme Darzac chez eux. M. Darzac venait d'arriver et Mme Darzac était depuis quelque temps dans le salon de M. Bob d'où venait de partir M. Sainclair. Ils se sont retrouvés dans le couloir et je leur ai ouvert la porte de leur appartement ! Voilà ! Aussitôt qu'ils ont été rentrés, j'ai entendu qu'on repoussait les verrous.

– Donc, entre six heures et quart et ce moment-là, vous n'avez pas ouvert la porte ?

– Pas une seule fois.

– Et où étiez-vous, pendant tout ce temps ?

– Devant la porte de ma loge, surveillant la porte de l'appartement, et c'est là que ma femme et moi nous avons dîné, à six heures et demie, sur une petite table, dans le couloir, parce que, la porte de la tour étant ouverte, il faisait plus clair et que c'était plus gai. Après le dîner, je suis resté à fumer des cigarettes et à bavarder avec ma femme, sur le seuil de ma loge. Nous étions placés de façon que, même si nous l'avions voulu, nous n'aurions pas pu quitter des yeux la porte de l'appartement de M. Darzac. Ah ! c'est un mystère ! un mystère plus incroyable que le Mystère de la Chambre Jaune ! Car là-bas, on ne savait pas ce qui s'était passé *avant.* Mais là, monsieur ! on sait ce qui s'est passé avant puisque vous avez vous-même visité l'appartement à cinq heures et qu'il n'y avait personne dedans ; on sait ce qui s'est passé *pendant,* puisque j'avais la clef dans ma poche, ou que M. Darzac était dans sa chambre, et qu'il aurait bien aperçu, tout de même, l'homme qui ouvrait sa porte et qui venait pour l'assassiner, et puis, encore que j'étais, moi, dans le couloir, devant cette porte et que j'aurais bien vu passer l'homme ; et on sait ce qui s'est passé *après.* Après, il n'y a pas eu d'après. Après, ça a été la mort de l'homme, ce qui prouvait bien que l'homme était là ! Ah ! c'est un mystère !

– Et, depuis cinq heures jusqu'au moment du drame, vous affirmez bien que vous n'avez pas quitté le couloir ?

– Ma foi, oui !

– Vous en êtes sûr, insista Rouletabille.

Le père Bernier –

– Ah ! pardon, monsieur... il y a un moment.. une minute où vous m'avez appelé...

– C'est bien, Bernier. Je voulais savoir si vous vous rappeliez cette minute-là...

– Mais ça n'a pas duré plus d'une minute ou deux, et M. Darzac était dans sa chambre. Il ne l'a pas quittée. Ah ! c'est un mystère !...

– Comment savez-vous qu'il ne l'a pas quittée pendant ces deux minutes-là ?

– Dame ! s'il l'avait quittée, ma femme qui était dans la loge l'aurait bien vu ! Et puis ça expliquerait tout et il ne serait pas si intrigué, ni madame non plus ! *Ah ! il a fallu que je le lui répète : que personne d'autre n'était entré que lui à cinq heures et vous à six, et que personne n'était plus entré dans la chambre avant sa rentrée, à lui, la nuit, avec Mme Darzac...* Il était comme vous, il ne voulait pas me croire. Je le lui ai juré sur le cadavre qui était là !

– Où était-il, le cadavre ?

– Dans sa chambre.

– C'était bien un cadavre ?

– Oh ! il respirait encore !... Je l'entendais !

– Alors, ça n'était pas un cadavre, père Bernier.

– Oh ! monsieur Rouletabille, c'était tout comme. Pensez donc ! Il avait un coup de revolver dans le cœur !

Enfin, le père Bernier allait nous parler du cadavre. L'avait-il vu ? Comment était-il ? On eût dit que ceci apparaissait comme *secondaire* aux yeux de Rouletabille. Le reporter ne semblait préoccupé que du problème de savoir comment le cadavre se trouvait là ! Comment cet homme était-il venu se faire tuer !

Seulement, de ce côté, le père Bernier savait peu de chose. L'affaire avait été rapide comme un coup de feu – lui semblait-il – et il était derrière la porte. Il nous raconta qu'il s'en allait tout doucement dans sa loge et qu'il se disposait à se mettre au lit, quand la mère Bernier et lui entendirent un si grand bruit venant de l'appartement de Darzac qu'ils en restèrent saisis. C'étaient des meubles qu'on bousculait, des coups dans le mur. « Qu'est-ce qui se passe ? » fit la bonne femme, et aussitôt, on entendit la voix de Mme Darzac qui appelait : « Au secours ! » Ce cri-là, nous ne l'avions pas entendu, nous autres, dans la chambre du Château Neuf. Le père Bernier, pendant que sa femme s'affalait, épouvantée, courut à la porte de la chambre de M. Darzac et la secoua en vain, criant qu'on lui ouvrît. La lutte continuait de l'autre côté, sur le plancher. Il entendit le halètement de deux hommes, et il reconnut la voix de Larsan, à un moment où ces mots furent prononcés : *« Ce coup-ci, j'aurai ta peau ! »* Puis il entendit M. Darzac qui appelait sa femme à son secours d'une voix étouffée, épuisée : « Mathilde ! Mathilde ! » Évidemment, il devait avoir le dessous dans un corps à corps avec Larsan quand, tout à coup, le coup de feu le sauva. Ce coup de revolver effraya moins le père Bernier que le cri qui l'accompagna. On eût pu penser que Mme Darzac, qui avait poussé le cri, avait été mortellement frappée. Bernier ne s'expliquait point cela : l'attitude de Mme Darzac. Pourquoi n'ouvrait-elle point au secours qu'il lui apportait ? Pourquoi ne tirait-elle pas les verrous ? Enfin, presque aussitôt après le coup de revolver, la porte sur laquelle le père Bernier n'avait cessé de frapper s'était ouverte. La chambre était plongée dans l'obscurité, ce qui n'étonna point le père Bernier, car la lumière de la bougie qu'il avait aperçue sous la porte, pendant la lutte, s'était brusquement éteinte et il avait entendu en même temps le bougeoir qui roulait par terre. C'était Mme Darzac qui lui avait ouvert pendant que l'ombre de M. Darzac était penchée sur un râle, sur quelqu'un qui se mourait ! Bernier avait appelé sa femme pour qu'elle apportât de la lumière, mais Mme Darzac s'était écriée : « Non ! non ! pas de lumière ! pas de lumière ! Et surtout qu'*il* ne sache rien ! » Et, aussitôt elle avait couru à la porte de la tour en criant : « Il vient ! il vient ! je l'entends ! Ouvrez la porte ! ouvrez la porte ! père Bernier ! Je vais le recevoir ! » Et le père Bernier lui avait ouvert la porte, pendant qu'elle répétait, en gémissant : « Cachez-vous ! Allez-vous-en ! Qu'il ne sache rien ! »

Le père Bernier continuait :

– Vous êtes arrivé comme une trombe, monsieur Rouletabille. Et elle vous a entraîné dans le salon du vieux Bob. Vous n'avez rien vu. Moi, j'étais retenu auprès de M. Darzac. L'homme, sur le plancher, avait fini de râler. M. Darzac, toujours penché sur lui, m'avait dit : « Un sac Bernier, un sac et une pierre, et on le fiche à la mer, et on n'en entend plus parler ! »

« Alors, continua Bernier, j'ai pensé à mon sac de pommes de terre ; ma femme avait remis les pommes de terre dans le sac ; je l'ai vidé à mon tour et je l'ai apporté. Ah ! nous faisions le moins de bruit possible. Pendant ce temps-là, madame vous racontait des histoires sans doute, dans le salon du vieux Bob et nous entendions M. Sainclair qui interrogeait ma femme dans ma loge. Nous, en douceur, nous avons glissé le cadavre, que M. Darzac avait proprement ficelé, dans le sac. Mais j'avais dit à M. Darzac : « Un conseil, ne le jetez pas à l'eau. Elle n'est pas assez profonde pour le cacher. Il y a des jours où la mer est si claire qu'on en voit le fond.

« Qu'est-ce que je vais en faire ? » a demandé M. Darzac à voix basse. Je lui ai répondu : « Ma foi, je n'en sais rien, monsieur. Tout ce que je pouvais faire pour vous, et pour madame et pour l'humanité, contre un bandit comme Frédéric Larsan, je l'ai fait. Mais ne m'en demandez pas davantage et que Dieu vous protège ! » Et je suis sorti de la chambre, et je vous ai retrouvé dans la loge, monsieur Sainclair. Et puis, vous avez rejoint M. Rouletabille, sur la prière de M. Darzac qui était sorti de sa chambre. Quant à ma femme, elle s'est presque évanouie quand elle a vu tout à coup que M. Darzac était plein de sang... et moi aussi !... Tenez, messieurs, mes mains sont rouges ! Ah ! pourvu que tout ça ne nous porte pas malheur ! Enfin, nous avons fait notre devoir ! Et c'était un fier bandit !... Mais, voulez-vous que je vous dise ?... Eh bien, on ne pourra jamais cacher une histoire pareille,... et on ferait mieux de la raconter tout de suite à la justice... J'ai promis de me taire et je me tairai, tant que je pourrai, mais je suis bien content tout de même de me décharger d'un pareil poids devant vous, qui êtes des amis à madame et à monsieur... et qui pouvez peut-être leur faire entendre raison... Pourquoi qu'ils se cachent ? C'est-y pas un honneur de tuer un Larsan ! Pardon d'avoir encore prononcé ce nom-là... je sais bien, il n'est pas propre... C'est-y pas un honneur d'en avoir délivré la terre en s'en délivrant soi-même ? Ah ! tenez !... une fortune !... Mme Darzac m'a promis une fortune si je me taisais ! Qu'est-ce que j'en ferais ?... C'est-y pas la meilleure fortune de la servir, cette pauv' dame-là qu'a eu tant de malheurs !... Tenez !... Rien du tout !... rien du tout !... Mais qu'elle parle !... Qu'est-ce qu'elle craint ? Je le lui ai demandé quand vous êtes allés soi-disant vous coucher, et que nous nous sommes retrouvés tout seuls dans la Tour Carrée avec notre cadavre. Je lui ai dit : « Criez donc que vous l'avez tué ! Tout le monde fera bravo !... » Elle m'a répondu : « Il y a eu déjà trop de scandale, Bernier ; tant que cela dépendra de moi, et si c'est possible, on cachera cette nouvelle affaire ! Mon père en mourrait ! » Je ne lui ai rien répondu, mais j'en avais bien envie. J'avais sur la langue de lui dire : « Si on apprend l'affaire plus tard, on croira à des tas de choses injustes, et monsieur votre père en mourra bien davantage ! » Mais c'était son idée ! Elle veut qu'on se taise ! Eh bien, on se taira !... Suffit !

Bernier se dirigea vers la porte et nous montrant ses mains :

– Il faut que j'aille me débarbouiller de tout le sang de ce cochon-là !

Rouletabille l'arrêta :

– Et qu'est-ce que disait M. Darzac pendant ce temps-là ? Quel était son avis ?

– Il répétait : « Tout ce que fera Mme Darzac sera bien fait. Il faut lui obéir, Bernier. » Son veston était arraché et il avait une légère blessure à la gorge, mais il ne s'en occupait pas, et, au fond, il n'y avait qu'une chose qui l'intéressait, c'était la façon dont le misérable avait pu s'introduire chez lui ! Ça, je vous le répète, il n'en revenait pas et j'ai dû lui donner encore des explications. Ses premières paroles, à ce sujet, avaient été pour dire :

« Mais enfin, quand je suis entré, tantôt, dans ma chambre, il n'y avait personne, et j'ai aussitôt fermé ma porte au verrou. »

– Où cela se passait-il ?

– Dans ma loge, devant ma femme, qui en était comme abrutie, la pauvre chère femme.

– Et le cadavre ? Où était-il ?

– Il était resté dans la chambre de M. Darzac.

– Et qu'est-ce qu'ils avaient décidé pour s'en débarrasser ?

– Je n'en sais trop rien, mais, pour sûr, leur résolution était prise, car Mme Darzac me dit : « Bernier, je vous demanderai un dernier service ; vous allez aller chercher la charrette anglaise à l'écurie, et vous y attellerez Toby. Ne réveillez pas Walter, si c'est possible. Si vous le réveillez, et s'il vous demande des explications, vous lui direz ainsi qu'à Mattoni qui est de garde sous la poterne : 'C'est pour M. Darzac, qui doit se trouver ce matin à quatre heures à Castelar pour la tournée des Alpes." » Mme Darzac m'a dit aussi : « Si vous rencontrez M. Sainclair, ne lui dites rien, mais amenez-le-moi, et si vous rencontrez M. Rouletabille, ne dites rien, et ne faites rien ! » Ah ! Monsieur ! Madame n'a voulu que je sorte que lorsque la fenêtre de votre chambre a été fermée et que votre lumière a été éteinte. Et, cependant, nous n'étions point rassurés avec le cadavre que nous croyions mort et qui se reprit, une fois encore, à soupirer, et quel soupir ! Le reste, monsieur, vous l'avez vu, et vous en savez maintenant autant que moi ! Que Dieu nous garde !

Quand Bernier eut ainsi raconté *l'impossible drame*, Rouletabille le remercia, avec sincérité, de son grand dévouement à ses maîtres, lui recommanda la plus grande discrétion, le pria de l'excuser de sa brutalité, et lui ordonna de ne rien dire de l'interrogatoire qu'il venait de faire subir à Mme Darzac. Bernier, avant de s'en aller, voulut lui serrer la main, mais Rouletabille retira la sienne.

– Non ! Bernier, vous êtes encore tout plein de sang..

Bernier nous quitta pour aller rejoindre la Dame en noir.

– Eh bien, fis-je, quand nous fûmes seuls. Larsan est mort ?...

– Oui, me répliqua-t-il, *je le crains.*

– Vous le craignez ? Pourquoi le craignez-vous ?...

– Parce que, fit-il d'une voix blanche que je ne lui connaissais pas encore, PARCE QUE LA MORT DE LARSAN, LEQUEL SORT MORT SANS ÊTRE ENTRÉ NI MORT NI VIVANT, M'ÉPOUVANTE PLUS QUE SA VIE !

XIII

Où l'épouvante de Rouletabille prend des proportions inquiétantes

Et c'est vrai qu'il était littéralement épouvanté. Et je fus effrayé moi-même plus qu'on ne saurait dire. Je ne l'avais jamais encore vu dans un état d'inquiétude cérébrale pareil. Il marchait à travers la chambre d'un pas saccadé, s'arrêtait parfois devant la glace, se regardait étrangement en se passant une main sur le front comme s'il eût demandé à sa propre image : « Est-ce toi, est-ce bien toi, Rouletabille, qui penses cela ? Qui oses penser cela ? » Penser quoi ? Il paraissait plutôt être *sur le point de penser.* Il semblait plutôt ne vouloir point penser. Il secoua la tête farouchement et alla quasi s'accroupir à la fenêtre, se penchant sur la nuit, écoutant la moindre rumeur sur la rive lointaine, attendant peut-être le roulement de la petite voiture et le bruit du sabot de Toby. On eût dit une bête à l'affût.

... Le ressac s'était tu ; la mer s'était tout à fait apaisée... Une raie blanche s'inscrivit soudain sur les flots noirs, à l'orient. C'était l'aurore. Et, presque aussitôt, le Vieux Château sortait de la nuit, blême, livide, avec la même mine que nous, la mine de quelqu'un qui n'a pas dormi.

– Rouletabille, demandai-je presque en tremblant, car je me rendais compte de mon incroyable audace, votre entrevue a été bien brève avec votre mère. Et comme vous vous êtes séparés en silence ! Je voudrais savoir, mon ami, si elle vous a raconté « l'histoire de l'accident du revolver sur la table de nuit » ?

– Non !... me répondit-il sans se détourner.

– Elle ne vous a rien dit de cela ?

– Non !

– Et vous ne lui avez demandé aucune explication du coup de feu ni du cri de mort « de la galerie inexplicable ». Car elle a crié comme ce jour-là !...

– Sainclair, vous êtes curieux !... Vous êtes plus curieux que moi, Sainclair ; je ne lui ai rien demandé !

– Et vous avez juré de ne rien voir et de ne rien entendre avant qu'elle vous eût dit quoi que ce fût à propos de ce coup de feu et de ce cri ?

– En vérité, Sainclair, il faut me croire... Moi, je respecte les secrets de la Dame en noir. Il lui a suffi de me dire, sans que je lui eusse rien demandé, certes !... il lui a suffi de me dire : « *Nous pouvons nous quitter,* mon ami, CAR RIEN NE NOUS SÉPARE PLUS ! » pour que je la quitte...

– Ah ! elle vous avait dit cela ? « Rien ne nous sépare plus ! »

– Oui, mon ami... et elle avait du sang sur les mains...

Nous nous tûmes. J'étais maintenant à la fenêtre et à côté du reporter. Tout à coup sa main se posa sur la mienne. Puis il me désigna le petit falot qui brûlait encore à l'entrée de la porte souterraine qui conduisait au cabinet du vieux Bob, dans la Tour du Téméraire.

– Voilà l'aurore ! dit Rouletabille. Et le vieux Bob travaille toujours ! Ce vieux Bob est vraiment courageux. Si nous allions voir travailler le vieux Bob. Cela nous changera les idées et je ne penserai plus *à mon cercle,* qui m'étrangle, qui me garrotte, qui m'épuise.

Et il poussa un gros soupir :

– Darzac, fit-il, se parlant à lui-même, ne rentrera-t-il donc jamais !...

Une minute plus tard nous traversions la cour et nous descendions dans la salle octogone du Téméraire. Elle était vide ! La lampe brûlait toujours sur la table-bureau. Mais il n'y avait plus de vieux Bob !

Rouletabille fit :

– Oh ! oh !

Et il prit la lampe qu'il souleva, examinant toutes choses autour de lui. Il fit le tour des petites vitrines qui garnissaient les murs de la batterie basse. Là, rien n'avait été changé de place, et tout était relativement en ordre et scientifiquement étiqueté. Quand nous eûmes bien regardé les ossements et coquillages et cornes des premiers âges, des « pendeloques en coquille », des « anneaux sciés dans la diaphyse d'un os long », des « boucles d'oreilles », des « lames à tranchant abattu de la couche du renne », des « grattoirs du type magdalénien » et de « la poudre raclée en silex de la couche de l'éléphant », nous revînmes à la table-bureau. Là, se trouvait « le plus vieux crâne », et c'était vrai qu'il avait encore la mâchoire rouge du lavis que M. Darzac avait mis à sécher sur la partie du bureau qui était en face de la fenêtre, exposée au soleil. J'allai à la fenêtre, à toutes les fenêtres, et éprouvai la solidité des barreaux auxquels on n'avait pas touché.

Rouletabille me vit et me dit :

– Qu'est-ce que vous faites ? Avant d'imaginer qu'il ait pu sortir par les fenêtres il faudrait savoir s'il n'est pas sorti par la porte.

Il plaça la lampe sur le parquet et se prit à examiner toutes les traces de pas.

– Allez frapper, dit-il, à la porte de la Tour Carrée et demandez à Bernier si le vieux Bob est rentré ; interrogez Mattoni sous la poterne et le père Jacques à la porte de fer. Allez, Sainclair, allez !...

Cinq minutes après, je revenais avec les renseignements prévus. On n'avait vu le vieux Bob nulle part !... *Il n'était passé nulle part !*

Rouletabille avait toujours le nez sur le parquet. Il me dit :

– Il a laissé cette lampe allumée pour qu'on s'imagine qu'il travaille toujours.

Et puis, soucieux, il ajouta :

– Il n'y a point de traces de luttes d'aucune sorte et, sur le plancher, je ne relève que le passage de M. Arthur Rance et de Robert Darzac, lesquels sont arrivés hier soir dans cette pièce pendant l'orage, et ont traîné à leurs semelles un peu de la terre détrempée de la Cour du Téméraire et aussi du terreau légèrement ferrugineux de la baille. Il n'y a nulle part trace de pas du vieux Bob. Le vieux Bob était arrivé ici avant l'orage et il en est peut-être sorti pendant, mais, en tout cas, il n'y est point revenu depuis !

Rouletabille s'est relevé. Il a repris, sur le bureau, la lampe qui éclaire à nouveau le crâne, dont la mâchoire rouge n'a jamais ri d'une façon plus effroyable. Autour de nous, il n'y a que des squelettes, mais certainement ils me font moins peur que le vieux Bob absent.

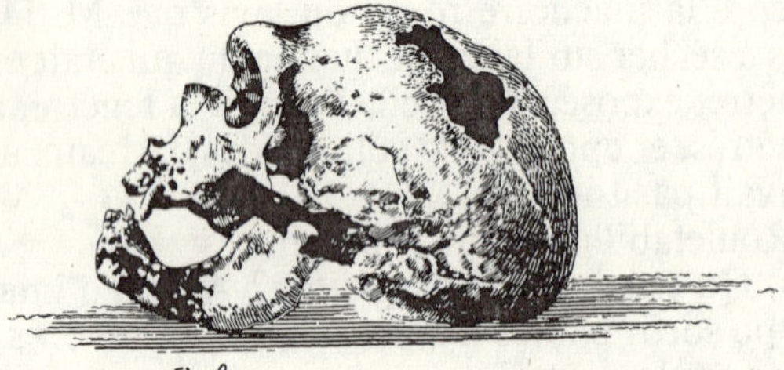

Le crâne du vieux Bob–

Rouletabille reste un instant en face du crâne ensanglanté, puis il le prend dans ses mains et plonge ses yeux au plus creux de ses orbites vides. Puis il élève le crâne, au bout de ses deux mains tendues, et le considère un instant, avec une attention surprenante ; puis il le regarde de profil ; puis il me le dépose entre les mains, et je dois l'élever à mon tour au-dessus de ma tête, comme le plus précieux des fardeaux, et Rouletabille, pendant ce temps, dresse, lui, la lampe au-dessus de sa tête.

Tout à coup, une idée me traverse la cervelle. Je laisse

rouler le crâne sur le bureau et me précipite dans la cour jusqu'au puits. Là je constate que les ferrures qui le fermaient le ferment toujours. Si quelqu'un s'était enfui par le puits ou était tombé dans le puits, ou s'y était jeté, les ferrures eussent été ouvertes. Je reviens, anxieux plus que jamais :

– Rouletabille ! Rouletabille ! *Il ne reste plus au vieux Bob, pour qu'il s'en aille, que le sac !*

Je répétai la phrase, mais le reporter ne m'écoutait point, et je fus surpris de le trouver occupé à une besogne dont il me fut impossible de deviner l'intérêt. Comment, dans un moment aussi tragique, alors que nous n'attendions plus que le retour de M. Darzac pour fermer le cercle dans lequel était mort *le corps de trop,* alors que dans la vieille tour à côté, dans le Vieux Château du coin, la Dame en noir devait être occupée à effacer de ses mains, telle Lady Macbeth, la trace du crime impossible, comment Rouletabille pouvait-il *s'amuser* à faire des dessins avec une règle, une équerre, un tire-ligne et un compas ? Oui, il s'était assis dans le fauteuil du géologue et avait attiré à lui la planche à dessiner de Robert Darzac, et, lui aussi, il faisait un plan, tranquillement, effroyablement, tranquillement, comme un pacifique et gentil commis d'architecte.

Il avait piqué le papier de l'une des pointes de son compas, et l'autre traçait le cercle qui pouvait représenter l'espace occupé par la Tour du Téméraire, comme nous pouvions le voir sur le dessin de M. Darzac.

Le jeune homme s'appliqua à quelques traits encore, et puis, trempant un pinceau dans un godet à moitié plein de la peinture rouge qui avait servi à M. Darzac, il étala soigneusement cette peinture dans tout l'espace du cercle. Ce faisant, il se montrait méticuleux au possible, prêtant grande action à ce que la peinture fût de même valeur partout, et telle qu'on eût pu en féliciter un bon élève. Il penchait la tête de droite et de gauche pour juger de l'effet, et tirait un peu la langue comme un écolier appliqué. Et puis, il resta immobile. Je lui parlai encore, mais il se taisait toujours. Ses yeux étaient fixes, attachés au dessin regardant sécher la peinture. Ils n'en bougeaient pas. Tout à coup, sa bouche se crispa et laissa échapper une exclamation d'horreur indicible ; je ne reconnus plus sa figure de fou. Et il se retourna si brusquement vers moi qu'il renversa le vaste fauteuil.

– Sainclair ! Sainclair ! Regarde la peinture rouge !... regarde la peinture rouge !

Je me penchai sur le dessin, haletant, effrayé de cette exaltation sauvage. Mais quoi, je ne voyais qu'un petit lavis bien propret...

– La peinture rouge ! La peinture rouge !... continuait-il à gémir, les yeux agrandis comme s'il assistait à quelque affreux spectacle.

Je ne pus m'empêcher de lui demander :

– Mais, qu'est-ce qu'elle a ?...

– Quoi ?... qu'est-ce qu'elle a ! *Tu ne vois donc pas qu'elle est sèche maintenant ! Tu ne vois donc pas que c'est du sang !...*

Non ! je ne voyais pas cela, car j'étais bien sûr que ce n'était pas du sang. C'était de la peinture rouge bien naturelle.

Mais je n'eus garde, dans un tel moment, de contrarier Rouletabille. Je m'intéressai ostensiblement à cette idée de sang.

– Du sang de qui ? fis-je... le savez-vous ?... du sang de qui ?... du sang de Larsan ?...

– Oh ! Oh ! fit-il, du sang de Larsan !... Qui est-ce qui connaît le sang de Larsan ?... Qui en a jamais vu la couleur ? Pour connaître la couleur du sang de Larsan, il faudrait m'ouvrir les veines, Sainclair ! C'est le seul moyen !...

J'étais tout à fait, tout à fait, étonné.

– Mon père ne se laisse pas prendre son sang comme ça !

Voilà qu'il reparlait, avec ce singulier orgueil désespéré, de son père... « Quand mon père porte perruque, ça ne se voit pas ! » « Mon père ne se laisse pas prendre son sang comme ça ! »

– Les mains de Bernier en étaient pleines, et vous en avez vu sur celles de la Dame en noir !...

– Oui ! oui !... On dit ça !... On dit ça !... Mais on ne tue pas mon père comme ça... !

Il paraissait toujours très agité et il ne cessait de regarder le petit lavis bien propret. Il dit, la gorge gonflée soudain d'un gros sanglot :

– Mon Dieu ! Mon Dieu ! Mon Dieu ! Ayez pitié de nous ! Cela serait trop affreux.

Et il dit encore :

– Ma pauvre maman n'a pas mérité cela ! ni moi non plus ! ni personne !...

Ce fut alors qu'une grosse larme, glissant au long de sa joue, tomba dans le godet :

– *Oh !* fit-il... *il ne faut pas allonger la peinture.*

Et disant cela d'une voix tremblante, il prit le godet avec un soin infini et l'alla enfermer dans une petite armoire.

Puis il me prit par la main et m'entraîna, cependant que je le regardais faire, me demandant si réellement il n'était point, tout à coup, devenu vraiment fou.

– Allons !... Allons !... fit-il... le moment est venu, Sainclair ! Nous ne pouvons plus reculer devant rien... Il faut que la Dame en noir nous dise tout... *tout ce qui s'est passé dans le sac...* Ah ! si M. Darzac pouvait rentrer tout de suite... tout de suite... ce serait moins pénible... Certes ! je ne peux plus attendre !...

Attendre quoi ?... attendre quoi ?.., Et encore une fois pourquoi s'effrayait-il ainsi ? Quelle pensée lui faisait ce regard fixe ? Pourquoi se remit-il nerveusement à claquer des dents ?...

Je ne pus m'empêcher de lui demander à nouveau :

– Qu'est-ce qui vous épouvante ainsi ?... Est-ce que Larsan n'est pas mort ?...

Et il me répéta, me serrant nerveusement le bras :

– Je vous dis, je vous dis que sa mort m'épouvante plus que sa vie !...

Et il frappa à la porte de la Tour Carrée devant laquelle nous nous trouvions. Je lui demandai s'il ne désirait point que je le laissasse seul en présence de sa mère. Mais, à mon grand étonnement, il me répondit qu'il ne fallait en ce moment le quitter pour rien au monde, « tant que le cercle ne serait point fermé ».

Et il ajouta, lugubre :

– Puisse-t-il ne l'être jamais ?...

La porte de la Tour restait close ; il frappa à nouveau ; alors elle s'entrouvrit et nous vîmes réapparaître la figure défaite de Bernier. Il parut très fâché de nous voir.

– Qu'est-ce que vous voulez ? Qu'est-ce que vous voulez encore ? fit-il... Parlez tout bas, Madame est dans le salon du vieux Bob... Et le vieux n'est toujours pas rentré.

– Laissez-nous entrer, Bernier..., commanda Rouletabille.

Et il poussa la porte.

– Surtout ne dites pas à Madame...

– Mais non !... Mais non !...

Nous fûmes dans le vestibule de la Tour. L'obscurité était à peu près complète.

– Qu'est-ce que Madame fait dans le salon du vieux Bob ? demanda le reporter à voix basse.

– Elle attend... elle attend le retour de M. Darzac... Elle n'ose plus rentrer dans *la chambre*... ni moi non plus...

– Eh bien, rentrez dans votre loge, Bernier, ordonna, Rouletabille, et attendez que je vous appelle !

Rouletabille poussa la porte du salon du vieux Bob. Tout de suite nous aperçûmes la Dame en noir, ou plutôt son ombre, car la pièce était encore fort obscure, à peine touchée des premiers rayons du jour. La grande silhouette sombre de Mathilde était debout, appuyée à un coin de la fenêtre qui donnait sur la Cour du Téméraire. A notre apparition, elle n'eut pas un mouvement. Mais Mathilde nous dit tout de suite, d'une voix si affreusement altérée que je ne la reconnaissais plus :

– Pourquoi êtes-vous venus ? Je vous ai vus passer dans la cour. Vous n'avez pas quitté la cour. Vous savez tout. Qu'est-ce que vous voulez ?

Et elle ajouta d'un ton d'une douleur infinie :

– Vous m'aviez juré de ne rien voir.

Rouletabille alla à la Dame en noir et lui prit la main avec un respect infini :

– Viens, maman, dit-il, et ces simples paroles avaient dans sa bouche le ton d'une prière très douce et très pressante... Viens !... Viens !... Viens !...

Et il l'entraîna. Elle ne lui résistait point. Sitôt qu'il lui eut pris la main, il sembla qu'il pouvait la diriger à son gré. Cependant, quand il l'eut ainsi conduite devant la porte de la chambre fatale, elle eut un recul de tout le corps.

– Pas là ! gémit-elle...

Et elle s'appuya contre le mur pour ne point tomber. Rouletabille secoua la porte. Elle était fermée. Il appela Bernier qui, sur son ordre, l'ouvrit et disparut ou plutôt se sauva.

La porte poussée, nous avançâmes la tête. Quel spectacle ! La chambre était dans un désordre inouï. Et la sanglante aurore qui entrait par les vastes embrasures rendait ce désordre plus sinistre encore. Quel éclairage pour une chambre de meurtre ! Que de sang sur les murs et sur le plancher et sur les meubles !... Le sang du soleil levant et de l'homme que Toby avait emporté on ne savait où... dans le sac de pommes de terre ! Les tables, les fauteuils, les chaises, tout était renversé. Les draps du lit auxquels l'homme, dans son agonie, avait dû désespérément s'accrocher, étaient à moitié tirés par terre et l'on voyait sur le linge la marque d'une main rouge. C'est dans tout cela que nous entrâmes, soutenant la Dame en noir paraissant prête à s'évanouir, pendant que Rouletabille lui disait de sa voix douce et suppliante : « Il le faut, maman ! Il le faut ! » Et il l'interrogea tout de suite après l'avoir déposée en quelque sorte sur un fauteuil que je venais de remettre sur ses pieds. Elle lui répondait par monosyllabes, par signes de tête ou par une désignation de la main. Et je voyais bien que, au fur et à mesure qu'elle répondait, Rouletabille était de plus en plus troublé, inquiet, effaré, visiblement ; il essayait de reconquérir tout le calme qui le fuyait et dont il avait plus que jamais besoin, mais il n'y parvenait guère. Il la tutoyait et l'appelait : « Maman ! Maman ! » tout le temps pour lui donner du courage... mais elle n'en avait plus ; elle lui tendit les bras et il s'y jeta ; ils s'embrassèrent à s'étouffer, et cela la ranima ; et, comme elle pleura tout à coup, elle fut un peu soulagée du poids terrible de toute cette horreur qui pesait sur elle. Je voulus faire un mouvement pour me retirer, mais ils me retinrent tous les deux et je compris qu'ils ne voulaient pas rester seuls dans la chambre rouge. Elle dit à voix basse :

– *Nous sommes délivrés...*

Rouletabille avait glissé à ses genoux et, tout de suite, de sa voix de prière : « Pour en être sûre, maman,... sûre,... il faut que tu me dises tout,... tout ce qui s'est passé,... tout ce que tu as vu... »

Alors, elle put enfin parler... Elle regarda du côté de la porte qui était close ; ses yeux se fixèrent avec une épouvante nouvelle sur les objets épars, sur le sang qui maculait les meubles et le plancher et elle raconta l'atroce scène à voix si basse que je dus m'approcher, me pencher sur elle pour l'entendre. De ses petites phrases hachées il ressortait qu'aussitôt arrivés dans la chambre M. Darzac avait poussé les verrous et s'était avancé droit vers la table-bureau, de telle sorte qu'il se trouvait juste au milieu de la pièce quand la chose arriva. La Dame en noir, elle, était un peu sur la gauche, se disposant à passer dans sa chambre. La pièce n'était éclairée que par une bougie, placée sur la table de nuit, à gauche, à la portée de Mathilde. Et voici ce qu'il advint. Dans le silence de la pièce, il y eut un craquement, un craquement brusque de meuble qui leur fit dresser la tête à tous les deux, et regarder du même côté, pendant qu'une même angoisse leur faisait battre le cœur. Le craquement venait du placard. Et puis tout s'était tu. Ils se regardèrent sans oser se dire un mot, peut-être sans le pouvoir. Ce craquement ne leur avait paru nullement naturel et jamais ils n'avaient entendu crier le placard. Darzac fit un mouvement pour se diriger vers ce placard qui se trouvait au fond, à droite. Il fut comme cloué sur place par un second craquement, plus fort que le premier et, cette fois, il parut à Mathilde que le placard remuait. La Dame en noir se demanda si elle n'était pas victime d'une hallucination, si elle avait vu réellement remuer le placard. Mais Darzac avait eu, lui aussi, la même sensation, car il quitta tout à coup la table-bureau et fit bravement un pas en avant... C'est à ce moment que la porte... la porte du placard... s'ouvrit devant eux... Oui, elle fut poussée par une main invisible... elle tourna sur ses gonds... La Dame en noir aurait voulu crier ; elle ne le pouvait pas... Mais elle eut un geste de terreur et d'affolement qui jeta par terre la bougie au moment même où, du placard, surgissait une ombre et au moment même où Robert Darzac, poussant un cri de rage, se ruait sur cette ombre...

– Et cette ombre... et cette ombre avait une figure ! interrompit Rouletabille... Maman !... pourquoi n'as-tu pas vu la figure de l'ombre ?... Vous avez tué l'ombre ; mais qui me dit que l'ombre était Larsan, puisque tu n'as pas vu la figure !... Vous n'avez peut-être même pas tué l'ombre de Larsan !

– Oh ! si ! fit-elle sourdement et simplement : *il est mort !* (Et elle ne dit plus rien...)

Et je me demandais en regardant Rouletabille : « Mais qui donc auraient-ils tué, s'ils n'avaient pas tué celui-là ! Si Mathilde n'avait pas vu la figure de l'ombre, elle avait bien entendu sa voix !... elle en frissonnait encore,... elle l'entendait encore. Et Bernier aussi avait entendu sa voix et reconnu sa voix,... la voix terrible de Larsan,... la voix de Ballmeyer qui, dans l'abominable lutte, au milieu de la nuit, annonçait la mort à Robert Darzac. *" Ce coup-ci, j'aurai ta peau ! "* pendant que l'autre ne pouvait plus que gémir d'une voix expirante : *" Mathilde !... Mathilde !... "* Ah ! comme il l'avait appelée !... comme il l'avait appelée du fond de la nuit où il râlait, déjà vaincu... Et elle... elle... elle n'avait pu que mêler, hurlante d'horreur, son ombre à ces deux ombres, que s'accrocher à elles au hasard des ténèbres, en appelant un secours qu'elle ne pouvait pas donner et qui ne pouvait pas venir. Et puis, tout à coup, ç'avait été le coup de feu qui lui avait fait pousser le cri atroce,... comme si elle avait été frappée elle-même... Qui était mort ?... Qui était vivant ?... Qui allait parler ?... Quelle voix allait-elle entendre ?... »

... Et voilà que c'était Robert qui avait parlé !...

Rouletabille prit encore dans ses bras la Dame en noir, la souleva, et elle se laissa presque porter par lui jusqu'à la porte de sa chambre. Et là, il lui dit : « Va, maman, laisse-moi, il faut que je travaille, que je travaille beaucoup ! pour toi, pour M. Darzac et pour moi ! – Ne me quittez plus !... je ne veux plus que vous me quittiez avant le retour de M. Darzac ! » s'écria-t-elle, pleine d'effroi. Rouletabille le lui promit, la supplia de tenter de se reposer et il allait fermer la porte de la chambre quand on frappa à la porte du couloir. Rouletabille demandait qui était là. La voix de Darzac répondit. Rouletabille fit :

– Enfin !

Et il ouvrit.

Nous crûmes voir entrer un mort. Jamais figure humaine ne fut plus pâle, plus exsangue, plus dénuée de vie. Tant d'émotions l'avaient ravagée qu'elle n'en exprimait plus aucune.

– Ah ! vous étiez là, dit-il. Eh bien, c'est fini ?...

Et il se laissa choir sur le fauteuil qu'occupait tout à l'heure la Dame en noir. Il leva les yeux sur elle :

– Votre volonté est accomplie, dit-il... Il est là où vous avez voulu !...

Rouletabille demanda tout de suite :

– Au moins, vous avez vu sa figure ?

– Non ! dit-il... je ne l'ai pas vue !... Croyez-vous donc que j'allais ouvrir le sac ?...

J'aurais cru que Rouletabille allait se montrer désespéré de cet incident ; mais au contraire, il vint tout à coup à M. Darzac, et lui dit :

– Ah ! vous n'avez pas vu sa figure !... Eh bien, c'est très bien, cela !...

Et il lui serra la main avec effusion...

– Mais, l'important, dit-il, l'important n'est pas là... Il faut maintenant *que nous ne fermions point le cercle.* Et vous allez nous y aider, monsieur Darzac. Attendez-moi !...

Et, presque joyeux, il se jeta à quatre pattes. Maintenant, Rouletabille m'apparaissait avec une tête de chien. Il sautait partout à quatre pattes, sous les meubles, sous le lit, comme je l'avais vu déjà dans la Chambre Jaune, et il levait de temps à autre son museau, pour dire :

– Ah ! je trouverai bien quelque chose ! quelque chose qui nous sauvera !

Je lui répondis en regardant M. Darzac :

– Mais ne sommes-nous pas déjà sauvés ?

– ... Qui nous sauvera la cervelle... reprit Rouletabille.

– Cet enfant a raison, fit M. Darzac. Il faut absolument savoir comment cet homme est entré...

Tout à coup, Rouletabille se releva, il tenait dans la main un revolver qu'il venait de trouver sous le placard.

– Ah ! vous avez trouvé son revolver ! fit M. Darzac. Heureusement qu'*il* n'a pas eu le temps de s'en servir.

Ce disant, M. Robert Darzac retira de la poche de son veston son propre revolver, le revolver sauveur et le tendit au jeune homme.

– Voilà une bonne arme ! fit-il.

Rouletabille fit jouer le barillet du revolver de Darzac, sauter le culot de la cartouche qui avait donné la mort, puis il compara cette arme à l'autre, celle qu'il avait trouvée sous le placard et qui avait échappé aux mains de l'assassin. Celle-ci était un bulldog et portait une marque de Londres ; il paraissait tout neuf, était garni de toutes ses cartouches et Rouletabille affirma qu'il n'avait encore jamais servi.

– Larsan ne se sert des armes à feu qu'à la dernière extrémité, fit-il. Il lui répugne de faire du bruit. Soyez persuadé qu'il voulait simplement vous faire peur avec son revolver, sans quoi il eût tiré tout de suite.

Et Rouletabille rendit son revolver à M. Darzac et mit celui de Larsan dans sa poche.

– Oh ! à quoi bon rester armés maintenant ! fit

M. Darzac en secouant la tête, je vous jure que c'est bien inutile !

– Vous croyez ? demanda Rouletabille.

– J'en suis sûr.

Rouletabille se leva, fit quelques pas dans la chambre et dit :

– Avec Larsan, on n'est jamais sûr d'une chose pareille. Où est le cadavre ?

M. Darzac répondit :

– Demandez-le à Mme Darzac. Moi, je veux l'avoir oublié. Je ne sais plus rien de cette affreuse affaire. Quand le souvenir de ce voyage atroce avec cet homme à l'agonie, ballottant dans mes jambes, me reviendra, je dirai : c'est un cauchemar ! Et je le chasserai !... Ne me parlez plus jamais de cela. Il n'y a plus que Mme Darzac qui sache où est le cadavre. Elle vous le dira, s'il lui plaît.

– Moi aussi, je l'ai oublié, fit Mme Darzac. Il le faut.

– Tout de même, insista Rouletabille, qui secouait la tête, tout de même, vous disiez qu'il était encore à l'agonie. Et maintenant, êtes-vous sûr qu'il soit mort ?

– J'en suis sûr, répondit simplement M. Darzac.

– Oh ! c'est fini ! c'est fini ! N'est-ce pas que tout est fini ? implora Mathilde. (Elle alla à la fenêtre.) Regardez, voici le soleil !... Cette atroce nuit est morte ! morte pour toujours ! C'est fini !

Pauvre Dame en noir ! Tout son état d'âme était présentement dans ce mot-là : « C'est fini !... » Et elle oubliait toute l'horreur du drame qui venait de se passer dans cette chambre devant cet évident résultat. Plus de Larsan ! Enterré, Larsan ! Enterré dans le sac de pommes de terre !

Et nous nous dressâmes tous, affolés, parce que la Dame en noir venait d'éclater de rire, un rire frénétique qui s'arrêta subitement et qui fut suivi d'un silence horrible. Nous n'osions ni nous regarder ni la regarder ; ce fut elle, la première, qui parla :

– C'est passé... dit-elle, c'est fini !... c'est fini, je ne rirai plus !...

Alors, on entendit la voix de Rouletabille, qui disait, très bas :

– *Ce sera fini quand nous saurons comment il est entré !*

– A quoi bon ? répliqua la Dame en noir. C'est un mystère qu'*il* a emporté. Il n'y a que lui qui pouvait nous le dire et il est mort.

– Il ne sera vraiment mort que lorsque nous saurons cela ! reprit Rouletabille.

– Évidemment, fit M. Darzac, tant que nous ne le saurons pas, nous voudrons le savoir ; et il sera là, debout, dans notre esprit. Il faut le chasser ! Il faut le chasser !

– Chassons-le, dit encore Rouletabille.

Alors, il se leva et tout doucement s'en fut prendre la main de la Dame en noir. Il essaya encore de l'entraîner dans la chambre voisine en lui parlant de repos. Mais Mathilde déclara qu'elle ne s'en irait point. Elle dit : « Vous voulez chasser Larsan et je ne serais pas là !... » Et nous crûmes qu'elle allait encore rire ! Alors nous fîmes signe à Rouletabille de ne point insister.

Rouletabille ouvrit alors la porte de l'appartement et appela Bernier et sa femme.

Ceux-ci entrèrent parce que nous les y forçâmes et il y eut une confrontation générale de nous tous d'où il résulta d'une façon définitive que :

1° Rouletabille avait visité l'appartement à cinq heures et fouillé le placard et qu'il n'y avait personne dans l'appartement ;

2° Depuis cinq heures la porte de l'appartement avait été ouverte deux fois par le père Bernier qui, seul, pouvait l'ouvrir en l'absence de M. et Mme Darzac. D'abord à cinq heures et quelques minutes pour y laisser entrer M. Darzac ; ensuite à onze heures et demie pour y laisser entrer M. et Mme Darzac ;

3° Bernier avait refermé la porte de l'appartement quand M. Darzac en était sorti avec nous entre six heures et quart et six heures et demie ;

4° La porte de l'appartement avait été refermée au verrou par M. Darzac aussitôt qu'il était entré dans sa chambre, et cela les deux fois, l'après-midi et le soir ;

5° Bernier était resté en sentinelle devant la porte de l'appartement de cinq heures à onze heures et demie avec une courte interruption de deux minutes à six heures.

Quand ceci fut établi, Rouletabille, qui s'était assis au bureau de M. Darzac pour prendre des notes, se leva et dit :

– Voilà, c'est bien simple. Nous n'avons qu'un espoir : il est dans la brève solution de continuité qui se trouve dans la garde de Bernier vers six heures. Au moins, à ce moment, il n'y a plus personne devant la porte. Mais il y a quelqu'un derrière. C'est vous, monsieur Darzac. Pouvez-vous répéter, après avoir rappelé tout votre souvenir, *pouvez-vous répéter que, lorsque vous êtes entré dans la chambre, vous avez fermé immédiatement la porte de l'appartement et que vous avez poussé les verrous ?*

M. Darzac, sans hésitation, répondit solennellement : *« Je le répète ! »* et il ajouta : *« Et je n'ai rouvert ces verrous que lorsque vous êtes venu avec votre ami Sainclair frapper à ma porte. Je le répète ! »*

Et, en répétant cela, cet homme disait la vérité comme il a été prouvé plus tard.

On remercia les Bernier qui retournèrent dans leur loge.

Alors, Rouletabille, dont la voix tremblait, dit :

– C'est bien, monsieur Darzac, VOUS AVEZ FERMÉ LE CERCLE !... L'appartement de la Tour Carrée est aussi fermé maintenant que l'était la Chambre Jaune, qui l'était comme un coffre-fort ; ou encore que l'était *la galerie inexplicable.*

– On reconnaît tout de suite que l'on a affaire à Larsan, fis-je : ce sont les mêmes procédés.

– Oui, fit observer Mme Darzac, oui, monsieur Sainclair, ce sont ses procédés, et elle enleva du cou de son mari la cravate qui cachait ses blessures.

– Voyez, ajouta-t-elle, c'est le même coup de pouce. Je le connais bien !...

Il y eut un douloureux silence.

M. Darzac, lui, ne songeait qu'à cet étrange problème, renouvelé du crime du Glandier, mais plus tyrannique encore. Et il répéta ce qui avait été dit pour la Chambre Jaune.

– Il faut, dit-il, qu'il y ait un trou dans le plancher, dans ces plafonds et dans ces murs.

– Il n'y en a pas, répondit Rouletabille.

– Alors, c'est à se jeter le front contre les murs pour en faire ! continua M. Darzac.

– Pourquoi donc ? répondit encore Rouletabille. Y en avait-il aux murs de la Chambre Jaune ?

– Oh ! ici, ce n'est pas la même chose ! fis-je, et la chambre de la Tour Carrée est encore plus fermée que la Chambre Jaune, puisqu'on n'y peut introduire personne *avant* ni *après*.

– *Non, ce n'est pas la même chose,* conclut Rouletabille, *puisque c'est le contraire. Dans la Chambre Jaune, il y avait un corps de moins ; dans la chambre de la Tour Carrée, il y a un corps de trop !*

Et il chancela, s'appuya à mon bras pour ne pas tomber. La Dame en noir s'était précipitée... Il eut la force de l'arrêter d'un geste, d'un mot :

– Oh !... ce n'est rien !... un peu de fatigue...

XIV

Le sac de pommes de terre

Pendant que M. Darzac, sur les conseils de Rouletabille, s'employait avec Bernier à faire disparaître les traces du drame, la Dame en noir, qui avait hâtivement changé de toilette, s'empressa de gagner l'appartement de son père avant qu'elle courût le risque de rencontrer quelque hôte de la Louve. Son dernier mot avait été pour nous recommander la prudence et le silence. Rouletabille nous donna congé.

Il était alors sept heures et la vie renaissait dans le château et autour du château. On entendait le chant nasillard des pêcheurs dans leurs barques. Je me jetai sur mon lit, et, cette fois, je m'endormis profondément, vaincu par la fatigue physique, plus forte que tout. Quand je me réveillai, je restai quelques instants sur ma couche, dans un doux anéantissement ; et puis tout à coup je me dressai, me rappelant les événements de la nuit.

– Ah çà ! fis-je tout haut, « ce corps de trop » est impossible !

Ainsi, c'était cela qui surnageait au-dessus du gouffre sombre de ma pensée, au-dessus de l'abîme de ma mémoire : cette impossibilité du « corps de trop ! » Et ce sentiment que je trouvai à mon réveil ne me fut point spécial, loin de là ! Tous ceux qui eurent à intervenir, de près ou de loin, dans cet étrange drame de la Tour Carrée, le partageaient ; et alors que l'horreur de l'événement en lui-même – l'horreur de ce corps à l'agonie enfermé dans ce sac qu'un homme emportait dans la nuit pour le jeter dans on ne savait quelle lointaine et profonde et mystérieuse tombe, où il achèverait de mourir – s'apaisait, s'évanouissait dans les esprits, s'effaçait de la vision, au contraire l'impossibilité de ça – « du corps de trop » – monta, grandit, se dressa devant nous, toujours plus haut, et plus menaçante et plus affolante. Certains, comme Mrs. Edith, par exemple, qui nièrent par habitude de nier ce qu'ils ne comprenaient pas – qui nièrent les termes du problème que nous posait le destin, tels que nous les avons établis sans retour dans le chapitre précédent – durent, par la suite des événements qui eurent pour théâtre le fort d'Hercule, se rendre à l'évidence de l'exactitude de ces termes.

Et d'abord, l'attaque ? Comment l'attaque s'est-elle produite ? A quel moment ? Par quels travaux d'approche moraux ? Quelles mines, contre-mines, tranchées, chemins couverts, bretèches – dans le domaine de la fortification *intellectuelle* – ont servi l'assaillant et lui ont livré le château ? Oui, dans ces conditions, où est l'attaque ? Ah ! que de silence ! Et pourtant, il faut savoir ! Rouletabille l'a dit : il faut savoir ? Dans un siège aussi mystérieux, l'attaque dut être dans tout et dans rien ! L'assaillant se tait et l'assaut se livre sans clameur ; et l'ennemi s'approche des murailles en marchant sur ses bas. L'attaque ! Elle est peut-être dans tout ce qui se tait, mais elle est peut-être encore dans tout ce qui parle ! Elle est dans un mot, dans un soupir, dans un souffle ! Elle est dans un geste car si elle peut être aussi dans tout ce qui se cache, elle peut être également dans tout ce qui se voit... *dans tout ce qui se voit et que l'on ne voit pas !*

Onze heures !... Où est Rouletabille ?... Son lit n'est pas défait... Je m'habille à la hâte et je trouve mon ami dans la baille. Il me prend sous le bras et m'entraîne dans la grande salle de la Louve. Là je suis tout étonné de trouver, bien qu'il ne soit pas encore l'heure de déjeuner, tant de monde réuni. M. et Mme Darzac sont là. Il me semble que Mr. Arthur Rance a une attitude extraordinairement froide. Sa poignée de main est glacée. Aussitôt que nous sommes arrivés, Mrs. Edith, du coin sombre où elle est nonchalamment étendue, nous salue de ces mots : « Ah ! voici Mr. Rouletabille avec son ami Sainclair. Nous allons savoir ce qu'il veut. » A quoi Rouletabille répond en s'excusant de nous avoir tous fait venir à cette heure dans la Louve ; mais il a, affirme-t-il, une si grave communication à nous faire qu'il n'a pas voulu la retarder d'une seconde. Le ton qu'il a pris pour nous dire cela est si sérieux que Mrs. Edith affecte de frissonner et simule une peur enfantine. Mais Rouletabille que rien ne démonte, dit : « Attendez, madame, pour frissonner, de savoir de quoi il s'agit. J'ai à vous faire part d'une nouvelle qui n'est point gaie ! » Nous nous regardons tous. Comme il a dit cela ! J'essaie de lire sur le visage de M. et Mme Darzac leur « expression » du jour. Comment leur visage se tient-il depuis la nuit dernière ? Très bien, ma foi, très bien !... On n'est pas plus « fermé ». Mais qu'as-tu donc à nous dire, Rouletabille ? Parle ! Il prie ceux d'entre nous qui sont restés debout de s'asseoir et, enfin, il commence. Il s'adresse à Mrs. Edith.

– Et d'abord madame, permettez-moi de vous

apprendre que j'ai décidé de supprimer toute cette « garde » qui entourait le château d'Hercule comme d'une seconde enceinte, que j'avais jugée nécessaire à la sécurité de M. et de Mme Darzac, et que vous m'aviez laissé établir, bien qu'elle vous gênât, à ma guise avec tant de bonne grâce et aussi, nous pouvons le dire, quelquefois avec tant de bonne humeur.

Cette directe allusion aux petites moqueries dont nous gratifiait Mrs. Edith quand nous montions la garde fait sourire Mr. Arthur Rance et Mrs. Edith elle-même. Mais ni M. ni Mme Darzac ni moi ne sourions, car nous nous demandons avec un commencement d'anxiété où notre ami veut en venir.

– Ah ! vraiment, vous supprimez la garde du château, monsieur Rouletabille ! Eh bien, vous m'en voyez toute réjouie, non point qu'elle m'ait jamais gênée ! fait Mrs. Edith avec une affectation de gaieté (affectation de peur, affectation de gaieté, je trouve Mrs. Edith très affectée et, chose curieuse, elle me plaît beaucoup ainsi), au contraire, elle m'a tout à fait intéressée à cause de mes goûts romanesques ; mais, si je me réjouis de sa disparition, c'est qu'elle me prouve que M. et Mme Darzac ne courent plus aucun danger.

– Et c'est la vérité, madame, réplique Rouletabille, depuis cette nuit.

Mme Darzac ne peut retenir un mouvement brusque que je suis le seul à apercevoir.

– Tant mieux ! s'écrie Mrs. Edith. Et que le ciel en soit béni ! Mais comment mon mari et moi sommes-nous les derniers à apprendre une pareille nouvelle ?... Il s'est donc passé cette nuit des choses intéressantes ? Ce voyage nocturne de M. Darzac sans doute ? M. Darzac n'est-il pas allé à Castelar ?

Pendant qu'elle parlait ainsi, je voyais croître l'embarras de M. et de Mme Darzac. M. Darzac, après avoir regardé sa femme, voulut placer un mot, mais Rouletabille ne le lui permit pas.

– Madame, je ne sais pas où M. Darzac est allé cette nuit, mais il faut, il est nécessaire que vous sachiez une chose : c'est la raison pour laquelle M. et Mme Darzac ne courent plus aucun danger. Votre mari, madame, vous a mise au courant des affreux drames du Glandier et du rôle criminel qu'y joua...

– Frédéric Larsan... oui, monsieur, je sais tout cela.

– Vous savez également, par conséquent, que nous ne faisions si bonne garde ici, autour de M. et de Mme Darzac, que parce que nous avions vu réapparaître ce personnage.

– Parfaitement.

– Eh bien, M. et Mme Darzac ne courent plus aucun danger, parce que ce personnage ne reparaîtra plus.

– Qu'est-il devenu ?

– Il est mort !

– Quand ?

– Cette nuit.

– Et comment est-il mort, cette nuit ?

– On l'a tué, madame.

– Et où l'a-t-on tué ?

– Dans la Tour Carrée !

Nous nous levâmes tous à cette déclaration, dans une agitation bien compréhensible : Mr. et Mrs. Rance stupéfaits de ce qu'ils apprenaient, M. et Mme Darzac et moi, effarés de ce que Rouletabille n'avait pas hésité à le leur apprendre.

– Dans la Tour Carrée ! s'écria Mrs. Edith... Et qui est-ce qui l'a tué ?

– M. Robert Darzac ! fit Rouletabille, et il pria tout le monde de se rasseoir.

Chose étonnante, nous nous rassîmes comme si, dans un moment pareil, nous n'avions pas autre chose à faire qu'à obéir à ce gamin.

Mais presque aussitôt, Mrs. Edith se releva et, prenant les mains de M. Darzac, elle lui dit avec une force, une exaltation véritable cette fois-ci (décidément, aurais-je mal jugé Mrs. Edith en la trouvant affectée) :

– Bravo, monsieur Robert ! *All right ! You are a gentleman !*

Et elle se retourna vers son mari en s'écriant :

– Ah ! voilà un homme ! Il est digne d'être aimé !

Alors, elle fit des compliments exagérés (mais c'était peut-être dans sa nature, après tout, d'exagérer ainsi toute chose) à Mme Darzac ; elle lui promit une amitié indestructible ; elle déclara qu'elle et son mari étaient tout prêts, dans une circonstance aussi difficile, à les seconder, elle et M. Darzac, qu'on pouvait compter sur leur zèle, leur dévouement et qu'ils étaient prêts à attester tout ce que l'on voudrait devant les juges.

– Justement, madame, interrompit Rouletabille, il ne s'agit point de juges et nous n'en voulons pas. Nous n'en avons pas besoin. Larsan était mort pour tout le monde avant qu'on ne le tuât cette nuit ; eh bien, il continue à être mort, voilà tout ! Nous avons pensé qu'il serait tout à fait inutile de recommencer un scandale dont M. et

Mme Darzac et le professeur Stangerson ont été beaucoup trop déjà les innocentes victimes et nous avons compté pour cela sur votre complicité. Le drame s'est passé d'une façon si mystérieuse, cette nuit, que vous-mêmes, si nous n'avions pris la précaution de vous le faire connaître, eussiez pu ne jamais le soupçonner. Mais M. et Mme Darzac sont doués de sentiments trop élevés pour oublier ce qu'ils devaient à leurs hôtes en une pareille occurrence. La plus simple des politesses leur ordonnait de vous faire savoir qu'ils avaient tué quelqu'un chez vous, cette nuit ! Quelle que soit en effet, notre quasi-certitude de pouvoir dissimuler cette fâcheuse histoire à la justice italienne, on doit toujours prévoir le cas où un incident imprévu la mettrait au courant de l'affaire ; et M. et Mme Darzac ont assez de tact pour ne point vouloir vous faire courir le risque d'apprendre un jour par la rumeur publique, ou par une descente de police, un événement aussi important qui s'est passé justement sous votre toit.

Mr. Arthur Rance, qui n'avait encore rien dit, se leva tout blême.

– Frédéric Larsan est mort ! fit-il. Eh bien, tant mieux ! Nul ne s'en réjouira plus que moi ; et, s'il a reçu, de la main même de M. Darzac, le châtiment de ses crimes, nul plus que moi n'en félicitera M. Darzac. Mais j'estime avant tout que c'est là un acte glorieux dont M. Darzac aurait tort de se cacher ! Le mieux serait d'avertir la justice et sans tarder. Si elle apprend cette affaire par d'autres que par nous, voyez notre situation ! Si nous nous dénonçons, nous faisons œuvre de justice, si nous nous cachons, nous sommes des malfaiteurs ! On pourra tout supposer...

A entendre Mr. Rance, qui parlait en bégayant, tant il était ému de cette tragique révélation, on eût dit que c'était lui qui avait tué Frédéric Larsan... lui qui, déjà, en était accusé par la justice... lui qui était traîné en prison.

– Il faut tout dire ! Messieurs, il faut tout dire...

Mrs. Edith ajouta :

– Je crois que mon mari a raison. Mais, avant de

prendre une décision, il conviendrait de savoir comment les choses se sont passées.

Elle s'adressa directement à M. et Mme Darzac. Mais ceux-ci étaient encore sous le coup de la surprise que leur avait procurée Rouletabille en parlant, Rouletabille qui, le matin même, devant moi, leur promettait le silence et nous engageait tous au silence ; aussi n'eurent-ils point une parole. Ils étaient comme une pierre dans leur fauteuil. Mr. Arthur Rance répétait :

– Pourquoi nous cacher ? Il faut tout dire !

Tout à coup, le reporter sembla prendre une résolution subite ; je compris à ses yeux traversés d'un brusque éclair que quelque chose de considérable venait de se passer dans sa cervelle. Et il se pencha sur Arthur Rance. Celui-ci avait la main droite appuyée sur une canne à bec-de-corbin. Le bec en était d'ivoire et joliment travaillé par un ouvrier illustre de Dieppe. Rouletabille lui prit cette canne.

– Vous permettez ? dit-il. Je suis très amateur du travail de l'ivoire et mon ami Sainclair m'a parlé de votre canne. Je ne l'avais pas encore remarquée. Elle est, en effet, fort belle. C'est une figure de Lambesse. Il n'y a point de meilleur ouvrier sur la côte normande.

Le jeune homme regardait la canne et ne semblait plus songer qu'à la canne. Il la mania si bien qu'elle lui échappa des mains et vint tomber devant Mme Darzac. Je me précipitai, la ramassai et la rendis immédiatement à Mr. Arthur Rance. Rouletabille me remercia avec un regard qui me foudroya. Et, avant d'être foudroyé, j'avais lu dans ce regard-là que j'étais un imbécile !

Mrs. Edith s'était levée, très énervée de l'attitude insupportable de « suffisance » de Rouletabille et du silence de M. et Mme Darzac.

– Chère, fit-elle à Mme Darzac, je vois que vous êtes très fatiguée. Les émotions de cette nuit épouvantable vous ont exténuée. Venez, je vous en prie, dans nos chambres, vous vous reposerez.

– Je vous demande bien pardon de vous retenir un instant encore, Mrs. Edith, interrompit Rouletabille, mais ce qui me reste à dire vous intéresse particulièrement.

– Eh bien, dites, monsieur, et ne nous faites pas languir ainsi.

Elle avait raison. Rouletabille le comprit-il ? Toujours est-il qu'il racheta la lenteur de ses prolégomènes par la rapidité, la netteté, le saisissant relief avec lequel il retraça les événements de la nuit. Jamais le problème du « corps de trop » dans la Tour Carrée ne devait nous apparaître avec plus de mystérieuse horreur ! Mrs. Edith en était toute réellement (je dis réellement, ma foi) frissonnante. Quant à Arthur Rance, il avait mis le bout du bec de sa canne dans sa bouche et il répétait avec un flegme tout américain, mais avec une conviction impressionnante : « C'est une histoire du diable ! C'est une histoire du diable ! L'histoire du corps de trop est une histoire du diable !... »

Mais disant cela, il regardait le bout de la bottine de Mme Darzac qui dépassait un peu le bord de sa robe. A ce moment-là seulement la conversation devint à peu près générale ; mais c'était moins une conversation qu'une suite ou qu'un mélange d'interjections, d'indignations, de plaintes, de soupirs et de condoléances, aussi de demandes d'explications sur les conditions d'arrivée possible du « corps de trop » – explications qui n'expliquaient rien et ne faisaient qu'augmenter la confusion générale. On parla aussi de l'horrible sortie du « corps de trop » dans le sac de pommes de terre et Mrs. Edith, à ce propos réédita l'expression de son admiration pour le gentleman héroïque qu'était M. Robert Darzac. Rouletabille, lui, ne daigna point laisser tomber un mot dans tout ce gâchis de paroles. Visiblement, il méprisait cette manifestation qu'il supportait avec l'air d'un professeur qui accorde quelques minutes de récréation à des élèves qui ont été bien sages. C'était là un de ses airs qui ne me plaisaient pas et que je lui reprochais quelquefois, sans succès d'ailleurs, car Rouletabille a toujours pris les airs qu'il a voulus.

Enfin, il jugea sans doute que la récréation avait assez duré, car il demanda brusquement à Mrs. Edith :

– Eh bien, Mrs. Edith ! Pensez-vous toujours qu'il faille avertir la justice ?

– Je le pense plus que jamais, répondit-elle. Ce que nous serions impuissants à découvrir, elle le découvrira certainement, elle ! (Cette allusion voulue à l'impuissance intellectuelle de mon ami laissa celui-ci parfaitement indifférent.) Et je vous avouerai même une chose, monsieur Rouletabille, ajouta-t-elle, c'est que je trouve qu'on aurait pu l'avertir plus tôt, la justice ! Cela vous eût évité quelques longues heures de garde et de nuits d'insomnie qui n'ont, en somme, servi à rien, puisqu'elles n'ont pas empêché celui que vous redoutiez tant de pénétrer dans la place !

Rouletabille s'assit, domptant une émotion vive qui le faisait presque trembler, et, d'un geste qu'il voulait rendre évidemment inconscient, s'empara à nouveau de la canne que Mr. Arthur Rance venait de poser contre le bras de son fauteuil. Je me disais : « Qu'est-ce qu'il veut faire de cette canne ? Cette fois-ci je n'y touche plus ! Ah ! je m'en garderai bien !... »

Jouant avec la canne, il répondit à Mrs. Edith qui venait de l'attaquer d'une façon aussi vive, presque cruelle :

– Mrs. Edith, vous avez tort de prétendre que toutes les précautions que j'avais prises pour la sécurité de M. et Mme Darzac ont été inutiles. Si elles m'ont permis de constater la présence inexplicable d'un corps de trop, *elles m'ont également permis de constater l'absence peut-être moins inexplicable d'un corps de moins.*

Nous nous regardâmes tous encore, les uns cherchant à comprendre, les autres redoutant déjà de comprendre.

– Eh ! Eh ! répliqua Mrs. Edith, dans ces conditions, vous allez voir qu'il ne va plus y avoir de mystère du tout et que tout va s'arranger. – Et elle ajouta, dans la langue bizarre de mon ami, afin de s'en moquer : Un corps de trop d'un côté, un corps de moins de l'autre ! Tout est pour le mieux !

– Oui, fit Rouletabille, et c'est bien ce qui est affreux, car ce corps de moins arrive tout à fait à temps pour nous expliquer le corps de trop, madame. Maintenant, madame, sachez que ce corps de moins est le corps de votre oncle, M. Bob !

– Le vieux Bob ! s'écria-t-elle. Le vieux Bob a disparu !

Et nous criâmes tous avec elle :

– Le vieux Bob ! Le vieux Bob a disparu !

– Hélas ! fit Rouletabille.

Et il laissa tomber la canne.

Mais la nouvelle de la disparition du vieux Bob avait tellement « saisi » les Rance et les Darzac que nous ne portâmes aucune attention à cette canne qui tombait.

– Mon cher Sainclair, soyez donc assez aimable pour ramasser cette canne, dit Rouletabille.

Ma foi, je l'ai ramassée, cependant que Rouletabille ne daignait même pas me dire merci et que Mrs. Edith, bondissant tout à coup comme une lionne sur M. Robert Darzac qui opéra un mouvement de recul très accentué, poussait une clameur sauvage :

– Vous avez tué mon oncle !

Son mari et moi-même eurent de la peine à la maintenir et à la calmer. D'un côté, nous lui affirmions que ce n'était pas une raison parce que son oncle avait momentanément disparu pour qu'il eût disparu dans le sac tragique, et de l'autre nous reprochions à Rouletabille la brutalité avec laquelle il venait de nous faire apparaître une opinion qui, au surplus, ne pouvait encore être, dans son esprit inquiet, qu'une bien tremblante hypothèse. Et nous ajoutâmes, en suppliant Mrs. Edith de nous écouter, que cette hypothèse ne pouvait en aucune façon être considérée par Mrs. Edith comme une injure, attendu qu'elle n'était possible qu'en admettant la supercherie d'un Larsan qui aurait pris la place de son respectable oncle. Mais elle ordonna à son mari de se taire et, me toisant du haut en bas, elle me dit :

– Monsieur Sainclair, j'espère, fermement même, que mon oncle n'a disparu que pour bientôt réapparaître ; s'il en était autrement, je vous accuserais d'être le complice du plus lâche des crimes. Quant à vous, monsieur (elle s'était retournée vers Rouletabille), l'idée même que vous avez pu avoir de confondre un Larsan avec un vieux Bob me défend à jamais de vous serrer la main, et j'espère que vous aurez le tact de me débarrasser bientôt de votre présence !

– Madame ! répliqua Rouletabille en s'inclinant très bas, j'allais justement vous demander la permission de prendre congé de votre grâce. J'ai un court voyage de vingt-quatre heures à faire. Dans vingt-quatre heures je serai de retour et prêt à vous aider dans les difficultés qui pourraient surgir à la suite de la disparition de votre respectable oncle.

– Si dans vingt-quatre heures mon oncle n'est pas revenu, je déposerai une plainte entre les mains de la justice italienne, monsieur.

– C'est une bonne justice, madame ; mais, avant d'y avoir recours, je vous conseillerai de questionner tous les domestiques en qui vous pourriez avoir quelque confiance, notamment Mattoni. Avez-vous confiance, madame, en Mattoni ?

– Oui, monsieur, j'ai confiance en Mattoni.

– Eh bien, madame, questionnez-le !... Questionnez-le !... Ah ! avant mon départ, permettez-moi de vous laisser cet excellent et historique livre...

Et Rouletabille tira un livre de sa poche.

– Qu'est-ce que ça encore ? demanda Mrs. Edith, superbement dédaigneuse.

– Ça, madame, c'est un ouvrage de M. Albert Bataille, un exemplaire de ses *Causes criminelles et mondaines,* dans lequel je vous conseille de lire les aventures, déguisements, travestissements, tromperies d'un illustre bandit dont le vrai nom est Ballmeyer.

Rouletabille ignorait que j'avais déjà conté pendant deux heures les histoires extraordinaires de Ballmeyer à Mrs. Rance.

– Après cette lecture, continua-t-il, il vous sera loisible de vous demander si l'astuce criminelle d'un pareil individu aurait trouvé des difficultés insurmontables à se présenter devant vos yeux sous l'aspect d'un oncle que vos yeux n'auraient point vu depuis quatre ans (car il y a quatre ans, madame, que vos yeux n'avaient point vu M. le vieux Bob quand vous avez trouvé ce respectable oncle au sein des pampas de l'Araucanie). Quant aux souvenirs de Mr. Arthur Rance qui vous accompagnait, ils étaient beaucoup plus lointains et beaucoup plus susceptibles d'être trompés que vos souvenirs et votre cœur de nièce !... je vous en conjure à genoux, madame, ne nous fâchons pas ! La situation, pour nous tous, n'a jamais été aussi grave. Restons unis. Vous me dites de partir : je pars, mais je reviendrai ; car, s'il fallait *tout de même* s'arrêter à l'abominable hypothèse de Larsan ayant pris la place de M. le vieux Bob, il nous resterait à chercher le vieux Bob lui-même ; auquel cas je serais, madame, à votre disposition et toujours votre très humble et très obéissant serviteur.

A ce moment, comme Mrs. Edith prenait une attitude de reine de comédie outragée, Rouletabille se tourna vers Arthur Rance et lui dit :

– Il faut agréer, monsieur Arthur Rance, pour tout ce qui vient de se passer, toutes mes excuses et je compte bien sur le loyal gentleman que vous êtes pour les faire agréer à Mrs. Arthur Rance. En somme, vous me reprochez la rapidité avec laquelle, j'ai exposé mon hypothèse, mais veuillez vous souvenir, monsieur, que Mrs. Edith, il y a un instant encore, me reprochait ma lenteur !

Mais Arthur Rance ne l'écoutait déjà plus. Il avait pris le bras de sa femme et tous deux se disposaient à quitter la pièce quand la porte s'ouvrit et le garçon d'écurie, Walter, le fidèle serviteur du vieux Bob, fit irruption au milieu de nous. Il était dans un état de saleté surprenant, entièrement recouvert de boue et les vêtements arrachés. Son visage en sueur, sur lequel se plaquaient les mèches de ses cheveux en désordre, reflétait une colère mêlée d'effroi qui nous fit craindre tout de suite quelque nouveau malheur. Enfin, il avait à la main une loque infâme qu'il jeta sur la table. Cette toile repoussante, maculée de larges taches d'un brun rougeâtre, n'était autre – nous le devinâmes immédiatement en reculant d'horreur – que le sac qui avait servi à emporter le corps de trop.

De sa voix rauque, avec des gestes farouches, Walter baragouinait déjà mille choses dans son incompréhensible anglais et nous nous demandions tous, à l'exception d'Arthur Rance et de Mrs. Edith : « Qu'est-ce qu'il dit ?... Qu'est-ce qu'il dit ?... »

Et Arthur Rance l'interrompait de temps en temps, cependant que l'autre nous montrait des poings menaçants et regardait Robert Darzac avec des yeux de fou. Un instant, nous crûmes même qu'il allait s'élancer, mais un geste de Mrs. Edith l'arrêta net. Et Arthur Rance traduisit pour nous :

– Il dit que, ce matin, il a remarqué des taches de sang dans la charrette anglaise et que Toby était très fatigué de sa course de nuit. Cela l'a intrigué tellement qu'il a résolu tout de suite d'en parler au vieux Bob ; mais il l'a cherché en vain. Alors, pris d'un sinistre pressentiment, il a suivi à la piste le voyage de nuit de la charrette anglaise, ce qui lui était facile à cause de l'humidité du chemin et de l'écartement exceptionnel des roues ; c'est ainsi qu'il est parvenu jusqu'à une crevasse du vieux Castillon dans laquelle il est descendu, persuadé qu'il y trouverait le corps de son maître ; mais il n'en a rapporté que ce sac vide qui a peut-être contenu le cadavre du vieux Bob, et, maintenant, revenu en toute hâte dans une carriole de paysan, il réclame son maître, demande si on l'a vu et accuse Robert Darzac d'assassinat si on ne le lui montre pas...

Nous étions tous consternés. Mais, à notre grand étonnement, Mrs. Edith reconquit la première son sang-froid. Elle calma Walter en quelques mots, lui promit qu'elle lui montrerait, tout à l'heure, son vieux Bob, en excellente santé, et le congédia. Et elle dit à Rouletabille :

– Vous avez vingt-quatre heures, monsieur, pour que mon oncle revienne.

– Merci, madame, fit Rouletabille ; mais s'il ne revient pas, c'est moi qui ai raison !

– Mais, enfin, où peut-il être ? s'écria-t-elle.

– Je ne pourrais point vous le dire, madame, *maintenant qu'il n'est plus dans le sac !*

Mrs Edith lui jeta un regard foudroyant et nous quitta, suivie de son mari. Aussitôt, Robert Darzac nous montra toute sa stupéfaction de l'histoire du sac. Il avait jeté le sac dans l'abîme avec Larsan, et le sac en revenait tout seul. Quant à Rouletabille il nous dit :

– Larsan n'est pas mort, soyez-en sûrs ! Jamais la situation n'a été aussi effroyable, et il faut que je m'en aille !... Je n'ai pas une minute à perdre ! Vingt-quatre heures ! dans vingt-quatre heures, je serai ici... Mais jurez-moi, jurez-moi tous deux de ne point quitter ce château... Jurez-moi, monsieur Darzac, que vous veillerez sur Mme Darzac, que vous lui défendrez, même par la force, si c'est nécessaire, toute sortie !... Ah ! et puis... il ne faut plus que vous habitiez la Tour Carrée !... Non, il ne le faut plus !... A l'étage où habite M. Stangerson, il y a deux chambres libres. Il faut les prendre. C'est nécessaire... *Sainclair, vous veillerez à ce déménagement-là...* Aussitôt mon départ, ne plus remettre les pieds dans la Tour Carrée, hein ? ni les uns ni les autres... Adieu ! Ah ! tenez ! laissez-moi vous embrasser... tous les trois !...

Il nous serra dans ses bras : M. Darzac d'abord puis moi ; et puis, en tombant sur le sein de la Dame en noir, il éclata en sanglots. Toute cette attitude de Rouletabille, malgré la gravité des événements, m'apparaissait incompréhensible. Hélas ! combien je devais la trouver naturelle plus tard !

XV

Les soupirs de la nuit

Deux heures du matin. Tout semble dormir au château. Quel silence sur la terre et dans les cieux ! Pendant que je suis à ma fenêtre, le front brûlant et le cœur glacé, la mer rend son dernier soupir et aussitôt la lune s'est arrêtée dans un ciel sans nuages. Les ombres ne tournent plus autour de l'astre des nuits. Alors, dans le grand sommeil immobile de ce monde, j'ai entendu les mots de la chanson lituanienne : « Mais le regard cherchait en vain la belle inconnue qui s'était couvert la tête d'une vague et dont on n'a plus jamais entendu parler... » Ces paroles m'arrivent, claires et distinctes, dans la nuit immobile et sonore. Qui les prononce ? Sa bouche à lui ? sa bouche à elle ? ou mon hallucinant souvenir ? Ah ! çà, qu'est-ce que le prince de la Terre-Noire vient faire sur la Côte d'Azur avec ses chansons lituaniennes ? Et pourquoi son image et ses chants me poursuivent-ils ainsi ?

Pourquoi le supporte-t-elle ? Il est ridicule avec ses yeux tendres et ses longs cils chargés d'ombre et ses chansons lituaniennes ! Et moi aussi je suis ridicule ! Aurais-je un cœur de collégien ? Je ne le crois pas. J'aime mieux vraiment m'arrêter à cette hypothèse que ce qui m'agite dans la personnalité du prince Galitch est moins l'intérêt que lui porte Mrs. Edith *que la pensée de l'autre !...* Oui, c'est bien cela ; dans mon esprit, le prince et Larsan viennent m'inquiéter *ensemble.* On ne l'a pas vu au château depuis le fameux déjeuner où il nous fut présenté, c'est-à-dire depuis l'avant-veille.

L'après-midi qui a suivi le départ de Rouletabille ne nous a rien apporté de nouveau. Nous n'avons pas de nouvelles de lui, pas plus que du vieux Bob. Mrs. Edith est enfermée chez elle, après avoir interrogé les domestiques et visité les appartements du vieux Bob et de la Tour Ronde. Elle n'a pas voulu pénétrer dans l'appartement de Darzac. « C'est l'affaire de la justice », a-t-elle dit. Arthur Rance s'est promené une heure sur le boulevard de l'Ouest et il paraissait fort impatient. Personne ne m'a parlé. Ni M. ni Mme Darzac ne sont sortis de la Louve. Chacun a dîné chez soi. On n'a pas vu le professeur Stangerson.

... Et, maintenant, tout semble dormir au château... Mais les ombres se reprennent à tourner autour de l'astre des nuits. Qu'est-ce que ceci, sinon l'ombre d'un canot qui se détache de l'ombre du fort et glisse maintenant sur le flot argenté ? Quelle est cette silhouette qui se dresse, orgueilleuse, à l'avant, pendant qu'une autre ombre se courbe sur la rame silencieuse ? C'est la tienne, Féodor Féodorovitch ! Eh ! voilà un mystère qui sera peut-être plus facile à pénétrer que celui de la Tour Carrée, ô Rouletabille ! Et je crois que la cervelle de Mrs. Edith y suffirait...

Nuit hypocrite !... Tout semble dormir et rien ne dort, ni personne... Qui donc peut se vanter de pouvoir dormir au château d'Hercule ? Croyez-vous que Mrs. Edith dort ? Et M. et Mme Darzac, dorment-ils ? Et pourquoi M. Stangerson, qui semble dormir tout éveillé, le jour, dormirait-il justement cette nuit-là, lui dont la couche n'a cessé d'être visitée, comme on dit, par la pâle insomnie depuis la révélation du Glandier ? Et moi, est-ce que je dors ?

J'ai quitté ma chambre, je suis descendu dans la Cour du Téméraire ; mes pas m'ont porté en hâte sur le boulevard de la Tour Ronde. Si bien que je suis arrivé à temps pour voir, sous la clarté lunaire, la barque du prince Galitch aborder à la grève, devant les jardins de Babylone. Il sauta sur le galet, et, derrière lui, l'homme, ayant rangé les rames, sauta. Je reconnus le maître et le domestique : Féodor Féodorovitch et son esclave Jean. Quelques secondes plus tard, ils s'enfonçaient dans l'ombre protectrice des palmiers centenaires et des eucalyptus géants.

Aussitôt, j'ai fait le tour du boulevard de la Cour du Téméraire... Et puis, le cœur battant, je me suis dirigé vers la baille. Les dalles de la poterne ont retenti sous mon pas solitaire et il m'a semblé voir une ombre se dresser, attentive, sous l'ogive à demi détruite du porche de la chapelle. Je me suis arrêté dans la nuit épaisse de la Tour du Jardinier et j'ai tâté dans ma poche mon revolver. L'ombre, là-bas, n'a pas bougé. Est-ce bien une ombre humaine qui écoute ? Je me glisse derrière une haie de verveine qui borde le sentier conduisant directement à la Louve, à travers buissons et bosquets et tout le débordement parfumé du printemps en fleurs. Je n'ai point fait de bruit et l'ombre, rassurée sans doute, a fait, elle, un mouvement. C'est la Dame en noir ! La lune, sous l'ogive à demi détruite, me la montre toute blanche. Et puis, cette forme tout à coup disparaît comme par enchantement. Alors, je me suis rapproché encore de la chapelle, et, au fur et à mesure que je diminuais la distance qui me séparait de ces ruines, je percevais un léger murmure, des paroles entrecoupées de soupirs si mouillés de larmes que mes propres yeux en devinrent humides. La Dame en noir pleurait, là, derrière quelque pilier. Était-elle seule ? N'avait-elle point choisi dans cette nuit d'angoisse, cet autel envahi par les fleurs pour y venir apporter en toute paix sa prière embaumée ?

Tout à coup, j'aperçus une ombre à côté de la Dame en noir, et je reconnus Robert Darzac. De l'endroit où j'étais, je pouvais maintenant entendre tout ce qu'ils pouvaient se dire. L'indiscrétion était forte, inélégante, honteuse. Chose curieuse, je crus de mon devoir d'écouter. Maintenant je ne songeais plus du tout à Mrs. Edith ni au prince Galitch... mais je songeais toujours à Larsan... Pourquoi ?... Pourquoi était-ce à cause de Larsan que je voulais savoir ce qu'ils disaient ? Je compris que Mathilde était descendue furtivement de la Louve pour promener son angoisse dans le jardin, et que son mari l'avait rejointe... La Dame en noir pleurait. Elle avait pris les mains de Robert Darzac et lui disait :

– Je sais,... je sais toute votre peine,... ne me la dites plus,... quand je vous vois si changé, si malheureux,... je m'accuse de votre douleur,... mais ne me dites pas que je ne vous aime plus... Oh ! je vous aimerai encore, Robert,... comme autrefois,... je vous le promets...

Et elle sembla réfléchir, pendant que lui, incrédule, l'écoutait encore.

Elle reprit, bizarre, et cependant avec une énergique conviction :

– Certes, je vous le promets...

Elle lui serra encore la main, et elle partit, lui adressant un divin, mais si malheureux sourire, que je me deman-

La Dame en noir pleurait.

dai comment cette femme avait pu parler à cet homme de bonheur possible. Elle me frôla sans me voir. Elle passa avec son parfum et je ne sentis plus les lauriers-cerises derrière lesquels j'étais caché.

M. Darzac était resté à sa place. Il la regardait encore. Il dit tout haut avec une violence qui me fit réfléchir :

– Oui, il faut être heureux ! Il le faut !

Ah ! certes, il était bien à bout de patience. Et, avant de s'éloigner à son tour, il eut un geste de protestation contre le mauvais sort, d'emportement contre la Destinée, un geste qui ravissait la Dame en noir, la jetait sur sa poitrine et l'en faisait le maître, à travers l'espace.

Il n'eut pas plus tôt fait ce geste, que *ma pensée se précisa,* ma pensée qui errait autour de Larsan s'arrêta sur Darzac ! Oh ! je m'en souviens très bien ; c'est à partir de cette seconde où il eut ce geste de rapt dans la nuit lunaire que j'osai me dire ce que je m'étais déjà dit pour tant d'autres... pour tous les autres... « Si c'était Larsan ! »

Et, en cherchant bien, au fond de ma mémoire, je trouve que ma pensée a été plus directe encore. Au geste de l'homme, elle a répondu tout de suite, elle a crié : « C'est Larsan ! »

J'en fus tellement épouvanté que, voyant Robert Darzac se diriger vers moi, je ne pus retenir un mouvement de fuite qui lui révéla ma présence. Il me vit, me reconnut, me saisit le bras, et me dit :

– Vous étiez là, Sainclair, vous veilliez !... Nous veillons tous, mon ami... Et vous l'avez entendue !... Voyez-vous, Sainclair, c'est trop de douleur ; moi, je n'en puis plus. Nous allions être heureux ; elle-même pouvait croire qu'elle avait été oubliée du Destin, quand l'autre est réapparu ! Alors, ç'a été fini, elle n'a plus eu de force pour notre amour. Elle s'est courbée sous la fatalité ; elle a dû s'imaginer que celle-ci la poursuivait d'un éternel châtiment. Il a fallu le drame effroyable de la nuit dernière pour me prouver à moi-même que cette femme m'a réellement aimé... autrefois... Oui, un moment, elle a craint pour moi, et moi, hélas ! je n'ai tué que pour elle...

Mais la voilà retournée à son indifférence mortelle. Elle ne songe plus – si elle songe encore à quelque chose – qu'à promener un vieillard en silence...

Il soupira si tristement et si *sincèrement* que l'abominable pensée en fut chassée du coup. Je ne songeai plus qu'à ce qu'il me disait,... à la douleur de cet homme qui semblait avoir perdu définitivement la femme qu'il aimait, dans le moment que celle-ci retrouvait un fils dont il continuait d'ignorer l'existence... De fait, il n'avait dû rien comprendre à l'attitude de la Dame en noir, à la facilité avec laquelle elle paraissait s'être détachée de lui... et il ne trouvait pour expliquer une aussi cruelle métamorphose que l'amour, exaspéré par le remords, de la fille du professeur Stangerson pour son père...

M. Darzac continua de gémir.

– A quoi m'aura servi de le frapper ? Pourquoi ai-je tué ? Pourquoi m'impose-t-elle, comme un criminel, cet horrible silence, si elle ne veut pas m'en récompenser de son amour ? Redoute-t-elle pour moi de nouveaux juges ? Hélas ! pas même, Sainclair,... non, non, pas même. Elle redoute que la pensée agonisante de son père ne succombe devant l'éclat d'un nouveau scandale. Son père ! Toujours son père ! Et moi, je n'existe pas ! Je l'ai attendue vingt ans, et quand, enfin, je crois qu'elle est venue, son père me la reprend !

Je me disais : « Son père... son père et son enfant ! »

Il s'assit sur une vieille pierre écroulée de la chapelle et dit encore, se parlant à lui-même : « Mais je l'arracherai de ces murs,... je ne peux plus la voir errer ici au bras de son père,... comme si je n'existais pas !... »

Et, pendant qu'il disait ces choses, je revoyais la double et lamentable silhouette du père et de la fille, passant et repassant, à l'heure du crépuscule, dans l'ombre colossale de la Tour du Nord, allongée par les feux du soir, et j'imaginais qu'ils ne devaient pas être plus écrasés sous les coups du ciel, cet Œdipe et cette Antigone qu'on nous représente dès notre plus jeune âge traînant, sous les murs de Colone, le poids d'une surhumaine infortune.

Et puis, tout à coup, sans que je pusse en démêler la raison, peut-être à cause d'un geste de Darzac, l'affreuse pensée me ressaisit... et je demandai à brûle-pourpoint :

– Comment se fait-il que le sac était vide ?

Je constatai qu'il ne se troubla point. Il me répondit simplement : « Rouletabille nous le dira peut-être... » Puis il me serra la main et s'enfonça, pensif, dans les massifs de la baille.

Je le regardais marcher...

... Je suis fou...

XVI

Découverte de « l'Australie »

La lune l'a frappé en plein visage. Il se croit seul dans la nuit et voici certainement l'un des moments où il doit déposer le masque du jour. D'abord les vitres noires ont cessé de protéger son regard incertain. Et si sa taille, pendant les heures de comédie, s'est fatiguée à se courber plus que de nature, si les épaules se sont très habilement arrondies, voici la minute où le grand corps de Larsan, sorti de scène, va se délasser. Qu'il se délasse donc ! Je l'épie dans la coulisse... derrière les figuiers de Barbarie, pas un de ses mouvements ne m'échappe...

Maintenant, il est debout sur le boulevard de l'Ouest qui lui fait comme un piédestal ; les rayons lunaires l'enveloppent d'une lueur froide et funèbre. Est-ce toi, Darzac ? ou ton spectre ? ou l'ombre de Larsan revenue de chez les morts ?

Je suis fou... En vérité, il faut avoir pitié de nous qui sommes tous fous. Nous voyons Larsan partout et peut-être Darzac lui-même m'a-t-il regardé un jour, moi, Sainclair, en se disant : « Si c'était Larsan !... » Un jour !... je parle comme s'il y avait des années que nous étions enfermés dans ce château et il y a tout juste quatre jours... Nous sommes arrivés ici, le 8 avril, un soir...

Sans doute, mais jamais mon cœur n'a ainsi battu quand je me posais la terrible question pour les autres ; c'est peut-être aussi qu'elle était moins terrible quand il s'agissait des autres... Et puis, c'est singulier ce qui m'arrive... Au lieu que mon esprit recule effrayé devant l'abîme d'une aussi incroyable hypothèse, au contraire, il est attiré, entraîné, horriblement séduit. Il a le vertige et il ne fait rien pour l'éviter. Il me pousse à ne point quitter des yeux le spectre debout sur le boulevard de l'Ouest, à lui trouver des attitudes, des gestes, une ressemblance, par-derrière... et puis aussi le profil... et puis aussi la face... Là, comme ça,... il ressemble tout à fait à Larsan... Oui, mais comme ça, il ressemble tout à fait à Darzac...

Comment se fait-il que cette idée me vienne, cette nuit, pour la première fois ? Quand j'y songe... elle eût dû être notre première idée ! Est-ce que, lors du Mystère de la Chambre Jaune, la silhouette Larsan n'apparaissait point, au moment du crime, tout à fait confondue avec la silhouette Darzac ? Est-ce que le Darzac qui venait chercher la réponse de Mlle Stangerson au bureau de poste 40 n'était point Larsan lui-même ? Est-ce que cet empereur du camouflage n'avait point déjà entrepris avec succès d'*être* Darzac, si bien qu'il avait réussi à faire accuser de ses propres crimes le fiancé de Mlle Stangerson !...

Sans doute... sans doute... mais, tout de même, si j'ordonne à mon cœur inquiet de se taire pour pouvoir entendre ma raison, je saurai que mon hypothèse est insensée... Insensée ?... Pourquoi ?... Tenez, le voilà, le spectre Larsan qui allonge les grands ciseaux de ses jambes, qui marche comme Larsan... oui, mais il a les épaules de Darzac.

Je dis insensée parce que, si l'on n'est pas Darzac, on peut tenter de l'être dans l'ombre, dans le mystère, de loin, comme lors des drames du Glandier... mais ici, nous touchons l'homme !... nous vivons avec lui !...

Nous vivons avec lui ?... Non !...

D'abord, il est rarement là..., presque toujours enfermé dans sa chambre ou penché sur cet inutile travail de la Tour du Téméraire... Voilà, ma foi, un beau prétexte que celui de dessiner pour qu'on ne voie pas votre tête et pour répondre aux gens sans tourner la tête...

Mais enfin, il ne dessine pas toujours... Oui, mais dehors, toujours, excepté ce soir, il a son binocle noir...

Ah ! cet accident du laboratoire a été des plus intelligents... Cette petite lampe qui a fait explosion savait – je l'ai toujours pensé – le service qu'elle allait rendre à Larsan lorsque Larsan aurait pris la place de Darzac...

Elle lui permettrait d'éviter, toujours, la grande lumière du jour... à cause de la faiblesse des yeux... Comment donc !... Il n'est point jusqu'à Mlle Stangerson et Rouletabille qui ne s'arrangeaient pour trouver les coins d'ombre où les yeux de M. Darzac n'avaient rien à redouter de la lumière du jour... Du reste, il a, plus que tout autre, en y réfléchissant, depuis que nous sommes arrivés ici, cette préoccupation de l'ombre,... nous l'avons vu peu, mais toujours à l'ombre... Cette petite salle du conseil est fort sombre,... la Louve est sombre... et il a choisi, des deux chambres de la Tour Carrée, celle qui reste toujours plongée dans une demi-obscurité.

Tout de même... Voyons ! Voyons !... Voyons ! On ne trompe pas Rouletabille comme ça !... ne serait-ce que trois jours !... Cependant, comme dit Rouletabille, Larsan est né avant Rouletabille, puisqu'il est son père...

... Ah ! je revois le premier geste de Darzac, quand il est venu au-devant de nous à Cannes, et qu'il est monté dans notre compartiment... Il a tiré le rideau... De l'ombre, toujours.

Le spectre, maintenant, sur le boulevard de l'Ouest, s'est retourné de mon côté... Je le vois bien... de face... pas de binocle... il est immobile... il est placé là comme si on allait le photographier... Ne bougez pas !... Là, ça y est !... Eh bien, c'est Robert Darzac ! c'est Robert Darzac !

... Il se remet en marche... Je ne sais plus... *il y a quelque chose qui me manque dans la marche de Darzac, pour que je reconnaisse la marche de Larsan ; mais quoi ?...*

Oui, Rouletabille aurait tout vu. Euh ?... Rouletabille raisonne plus qu'il ne regarde. Et puis, a-t-il eu tellement le temps de regarder que cela ?...

Non !... N'oublions pas que Darzac est allé passer trois mois dans le Midi !... C'est vrai !... Ah ! on peut raisonner là-dessus : trois mois, pendant lesquels on ne l'a pas vu... Il était parti malade... Il est revenu bien portant... On ne s'étonne point que la figure d'un homme ait un peu changé quand, partie avec une mine de mort, elle réapparaît avec une mine de vivant.

Et la cérémonie du mariage a eu lieu tout de suite...

Comme il s'est montré à nous avec parcimonie avant, et depuis... Et, du reste, il n'y a pas encore une semaine de tout cela... Un Larsan peut tenir le coup pendant six jours.

L'homme (Darzac ? Larsan ?) descend de son piédestal du boulevard de l'Ouest et vient droit à moi... M'a-t-il vu ? Je me fais plus petit derrière mon figuier de Barbarie.

... Trois mois d'absence pendant lesquels Larsan a pu étudier tous les tics, toutes les manifestations Darzac, et puis on supprime Darzac et on prend sa place, et sa femme... on l'emporte... le tour est joué !...

... La voix ? Quoi de plus facile que d'imiter une voix *du Midi ?* On a un peu plus ou un peu moins l'accent, voilà tout. Moi, j'ai cru observer qu'*il* l'avait un peu plus... Oui, le Darzac d'aujourd'hui a un peu plus l'accent – je crois – que celui d'avant le mariage...

Il est presque sur moi, il passe à mes côtés... il ne m'a pas vu...

... C'est Larsan ! Je vous dis que c'est Larsan !...

Mais il s'arrête une seconde, regarde éperdument toutes ces choses endormies autour de lui, de lui dont la douleur veille solitaire, et il gémit, comme un pauvre malheureux homme qu'il est...

... C'est Darzac !...

Et puis il est parti... et je suis resté là, derrière un figuier, dans l'anéantissement de ce que j'avais osé penser !...

Combien de temps restai-je ainsi, prostré ? Une heure ? Deux heures ? Quand je me relevai, j'avais les reins rompus et l'esprit très fatigué. Oh ! très fatigué ! J'étais allé, au cours de mes étourdissantes hypothèses, jusqu'à me demander si par hasard (par hasard !) le Larsan qui était dans le sac de pommes de terre dites « saucisses », ne s'était pas substitué au Darzac qui le conduisait, dans la petite voiture anglaise traînée par Toby aux gouffres du puits de Castillon !... Parfaitement, je voyais le corps à l'agonie ressuscitant tout à coup et priant

M. Darzac d'aller prendre sa place. Il n'avait fallu, pour que je rejetasse loin de mon absurde cogitation cette supposition imbécile, rien moins que le rappel de la preuve absolue de son impossibilité, qui m'avait été donnée le matin même par une conversation très intime entre M. Darzac et moi, au sortir de notre cruelle séance dans la Tour Carrée, séance pendant laquelle avaient été si bien établis tous les termes du problème du *corps de trop.* A ce moment, je lui avais posé, à propos du prince Galitch, dont la falote image ne cessait de me poursuivre, quelques questions auxquelles il avait tout de suite répondu en faisant allusion à une autre conversation très scientifique que nous avions eue la veille, Darzac et moi, et qui n'avait pu matériellement être entendue de per sonne autre que de nous deux, au sujet de ce même prince Galitch. Lui seul connaissait cette conversation-là, et il ne faisait point de doute, par cela même, que le Darzac qui me préoccupait tant aujourd'hui n'était autre que celui de la veille.

Si insensée que fût l'idée de cette substitution, on me pardonnera tout de même de l'avoir eue. Rouletabille en était un peu la cause avec ses façons de me parler de son père comme du dieu de la métamorphose ! Et j'en revins à la seule hypothèse possible – possible pour un Larsan qui aurait pris la place d'un Darzac – à celle de la substitution au moment du mariage, lors du retour du fiancé de Mlle Stangerson à Paris, après trois mois d'absence dans le Midi...

La plainte déchirante que Robert Darzac, se croyant seul, avait laissé échapper, tout à l'heure à mes côtés, ne parvenait point à chasser tout à fait cette idée-là... Je le voyais entrant à l'église Saint-Nicolas-du-Chardonnet, paroisse à laquelle il avait voulu que le mariage eût lieu... peut-être, pensai-je, parce qu'il n'y avait point d'église plus sombre à Paris...

Ah ! on est très curieusement bête quand on se trouve, par une nuit lunaire, derrière un figuier de Barbarie, aux prises avec la pensée de Larsan !...

Très, très bête ! me disais-je, en regagnant tout doucement, à travers les massifs de la baille, le lit qui m'attendait dans une petite chambre solitaire du Château Neuf... très bête... car, comme l'avait si bien dit Rouletabille... si Larsan avait été alors Darzac, il n'avait qu'à emporter sa belle proie et il ne se serait point complu à réapparaître à l'état de Larsan pour épouvanter Mathilde, et il ne l'aurait pas amenée au château fort d'Hercule, au milieu des siens, et il n'aurait pas pris la précaution désastreuse pour ses desseins de montrer à nouveau, dans la barque de Tullio, la figure menaçante de Roussel-Ballmeyer !

A ce moment, Mathilde lui appartenait, et c'est depuis ce moment qu'elle s'était reprise. La réapparition de Larsan ravissait définitivement la Dame en noir à Darzac, donc Darzac n'était pas Larsan ! Mon Dieu ! que j'ai mal à la tête... C'est la lune éblouissante, là-haut, qui m'a frappé douloureusement la cervelle.. j'ai un coup de lune...

Et puis... et puis, n'était-*il* pas apparu à Arthur Rance lui-même, dans les jardins de Menton, alors que Darzac venait d'être « mis dans le train » qui le conduisait à Cannes au-devant de nous ! Si Arthur Rance avait dit vrai, je pouvais aller me coucher en toute tranquillité... Et pourquoi Arthur Rance eût-il menti ?... Arthur Rance, encore un qui est amoureux de la Dame en noir, qui n'a pas cessé de l'être... Mrs. Edith n'est pas une sotte ; elle a tout vu, Mrs. Edith !... Allons !... allons nous coucher.

J'étais encore sous la poterne du jardinier et j'allais entrer dans la Cour du Téméraire quand il m'a semblé entendre quelque chose,... on eût dit une porte que l'on refermait,... cela avait fait comme un bruit de bois et de fer,... de serrure,... je passai vivement la tête hors de la poterne et je crus apercevoir une vague silhouette humaine près de la porte du Château Neuf elle-même ; j'armai mon revolver et, en trois bonds, entrai dans l'ombre à mon tour... Mais je n'aperçus plus rien que l'ombre. La porte du Château Neuf était fermée et je croyais bien me rappeler que je l'avais laissée entrouverte. J'étais très ému, très anxieux,... *je ne me sentais* pas seul... qui donc pouvait être autour de moi ? Évidemment, si la silhouette existait en dehors de ma vision et de mon esprit troublés, elle ne pouvait plus être maintenant que dans le Château Neuf, car la Cour du Téméraire était déserte.

Je poussai avec précaution la porte, et entrai dans le Château Neuf. J'écoutai attentivement et sans faire le moindre mouvement au moins pendant cinq minutes... Rien !... je devais m'être trompé... Cependant je ne fis point craquer d'allumettes et, le plus silencieusement que je pus, je gravis l'escalier et gagnai ma chambre. Là, je m'enfermai et seulement respirai à l'aise...

Cette vision continuait cependant à m'inquiéter plus que je ne me l'avouais à moi-même, et, bien que je me fusse couché, je ne parvenais point à m'endormir. Enfin sans que je pusse en suivre la raison, la vision de la silhouette et la pensée de Darzac-Larsan se mêlaient étrangement dans mon esprit déséquilibré...

Si bien que j'en étais arrivé à me dire : je ne serai tranquille que lorsque je me serai assuré que M. Darzac lui-même n'est pas Larsan ! Et je ne manquerai pas de le faire à la prochaine occasion.

Oui, mais comment ?... Lui tirer la barbe ?... Si je me trompe, il me prendra pour un fou ou il devinera ma pensée et elle ne sera point faite pour le consoler de tous les malheurs dont il gémit. Il ne manquerait plus à son infortune que d'être soupçonné d'être Larsan !

Soudain, je rejetai mes couvertures, je m'assis sur mon lit, et m'écriai :

– L'*Australie !*

Je venais de me souvenir d'un épisode dont j'ai parlé au commencement de ce récit. On se rappelle que, lors de l'accident du laboratoire, j'avais accompagné M. Robert Darzac chez le pharmacien. Or, dans le moment qu'on le soignait, comme il avait dû ôter sa jaquette, la manche de sa chemise, dans un faux mouvement, s'était relevée jusqu'au coude et y avait été arrêtée pendant toute la séance, ce qui m'avait permis de constater que M. Darzac avait, près de la saignée du bras droit une large

« tache de naissance » dont les contours semblaient curieusement suivre le dessin géographique de l'Australie. Mentalement, pendant que le pharmacien opérait, je n'avais pu m'empêcher de placer, sur ce bras, aux endroits qu'elles occupent sur la carte, Melbourne, Sydney, Adélaïde ; et il y avait encore sous cette large tache une autre toute petite tache située dans les environs de la terre dite de Tasmanie.

Et quand, par hasard, plus tard, il m'était arrivé de penser à cet accident, à la séance chez le pharmacien et à la tache de naissance, j'avais toujours pensé aussi, par une liaison d'idées bien compréhensible, à l'Australie.

Et dans cette nuit d'insomnie, voilà que l'Australie encore m'apparaissait !...

Assis sur mon lit, j'avais eu à peine le temps de me féliciter d'avoir songé à une preuve aussi décisive de l'identité de Robert Darzac et je commençais à agiter la question de savoir comment je pourrais bien m'y prendre pour me la fournir à moi-même, quand un bruit singulier me fit dresser l'oreille... Le bruit se répéta,... on eût dit que les marches craquaient sous des pas lents et précautionneux.

Haletant, j'allai à ma porte et, l'oreille à la serrure, j'écoutai. D'abord, ce fut le silence, et puis les marches craquèrent à nouveau... Quelqu'un était dans l'escalier, je ne pouvais plus en douter... et quelqu'un qui avait intérêt à dissimuler sa présence... je songeai à l'ombre que j'avais cru voir tout à l'heure en entrant dans la Cour du Téméraire,... quelle pouvait être cette ombre, et que faisait-elle dans l'escalier ? Montait-elle ? Descendait-elle ?...

Un nouveau silence... j'en profitai pour passer rapidement mon pantalon et, armé de mon revolver, je réussis à ouvrir ma porte sans la faire geindre sur ses gonds. Retenant mon souffle, j'avançai jusqu'à la rampe de l'escalier, et j'attendis. J'ai dit l'état de délabrement dans lequel se trouvait le Château Neuf. Les rayons funèbres de la lune arrivaient obliquement par les hautes fenêtres qui s'ouvraient sur chaque palier et découpaient avec précision des carrés de lumière blême dans la nuit opaque de cette cage d'escalier qui était très vaste. La misère du château ainsi éclairée par endroits n'en paraissait que plus définitive. La ruine de la rampe de l'escalier, les barreaux brisés, les murs lézardés contre lesquels, çà et là, de vastes lambeaux de tapisserie pendaient encore, tout cela, qui ne m'avait que fort peu impressionné dans le jour, me frappait alors étrangement, et mon esprit était tout prêt à me représenter ce décor lugubre du passé comme un lieu propice à l'apparition de quelque fantôme... Réellement, j'avais peur... L'ombre, tout à l'heure, m'avait si bien glissé entre les doigts... car j'avais bien cru la toucher... Tout de même, un fantôme peut se promener dans un vieux château sans faire craquer des marches d'escalier... Mais elles ne craquaient plus...

Tout à coup, comme j'étais penché au-dessus de la rampe, je revis l'ombre !... elle était éclairée d'une façon éclatante... de telle sorte que d'ombre qu'elle était elle était devenue lueur. La lune l'avait allumée comme un flambeau... Et je reconnus Robert Darzac !

Il était arrivé au rez-de-chaussée et traversait le vestibule en levant la tête vers moi comme s'il sentait peser mon regard sur lui. Instinctivement, je me rejetai en arrière. Et puis, je revins à mon poste d'observation juste à temps pour le voir disparaître dans un couloir qui conduisait à un autre escalier desservant l'autre partie du bâtiment. Que signifiait ceci ? Qu'est-ce que Robert Darzac faisait la nuit dans le Château Neuf ? Pourquoi prenait-il tant de précautions pour n'être point vu ? Mille soupçons me traversèrent l'esprit, ou plutôt toutes les mauvaises pensées de tout à l'heure me ressaisirent avec une force extraordinaire et, sur les traces de Darzac, je m'élançai à la découverte de l'*Australie*.

J'eus tôt fait d'arriver au corridor au moment même où il le quittait et commençait de gravir, toujours fort prudemment, les degrés vermoulus du second escalier. Caché dans le corridor, je le vis s'arrêter au premier palier, et pousser une porte. Et puis je ne vis plus rien ; il était rentré dans l'ombre et peut-être dans la chambre. Je grimpai jusqu'à cette porte qui était refermée et, sûr qu'il était dans la chambre, je frappai trois petits coups. Et j'attendis. Mon cœur battait à se rompre. Toutes ces chambres étaient inhabitées, abandonnées... Qu'est-ce que M. Robert Darzac venait faire dans l'une de ces chambres-là ?...

J'attendis deux minutes qui me parurent interminables et, comme personne ne me répondait, comme la porte ne s'ouvrait pas, je frappai à nouveau et j'attendis encore... alors, la porte s'ouvrit et Robert Darzac me dit de sa voix la plus naturelle :

– C'est vous, Sainclair ? Que me voulez-vous, mon ami ?...

– Je veux savoir, fis-je – et ma main serrait au fond de ma poche mon revolver, et ma voix, à moi, était comme étranglée, tant, au fond, j'avais peur – je veux savoir ce que vous faites ici, à une pareille heure...

Tranquillement, il craqua une allumette, et dit :

– Vous voyez !... je me préparais à me coucher...

Et il alluma une bougie que l'on avait posée sur une chaise, car il n'y avait même pas, dans cette chambre délabrée, une pauvre table de nuit. Un lit dans un coin, un lit de fer que l'on avait dû apporter là dans la journée, composait tout l'ameublement.

– Je croyais que vous deviez coucher cette nuit, à côté de Mme Darzac et du professeur, au premier étage de la Louve...

– L'appartement était trop petit ; j'aurais pu gêner Mme Darzac, fit amèrement le malheureux... j'ai demandé à Bernier de me donner un lit ici... Et puis, peu m'importe où je couche puisque je ne dors pas...

Nous restâmes un instant silencieux. J'avais tout à fait honte de moi et de mes « combinaisons » saugrenues. Et, franchement, mon remords était tel que je ne pus en retenir l'expression. Je lui avouai tout : mes infâmes soupçons, et comment j'avais bien cru, en le voyant errer si mystérieusement de nuit dans le Château Neuf, avoir affaire à Larsan, et comment je m'étais décidé à aller à la découverte de l'*Australie*. Car je ne lui cachai même pas que j'avais mis un instant tout mon espoir dans l'*Australie*.

Il m'écoutait avec la face la plus douloureuse du monde et, tranquillement, il releva sa manche et, approchant son bras nu de la bougie, il me montra la « tache de naissance » qui devait me faire rentrer « dans mes esprits ». Je ne voulais point la voir, mais il insista pour que je la touchasse, et je dus constater que c'était là une tache très naturelle et sur laquelle on eût pu mettre des petits points avec des noms de ville : Sydney, Melbourne, Adélaïde... et, en bas, il y avait une autre petite tache qui représentait la Tasmanie...

– Vous pouvez frotter, fit-il encore de sa voix absolument désabusée... ça ne s'en va pas !...

Je lui demandai encore pardon, les larmes aux yeux, mais il ne voulut me pardonner que lorsqu'il m'eut forcé à lui tirer la barbe, laquelle ne me resta point dans la main...

Alors, seulement, il me permit d'aller me recoucher, ce que je fis en me traitant d'imbécile.

XVII

Terrible aventure du vieux Bob

Quand je me réveillai, ma première pensée courut encore à Larsan. En vérité, je ne savais plus que croire, ni moi ni personne, ni sur sa mort ni sur sa vie. Était-il moins blessé qu'on ne l'avait cru ?... Que dis-je ? Était-il *moins mort* qu'on ne l'avait pensé ? Avait-il pu s'enfuir du sac jeté par Darzac au gouffre de Castillon ? Après tout, la chose était fort possible, ou plutôt l'hypothèse n'allait point au-dessus des forces humaines d'un Larsan, surtout depuis que Walter avait expliqué qu'il avait trouvé le sac à trois mètres de l'orifice de la crevasse, sur un palier naturel dont M. Darzac ne soupçonnait certainement pas l'existence quand il avait cru jeter la dépouille de Larsan à l'abîme...

Ma seconde pensée alla à Rouletabille. Que faisait-il pendant ce temps ? Pourquoi était-il parti ? Jamais sa présence au fort d'Hercule n'avait été aussi nécessaire ! S'il tardait à venir, cette journée ne se passerait point sans quelque drame entre les Rance et les Darzac !

C'est alors que l'on frappa à ma porte et que le père Bernier m'apporta justement un bref billet de mon ami qu'un petit voyou de la ville venait de déposer entre les mains du père Jacques. Rouletabille me disait : « Serai de retour ce matin. Levez-vous vite et soyez assez aimable pour aller me pêcher pour mon déjeuner de ces excellentes palourdes qui abondent sur les rochers qui précèdent la pointe Garibaldi. Ne perdez pas un instant. Amitiés et merci. Rouletabille ! »

Ce billet me laissa tout à fait songeur, car je savais par expérience que, lorsque Rouletabille paraissait s'occuper de babioles, jamais son activité ne portait en réalité sur des objets plus considérables.

Je m'habillai à la hâte et, armé d'un vieux couteau que m'avait prêté le père Bernier, je me mis en mesure de contenter la fantaisie de mon ami. Comme je franchissais la porte du Nord, n'ayant rencontré personne à cette heure matinale – il pouvait être sept heures – je fus rejoint par Mrs. Edith à qui je fis part du petit « mot » de Rouletabille. Mrs. Edith – que l'absence prolongée du vieux Bob affolait tout à fait – le trouva « bizarre et inquiétant » et elle me suivit à la pêche aux palourdes. En route elle me confia que son oncle n'était point ennemi, de temps à autre, d'une petite fugue, et qu'elle avait, jusqu'à cette heure, conservé l'espoir que tout s'expliquerait par son retour ; mais maintenant l'idée recommençait à lui enflammer la cervelle d'une affreuse méprise qui aurait fait le vieux Bob victime de la vengeance des Darzac !...

Elle proféra, entre ses jolies dents, une sourde menace contre la Dame en noir, ajouta que sa patience durerait jusqu'à midi et puis ne dit plus rien.

Nous nous mîmes à pêcher les palourdes de Rouletabille. Mrs. Edith avait les pieds nus ; moi aussi. Mais les pieds nus de Mrs. Edith m'occupaient beaucoup plus que les miens. Le fait est que les pieds de Mrs. Edith, que j'ai découverts dans la mer d'Hercule, sont les plus délicats coquillages du monde, et qu'ils me firent si bien oublier les palourdes que ce pauvre Rouletabille s'en serait certainement passé à son déjeuner si la jeune femme n'avait montré un si beau zèle. Elle clapotait dans l'onde amère et glissait son couteau sous les rocs avec une grâce un peu énervée qui lui seyait plus que je ne saurais dire. Tout à coup, nous nous redressâmes tous deux et tendîmes l'oreille d'un même mouvement. On entendait des cris du côté des grottes. Au seuil même de celle de Roméo et Juliette, nous distinguâmes un petit groupe qui faisait des gestes d'appel. Poussés par le même pressentiment, nous regagnâmes à la hâte le rivage. Bientôt, nous apprenions qu'attirés par des plaintes, deux pêcheurs venaient de découvrir, dans un trou de la grotte de Roméo et Juliette, un malheureux qui y était tombé et qui avait dû y rester, de longues heures, évanoui.

... Nous ne nous étions pas trompés. C'était bien le vieux Bob qui était au fond du trou. Quand on l'eut tiré au bord de la grotte, dans la lumière du jour, il apparut certainement digne de pitié, tant sa belle redingote noire était salie, fripée, arrachée. Mrs. Edith ne put retenir ses larmes, surtout quand on se fut aperçu que le vieil homme avait une clavicule démise et un pied foulé, et il était si pâle qu'on eût pu croire qu'il allait mourir.

Heureusement il n'en fut rien. Dix minutes plus tard, il était, sur les ordres qu'il donna, étendu sur son lit dans sa chambre de la Tour Carrée. Mais peut-on imaginer que cet entêté refusa de se déshabiller et de quitter sa redingote avant l'arrivée des médecins ? Mrs. Edith, de plus en plus inquiète, s'installait à son chevet ; mais, quand arrivèrent les docteurs, le vieux Bob exigea de sa nièce qu'elle le quittât sur-le-champ et qu'elle sortît de la Tour Carrée. Et il en fit même fermer la porte.

Cette précaution dernière nous surprit beaucoup. Nous

étions réunis dans la Cour du Téméraire, M. et Mme Darzac, Mr. Arthur Rance et moi, ainsi que le père Bernier qui me guettait drôlement, attendant des nouvelles. Quand Mrs. Edith sortit de la Tour Carrée après l'arrivée des médecins, elle vint à nous et nous dit :

– Espérons que ça ne sera pas grave. Le vieux Bob est solide. Qu'est-ce que je vous avais dit ? Je l'ai confessé : c'est un vieux farceur ; il a voulu voler le crâne du prince Galitch ! Jalousie de savant ; nous rirons bien quand il sera guéri.

Alors, la porte de la Tour Carrée s'ouvrit et Walter, le fidèle serviteur du vieux Bob, parut. Il était pâle, inquiet.

– Oh ! Mademoiselle ! dit-il. Il est plein de sang ! Il ne veut pas qu'on le dise, mais il faut le sauver !...

Mrs. Edith avait déjà disparu dans la Tour Carrée.

Quant à nous, nous n'osions avancer. Bientôt elle réapparut :

– Oh ! nous fit-elle... C'est affreux ! Il a toute la poitrine arrachée.

J'allai lui offrir mon bras pour qu'elle s'y appuyât, car, chose singulière, Mr. Arthur Rance s'était, dans ce moment, éloigné de nous et se promenait sur le boulevard, les mains derrière le dos, en sifflotant. J'essayai de réconforter Mrs. Edith et je la plaignis, mais ni M. ni Mme Darzac ne la plaignirent.

Rouletabille arriva au château une heure après l'événement. Je guettais son retour du haut du boulevard de l'Ouest et, sitôt que je le vis sur le bord de la mer, je courus à lui. Il me coupa la parole dès ma première demande d'explication et me demanda tout de suite si j'avais fait

une bonne pêche, mais je ne me trompais point à l'expression de son regard inquisiteur. Je voulus me montrer aussi malin que lui et je répondis :

– Oh ! une très bonne pêche ! j'ai repêché le vieux Bob !

Il sursauta. Je haussai les épaules, car je croyais à de la comédie et je lui dis :

– Allons donc ! Vous saviez bien où vous nous conduisiez avec votre pêche et votre dépêche !

Il me fixa d'un air étonné :

– Vous ignorez certainement en ce moment quelle peut être la portée de vos paroles, mon cher Sainclair, sans quoi vous m'auriez évité la peine de protester contre une pareille accusation !

– Mais quelle accusation ? m'écriai-je.

– Celle d'avoir laissé le vieux Bob au fond de la grotte de Roméo et Juliette, sachant qu'il y agonisait.

– Oh ! oh ! fis-je, calmez-vous et rassurez-vous : le vieux Bob n'est pas à l'agonie. Il a un pied foulé, une épaule démise, ça n'est pas grave et son histoire est la plus honnête du monde : il prétend qu'il voulait voler le crâne du prince Galitch !

– Quelle drôle d'idée ! ricana Rouletabille.

Il se pencha vers moi et, les yeux dans les yeux :

– Vous croyez à cette histoire-là, vous ?... Et... C'est tout ? Pas d'autres blessures ?

– Si, fis-je. Il y a une autre blessure, mais les docteurs viennent de la déclarer sans gravité aucune. Il a la poitrine déchirée.

– La poitrine déchirée ! reprit Rouletabille en me serrant nerveusement la main. Et comment est-elle déchirée, cette poitrine ?

– Nous ne savons pas ; nous ne l'avons pas vue. Le vieux Bob est d'une étrange pudeur. Il n'a point voulu quitter sa redingote devant nous ; et sa redingote cachait si bien sa blessure que nous ne nous serions jamais doutés de cette blessure-là si Walter n'était venu nous en parler, épouvanté qu'il était par le sang qu'elle avait répandu.

Aussitôt arrivés au château, nous tombâmes sur Mrs. Edith qui semblait nous chercher.

– Mon oncle ne veut point de moi à son chevet, fit-elle en regardant Rouletabille avec un air d'anxiété que je ne lui avais jamais encore connu : c'est incompréhensible !

– Oh ! Madame ! répliqua le reporter en adressant à notre gracieuse hôtesse son salut le plus cérémonieux, je vous affirme qu'il n'y a rien au monde d'incompréhensible, quand on veut un peu se donner la peine de comprendre !

Et il la félicita d'avoir retrouvé un si bon oncle dans le moment qu'elle le croyait perdu.

Mrs. Edith, tout à fait renseignée sur la pensée de mon ami, allait lui répondre, quand nous fûmes rejoints par le prince Galitch. Il venait chercher des nouvelles de son ami vieux Bob, ayant appris l'accident. Mrs. Edith le rassura sur les suites de l'équipée de son fantasque oncle et pria le prince de pardonner à son parent son amour excessif pour les plus vieux crânes de l'humanité. Le prince sourit avec grâce et politesse quand elle lui narra que le vieux Bob avait voulu le voler.

– Vous retrouverez votre crâne, dit-elle, au fond de la grotte où il a roulé avec lui... C'est lui qui me l'a dit... Rassurez-vous donc, prince, pour votre collection...

Le prince demanda encore des détails. Il semblait très curieux de l'affaire. Et Mrs. Edith raconta que l'oncle lui avait avoué qu'il avait quitté le fort d'Hercule par le chemin du puits qui communique avec la mer. Aussitôt qu'elle eut encore ajouté cela, comme je me rappelais l'expérience du seau d'eau de Rouletabille et aussi les ferrures fermées, les mensonges du vieux Bob reprirent dans mon esprit des proportions gigantesques ; et j'étais sûr qu'il devait en être de même pour tous ceux qui nous entouraient, s'ils étaient de bonne foi. Enfin, Mrs. Edith nous dit que Tullio l'avait attendu avec sa barque à l'orifice de la galerie aboutissant au puits pour le conduire au rivage devant la grotte de Roméo et Juliette.

– Que de détours ! ne pus-je m'empêcher de m'écrier, quand il était si simple de sortir par la porte !

Mrs. Edith me regarda douloureusement et je regrettai aussitôt d'avoir pris aussi manifestement parti contre elle.

– Voilà qui est de plus en plus bizarre ! fit remarquer encore le prince. Avant-hier matin le Bourreau de la Mer était venu prendre congé de moi, car il quittait le pays et je suis sûr qu'il a pris le train pour Venise, son pays d'origine, à cinq heures du soir. Comment voulez-vous qu'il ait conduit M. vieux Bob sur sa barque la nuit suivante ! D'abord il n'était plus là, ensuite il avait vendu sa barque... m'a-t-il dit, étant décidé à ne plus revenir dans le pays...

Il y eut un silence et puis Galitch reprit :

– Tout ceci n'a que peu d'importance... pourvu que votre oncle, madame, guérisse rapidement de ses blessures, et aussi, ajouta-t-il avec un nouveau sourire encore plus charmant que tous les précédents, si vous voulez bien m'aider à retrouver un pauvre caillou qui a disparu de la grotte et dont je vous donne le signalement : *caillou aigu de vingt-cinq centimètres de long et usé à l'une de ses extrémités en forme de grattoir ;* bref, *le plus vieux grattoir de l'humanité...* J'y tiens beaucoup, appuya le prince et peut-être pourriez-vous savoir, madame, auprès de votre oncle vieux Bob, ce qu'il est devenu.

Mrs. Edith promit aussitôt au prince, avec une certaine hauteur, qui me plut, qu'elle ferait tout au monde pour que ne s'égarât point un aussi précieux grattoir. Le prince salua et nous quitta. Quand nous nous retournâmes, Mr. Arthur Rance était devant nous. Il avait dû entendre toute cette conversation et semblait y réfléchir. Il avait sa canne à bec-de-corbin dans la bouche, sifflotait, selon son habitude, et regardait Mrs. Edith avec une insistance si bizarre que celle-ci s'en montra agacée :

– Je sais, fit la jeune femme... je sais ce que vous pensez, monsieur... et je n'en suis nullement étonnée... croyez-le bien !...

Et elle se retourna, singulièrement énervée, du côté de Rouletabille :

– En tout cas !... s'écria-t-elle... vous ne pourrez jamais m'expliquer comment puisqu'*il* était hors de la Tour Carré, *il* aurait pu se trouver dans le placard !...

– Madame, fit Rouletabille, en regardant bien en face

Mrs. Edith comme s'il eût voulu l'hypnotiser... patience et courage !... Si Dieu est avec moi, avant ce soir, je vous aurai expliqué ce que vous me demandez-là !

XVIII

Midi, roi des épouvantes

Un peu plus tard, je me trouvais dans la salle basse de la Louve, en tête à tête avec Mrs. Edith. J'essayais de la rassurer en la voyant impatiente et inquiète ; mais elle passa ses mains sur ses yeux hagards... et ses lèvres tremblantes laissèrent échapper l'aveu de sa fièvre : « J'ai peur », dit-elle. Je lui demandai de quoi elle avait peur et elle me répondit : « Vous n'avez pas peur, vous ? » Alors, je gardai le silence. C'est vrai, j'avais peur, moi aussi. Elle dit encore : « Vous ne sentez pas qu'il se passe quelque chose ? – Où ça ? – Où ça ! où ça ! Autour de nous ! » Elle haussa les épaules : « Ah ! je suis toute seule ! toute seule ! et j'ai peur ! » Elle se dirigea vers la porte : « Où allez-vous ? – Je vais chercher quelqu'un, car je ne veux pas rester toute seule, toute seule. – Qui allez-vous chercher ? – Le prince Galitch ! – Votre Féodor Féodorovitch ! m'écriai-je... Qu'en avez-vous besoin ? Est-ce que je ne suis point là ? »

Son inquiétude, malheureusement grandissait au fur et à mesure que je faisais tout mon possible pour la faire disparaître, et je n'eus point de peine à comprendre qu'elle lui venait surtout du doute affreux qui était entré dans son âme au sujet de la personnalité de son oncle vieux Bob.

Elle me dit : « Sortons ! » et elle m'entraîna hors de la Louve. On approchait alors de l'heure de midi et toute la baille resplendissait dans un embrasement embaumé. N'ayant point sur nous nos lunettes noires nous dûmes mettre nos mains devant nos yeux pour leur cacher la couleur trop éclatante des fleurs ; mais les géraniums géants continuèrent de saigner dans nos prunelles blessées. Quand nous fûmes un peu remis de cet éblouissement, nous nous avançâmes sur le sol calciné, nous marchâmes en nous tenant par la main sur le sable brûlant. Mais nos mains étaient plus brûlantes encore que tout ce qui nous touchait, que toute la flamme qui nous enveloppait. Nous regardions à nos pieds pour ne pas apercevoir le miroir infini des eaux, et aussi peut-être pour ne rien deviner de ce qui se passait dans la profondeur de la lumière. Mrs. Edith me répétait : « J'ai peur ! » Et moi aussi, j'avais peur, si bien préparé par les mystères de la nuit, peur de ce grand silence écrasant et lumineux de midi ! La clarté dans laquelle on sait qu'il se passe quelque chose que l'on ne voit pas est plus redoutable que les ténèbres. Midi ! Tout repose et tout vit ; tout se tait et tout bruit. Écoutez votre oreille : elle résonne comme une conque marine de sons plus mystérieux que ceux qui s'élèvent de la terre quand monte le soir. Fermez vos paupières et regardez dans vos yeux : vous y trouverez une foule de visions argentées plus troublantes que les fantômes de la nuit.

Je regardais Mrs. Edith. La sueur sur son front pâle coulait en ruisseaux glacés. Je me mis à trembler comme elle, car je savais, hélas ! que je ne pouvais rien pour elle et que ce qui devait s'accomplir, s'accomplissait autour de nous, sans que nous puissions rien arrêter ni prévoir. Elle m'entraînait maintenant vers la poterne qui ouvre sur la Cour du Téméraire. La voûte de cette poterne faisait un arc noir dans la lumière et, à l'extrémité de ce frais tunnel, nous apercevions, tournés vers nous, Rouletabille et M. Darzac, debout sur le seuil de la Cour du Téméraire, comme deux statues blanches. Rouletabille avait à la main la canne d'Arthur Rance. Je ne saurais dire pourquoi ce détail m'inquiéta. Du bout de sa canne, il montrait à Robert Darzac quelque chose que nous ne voyions pas au sommet de la voûte, et puis il nous désigna nous-mêmes du bout de sa canne. Nous n'entendions point ce qu'ils disaient. Ils se parlaient en remuant à peine les lèvres, comme deux complices qui ont un secret. Mrs. Edith s'arrêta, mais Rouletabille lui fit signe d'avancer encore, et il répéta le signe avec sa canne.

– Oh ! fit-elle, qu'est-ce qu'il me veut encore ? Ma foi, monsieur Sainclair, *j'ai trop peur !* Je vais tout dire à mon oncle vieux Bob, et nous verrons bien ce qui arrivera.

Nous avions pénétré sous la voûte, et les autres nous regardaient venir sans faire un pas au-devant de nous. Leur immobilité était étonnante, et je leur dis d'une voix qui sonna étrangement à mes oreilles sous cette voûte :

– Qu'est-ce que vous faites ici ?

Alors, comme nous étions arrivés à côté d'eux sur le seuil de la Cour du Téméraire, ils nous firent tourner le dos à cette cour pour que nous puissions voir ce qu'ils regardaient. C'était, au sommet de l'arc, un écusson, le blason des la Mortola barré du lambel de la branche cadette. Cet écusson avait été sculpté dans une pierre maintenant branlante et qui manquait de choir sur la tête des passants. Rouletabille avait sans doute aperçu ce blason suspendu si dangereusement sur nos têtes, et il demandait à Mrs. Edith si elle ne voyait point d'inconvénient à le faire disparaître, quitte à le remettre en place ensuite plus solidement.

– Je suis sûr, dit-il, que si l'on touchait à cette pierre du bout de sa canne, elle tomberait.

Et il passa sa canne à Mrs. Edith :

– Vous êtes plus grande que moi, dit-il, essayez vous-même.

Mais nous essayions en vain les uns et les autres d'atteindre la pierre ; elle était trop haut placée et j'étais en train de me demander à quoi rimait ce singulier exercice, *quand tout à coup, dans mon dos, retentit le cri de la mort !*

Nous nous retournâmes d'un seul mouvement en poussant tous les trois une exclamation d'horreur. Ah ! ce cri ! ce cri de la mort qui passait dans le soleil de midi après avoir traversé nos nuits. Quand donc cesserait-il ? Quand donc l'affreuse clameur que j'entendis retentir pour la première fois dans les nuits du Glandier aura-t-elle fini de nous annoncer qu'il y a autour de nous une victime nouvelle ? que l'un de nous vient d'être frappé par le crime, subitement et sournoisement et mystérieusement comme par la peste ? Certes ! la marche de l'épidémie est moins invisible que cette main qui tue ! Et nous sommes là, tous quatre, frissonnants, les yeux grands d'épouvante, interrogeant la profondeur de la lumière toute vibrante encore du cri de la mort ! Qui donc est mort ? Ou qui donc va mourir ? Quelle bouche expirante laisse maintenant échapper ce gémissement suprême ? Comment nous diriger dans la lumière ? On dirait que c'est la clarté du jour elle-même qui se plaint et soupire.

Le plus effrayé est Rouletabille. Je l'ai vu dans les circonstances les plus inattendues garder un sang-froid au-dessus des forces humaines ; je l'ai vu, à cet appel du cri de la mort, se ruer dans le danger obscur et se jeter comme un sauveur héroïque dans la mer des ténèbres ; pourquoi aujourd'hui tremble-t-il ainsi dans la splendeur du jour ? Le voilà, devant nous, pusillanime comme un enfant qu'il est, lui qui prétendait agir comme le maître de l'heure. Il n'avait donc point prévu cette minute-là ? cette minute où quelqu'un expire dans la lumière de midi ? Mattoni, qui passait à ce moment dans la baille, et qui a entendu, lui aussi, est accouru. Un geste de Rouletabille le cloue sur place, sous la poterne, en immuable sentinelle ; et le jeune homme, maintenant, s'avance vers la plainte, ou plutôt marche vers le centre de la plainte, car la plainte nous entoure, fait des cercles autour de nous, dans l'espace embrasé. Et nous allons derrière lui, retenant notre respiration et les bras étendus, comme on fait quand on va à tâtons dans le noir, et que l'on craint de se heurter à quelque chose que l'on ne voit pas. Ah ! nous approchons du spasme, et quand nous avons dépassé l'ombre de l'eucalyptus, nous trouvons le spasme au bout de l'ombre. Il secoue un corps à l'agonie. Ce corps, nous l'avons reconnu. C'est Bernier ! c'est Bernier qui râle, qui essaie de se soulever, qui n'y parvient pas, qui étouffe, Bernier dont la poitrine laisse échapper un flot de sang, Bernier sur qui nous nous penchons, et qui, avant de mourir, a encore la force de nous jeter ces deux mots : *Frédéric Larsan !*

Et sa tête retombe. Frédéric Larsan ! Frédéric Larsan ! Lui partout et nulle part ! Toujours lui, nulle part ! Voilà encore sa marque ! Un cadavre et personne, *raisonnablement,* autour de ce cadavre ! Car la seule issue de ces lieux où l'on a assassiné, c'est cette poterne où nous nous tenions tous les quatre. Et nous nous sommes retournés, d'un seul mouvement, tous les quatre, aussitôt le cri de la mort, si vite, si vite, que nous aurions dû voir le geste de la mort ! Et nous n'avons rien vu que de la lumière !... Nous pénétrons, mus, il me semble, par le même sentiment, dans la Tour Carrée, dont la porte était restée ouverte ; nous entrons sans hésitation dans les appartements du vieux Bob, dans le salon vide ; nous ouvrons la porte de la chambre. Le vieux Bob, était tranquillement étendu sur son lit, avec son chapeau haut de forme sur la tête, et près de lui veille une femme : la mère Bernier ! En vérité ! comme ils sont calmes ! Mais la femme du malheureux a vu nos figures et elle jette un cri d'effroi dans le pressentiment immédiat de quelque catastrophe ! Elle n'a rien entendu ! Elle ne sait rien !... Mais elle veut sortir, elle veut voir, elle veut savoir, on ne sait quoi ! Nous tentons de la retenir !... C'est en vain. Elle sort de la Tour, elle aperçoit le cadavre. Et c'est elle, maintenant, qui gémit atrocement, dans l'ardeur terrible de midi, sur le cadavre qui saigne ! Nous arrachons la chemise de l'homme étendu là et nous découvrons une plaie au-dessous du cœur. Rouletabille se relève avec cet air que je lui ai connu quand il venait au Glandier d'examiner la plaie du cadavre incroyable.

– On dirait, fit-il, que c'est le même coup de couteau ! C'est la même mesure ! Mais où est le couteau ?

Et nous cherchons le couteau partout sans le trouver. L'homme qui a frappé l'aura emporté. Où est l'homme ? Quel homme ? Si nous ne savons rien, Bernier, lui, a su avant de mourir et il est peut-être mort de ce qu'il a su !... *Frédéric Larsan !* Nous répétons en tremblant les deux mots du mort.

Tout à coup, sur le seuil de la poterne, nous voyons apparaître le prince Galitch, un journal à la main. Le prince Galitch vient à nous en lisant le journal. Il a un air goguenard. Mais Mrs. Edith court à lui, lui arrache le journal des mains, lui montre le cadavre et lui dit :

– Voilà un homme que l'on vient d'assassiner. Allez chercher la police.

Le prince Galitch regarde le cadavre, nous regarde, ne prononce pas un mot, et s'éloigne en toute hâte ; il va chercher la police. La mère Bernier continue à pousser des gémissements. Rouletabille s'assied sur le puits. Il paraît avoir perdu toutes ses forces. Il dit à mi-voix à Mrs. Edith :

– Que la police vienne donc, madame !... C'est vous qui l'aurez voulu !

Mais Mrs. Edith le foudroie d'un éclair de ses yeux noirs. Et je sais ce qu'elle pense. Elle pense qu'elle hait Rouletabille qui a pu un instant la faire douter du vieux Bob. Pendant qu'on assassinait Bernier, est-ce que le vieux Bob n'était pas dans sa chambre, veillé par la mère Bernier elle-même ?

Rouletabille, qui vient d'examiner avec lassitude la fermeture du puits, fermeture restée intacte, s'allonge sur la margelle de ce puits, comme sur un lit où il voudrait enfin goûter quelque repos et il dit encore, plus bas :

– Et qu'est-ce que vous lui direz, à la police ?

– Tout !

Mrs. Edith a prononcé ce mot-là, les dents serrées, rageusement. Rouletabille secoue la tête désespérément, et puis il ferme les yeux. Il me paraît écrasé, vaincu. M. Robert Darzac vient toucher Rouletabille à l'épaule. M. Robert Darzac veut fouiller la Tour Carrée, la Tour du Téméraire, le Château Neuf, toutes les dépendances de cette cour dont personne n'a pu s'échapper et où, logiquement, l'assassin doit se trouver encore. Le reporter, tristement, l'en dissuade. Est-ce que nous cherchons quelque chose, Rouletabille et moi ? Est-ce que nous avons cherché au Glandier, après le phénomène de la dissociation de la matière, l'homme qui a disparu de la galerie inexplicable ? Non ! non ! je sais maintenant *qu'il ne faut plus chercher Larsan avec ses yeux !* Un homme vient d'être tué derrière nous. Nous l'entendons crier sous le coup qui le frappe. Nous nous retournons et nous ne voyons rien que de la lumière ! Pour voir, il faut fermer les yeux, comme Rouletabille fait en ce moment. Mais justement ne voilà-t-il pas qu'il les rouvre ? Une énergie nouvelle le redresse. Il est debout. Il lève vers le ciel son poing fermé.

– Ça n'est pas possible, s'écria-t-il, ou il n'y a plus de bon bout de la raison !

Et il se jette par terre, et le revoilà à quatre pattes, le nez sur le sol, flairant chaque caillou, tournant autour du cadavre et de la mère Bernier qu'on a tenté en vain d'éloigner du corps de son mari, tournant autour du puits, autour de chacun de nous. Ah ! c'est le cas de le dire : le revoilà tel qu'un porc cherchant sa nourriture dans la fange, et nous sommes restés à le regarder curieusement, bêtement, sinistrement. A un moment, il s'est relevé, a pris un peu de poussière et l'a jetée en l'air avec un cri de triomphe comme s'il allait faire naître de cette cendre l'image introuvable de Larsan. Quelle victoire nouvelle le jeune homme vient-il de remporter sur le mystère ?... Qui lui fait, à l'instant, le regard si assuré ! Qui lui a rendu *le son de sa voix !* Oui, le voilà revenu à l'ordinaire diapason quand il dit à M. Robert Darzac :

– Rassurez-vous, monsieur, *rien n'est changé !*

Et, tourné vers Mrs. Edith :

– Nous n'avons plus, madame, qu'à attendre la police. J'espère qu'elle ne tardera pas !

La malheureuse tressaille. Cet enfant, de nouveau, lui fait peur.

– Ah ! oui, qu'elle vienne ! Et qu'elle se charge de tout ! Qu'elle pense pour nous ! Tant pis ! tant pis ! Quoi qu'il arrive ! fait Mrs. Edith en me prenant le bras.

Et soudain, sous la poterne, nous voyons arriver le père

Jacques, suivi de trois gendarmes. C'est le brigadier de la Mortola et deux de ses hommes qui, avertis par le prince Galitch, accourent sur le lieu du crime.

– Les gendarmes ! les gendarmes ! ils disent qu'il y a eu un crime ! s'exclame le père Jacques qui ne sait rien encore.

– Du calme, père Jacques ! lui crie Rouletabille, et, quand le portier, essoufflé, se trouve auprès du reporter, celui-ci lui dit à voix basse : *Rien n'est changé,* père Jacques.

Mais le père Jacques a vu le cadavre de Bernier.

– Rien qu'un cadavre de plus, soupire-t-il ; c'est Larsan !

– C'est la fatalité, réplique Rouletabille.

Larsan, la fatalité, c'est tout un. Mais que signifie ce *rien n'est changé* de Rouletabille, sinon que autour de nous, *malgré le cadavre incidentel de Bernier,* tout continue de ce que nous redoutons, de ce dont nous frissonnons, Mrs. Edith et moi, et que nous ne savons pas ?

Les gendarmes sont affairés et baragouinent autour un jargon incompréhensible. Le brigadier nous annonce qu'on a téléphoné à deux pas de là à l'auberge Garibaldi où déjeune justement le *delegato* ou commissaire spécial de la gare de Vintimille. Celui-ci va pouvoir commencer l'enquête que continuera le juge d'instruction également averti.

Et le *delegato* arrive. Il est enchanté, malgré qu'il n'ait point pris le temps de finir de déjeuner. Un crime ! un vrai crime ! dans le château d'Hercule ! Il rayonne ! ses yeux brillent. Il est déjà tout affairé, tout « important ». Il ordonne au brigadier de mettre un de ses hommes à la porte du château avec la consigne de ne laisser sortir personne. Et puis il s'agenouille auprès du cadavre. Un gendarme entraîne la mère Bernier, qui gémit plus fort que jamais dans la Tour Carrée. Le *delegato* examine la plaie. Il dit en très bon français : « Voilà un fameux coup de couteau ! » Cet homme est enchanté. S'il tenait l'assassin sous la main, certes, il lui ferait ses compliments. Il nous regarde. Il nous dévisage. Il cherche peut-être parmi nous l'auteur du crime, pour lui signifier toute son admiration. Il se relève.

– Et comment cela est-il arrivé ? fait-il, encourageant et goûtant déjà au plaisir d'avoir une bonne histoire bien criminelle. C'est incroyable ! ajouta-t-il, incroyable !... Depuis cinq ans que je suis *delegato,* on n'a assassiné personne ! M. le juge d'instruction...

Ici il s'arrête, mais nous finissons la phrase :

– M. le juge d'instruction va être bien content ! – Il brosse de la main la poussière blanche qui couvre ses genoux, il s'éponge le front, il répète : C'est incroyable ! avec un accent du Midi qui double son allégresse.

Mais il reconnaît, dans un nouveau personnage qui entre dans la cour, un docteur de Menton qui arrive justement pour continuer ses soins au vieux Bob.

– Ah ! docteur ! vous arrivez bien ! Examinez-moi cette blessure-là et dites-moi ce que vous pensez d'un pareil coup de couteau ! Surtout, autant que possible, ne changez pas le cadavre de place avant l'arrivée de M. le juge d'instruction.

Le docteur sonde la plaie et nous donne tous les détails techniques que nous pouvions désirer. Il n'y a point de doute. C'est là le beau coup de couteau qui pénètre de bas en haut, dans la région cardiaque et dont la pointe a déchiré certainement un ventricule. Pendant ce colloque entre le *delegato* et le docteur, Rouletabille n'a point cessé de regarder Mrs. Edith, qui a pris décidément mon bras, cherchant auprès de moi un refuge. Ses yeux fuient les yeux de Rouletabille qui l'hypnotisent, *qui lui ordonnent de se taire.* Or, je sais qu'elle est toute tremblante de la volonté de parler.

Sur la prière du *delegato,* nous sommes entrés tous dans la Tour Carrée. Nous nous sommes installés dans le salon du vieux Bob où va commencer l'enquête et où nous racontons chacun à tour de rôle ce que nous avons vu et entendu. La mère Bernier est interrogée la première. Mais on n'en tire rien. Elle déclare ne rien savoir. Elle était enfermée dans la chambre du vieux Bob, veillant le blessé, quand nous sommes entrés comme des fous. Elle était là depuis plus d'une heure, ayant laissé son mari dans la loge de la Tour Carrée, en train de travailler à tresser une corde ! Chose curieuse, je m'intéresse en ce moment moins à ce qui se passe sous mes yeux et à ce qui se dit qu'à ce que je ne vois pas *et que j'attends...* Mrs. Edith va-t-elle parler ?... Elle regarde obstinément par la fenêtre ouverte. Un gendarme est resté auprès de ce cadavre sur la figure duquel on a posé un mouchoir. Mrs. Edith, comme moi, ne prête qu'une médiocre attention à ce qui se passe dans le salon devant le *delegato.* Son regard continue à faire le tour du cadavre.

Les exclamations du *delegato* nous font mal aux oreilles. Au fur et à mesure que nous nous expliquons, l'étonnement du commissaire italien grandit dans des proportions inquiétantes et il trouve naturellement le crime de plus en plus incroyable. Il est sur le point de le trouver impossible, quand c'est le tour de Mrs. Edith d'être interrogée.

On l'interroge... Elle a déjà la bouche ouverte pour répondre, quand on entend la voix tranquille de Rouletabille :

– *Regardez au bout de l'ombre de l'eucalyptus.*

– Qu'est-ce qu'il y a au bout de l'ombre de l'eucalyptus ? demande le *delegato.*

– L'arme du crime ! réplique Rouletabille.

Il saute par la fenêtre, dans la cour, et ramasse parmi d'autres cailloux ensanglantés, un caillou brillant et aigu. Il le brandit à nos yeux.

Nous le reconnaissons : c'est « le plus vieux grattoir de l'humanité » !

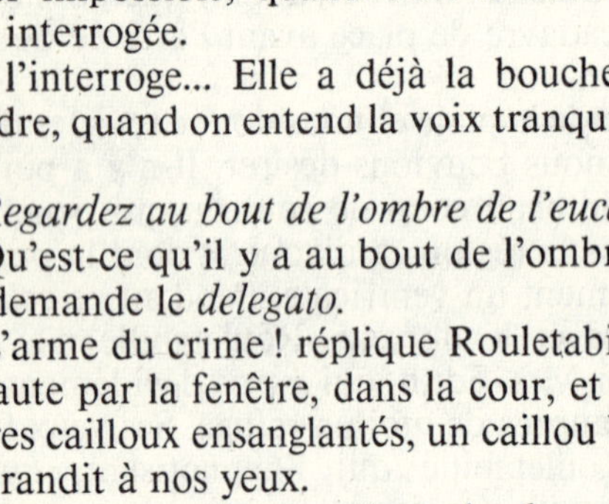

Le grattoir fatal –

XIX

Rouletabille fait fermer les portes de fer

L'arme du crime appartenait au prince Galitch, mais il ne faisait de doute pour personne que celle-ci lui avait été volée par le vieux Bob, et nous ne pouvions oublier qu'avant d'expirer Bernier avait accusé Larsan d'être son assassin. Jamais l'image du vieux Bob et celle de Larsan ne s'étaient encore si bien mêlées dans nos esprits inquiets que depuis que Rouletabille avait ramassé dans le sang de Bernier le plus vieux grattoir de l'humanité. Mrs. Edith avait compris immédiatement que le sort du vieux Bob était désormais entre les mains de Rouletabille. Celui-ci n'avait que quelques mots à dire au *delegato,* relativement aux singuliers incidents qui avaient accompagné la chute du vieux Bob dans la grotte de Roméo et Juliette, à énumérer les raisons que l'on avait de craindre que le vieux Bob et Larsan fussent le même personnage, à répéter enfin l'accusation de la dernière victime de Larsan, pour que tous les soupçons de la justice se portassent sur la tête à perruque du géologue. Or, Mrs. Edith, qui n'avait point cessé de croire, tout dans le fond de son âme de nièce, que le vieux Bob présent était bien son oncle, mais s'imaginant comprendre tout à coup, grâce au grattoir meurtrier, que l'invisible Larsan accumulait autour du vieux Bob tous les éléments de sa perte, dans le dessein sans doute de lui faire porter le châtiment de ses crimes *et aussi le poids dangereux de sa personnalité,* – Mrs. Edith trembla pour le vieux Bob, pour elle-même ; elle trembla d'épouvante au centre de cette trame comme un insecte au milieu de la toile où il vient de se prendre, toile mystérieuse tissée par Larsan, aux fils invisibles accrochés aux vieux murs du château d'Hercule. Elle eut la sensation que si elle faisait un mouvement – un mouvement des lèvres – ils étaient perdus tous deux, et que l'immonde bête de proie n'attendait que ce mouvement-là pour les dévorer. Alors, elle qui avait décidé de parler se tut, et ce fut à son tour de redouter que Rouletabille parlât. Elle me raconta plus tard l'état de son esprit à ce moment du drame, et elle m'avoua qu'elle eut alors la terreur de Larsan à un point que nous n'avions peut-être, nous-mêmes, jamais ressenti. Ce loup-garou, dont elle avait entendu parler avec un effroi qui l'avait d'abord fait sourire, l'avait ensuite intéressée lors de l'épisode de la Chambre Jaune, à cause de l'impossibilité où la justice avait été d'expliquer sa sortie ; puis il l'avait passionnée lorsqu'elle avait appris le drame de la Tour Carrée, à cause de l'impossibilité où l'on était d'expliquer son entrée ; mais là, là, dans le soleil de midi, Larsan avait tué, sous leurs yeux, dans un espace où il n'y avait qu'elle, Robert Darzac, Rouletabille, Sainclair, le vieux Bob et la mère Bernier, les uns et les autres assez loin du cadavre pour qu'ils n'eussent pu avoir frappé Bernier. Et Bernier avait accusé Larsan ! Où Larsan ? *Dans le corps de qui ?* pour raisonner comme je le lui avais enseigné moi-même en lui racontant la « galerie inexplicable » ! Elle était sous la voûte entre Darzac et moi, Rouletabille se tenant devant nous, quand le cri de la mort avait retenti au bout de l'ombre de l'eucalyptus, c'est-à-dire à moins de sept mètres de là ! Quant au vieux Bob et à la mère Bernier, ils ne s'étaient point quittés, celle-ci surveillant celui-là ! Si elle les écartait de son argument, il ne lui restait plus personne pour tuer Bernier. Non seulement cette fois on ignorait comment *il* était parti, comment *il* était arrivé, *mais encore comment il avait été présent.* Ah ! elle comprit, elle comprit qu'il y avait des moments où, en songeant à Larsan, on pouvait trembler jusque dans les moelles.

Rien ! Rien autour de ce cadavre que ce couteau de pierre qui avait été volé par le vieux Bob. C'était affreux, et c'était suffisant pour nous permettre de tout penser, de tout imaginer...

Elle lisait la certitude de cette conviction dans les yeux et dans l'attitude de Rouletabille et de M. Robert Darzac. Elle comprit cependant, aux premiers mots de Rouletabille, que celui-ci n'avait, présentement, d'autre but que de sauver le vieux Bob des soupçons de la justice.

Rouletabille se trouvait alors entre le *delegato* et le juge d'instruction qui venait d'arriver, et il raisonnait, le plus vieux grattoir de l'humanité à la main. Il semblait définitivement établi qu'il ne pouvait y avoir d'autres coupables, autour du mort, que les vivants dont j'ai fait quelques lignes plus haut l'énumération, quand Rouletabille prouva avec une rapidité de logique qui combla d'aise le juge d'instruction et désespéra le *delegato* que le véritable coupable, le seul coupable, était le mort lui-même. Les quatre vivants de la poterne et les deux vivants de la chambre du vieux Bob s'étant surveillés les uns les autres et ne s'étant pas perdus de vue, pendant qu'*on* tuait Bernier à quelques pas de là, il devenait nécessaire que ce *on* fût Bernier lui-même. A quoi le juge d'instruction, très intéressé, répliqua en nous demandant si quelqu'un de nous soupçonnait les raisons d'un suicide probable de Bernier ; à quoi Rouletabille répondit que, pour mourir, on pouvait se passer du crime et du suicide et que l'accident suffisait pour cela. L'arme du crime, comme il appelait par ironie le plus vieux grattoir du monde, attestait par sa seule présence l'accident. Rouletabille ne voyait point un assassin préméditant son forfait avec le secours de cette vieille pierre. Encore moins eût-on compris que Bernier, s'il avait décidé son suicide, n'eût point trouvé d'autre arme pour son trépas que le couteau des troglodytes. Que si, au contraire, cette pierre, qui avait pu attirer son attention par sa forme étrange, avait été ramassée par le père Bernier, que si elle s'était trouvée dans sa main au moment d'une chute, le drame alors s'expliquait, et combien simplement. Le père Bernier était tombé si malheureusement sur ce caillou effroyablement triangulaire qu'il s'en était percé le cœur. Sur quoi le médecin fut appelé à nouveau, la plaie redécouverte et confrontée avec l'objet fatal, d'où une conclusion scientifique s'imposa, celle de la blessure faite par l'objet. De là à l'accident, après l'argumentation de Rouletabille, il n'y avait qu'un pas. Les juges mirent six heures à le franchir. Six heures pendant lesquelles ils nous interrogèrent sans lassitude et sans résultat.

Quant à Mrs. Edith et à votre serviteur, après quelques tracas inutiles et vaines inquisitions, pendant que les médecins soignaient le vieux Bob, nous nous assîmes dans le salon qui précédait sa chambre et d'où venaient de partir les magistrats. La porte de ce salon qui donnait sur le couloir de la Tour Carrée était restée ouverte. Par là, nous entendions les gémissements de la mère Bernier qui veillait le corps de son mari que l'on avait transporté dans la loge. Entre ce cadavre et ce blessé aussi *inexplicables,* ma foi, l'un que l'autre, en dépit des efforts de Rouletabille, notre situation, à Mrs. Edith et à moi, était, il faut l'avouer, des plus pénibles, et tout l'effroi de ce que nous avions vu se doublait dans le tréfonds de nous-mêmes de l'épouvante de ce qui nous restait à voir. Mrs. Edith me saisit tout à coup la main :

– Ne me quittez pas ! ne me quittez pas ! fit-elle, je n'ai plus que vous. Je ne sais où est le prince Galitch, et je n'ai point de nouvelles de mon mari. C'est cela qui est horrible ! Il m'a laissé un mot me disant qu'il était allé à la recherche de Tullio. Mr. Rance ne sait même pas, à l'heure actuelle, que l'on a assassiné Bernier. A-t-il vu le Bourreau de la Mer ? C'est du Bourreau de la Mer, c'est de Tullio seulement que j'attends maintenant la vérité ! Et pas une dépêche !... C'est atroce !...

A partir de cette minute où elle me prit la main avec tant de confiance et où elle la garda un instant dans les siennes je fus à Mrs. Edith de toute mon âme, et je ne lui cachai point qu'elle pouvait compter sur mon entier dévouement. Nous échangeâmes ces quelques propos inoubliables à voix basse, pendant que passaient et repassaient dans la cour les ombres rapides des gens de justice, tantôt précédés, tantôt suivis de Rouletabille et de M. Darzac. Rouletabille ne manquait point de jeter un

"Ne me quittez pas ! fit-elle, je n'ai plus que vous".

coup d'œil de notre côté chaque fois qu'il en avait l'occasion. La fenêtre était restée ouverte.

– Oh ! il nous surveille ! fit Mrs. Edith. A merveille ! Il est probable que nous le gênons, lui et M. Darzac, en restant ici. Mais c'est une place que nous ne quitterons point, quoi qu'il arrive, n'est-ce pas, monsieur Sainclair ?

– Il faut être reconnaissant à Rouletabille, osai-je dire, de son intervention et de son silence relativement au plus vieux grattoir de l'humanité. Si les juges apprenaient que ce poignard de pierre appartient à votre oncle vieux Bob, qui pourrait prévoir où tout cela s'arrêterait !... S'ils savaient également que Bernier, en mourant, a accusé Larsan, *l'histoire de l'accident deviendrait plus difficile !*

Et j'appuyai sur ces derniers mots.

– Oh ! répliqua-t-elle avec violence. Votre ami a autant de bonnes raisons de se taire que moi ! Et je ne redoute qu'une chose, voyez-vous !... Oui, oui, je ne redoute qu'une chose...

– Quoi ? Quoi ?...

Elle s'était levée, fébrile...

– Je redoute qu'il n'ait sauvé mon oncle de la justice que pour mieux le perdre !...

– Pouvez-vous bien croire cela ? interrogeai-je sans conviction.

– Eh ! j'ai bien cru lire cela tout à l'heure dans les yeux de vos amis... Si j'étais sûre de ne m'être point trompée, j'aimerais encore mieux avoir affaire à la justice !...

Elle se calma un peu, parut rejeter une stupide hypothèse, et puis me dit :

– Enfin, il faut toujours être prêt à tout, et je saurai le défendre jusqu'à la mort !

Sur quoi, elle me montra un petit revolver qu'elle cachait sous sa robe.

– Ah ! s'écria-t-elle, pourquoi le prince Galitch n'est-il point là ?

– Encore ! m'exclamai-je avec colère.

– Est-il vrai que vous soyez prêt à me défendre, moi ? me demanda-t-elle en plongeant dans mes yeux son regard troublant.

– J'y suis prêt.

– Contre tout le monde ?

J'hésitai. Elle répéta :

– Contre tout le monde ?

– Oui.

– Contre votre ami ?

– S'il le faut ! fis-je en soupirant, et je passai ma main sur mon front en sueur.

– C'est bien ! Je vous crois, fit-elle. En ce cas, je vous laisse ici quelques minutes. Vous surveillerez cette porte, *pour moi !*

Et elle me montrait la porte derrière laquelle reposait le vieux Bob. Puis elle s'enfuit. Où allait-elle ? elle me l'avoua plus tard ! Elle courait à la recherche du prince Galitch ! Ah ! femme ! femme !...

Elle n'eut point plus tôt disparu sous la poterne que je vis Rouletabille et M. Darzac entrer dans le salon. Ils avaient tout entendu. Rouletabille s'avança vers moi et ne me cacha point qu'il était au courant de ma trahison.

– Voilà un bien gros mot, fis-je, Rouletabille. Vous savez que je n'ai point l'habitude de trahir personne... Mrs. Edith est réellement à plaindre et vous ne la plaignez pas assez, mon ami...

– Et vous, vous la plaignez trop !...

Je rougis jusqu'au bout des oreilles. J'étais prêt à quelque éclat. Mais Rouletabille me coupa la parole d'un geste sec :

– Je ne vous demande qu'une chose, qu'une seule, vous entendez ! C'est que, quoi qu'il arrive,... *quoi qu'il arrive,... vous ne nous adressiez plus la parole, à M. Darzac et à moi !...*

– Ce sera une chose facile ! répliquai-je, sottement irrité, et je lui tournai le dos.

Il me sembla qu'il eut alors un mouvement pour rattraper les mots de sa colère.

Mais, dans ce moment même, les juges, sortant du Château Neuf, nous appelèrent. L'enquête était terminée. L'accident, à leurs yeux, après la déclaration du médecin, n'était plus douteux, et telle fut la conclusion qu'ils donnèrent à cette affaire. Ils quittaient donc le Château. M. Darzac et Rouletabille sortirent pour les accompagner. Et comme j'étais resté accoudé à la fenêtre qui donnait sur la Cour du Téméraire, assailli de mille sinistres pressentiments et attendant avec une angoisse croissante le retour de Mrs. Edith, cependant qu'à quelques pas de moi, dans sa loge où elle avait allumé deux bougies mortuaires, la mère Bernier continuait à psalmodier en gémissant auprès du cadavre de son mari la prière des trépassés, j'entendis tout à coup passer dans l'air du soir, au-dessus de ma tête, comme un coup de gong formidable, quelque chose comme une clameur de bronze ; et je compris que c'était Rouletabille qui faisait fermer les portes de fer !

Une minute ne s'était pas écoulée, que je voyais accourir, dans un effarement désordonné, Mrs. Edith qui se précipitait vers moi comme vers son seul refuge...

... Puis je vis apparaître M. Darzac...

... Puis Rouletabille qui avait à son bras la Dame en noir...

XX

Démonstration corporelle de la possibilité du « corps de trop » !

Rouletabille et la Dame en noir pénétrèrent dans la Tour Carrée. Jamais la démarche de Rouletabille n'avait été aussi solennelle. Et elle eût pu faire sourire si, en vérité, dans ce moment tragique, elle ne nous eût tout à fait inquiétés. Jamais magistrat ou procureur, traînant la pourpre ou l'hermine, n'était entré dans le prétoire, où l'accusé l'attendait, avec plus de menaçante majesté. Mais je crois bien aussi que jamais juge n'avait été aussi pâle.

Quant à la Dame en noir, il était visible qu'elle faisait

un effort inouï pour dissimuler le sentiment d'effroi qui perçait, malgré tout, dans son regard troublé, pour nous cacher l'émotion qui lui faisait fébrilement serrer le bras de son jeune compagnon. Robert Darzac, lui aussi, avait la mine sombre et tout à fait résolue d'un justicier. Mais ce qui, par-dessus tout, ajouta à notre émoi, fut l'apparition du père Jacques, de Walter et de Mattoni dans la Cour du Téméraire. Ils étaient tous trois armés de fusils et vinrent se placer en silence devant la porte d'entrée de la Tour Carrée où ils reçurent, de la bouche de Rouletabille, avec une passivité toute militaire, la consigne de ne laisser *sortir* personne du Vieux Château. Mrs. Edith, au comble de la terreur, demanda à Mattoni et à Walter qui lui étaient particulièrement fidèles, ce que pouvait bien signifier une pareille manœuvre, et qui elle menaçait ; mais à mon grand étonnement, ils ne lui répondirent pas. Alors, elle s'en fut se placer héroïquement au travers de la porte qui donnait accès dans le salon du vieux Bob, et, les deux bras étendus comme pour barrer le passage, elle s'écria d'une voix rauque :

– Qu'est-ce que vous allez faire ? Vous n'allez pour tant pas *le* tuer ?...

– Non, madame, répliqua sourdement Rouletabille. Nous allons *le* juger... Et pour être plus sûrs que les juges ne seront point des bourreaux, nous allons jurer sur le cadavre du père Bernier, après avoir déposé nos armes, que nous n'en gardons aucune sur nous.

Et il nous entraîna dans la chambre mortuaire où la mère Bernier continuait de gémir au chevet de son époux qu'avait tué le plus vieux grattoir de l'humanité. Là, nous nous débarrassâmes de tous nos revolvers et nous fîmes le serment qu'exigeait Rouletabille. Mrs. Edith, seule, fit des difficultés pour se défaire de l'arme que Rouletabille n'ignorait point qu'elle cachait sous ses vêtements. Mais, sur les instances du reporter qui lui fit entendre que ce désarmement ne pouvait que la tranquilliser, elle finit par y consentir.

Rouletabille, reprenant alors le bras de la Dame en noir, revint, suivi de nous tous, dans le corridor ; mais, au lieu de se diriger vers l'appartement du vieux Bob, comme nous nous y attendions, il alla tout droit à la porte qui donnait accès dans *la chambre du corps de trop.* Et, tirant la petite clef spéciale dont j'ai déjà parlé, il ouvrit cette porte.

Nous fûmes très étonnés, en pénétrant dans l'ancien appartement de M. et de Mme Darzac, de voir, sur la table-bureau de M. Darzac, la planche à dessin, le lavis auquel celui-ci avait travaillé aux côtés du vieux Bob, dans son cabinet de la Cour du Téméraire, et aussi le petit godet plein de peinture rouge, et, y trempant, le petit pinceau. Enfin, au milieu du bureau, se tenait, fort convenablement, reposant sur sa mâchoire ensanglantée, le plus vieux crâne de l'humanité.

Rouletabille ferma la porte aux verrous et nous dit, assez ému, pendant que nous le considérions avec stupeur :

– Asseyez-vous, mesdames et messieurs, je vous en prie.

Des chaises étaient disposées autour de la table et nous y prîmes place, en proie à un malaise grandissant, je dirais même à une extrême défiance. Un secret pressentiment nous avertissait que tous ces objets familiers aux dessinateurs pouvaient cacher sous leur tranquille banalité apparente, les raisons foudroyantes du plus redoutable des drames. Et puis, le crâne semblait rire comme le vieux Bob.

– Vous constaterez, dit Rouletabille, qu'il y a ici, auprès de cette table, une chaise de trop et, par conséquent, un corps de moins, celui de Mr. Arthur Rance, que nous ne pouvons attendre plus longtemps.

– Il possède peut-être, en ce moment, la preuve de l'innocence du vieux Bob ! fit observer Mrs. Edith que tous ces préparatifs avaient troublée plus que personne. Je demande à Mme Darzac de se joindre à moi pour supplier ces messieurs de ne rien faire avant le retour de mon mari !...

La Dame en noir n'eut pas à intervenir, car Mrs. Edith parlait encore que nous entendîmes derrière la porte du corridor un grand bruit ; et des coups furent frappés, pendant que la voix d'Arthur Rance nous suppliait de « lui ouvrir » tout de suite. Il criait :

– J'apporte *la petite épingle à tête de rubis !*

Rouletabille ouvrit la porte :

– Arthur Rance ! dit-il, vous voilà donc enfin !...

Le mari de Mrs. Edith semblait désespéré :

– Qu'est-ce que j'apprends ? Qu'y a-t-il ?... Un nouveau malheur ?... Ah ! j'ai bien cru que j'arriverais trop tard quand j'ai vu les portes de fer fermées et que j'ai entendu dans la cour la prière des morts. Oui, j'ai cru que vous aviez *exécuté* le vieux Bob !

Pendant ce temps, Rouletabille avait, derrière Arthur Rance, refermé la porte aux verrous.

– Le vieux Bob est vivant, et le père Bernier est mort ! Asseyez-vous donc, monsieur, fit poliment Rouletabille.

Arthur Rance, considérant, à son tour, avec étonnement la planche à dessin, le godet pour la peinture et le crâne ensanglanté, demanda :

– Qui l'a tué ?

Il daigna alors s'apercevoir que sa femme était là et il lui serra la main, mais en regardant la Dame en noir.

– Avant de mourir, Bernier a accusé Frédéric Larsan ! répondit M. Darzac.

– Voulez-vous dire par là, interrompit vivement Mr. Arthur Rance, qu'il a accusé le vieux Bob ? Je ne le souffrirai plus. Moi aussi j'ai pu douter de la personnalité de notre bien-aimé oncle, mais je vous répète que je vous rapporte *la petite épingle à tête de rubis !*

Que voulait-il dire, avec sa petite épingle à tête de rubis ? Je me rappelais que Mrs. Edith nous avait raconté que le vieux Bob la lui avait prise des mains, alors qu'elle s'amusait à l'en piquer, le soir du drame du « corps de trop ». Mais quelle relation pouvait-il y avoir entre cette épingle et l'aventure du vieux Bob ? Arthur Rance n'attendit point que nous le lui demandions, et il nous apprit que cette petite épingle avait disparu en même temps que le vieux Bob, et qu'il venait de la retrouver entre les mains du Bourreau de la Mer, reliant une liasse de banknotes dont l'oncle avait payé, cette nuit-là, la complicité et le silence de Tullio qui l'avait conduit dans sa barque devant la grotte de Roméo et Juliette et qui s'en était éloigné à l'aurore, fort inquiet de n'avoir pas vu revenir son passager.

Et Arthur Rance conclut, triomphant :

– Un homme qui donne à un autre homme, dans sa barque, une épingle à tête de rubis, ne peut pas être, à la même heure, enfermé dans un sac de pommes de terre, au fond de la Tour Carrée !

Sur quoi Mrs. Edith :

– Et comment avez-vous eu l'idée d'aller à San Remo. Vous saviez donc que Tullio s'y trouvait ?

– J'avais reçu une lettre anonyme m'avisant de son adresse, là-bas...

– C'est moi qui vous l'ai envoyée, fit tranquillement Rouletabille...

Et il ajouta, sur son ton glacial :

– Messieurs, je me félicite du prompt retour de M. Arthur Rance. De cette façon, voilà réunis autour de cette table tous les hôtes du château d'Hercule... pour lesquels *ma démonstration corporelle de la possibilité du corps de trop* peut avoir quelque intérêt. Je vous demande toute votre attention !

Mais Arthur Rance l'arrêta encore :

– Qu'entendez-vous par ces mots : *« Voilà réunis autour de cette table tous les hôtes pour lesquels la démonstration corporelle de la possibilité du corps de trop peut avoir quelque intérêt ? »*

– J'entends, déclara Rouletabille, tous ceux parmi lesquels nous pouvons trouver Larsan !

La Dame en noir, qui n'avait encore rien dit, se leva, toute tremblante :

– Comment ! gémit-elle dans un souffle... Larsan est donc parmi nous ?...

– *J'en suis sûr !* dit Rouletabille...

Il y eut un silence affreux pendant lequel *nous n'osions pas nous regarder.*

Le reporter reprit de son ton glacé :

J'en suis sûr... et c'est une idée qui ne doit pas vous

surprendre, madame, car elle ne vous a jamais quittée !... Quant à nous, n'est-ce pas, messieurs, que la pensée nous en est arrivée tout à fait précise, le jour du déjeuner des binocles noirs sur la terrasse du Téméraire ? Si j'en excepte Mrs. Edith, quel est celui de nous qui, à cette minute-là, n'a pas senti la présence de Larsan ?

– C'est une question que l'on pourrait aussi bien poser au professeur Stangerson lui-même, répliqua aussitôt Arthur Rance. Car, du moment que nous commençons à raisonner de la sorte, je ne vois pas pourquoi le professeur, qui était de ce déjeuner, ne se trouve point à cette petite réunion...

– Mr. Rance !... s'écria la Dame en noir.

– Oui, je vous demande pardon, reprit un peu honteusement le mari de Mrs. Edith... Mais Rouletabille a eu tort de généraliser et de dire : tous les hôtes du château d'Hercule...

– Le professeur Stangerson est si loin de nous par l'esprit, prononça avec sa belle solennité enfantine Rouletabille, que je n'ai point besoin de son corps. Bien que le professeur Stangerson, au château d'Hercule, ait vécu à nos côtés, il n'a jamais été « avec nous ». Larsan, lui, ne nous a pas quittés !

Cette fois, nous nous regardâmes à la dérobée, et l'idée que Larsan pouvait être réellement parmi nous me parut tellement folle qu'oubliant que je ne devais plus adresser la parole à Rouletabille :

– Mais, à ce déjeuner des binocles noirs, osai-je dire, il y avait encore un personnage que je ne vois pas ici...

Rouletabille grogna en me jetant un mauvais coup d'œil :

– Encore le prince Galitch ! Je vous ai déjà dit, Sainclair, à quelle besogne le prince est occupé sur cette frontière... et je vous jure bien que ce ne sont point les malheurs de la fille du professeur Stangerson qui l'intéressent ! Laissez le prince Galitch à sa besogne humanitaire...

– Tout cela, fis-je observer assez méchamment, tout cela n'est point du raisonnement.

– Justement, Sainclair, vos bavardages m'empêchent de raisonner.

Mais j'étais sottement lancé, et, oubliant que j'avais promis à Mrs. Edith de défendre le vieux Bob, je me repris à l'attaquer pour le plaisir de trouver Rouletabille en faute ; du reste, Mrs. Edith m'en a longtemps gardé rancune.

– Le vieux Bob, prononçai-je avec clarté et assurance, en était aussi, du déjeuner des binocles noirs, et vous l'écartez d'emblée de vos raisonnements à cause de la petite épingle à tête de rubis. Mais cette petite épingle qui est là pour nous prouver que le vieux Bob a rejoint Tullio, qui se trouvait avec sa barque à l'orifice d'une galerie faisant communiquer la mer avec le puits, s'il faut en croire le vieux Bob, cette petite épingle ne nous explique pas comment le vieux Bob a pu, comme il le dit, prendre le chemin du puits, puisque nous avons retrouvé le puits *extérieurement* fermé !

– *Vous !* fit Rouletabille, en me fixant avec une sévérité qui me gêna étrangement. C'est *vous* qui l'avez retrouvé ainsi ! mais *moi,* j'ai trouvé le puits ouvert ! Je vous avais envoyé aux nouvelles auprès de Mattoni et du père Jacques. Quand vous êtes revenu, vous m'avez trouvé à la même place, dans la Tour du Téméraire, mais j'avais eu le temps de courir au puits et de constater qu'il était ouvert...

– Et de le refermer ! m'écriai-je. Et pourquoi l'avez-vous refermé ? Qui vouliez-vous donc tromper ?

– *Vous ! monsieur !*

Il prononça ces deux mots avec un mépris si écrasant, que le rouge m'en monta au visage. Je me levai. Tous les yeux étaient maintenant tournés de mon côté, et, dans le même moment que je me rappelais la brutalité avec laquelle Rouletabille m'avait traité tout à l'heure devant M. Darzac, j'eus l'horrible sensation que tous les yeux qui étaient là me soupçonnaient, m'accusaient ! *Oui, je me suis senti enveloppé de l'atroce pensée générale que je pouvais être Larsan !*

Moi ! Larsan !

Je les regardais à tour de rôle. Rouletabille, lui-même, ne baissa pas les yeux quand les miens lui eurent dit la farouche protestation de tout mon être et mon indignation furibonde. La colère galopait dans mes veines en feu.

– Ah ! çà, m'écriai-je... il faut en finir. Si le vieux Bob est écarté, si le prince Galitch est écarté, si le professeur Stangerson est écarté, il ne reste plus que nous, qui sommes enfermés dans cette salle, et si Larsan est parmi nous, montre-le donc, Rouletabille !

Et je répétai avec rage, car ce jeune homme avec ses yeux qui me perçaient me mettait hors de moi et de toute bonne éducation :

– Montre-le donc ! Nomme-le donc ! Te voilà aussi lent qu'à la cour d'assises !...

– N'avais-je point des raisons, à la cour d'assises, pour être aussi lent que cela ? répondit-il sans s'émouvoir.

– Tu veux donc encore lui permettre de s'échapper ?

– Non, je *te* jure que cette fois, il ne s'échappera pas !

Pourquoi, en me parlant, son ton continuait-il d'être aussi menaçant ? Est-ce que vraiment, vraiment, *il croyait que Larsan était en moi ?* Mes yeux rencontrèrent alors ceux de la Dame en noir. Elle me considérait avec effroi !

– Rouletabille, fis-je, la voix étranglée, tu ne penses pas... tu ne soupçonnes pas !...

A ce moment un coup de fusil retentit au-dehors, tout près de la Tour Carrée, et nous sursautâmes tous, nous rappelant la consigne donnée par le reporter aux trois hommes d'avoir à tirer sur quiconque essaierait de sortir de la Tour Carrée. Mrs. Edith poussa un cri et voulut s'élancer, mais Rouletabille, qui n'avait pas fait un geste, l'apaisa d'une phrase.

– Si l'on avait tiré sur *lui,* dit-il, les trois hommes eussent tiré ! Et ce coup de feu n'est qu'un signal, celui qui me dit de « commencer » !

Et, tourné vers moi :

– Monsieur Sainclair, vous devriez savoir que je ne soupçonne jamais rien ni personne, sans m'être appuyé préalablement sur le « bon bout de la raison » ! C'est un bâton solide qui ne m'a jamais failli en chemin et sur lequel je vous invite tous ici à vous appuyer avec moi !... Larsan est ici, parmi nous, et le bon bout de la raison va vous le montrer ; rasseyez-vous donc tous, je vous prie, et ne me quittez pas des yeux, car je vais commencer sur ce papier *la démonstration corporelle de la possibilité du corps de trop !*

Auparavant il s'en fut encore constater que, derrière lui, les verrous de la porte étaient bien tirés, puis, revenant à la table, il prit un compas.

– J'ai voulu faire ma démonstration, dit-il, sur les lieux mêmes *où le corps de trop s'est produit.* Elle n'en sera que plus irréfutable.

Et, de son compas, il prit sur le dessin de M. Darzac, la mesure du rayon du cercle qui figurait l'espace occupé par la Tour du Téméraire, ce qui lui permit de retracer immédiatement ce même cercle sur un morceau de papier blanc immaculé, qu'il avait fixé avec des punaises de cuivre sur la planche à dessin.

Quand ce cercle fut tracé, Rouletabille, déposant son compas, s'empara du godet à la peinture rouge, et demanda à M. Darzac s'il reconnaissait là sa peinture.

Rouletabille poursuivait sa démonstration –

M. Darzac qui visiblement, pas plus que nous, ne comprenait rien aux faits et gestes du jeune homme, répondit qu'en effet c'était lui qui avait fabriqué cette peinture-là pour son lavis.

Une bonne moitié de la peinture s'était desséchée au fond du godet, mais de l'avis de M. Darzac, la moitié qui restait devait, sur le papier, donner à peu de chose près la même teinte que celle dont il avait « lavé » le plan de la presqu'île d'Hercule.

– On n'y a pas touché ! reprit avec une grande gravité Rouletabille, et cette peinture n'a été allongée que d'une larme. Du reste, vous verrez qu'une larme de plus ou de moins dans ce godet ne nuirait en rien à ma démonstration.

Ce disant, il trempa le pinceau dans la peinture et se mit en mesure de « laver » tout l'espace occupé par le cercle qu'il avait préalablement tracé. Il le fit avec ce soin méticuleux qui m'avait déjà étonné, lorsque, dans la Tour du Téméraire, pour ma plus grande stupéfaction, il ne pensait qu'à dessiner pendant qu'on s'assassinait !...

Quand il eut fini, il regarda l'heure à son énorme oignon et il dit :

– Vous voyez, mesdames et messieurs, que la couche de peinture qui recouvre mon cercle, n'est ni plus ni moins épaisse que celle qui colore le cercle de M. Darzac. C'est à peu de chose près, la même teinte.

– Sans doute, répondit M. Darzac, mais qu'est-ce que tout cela signifie ?

– Attendez ! répliqua le reporter. Il est bien entendu que ce plan, que cette peinture, c'est vous qui en êtes l'auteur !

– Dame ! j'ai été assez mécontent de les retrouver en fâcheux état en rentrant avec vous dans le cabinet du vieux Bob, à notre sortie de la Tour Carrée. Le vieux Bob avait sali tout mon dessin en y faisant rouler son crâne !

– Nous y sommes !... ponctua Rouletabille.

Et il prit, sur le bureau, le plus vieux crâne de l'humanité. Il le renversa et, en montrant la mâchoire toute rouge à M. Robert Darzac, il lui demanda encore :

– C'est bien votre idée que le rouge qui se trouve sur cette mâchoire n'est autre que le rouge qui a été enlevé à votre plan.

– Dame ! il ne saurait y avoir de doute ! Le crâne était encore sens dessus dessous sur mon plan quand nous entrâmes dans la Tour du Téméraire.

– Nous continuons donc à être tout à fait du même avis ! appuya le reporter.

Alors il se leva, gardant le crâne dans le creux de son bras, et il pénétra dans cette ouverture de la muraille, éclairée par une vaste croisée, garnie de barreaux, qui avait été une meurtrière pour canons autrefois et dont M. Darzac avait fait son cabinet de toilette. Là, il craqua une allumette et alluma sur une petite table une lampe à esprit de vin. Sur cette lampe, il disposa une casserole préalablement remplie d'eau. Le crâne n'avait pas quitté le creux de son bras.

Pendant toute cette bizarre cuisine, nous ne le quittions pas des yeux. Jamais l'attitude de Rouletabille ne nous avait paru aussi incompréhensible, ni aussi fermée, ni aussi inquiétante. Plus il nous donnait d'explications et plus il agissait, moins nous le comprenions. Et nous avions peur, parce que nous sentions que quelqu'un autour de nous, quelqu'un de nous avait peur ! peur, plus qu'aucun de nous ! Qui donc était celui-là ? Peut-être le plus calme !

Le plus calme, c'est Rouletabille entre son crâne et sa casserole.

Mais quoi ! Pourquoi reculons-nous tous soudain d'un même mouvement ? Pourquoi M. Darzac, les yeux agrandis par un effort nouveau, pourquoi la Dame en noir, pourquoi Mr. Arthur Rance, pourquoi moi-même, commençons-nous un cri... un nom qui expire sur nos lèvres : Larsan !...

Où l'avons-nous donc vu ? Où l'avons-nous découvert cette fois, nous qui regardons Rouletabille ? Ah ! ce profil, dans l'ombre rouge de la nuit commençante, ce front au fond de l'embrasure que vient ensanglanter le crépuscule comme au matin du crime est venue rougir ces murs la sanglante aurore ! Oh ! cette mâchoire dure et volontaire qui s'arrondissait tout à l'heure, douce, un peu amère, mais charmante dans la lumière du jour et qui, maintenant, se découpe sur l'écran du soir, mauvaise et menaçante ! Comme Rouletabille ressemble à Larsan ! Comme, en ce moment, il ressemble à son père ! c'est Larsan !

Autre émoi au gémissement de sa mère, Rouletabille sort de ce cadre funèbre où il nous est apparu avec une figure de bandit et il vient à nous et il redevient Rouletabille. Nous en tremblons encore. Mrs. Edith, qui n'a jamais vu Larsan, ne peut pas comprendre. Elle me demande : « Que s'est-il passé ? »

Rouletabille est là, devant nous avec son eau chaude dans sa casserole, une serviette et son crâne. Et il nettoie son crâne.

C'est vite fait. La peinture a disparu. Il nous le fit constater. Alors, se plaçant devant le bureau, il reste en muette contemplation devant son propre lavis. Cela avait bien pris dix minutes, pendant lesquelles il nous avait ordonné, d'un signe, de garder le silence... dix minutes fort impressionnantes... Qu'attend-il donc ?... Soudain, il saisit le crâne de la main droite et, avec le geste familier aux joueurs de boules, il le fait rouler à plusieurs reprises, sur son lavis ; puis il nous montre le crâne et nous invite à constater qu'il ne porte la trace d'aucune peinture rouge. Rouletabille tire à nouveau sa montre.

– *La peinture est sèche sur le plan,* fait-il. *Elle a mis un quart d'heure à sécher.* Dans la journée du 11, nous avons vu entrer dans la Tour Carrée, A CINQ HEURES, *venant du dehors,* M. Darzac. Or, M. Darzac, après être entré dans la Tour Carrée et après avoir refermé derrière lui les verrous de sa chambre, nous a-t-il dit, n'en est ressorti que lorsque nous sommes venus l'y chercher *passé six heures.* Quant au vieux Bob, nous l'avons vu entrer dans la Tour Ronde A SIX HEURES, avec son crâne vierge de peinture !

« Comment cette peinture qui met seulement un quart

d'heure à sécher est-elle, ce jour-là, encore assez fraîche, – plus d'une heure après que M. Darzac l'a quittée, – pour teindre le crâne du vieux Bob que celui-ci, d'un geste de colère, fait rouler sur le lavis, en entrant dans la Tour Ronde ? Il n'y a qu'une explication à cela et je vous défie d'en trouver une autre, *c'est que le M. Darzac qui est entré dans la Tour Carrée* A CINQ HEURES, *et que nul n'a vu ressortir, n'est pas le même que celui qui venait de peindre dans la Tour Ronde avant l'arrivée du vieux Bob* A SIX HEURES, *que nous avons trouvé dans la chambre de la Tour Carrée sans l'y avoir vu entrer et avec qui nous sommes ressortis... En un mot : qu'il n'est pas le même que le Darzac ici présent devant nous !* LE BON BOUT DE LA RAISON NOUS INDIQUE QU'IL Y A DEUX MANIFESTATIONS DARZAC ! »

Et Rouletabille regarda M. Darzac.

Celui-ci, comme nous tous, était sous le coup de la lumineuse démonstration du jeune reporter. Nous étions tous partagés entre une épouvante nouvelle et une admiration sans bornes. Comme tout ce que disait Rouletabille était clair ! *clair et effrayant !* Encore là nous retrouvions la marque de sa prodigieuse et logique et mathématique intelligence.

M. Darzac s'écria :

– C'est donc comme cela qu'*il* a pu entrer dans la Tour Carrée avec un déguisement qui lui donnait, sans doute, toutes mes apparences, et qu'il a pu se cacher dans le placard, de telle sorte que je ne l'ai pas vu, moi, quand je suis venu ensuite faire ici ma correspondance en quittant la Tour du Téméraire où je laissais mon lavis. Mais comment le père Bernier lui a-t-il ouvert ?

– Dame ! répliqua Rouletabille qui avait pris la main de la Dame en noir entre les siennes, comme s'il eût voulu lui donner du courage... Dame ! c'est qu'il a bien cru avoir affaire à vous !

– C'est donc cela qui explique que, lorsque je suis arrivé à ma porte, je n'avais qu'à la pousser. Le père Bernier me croyait chez moi.

– Très juste ! puissamment raisonné ! obtempéra Rouletabille. Et le père Bernier, qui avait ouvert à la première manifestation Darzac, n'a pas eu à s'occuper de la seconde, puisque, pas plus que nous, il ne l'a vue. Vous êtes certainement arrivé à la Tour Carrée dans le moment qu'avec le père Bernier nous nous trouvions sur le parapet, en train d'examiner les gesticulations étranges du vieux Bob parlant, sur le seuil de la *Barma Grande*, à Mrs. Edith et au prince Galitch...

– Mais, fit encore M. Darzac, comment la mère Bernier, elle, qui était entrée dans sa loge, ne m'a-t-elle point vu et ne s'est-elle point étonnée de voir entrer une seconde fois M. Darzac alors qu'elle ne l'avait pas vu ressortir ?

– Imaginez, reprit le reporter avec un triste sourire, imaginez, monsieur Darzac, que la mère Bernier, dans ce moment-là – au moment où vous passiez... c'est-à-dire : où la seconde manifestation Darzac passait – ramassait les pommes de terre d'un sac que j'avais vidé sur son plancher... et vous imaginez la vérité.

– Eh bien, je puis me féliciter de me trouver encore de ce monde !...

– Félicitez-vous, monsieur Darzac, félicitez-vous !...

– Quand je songe *qu'aussitôt rentré chez moi j'ai fermé les verrous comme je vous l'ai dit,* que je me suis mis au travail et que j'avais ce bandit dans le dos ! Ah ! il eût pu me tuer sans résistance !...

Rouletabille s'avança vers M. Darzac.

– Pourquoi ne l'a-t-il pas fait ? lui demanda-t-il, les yeux dans les yeux.

– Vous savez bien qu'il attendait quelqu'un !

Et M. Darzac tourna sa face douloureuse du côté de la Dame en noir.

Rouletabille était maintenant tout contre M. Darzac. Il lui mit les deux mains aux épaules :

– Monsieur Darzac, fit-il, de sa voix redevenue claire et pleine de bravoure, il faut que je vous fasse un aveu ! Quand j'eus compris comment s'était introduit le « corps de trop » et que j'eus constaté que vous ne faisiez rien pour nous détromper sur l'heure de cinq heures à laquelle nous avion cru, à laquelle tout le monde, excepté moi, croyait que vous étiez entré dans la Tour Carrée je me trouvais en droit de soupçonner que le bandit n'était point celui qui, à cinq heures, était entré dans la Tour Carrée sous le déguisement de Darzac ! *J'ai pensé, au contraire, que ce Darzac-là pouvait bien être le vrai Darzac et que le faux, c'était vous !* Ah ! mon cher monsieur Darzac comme je vous ai soupçonné !...

– C'est de la folie! s'écria M. Darzac. Si je n'ai point dit l'heure exacte à laquelle j'étais entré dans la Tour Carrée, c'est que cette heure restait vague dans mon esprit et que je n'y attachais aucune importance !

– De telle sorte, monsieur Darzac, continua Rouletabille, sans s'occuper des interruptions de son interlocuteur, de l'émoi de la Dame en noir et de notre attitude plus que jamais effarée à tous, de telle sorte que le vrai Darzac venu du dehors pour reprendre sa place que vous lui auriez volée – dans mon imagination, monsieur Darzac, dans mon imagination, rassurez-vous !... – aurait été, par vos soins obscurs et avec l'aide trop fidèle de la Dame en noir, mis en parfait état de ne plus nuire à votre audacieuse entreprise !... de telle sorte, monsieur Darzac, que j'ai pu penser que, *vous étant Larsan, l'homme qui fut mis dans le sac était Darzac !...* Ah ! la belle imagination que j'avais là !... Et l'inouï soupçon !...

– Bah ! répondit sourdement le mari de Mathilde... Nous nous sommes tous soupçonnés ici !...

Rouletabille tourna le dos à M. Darzac, mit ses mains dans ses poches et dit, s'adressant à Mathilde, qui semblait prête à s'évanouir devant l'horreur de l'imagination de Rouletabille.

– Encore un peu de courage, madame !

Et cette fois, de sa voix « perchée » que je lui connaissais bien, de sa voix de professeur de mathématiques exposant ou résolvant un théorème :

– Voyez-vous, monsieur Darzac, il y avait deux manifestations Darzac... Pour savoir quelle était la vraie et quelle était celle qui cachait Larsan... mon devoir, monsieur Darzac, celui que me montrait le bon bout de ma raison, était d'examiner sans peur ni reproche, à tour de rôle, ces deux manifestations-là... *en toute impartialité !* Alors, j'ai commencé par vous... monsieur Darzac.

M. Darzac répondit à Rouletabille :

– En voilà assez, puisque vous ne me soupçonnez plus ! Vous allez me dire tout de suite qui est Larsan !... Je le veux ! je l'exige !...

– Nous le voulons tous !... et tout de suite ! nous écriâmes-nous en les entourant tous deux.

Mathilde s'était précipitée sur son enfant et le couvrait de son corps comme s'il eût été déjà menacé. Mais cette scène avait déjà trop duré et nous exaspérait.

– Puisqu'il le sait ! qu'il le dise !... qu'on en finisse ! s'écriait Arthur Rance...

Et, soudain, comme je me rappelais que j'avais entendu les mêmes cris d'impatience à la cour d'assises, un nouveau coup de feu retentit à la porte de la Tour Carrée, et nous en fûmes tous si bien « saisis » que notre colère en tomba du coup et que nous nous mîmes à prier, poliment, ma foi, Rouletabille de mettre fin le plus tôt possible à une situation intolérable. Dans ce moment, en vérité, c'était à qui le supplierait davantage, comme si nous comptions là-dessus pour prouver aux autres et peut-être à nous-mêmes, que nous n'étions pas Larsan !

Rouletabille, aussitôt qu'il avait entendu le second coup de feu, avait changé de physionomie. Tout son visage s'était transformé, tout son être semblait vibrer d'une énergie farouche. Quittant le ton goguenard avec lequel il parlait à M. Darzac et qui nous avait tous particulièrement froissés, il écarta doucement la Dame en noir qui s'obstinait à le vouloir protéger ; il s'adossa à la porte, il croisa les bras, et dit :

– Dans une affaire comme celle-là, voyez-vous, il ne faut rien négliger. Deux manifestations Darzac *entrantes* et deux manifestations Darzac *sortantes,* dont l'une de celles-ci *dans le sac !* Il y a de quoi s'y perdre ! Et *maintenant encore* je voudrais bien ne pas dire de bêtises !...

Que M. Darzac, ici présent, me permette de lui dire : j'avais cent excuses pour le soupçonner !...

Alors, je pensai : « Quel malheur qu'il ne m'en ait pas parlé ! je lui aurais évité de la besogne et je lui aurais fait " découvrir l'Australie ! " »

M. Darzac s'était planté devant le reporter et répétait maintenant, avec une rage insistante :

– Quelles excuses !... Quelles excuses !...

– Vous allez me comprendre, mon ami, fit le reporter avec un calme suprême. La première chose que je me suis dite, quand j'ai examiné les conditions de *votre manifestation Darzac à vous,* est celle-ci : « Bah ! si c'était Larsan ! la fille du professeur Stangerson s'en serait bien aperçue ! » Évidemment, n'est-ce pas ?... Évidemment !... Or, en examinant l'attitude de celle qui est devenue, à votre bras, Mme Darzac, j'ai acquis la certitude, monsieur, qu'elle vous soupçonnait tout le temps d'être Larsan.

Mathilde, qui était retombée sur une chaise, trouva la force de se soulever et de protester d'un grand geste apeuré.

Quant à M. Darzac, son visage semblait plus que jamais ravagé par la souffrance. Il s'assit, en disant à mi-voix :

– Se peut-il que vous ayez pensé cela Mathilde ?...

Mathilde baissa la tête et ne répondit pas.

Rouletabille, avec une cruauté implacable, et que, pour ma part, je ne pouvais excuser, continuait :

– Quand je me rappelle tous les gestes de Mme Darzac, depuis votre retour de San Remo, je vois maintenant dans chacun d'eux l'expression de la terreur qu'elle avait de laisser échapper le secret de sa peur, de sa perpétuelle angoisse... Ah ! laissez-moi parler, monsieur Darzac,... il faut que je m'explique ici, il le faut pour que tout le monde s'explique ici !... Nous sommes en train de « nettoyer la situation » !... Rien, alors, n'était naturel dans les façons d'être de Mlle Stangerson. La précipitation même qu'elle a mise à accéder à votre désir de hâter la cérémonie nuptiale prouvait le désir qu'elle avait de chasser définitivement le tourment de son esprit. Ses yeux, dont je me souviens, disaient alors, combien clairement : *« Est-il possible que je continue à voir Larsan partout, même dans celui qui est à mes côtés, qui me conduit à l'autel, qui m'emporte avec lui ! »*

« A ce qu'il paraît qu'à la gare, monsieur, elle a jeté un adieu tout à fait déchirant ! Elle criait déjà : " Au secours ! " au secours contre elle, *contre sa pensée !*... et peut-être contre vous ?.. Mais elle n'osait exposer sa pensée à personne, parce qu'elle redoutait certainement qu'on lui dît... »

Et Rouletabille se pencha tranquillement à l'oreille de M. Darzac et lui dit tout bas, pas si bas que je ne l'entendisse, assez bas pour que Mathilde ne soupçonnât point les mots qui sortaient de sa bouche : « Est-ce que vous redevenez folle ? »

Et, se reculant un peu :

– Alors, vous devez maintenant tout comprendre, mon cher monsieur Darzac !... et cette étrange froideur avec laquelle vous fûtes, par la suite, traité ; et aussi, quelquefois, les remords qui, dans son hésitation incessante, poussaient Mme Darzac à vous entourer, par instants, des plus délicates attentions !... Enfin, permettez-moi de vous dire que je vous ai vu moi-même parfois si sombre, que j'ai pu penser que vous aviez découvert que Mme Darzac avait toujours au fond d'elle-même, en vous regardant, en vous parlant, en se taisant, la pensée de Larsan !... Par conséquent, entendons-nous bien,... ce n'est point cette idée « que la fille du professeur Stangerson s'en serait bien aperçue » qui pouvait chasser mes soupçons, puisque, malgré elle, elle s'en apercevait tout le temps ! Non ! Non ! mes soupçons ont été chassés par autre chose !

– Ils auraient pu l'être, s'écria, ironique et désespéré, M. Darzac,... ils auraient pu l'être par ce simple raisonnement que, si j'avais été Larsan, possédant Mlle Stangerson, devenue ma femme, j'avais tout intérêt à continuer à faire croire à la mort de Larsan ! Et je ne *me* serais point ressuscité !... N'est-ce point du jour où Larsan est revenu au monde que j'ai perdu Mathilde ?...

– Pardon ! monsieur, pardon ! répliqua cette fois Rouletabille, qui était devenu plus blanc qu'un linge... Vous abandonnez encore une fois, si j'ose dire le bon bout de la raison !... Car celui-ci nous montre tout le contraire de ce que vous croyez apercevoir !... Moi, j'aperçois ceci : c'est que lorsqu'on a une femme qui croit ou qui est très près de croire que vous êtes Larsan, on a tout intérêt *à lui montrer que Larsan existe en dehors de vous !*

En entendant cela, la Dame en noir se glissa contre la muraille, arriva haletante jusqu'aux côtés de Rouletabille, et dévora du regard la face de M. Darzac, qui était devenue effroyablement dure. Quant à nous, nous étions tous tellement frappés de la nouveauté et de l'irréfutabilité du commencement de raisonnement de Rouletabille que nous n'avions plus que l'ardent désir d'en connaître la suite, et nous nous gardâmes de l'interrompre nous demandant jusqu'où pourrait aller une aussi formidable hypothèse ! Le jeune homme, imperturbable, continuait...

– Mais si vous aviez intérêt à lui montrer que Larsan existait en dehors de vous, il est un cas où cet intérêt se transformait en une nécessité immédiate. Imaginez,... je dis imaginez, mon cher monsieur Darzac, que vous ayez réellement ressuscité Larsan, une fois, une seule, *malgré vous, chez vous* aux yeux de la fille du professeur Stangerson, et vous voilà, je dis bien, dans la nécessité de le ressusciter encore, toujours, *en dehors de vous...* pour prouver à votre femme que ce Larsan ressuscité *n'est pas en vous !* Ah ! calmez-vous, mon cher monsieur Darzac !... je vous en supplie... Puisque je vous ai dit que mes soupçons ont été chassés, définitivement chassés !... C'est bien le moins que nous nous amusions à raisonner un peu, après de pareilles angoisses où il semblait qu'il n'y eût point de place pour aucun raisonnement... Voyez donc où je suis obligé d'en venir, en considérant comme réalisée l'hypothèse (ce sont là procédés de mathématiques que vous connaissez mieux que moi, vous qui êtes un savant), en considérant, dis-je, comme réalisée l'hypothèse de la manifestation Darzac qui est *vous* cachant Larsan. Donc, dans mon raisonnement, vous êtes Larsan ! Et je me demande ce qui a bien pu arriver en gare de Bourg pour que vous apparaissiez à l'état de Larsan aux yeux de votre femme. Le fait de la résurrection est indéniable. Il existe. Il ne peut s'expliquer à ce moment par votre volonté d'être Larsan !...

M. Darzac n'interrompait plus.

– Comme vous dites, monsieur Darzac, poursuivait Rouletabille, c'est à cause de cette résurrection-là que le bonheur vous échappe... Donc, si cette résurrection ne peut être volontaire, elle n'a plus qu'une façon d'être... c'est d'être *accidentelle !...* Et voyez comme toute l'affaire est éclaircie... Oh ! j'ai beaucoup étudié l'incident de Bourg... je continue à raisonner... ne vous épouvantez pas... Vous êtes à Bourg, dans le buffet... Vous croyez que votre femme, ainsi qu'elle vous l'a annoncé, vous attend hors de la gare... Ayant terminé votre correspondance, vous éprouvez le besoin d'aller dans votre compartiment, faire un peu de toilette... jeter le coup d'œil du maître ès camouflages sur votre déguisement. Vous pensez : encore quelques heures de cette comédie, et, passé la frontière, dans un endroit où elle sera bien à moi, définitivement à moi je mettrai bas le masque, car ce masque, tout de même, il vous fatigue... et si bien vous fatigue-t-il, ma foi, que, arrivé dans le compartiment, vous vous accordez quelques minutes de repos... Vous l'entendez donc !... Vous vous soulagez de cette barbe menteuse et de vos lunettes, et juste, dans le même moment, la porte du compartiment s'ouvre... Votre femme, épouvantée, ne prend que le temps de voir cette face sans barbe dans la glace, la face de Larsan, et de s'enfuir, en poussant une clameur épouvantée... Ah ! vous avez compris le danger !... Vous êtes perdu si, immédiatement, votre femme *ailleurs,* ne voit pas Darzac, son mari. Le masque est vite remis et vous descendez à contre-voie par la glace du coupé et vous arrivez au buffet avant votre femme qui accourt vous y chercher !... Elle vous trouve debout... Vous n'avez pas même le temps de vous rasseoir... Tout est-il sauvé ? Hélas ! non... Votre malheur ne fait que commencer... Car l'atroce pensée que vous êtes peut-être *ensemble* Darzac et Larsan ne la quitte plus. Sur le quai de la gare, en passant sous un bec de gaz, elle vous regarde, vous lâche la main et se jette comme une folle dans le bureau du chef de gare... Ah ! vous aviez encore compris ! Il faut chasser l'abominable pensée tout de suite... Vous sortez du bureau et vous refermez précipitamment la porte, et vous aussi, vous prétendez que vous venez de voir Larsan ! Pour la tranquilliser, et pour nous tromper aussi, dans le cas où elle oserait nous dévoiler sa pensée... vous êtes le premier à m'avertir... à m'envoyer une dépêche !... Hein ? comme, éclairée de ce jour, toute votre conduite devient nette ! Vous ne pouvez lui refuser d'aller rejoindre son père... Elle irait sans vous !... Et comme rien n'est encore perdu, vous avez l'espoir de tout rattraper... Au cours du voyage, votre femme continue à avoir des alternatives de foi et de terreur. Elle vous donne son revolver, dans une sorte de délire de son imagination, qui pourrait se résumer dans cette phrase : « Si c'est Darzac, qu'il me défende ! et si c'est Larsan, qu'il me tue !... Mais que je cesse de ne plus savoir ! » Aux Rochers Rouges, vous la sentez à nouveau si éloignée de vous que, pour la rapprocher, vous lui remontrez Larsan !... Voyez-vous mon cher, monsieur Darzac ! tout cela s'arrangeait très bien dans ma pensée... et il n'y avait point jusqu'à votre apparition de Larsan, à Menton, pendant votre voyage de Darzac à Cannes, pendant que vous vîntes au-devant de nous, qui ne pouvait le plus bêtement du monde s'expliquer. Vous auriez pris le train devant vos amis à Menton-Garavan, mais vous en seriez descendu à la station suivante qui est celle de Menton et, là, après un court séjour nécessaire dans votre vestiaire urbain, vous apparaissiez à l'état de Larsan à vos mêmes amis venus en promenade à Menton. Le train suivant vous remportait vers Cannes, où nous nous rencontrâmes. Seulement, comme vous eûtes, ce jour-là le désagrément d'entendre, de la bouche même d'Arthur Rance qui était, lui aussi, venu au-devant de nous à Nice, que Mme Darzac n'avait pas vu cette fois Larsan et que votre exhibition du matin n'avait servi de rien, vous vous obligeâtes le soir même à lui montrer Larsan, sous les fenêtres mêmes de la Tour Carrée, devant lesquelles passait la barque de Tullio !... Et voyez, mon cher monsieur Darzac, comme les choses, en apparence les plus compliquées devenaient tout à coup simples et logiquement explicables si, par hasard, mes soupçons devaient être confirmés !

A ces mots, moi-même qui avais cependant vu et touché l'*Australie,* je ne pus m'empêcher de frissonner en regardant presque avec apitoiement Robert Darzac, comme on regarde un pauvre homme sur le point de devenir la victime de quelque effroyable erreur judiciaire. Et tous les autres, autour de moi, frissonnèrent également pour lui, car les arguments de Rouletabille devenaient si terriblement *possibles* que chacun se demandait comment, après avoir si bien établi la possibilité de la culpabilité, il allait pouvoir conclure à l'innocence. Quant à Robert Darzac, après avoir montré la plus sombre agitation, il s'était à peu près calmé, écoutant le jeune homme, et il me sembla qu'il ouvrait ces yeux étonnants, extravagants, au regard affolé, mais *très intéressé,* qu'ont les accusés au banc d'assises quand ils entendent M. le procureur général prononcer un de ces admirables réquisitoires qui les convainquent eux-mêmes d'un crime que, quelquefois, ils n'ont pas commis ! La voix avec laquelle il parvint à prononcer les mots suivants n'était plus une voix de colère, mais de curieux effroi, la voix d'un homme qui se dit : « Mon Dieu ! à quel danger, sans le savoir, ai-je bien pu échapper ! »

– Mais puisque vous n'avez plus ces soupçons monsieur, fit-il, retombé à un calme singulier, je voudrais bien savoir, après tout ce que vous venez de me dire, ce qui a bien pu les chasser ?...

– Pour les chasser, monsieur, il me fallait une certitude ! Une preuve simple, mais absolue, qui me montrât d'une façon éclatante laquelle était Larsan de deux manifestations Darzac ! Cette preuve m'a été fournie heureusement par vous, monsieur, à l'heure même où vous avez *fermé le cercle,* le cercle dans lequel s'était trouvé « le corps de trop ! » le jour où, ayant affirmé – ce qui était la vérité – que vous aviez tiré les verrous de votre appartement aussitôt rentré dans votre chambre, *vous nous avez menti en ne nous dévoilant pas que vous étiez entré dans cette chambre vers six heures et non point, comme le père Bernier le disait et comme nous avions pu le constater nous-mêmes, à cinq heures ! Vous étiez alors le seul avec moi à savoir que le Darzac de cinq heures, dont nous vous parlions comme de vous-même, n'était point vous-même ! Et vous n'aviez rien dit ! Et ne prétendez pas que vous n'y attachiez aucune importance à cette heure de cinq heures, puisqu'elle vous expliquait tout à vous, puisqu'elle vous apprenait qu'un autre Darzac que vous était venu dans la Tour Carrée à cette heure-là,* le vrai ! *Aussi, après vos faux étonnements,* comme vous vous taisez ! *Votre silence nous a menti ! Et quel intérêt le véritable Darzac aurait-il eu à cacher qu'un autre Darzac qui pouvait être Larsan était venu avant vous se cacher dans la Tour Carrée ? Seul, Larsan avait intérêt à nous cacher qu'il y avait un autre Darzac que lui !* DES DEUX MANIFESTATIONS DARZAC LA FAUSSE ÉTAIT NÉCESSAIREMENT CELLE QUI MENTAIT ! Ainsi mes soupçons ont-ils été chassés par la certitude ! LARSAN C'ÉTAIT VOUS ! ET L'HOMME QUI ÉTAIT DANS LE PLACARD, C'ÉTAIT DARZAC !

– Vous mentez ! hurla en bondissant sur Rouletabille celui que je ne pouvais croire être Larsan.

Mais nous nous étions interposés et Rouletabille, qui n'avait rien perdu de son calme, étendit le bras et dit :

– *Il y est encore !...*

Scène indescriptible ! Minute inoubliable ! Au geste de Rouletabille, la porte du placard avait été poussée par une main invisible, comme il arriva le terrible soir qui avait vu le mystère du « corps de trop »...

Et le « corps de trop » lui-même apparut ! Des clameurs de surprise, d'enthousiasme et d'effroi remplirent la Tour Carrée. La Dame en noir poussa un cri déchirant :

– Robert !... Robert !... Robert !...

Et c'était un cri de joie. Deux Darzac étaient devant nous, si semblables que toute autre que la Dame en noir aurait pu s'y tromper... Mais son cœur ne la trompa point, en admettant que sa raison, après l'argumentation triomphante de Rouletabille, eût pu hésiter encore. Les bras tendus, elle allait vers la seconde manifestation Darzac qui descendait du fatal placard... Le visage de Mathilde rayonnait d'une vie nouvelle ! ses yeux, ses tristes yeux dont j'avais vu si souvent le regard égaré autour de *l'autre,* fixaient celui-ci avec une joie magnifique, mais tranquille et *sûre.* C'était lui ! C'était celui qu'elle croyait perdu ! et qu'elle avait osé chercher sur le visage de l'autre, et qu'elle n'avait pas retrouvé sur le visage de l'autre, ce dont elle avait accusé, pendant des jours et des nuits, sa pauvre folie !

Quant à celui que, jusqu'à la dernière minute, je n'avais pu croire coupable, quant à l'homme farouche qui, dévoilé et traqué, voyait soudain se dresser en face de lui la preuve vivante de son crime, il tenta encore un de ces gestes qui, si souvent, l'avaient sauvé. Entouré de toutes parts, il osa la fuite. Alors nous comprîmes la comédie audacieuse que, depuis quelques minutes, il nous donnait. N'ayant plus aucun doute sur l'issue de la discussion qu'il soutenait avec Rouletabille, il avait eu cette incroyable puissance sur lui-même de n'en laisser rien paraître, et aussi cette habileté dernière de prolonger la dispute et de permettre à Rouletabille de dérouler à loisir une argumentation au bout de laquelle il savait qu'il trouverait sa perte, mais pendant laquelle il découvrirait, peut-être, les moyens de sa fuite. C'est ainsi qu'il manœuvre si bien que, dans le moment que nous avancions vers l'autre Darzac, nous ne pûmes l'empêcher de se jeter d'un bond dans la pièce qui avait servi de chambre à Mme Darzac et d'en refermer violemment la porte avec une rapidité foudroyante ! Nous nous aperçûmes qu'il avait disparu lorsqu'il était trop tard pour déjouer sa ruse. Rouletabille, pendant la scène précédente, n'avait songé qu'à garder la porte du corridor et il n'avait point pris garde que chaque mouvement que faisait le faux Darzac, au fur et à mesure qu'il était convaincu d'imposture, le rapprochait de la chambre de Mme Darzac. Le reporter n'attachait aucune importance à ces mouvements-là, sachant que cette chambre n'offrait à la fuite de Larsan aucune issue. Et cependant, quand le bandit fut derrière cette porte, qui fermait son dernier refuge, notre confusion augmenta dans des proportions importantes. On eût dit que, tout à coup, nous étions devenus forcenés. Nous frappions ! Nous criions ! Nous pensions à tous les coups de génie de ses inexplicables évasions !

– Il va s'échapper !... Il va encore nous échapper !...

Arthur Rance était le plus enragé. Mrs. Edith, de son poignet nerveux, me broyait le bras, tant la scène l'impressionnait. Nul ne faisait attention à la Dame en noir et à Robert Darzac qui, au milieu de cette tempête, semblaient avoir tout oublié, même le bruit que l'on menait autour d'eux. Ils n'avaient pas une parole, mais ils se regardaient comme s'ils découvraient un monde nouveau, celui où l'on s'aime. Or, ils venaient simplement de le retrouver, grâce à Rouletabille.

Celui-ci avait ouvert la porte du corridor et appelé à la rescousse les trois domestiques. Ils arrivèrent avec leurs fusils. Mais c'étaient des haches qu'il fallait. La porte était solide et barricadée d'épais verrous. Le père Jacques alla chercher une poutre qui nous servit de bélier. Nous nous y mîmes tous, et, enfin, nous vîmes la porte céder. Notre anxiété était au comble. En vain nous répétions-nous que nous allions entrer dans une chambre où il n'y avait que des murs et des barreaux... nous nous attendions à tout, ou plutôt à rien, car c'était surtout la pensée de la disparition, de l'envolement, de la dissociation de la matière de Larsan qui nous hantait et nous rendait plus fous.

Quand la porte eut commencé de céder, Rouletabille ordonna aux domestiques de reprendre leurs fusils, avec la consigne, cependant, de ne s'en servir que s'il était impossible de s'emparer de *lui* vivant. Puis il donna un dernier coup d'épaule et la porte étant enfin tombée, il entra le premier dans la pièce.

Nous le suivions. Et, derrière lui, sur le seuil, nous nous arrêtâmes tous, tant ce que nous vîmes nous remplit de stupéfaction. D'abord, Larsan était là ! Oh ! il était visible ! On ne voyait que lui dans la chambre. Il était tranquillement assis dans un fauteuil, au milieu de la pièce, et nous regardait de ses grands yeux calmes et fixes. Ses bras s'allongeaient aux bras du fauteuil. Sa tête s'appuyait au dossier. On eût dit qu'il nous donnait audience et qu'il attendait que nous lui exposions nos revendications. Je crus même discerner un léger sourire sur sa lèvre ironique.

Rouletabille s'avança encore :

– Larsan, fit-il... Larsan, vous rendez-vous ?.

Mais Larsan ne répondit pas.

Alors Rouletabille le toucha à la main et au visage, et nous nous aperçûmes que Larsan était mort.

Rouletabille nous montra à son doigt le chaton d'une

Larsan s'était donné la mort –

bague qui était ouvert et qui avait dû contenir un poison foudroyant.

Arthur Rance écouta les battements du cœur et déclara que tout était fini.

Sur quoi, Rouletabille nous pria de quitter tous la Tour Carrée et d'oublier le mort.

– Je me charge de tout, fit-il gravement. *C'est un corps de trop, nul ne s'apercevra de sa disparition !*

Et il donna à Walter un ordre qui fut traduit par Arthur Rance :

– Walter, vous m'apporterez tout de suite le sac du corps de trop !

Puis il fit un geste auquel nous obéîmes tous. Et nous le laissâmes seul en face du cadavre de son père.

Aussitôt, nous eûmes à transporter M. Darzac, qui se trouvait mal, dans le salon du vieux Bob. Mais ce n'était qu'une faiblesse passagère et dès qu'il eut rouvert les yeux il sourit à Mathilde qui penchait sur lui son beau visage où se lisait l'épouvante de perdre un époux chéri dans le moment même qu'elle venait, par un concours de circonstances qui restait encore mystérieux, de le retrouver. Il sut la convaincre qu'il ne courait aucun danger et il la pria de s'éloigner ainsi que Mrs. Edith. Quand les deux femmes nous eurent quittés, Mr. Arthur Rance et moi lui donnâmes des soins qui nous renseignèrent tout d'abord sur son curieux état de santé. Car, enfin, comment un homme que chacun de nous avait pu croire mort et que l'on avait enfermé, râlant, dans un sac, avait-il pu surgir, ainsi vivant, du fatal placard ? Quand nous eûmes ouvert ses vêtements et défait, pour le refaire, le bandage qui cachait la blessure qu'il portait à la poitrine, nous connûmes au moins que cette blessure, par un hasard qui n'est point si rare qu'on le pourrait croire, après avoir déterminé un coma presque immédiat, ne présentait aucune gravité. La balle qui avait frappé Darzac au milieu de la lutte farouche qu'il avait eue à soutenir contre Larsan, s'était aplatie sur le sternum, causant une forte hémorragie externe et secouant douloureusement tout l'organisme, mais ne suspendant en rien aucune des fonctions vitales.

On avait vu des blessés de cet ordre se promener parmi les vivants quelques heures après que ceux-ci avaient cru assister à leurs derniers moments. Et moi-même, je me rappelai – ce qui acheva de me rassurer – l'aventure d'un de mes bons amis, le journaliste L..., qui, venant de se battre en duel avec le musicien V..., se désespérait sur le terrain d'avoir tué son adversaire d'une balle en pleine poitrine, sans que celui-ci ait eu même le temps de tirer. Soudain le mort se souleva et logea dans la cuisse de mon ami une balle qui faillit entraîner l'amputation et qui le retint de longs mois au lit. Quant au musicien qui était retombé dans son coma, il en sortit le lendemain pour aller faire un tour sur le boulevard. Lui aussi, comme Darzac, avait été frappé au sternum [1].

Comme nous finissions de panser Darzac, le père Jacques vint fermer sur nous la porte du salon qui était restée entrouverte et je me demandais la raison qui avait bien pu pousser le bonhomme à prendre cette précaution, quand nous entendîmes des pas dans le corridor et un bruit singulier comme celui d'un corps que l'on traînerait sur un plancher... Et je pensai à Larsan, et au sac du « corps de trop », et à Rouletabille !

Laissant Arthur Rance aux côtés de M. Darzac, je courus à la fenêtre. Je ne m'étais pas trompé ; et je vis apparaître dans la cour le sinistre cortège.

Il faisait alors presque nuit. Une obscurité propice entourait toute chose. Je distinguai cependant Walter que l'on avait mis en sentinelle sous la poterne du jardinier. Il regardait du côté de la baille, prêt, évidemment, à barrer le passage à qui éprouverait alors le besoin de pénétrer dans la Cour du Téméraire...

... Se dirigeant vers le puits, je vis Rouletabille et le père Jacques... deux ombres courbées sur une autre ombre... une ombre que je connaissais bien et qui, une nuit d'horreur, avait contenu un autre corps,... le sac

1. Historique.

semblait lourd. Ils le soulevèrent jusqu'à la margelle du puits. Alors je pus voir encore que le puits était ouvert... oui, le plateau de bois qui le fermait d'ordinaire avait été rejeté sur le côté. Rouletabille sauta sur la margelle, et puis entra dans le puits... Il y pénétrait sans hésitation... il semblait connaître ce chemin. Peu après il s'enfonça et sa tête disparut. Alors le père Jacques poussa le sac dans le puits et il se pencha sur la margelle, soutenant encore le sac que je ne voyais plus. Puis il se redressa et referma le puits, remettant soigneusement le plateau et assujettissant les ferrures, et celles-ci firent un bruit que je me rappelai soudain, le bruit qui m'avait tant intrigué le soir où, avant la découverte de *l'Australie,* je m'étais rué sur une ombre qui avait soudain disparu et où je m'étais heurté le nez contre la porte close du Château Neuf...

*

Je veux voir... jusqu'à la dernière minute, je veux voir, je veux savoir... Trop de choses inexpliquées m'inquiètent encore !... Je n'ai que la parcelle la plus importante de la vérité, mais je n'ai pas la vérité tout entière ou plutôt il me manque *quelque chose qui expliquerait la vérité...*

J'ai quitté la Tour Carrée, j'ai regagné ma chambre du Château Neuf, je me suis mis à ma fenêtre et mon regard s'est enfoncé profondément dans les ombres qui couvraient la mer. Nuit épaisse, ténèbres jalouses. Rien. Alors, je me suis efforcé d'entendre, mais je n'ai même point perçu le bruit des rames sur les eaux...

Tout à coup... loin... très loin... en tout cas, il me semble que ceci se passait très loin sur la mer, tout là-haut à l'horizon... ou plutôt en face de l'horizon, je veux dire dans l'étroite bande rouge qui décorait la nuit, le seul souvenir qui nous restait du soleil...

... Dans cette étroite bande rouge quelque chose entra, de sombre et de petit, mais comme je ne voyais que cette chose, elle me parut à moi énorme, formidable. C'était une ombre de barque qui glissait d'un mouvement quasi automatique sur les eaux, puis elle s'arrêta, et je vis se dresser, debout, l'ombre de Rouletabille. Je le distinguais, je le reconnaissais comme s'il avait été à dix mètres de moi... Ses moindres gestes se découpaient avec une précision fantastique sur la bande rouge... Oh ! ce ne fut pas long ! Il se pencha et se releva aussitôt en soulevant un fardeau qui se confondit avec lui... et puis le fardeau glissa dans le noir et la petite ombre de l'homme réapparut toute seule, se pencha encore, se courba, resta ainsi un instant immobile, et puis s'affaissa dans la barque qui reprit son glissement automatique jusqu'à ce qu'elle fût sortie complètement de la bande rouge... et la bande rouge disparut à son tour...

Rouletabille venait de confier au flot d'Hercule le cadavre de Larsan.

Épilogue

Nice... Cannes... Saint-Raphaël... Toulon !... Je regarde sans regret défiler sous mes yeux toutes ces étapes de mon voyage de retour... Au lendemain de tant d'horreurs, j'ai hâte de quitter le Midi, de retrouver Paris, de me replonger dans les affaires... et aussi... et surtout, j'ai hâte de me retrouver en tête à tête avec Rouletabille qui est enfermé là, à deux pas de moi, avec la Dame en noir. Jusqu'à la dernière minute, c'est-à-dire jusqu'à Marseille où ils se sépareront, je ne veux pas troubler leurs douces, tendres ou désespérées confidences, leurs projets d'avenir, leurs derniers adieux... Malgré toutes les prières de Mathilde, Rouletabille a voulu partir, reprendre le chemin de Paris et de son journal. Il a cet héroïsme suprême de s'effacer devant l'époux. La Dame en noir ne peut pas résister à Rouletabille ; il a dicté ses conditions... Il veut que *M. et Mme Darzac continuent leur voyage de noces* comme s'il ne s'était rien passé d'extraordinaire aux Rochers Rouges. Ce n'est pas le même Darzac qui l'a commencé, c'est un autre Darzac qui le finira, cet heureux voyage, mais pour tout le monde Darzac *aura été le même sans solution de continuité.* M. et Mme Darzac sont mariés. La loi civile les unit. Quant à la loi religieuse, il est avec le pape, comme dit Rouletabille, des accommodements, et ils trouveront tous deux à Rome les moyens de régulariser leur situation s'il est prouvé qu'elle en a besoin et d'apaiser les scrupules de leur conscience. Que M. et Mme Darzac soient heureux, définitivement heureux ; ils l'ont bien gagné !...

Et personne n'aurait peut-être soupçonné jamais l'horrible tragédie *du sac du corps de trop* si nous ne nous trouvions aujourd'hui où j'écris ces lignes, après des années qui nous ont acquis du reste la prescription et débarrassé de tous les aléas d'un procès scandaleux, dans la nécessité de faire connaître au public tout le mystère des Rochers Rouges, comme j'ai dû autrefois soulever les voiles qui recouvraient les secrets du Glandier. La faute en est à cet abominable Brignolles qui est au courant de bien des choses et qui, du fond de l'Amérique où il s'est réfugié, veut nous faire « chanter ». Il nous menace d'un affreux libelle, et comme maintenant le professeur Stangerson est descendu à ce néant où, d'après sa théorie, tout, chaque jour, va se perdre, mais qui, chaque jour, crée tout, nous avons pensé qu'il était préférable de « prendre les devants » et de raconter toute la vérité.

Brignolles ! quel jeu avait donc été le sien dans cette seconde et terrible affaire ? A l'heure où je me trouvais – c'était le lendemain du drame final – dans le train qui me ramenait à Paris, à deux pas de la Dame en noir et de Rouletabille qui s'embrassaient en pleurant, je me le demandais encore ! Que de questions je me posais en appuyant mon front à la vitre du couloir de mon sleeping-car... Un mot, une phrase de Rouletabille m'eussent évidemment tout expliqué... mais il ne pensait guère à moi depuis la veille... Depuis la veille, la Dame en noir et lui ne s'étaient pas quittés...

On avait dit adieu, à la Louve même, au professeur Stangerson... Robert Darzac était parti tout de suite pour Bordighera où Mathilde devait le rejoindre... Arthur Rance et Mrs. Edith nous avaient accompagnés à la gare.

Mrs. Edith, contrairement à ce que j'espérais, ne montra aucune tristesse de mon départ. J'attribuai cette indifférence à ce que le prince Galitch était venu nous rejoindre sur le quai. Elle lui avait donné des nouvelles du vieux Bob, qui étaient excellentes, et ne s'était plus occupée de moi. J'en avais conçu une peine réelle. Et, ici, il est temps, je crois bien, de faire un aveu au lecteur. Jamais je ne lui eusse laissé deviner les sentiments que je ressentais pour Mrs. Edith si, quelques années plus tard, après la mort d'Arthur Rance qui fut suivie de véritables tragédies, dont j'aurai peut-être à parler un jour, je n'avais pas épousé la blonde et mélancolique et terrible Edith.

Nous approchons de Marseille...

Marseille !...

Les adieux furent déchirants. Ils ne se dirent rien...

Et quand le train se fut ébranlé, elle resta sur le quai, sans un geste, les bras ballants, debout dans ses voiles sombres, comme une statue de deuil et de douleur.

Devant moi, les épaules de Rouletabille sanglotaient.

Lyon !... Nous ne pouvons dormir,... nous sommes descendus sur le quai,... nous nous rappelons notre passage ici, il y a quelques jours... quand nous courions au secours de la malheureuse... Nous sommes replongés dans le drame... Rouletabille maintenant parle,... parle,... évidemment il essaie de s'étourdir, de ne plus penser à sa peine qui l'a fait pleurer comme un tout petit enfant pendant des heures...

« Mon vieux, ce Brignolles était un saligaud ! » me dit-il sur un ton de reproche qui eût presque réussi à me faire croire que j'avais toujours considéré ce bandit comme un honnête homme...

Et alors il m'apprend tout, toute la chose énorme qui tient en si peu de lignes. Larsan avait eu besoin d'un parent de Darzac pour faire enfermer celui-ci dans une maison de fous ! Et il avait découvert Brignolles ! Il ne pouvait tomber mieux. Les deux hommes se comprirent tout de suite. On sait combien il est simple, encore aujourd'hui, de faire enfermer un être, quel qu'il soit, entre les quatre murs d'un cabanon. La volonté d'un parent et la signature d'un médecin suffisent encore en France, si invraisemblable que la chose paraisse, à cette sinistre et rapide besogne. Une signature n'a jamais embarrassé Larsan. Il fit un faux et Brignolles, largement payé, se chargea de tout. Quand Brignolles vint à Paris, il faisait partie de la combinaison. Larsan avait son plan : prendre la place de Darzac avant le mariage. L'accident des yeux avait été, comme je l'avais du reste pensé moi-même, des moins naturels. Brignolles avait mission de s'arranger de telle sorte que les yeux de Darzac fussent le plus tôt possible suffisamment endommagés pour que Larsan qui le remplacerait pût avoir cet atout formidable dans son jeu : les binocles noirs ! et à défaut de binocles, que l'on ne peut porter toujours, *le droit à l'ombre !*

Le départ de Darzac pour le Midi devait étrangement faciliter le dessein des deux bandits. Ce n'est qu'à la fin de son séjour à San Remo que Darzac avait été par les soins de Larsan, qui n'avait pas cessé de le surveiller, véritablement « emballé » pour la maison de fous. Il avait été aidé naturellement dans cette circonstance par cette police spéciale, qui n'a rien à faire avec la police officielle, et qui se met à la disposition des familles dans les cas les plus désagréables, lesquels demandent autant de discrétion que de rapidité dans l'exécution...

Un jour qu'il faisait une promenade à pied dans la montagne... La maison de fous se trouvait justement dans la montagne, à deux pas de la frontière italienne... tout était préparé depuis longtemps pour recevoir le malheureux. Brignolles avant de partir pour Paris s'était entendu avec le directeur et avait présenté son fondé de pouvoir, Larsan... Il y a des directeurs de maison de fous qui ne demandent point trop d'explications, pourvu qu'ils soient en règle avec la loi... et qu'on les paie bien... Et ce fut vite fait... et ce sont des choses qui arrivent tous les jours...

– Mais comment avez-vous appris tout cela ? demandai-je à Rouletabille.

– Vous vous rappelez, mon ami, me répondit le reporter, ce petit morceau de papier que vous me rapportâtes au château d'Hercule, le jour où, sans m'avertir d'aucune sorte, vous prîtes sur vous-même de suivre à la piste cet excellent Brignolles qui venait faire un petit tour dans le Midi. Ce bout de papier qui portait l'en-tête de la Sorbonne et les deux syllabes *bonnet...* devait m'être du plus utile secours. D'abord les circonstances dans lesquelles vous l'aviez découvert, puisque vous l'aviez ramassé après le passage de Larsan et de Brignolles, me l'avaient rendu précieux. Et puis, l'endroit où on l'avait jeté fut presque pour moi une révélation lorsque je me mis à la recherche du véritable Darzac, après que j'eus acquis la certitude que c'était lui « le corps de trop » que l'on avait mis et emporté dans le sac !...

Et Rouletabille, de la façon la plus nette, me fit passer par les différentes phases de *sa* compréhension du mystère qui devait jusqu'au bout rester incompréhensible pour nous. Ça avait été d'abord la révélation brutale qui lui était venue du séchage de la peinture, et puis cette autre révélation formidable qui lui était venue du mensonge de l'une des deux manifestations Darzac ! Bernier, dans l'interrogatoire que Rouletabille lui a fait subir avant le retour de l'homme qui a emporté le sac, à rapporté *les paroles du mensonge* de celui que tout le monde prend pour Darzac ! Celui-là s'est étonné devant Bernier ; celui-là n'a point dit à Bernier que le Darzac auquel Bernier a ouvert la porte à cinq heures *n'était point lui !* Il cache déjà cette contre-manifestation Darzac et il ne peut avoir d'intérêt à la cacher que si cette manifestation est la vraie ! Il veut dissimuler qu'il y a ou qu'il y a eu de par le monde un autre Darzac qui est le vrai ! Cela est clair comme la lumière du jour ! Rouletabille en est ébloui ; il en chancelle... il s'en trouverait mal... il en claque des dents !... Mais peut-être... espère-t-il... peut-être Bernier s'est-il trompé... peut-être a-t-il mal compris les paroles et les étonnements de M. Darzac... Rouletabille questionnera lui-même M. Darzac et il verra bien !... Ah ! qu'il revienne vite !... C'est à M. Darzac lui-même *à fermer le cercle !...* Comme il l'attend avec impatience !... Et, quand il revient, comme il s'accroche au plus faible espoir... « Avez-vous regardé la figure de l'homme ? » demande-t-il, et quand ce Darzac lui répond : non !... je ne l'ai pas regardée... Rouletabille ne dissimule pas sa joie... il eût été si facile à Larsan de répondre : « Je l'ai vu ! c'était bien la figure de Larsan ! »... Et le jeune homme n'avait pas compris que c'était là une dernière malice du bandit, une négligence voulue et qui entrait si bien dans son rôle : le vrai Darzac n'eût pas agi autrement ! Il se serait débarrassé de l'affreuse dépouille sans la vouloir regarder encore... Mais que pouvaient tous les artifices d'un Larsan contre les raisonnements, un seul raisonnement de Rouletabille ? Le faux Darzac, sur l'interrogation très nette de Rouletabille, *ferme le cercle.* Il ment !... Rouletabille, maintenant, sait !... Du reste, ses yeux, qui voient toujours *derrière* sa raison, voient maintenant !...

Mais que va-t-il faire ?... Dévoiler Larsan tout de suite, qui, peut-être, va lui échapper ? Apprendre du même coup à sa mère qu'elle est remariée à Larsan et qu'elle a aidé à tuer Darzac ? Non ! Non ! Il a besoin de réfléchir, de savoir, de combiner !... Il veut agir à coup sûr ! Il demande vingt-quatre heures !... Il assure la sécurité de la Dame en noir en la faisant habiter l'appartement de M. Stangerson et en lui faisant jurer en secret qu'elle ne sortira pas du château. Il trompe Larsan en lui faisant entendre qu'il croit « dur comme fer » à la culpabilité du vieux Bob. Et comme Walter rentre au château avec le sac vide... il lui reste un espoir... celui que peut-être Darzac n'est pas mort !... Enfin, mort ou vivant, il court à sa recherche... De Darzac, il possède un revolver... celui qu'il a trouvé dans la Tour Carrée... revolver tout neuf, dont il a déjà remarqué le type chez un armurier de Menton... Il va chez cet armurier... il montre le revolver... il apprend que cette arme avait été achetée la veille au matin par un homme dont on lui donne le signalement :

chapeau mou, pardessus gris ample et flottant, grande barbe en collier... Et puis il perd tout de suite cette piste... mais il ne s'y attarde pas ! il remonte une autre piste, ou plutôt il en reprend une autre qui avait conduit Walter au puits de Castillon. Là, il fait ce que n'a point fait Walter. Celui-ci une fois qu'il eut retrouvé le sac, ne s'était plus occupé de rien et était redescendu au fort d'Hercule. Or, Rouletabille, lui, continua de suivre la piste et il s'aperçut que cette piste (constituée par l'écartement exceptionnel de la marque des deux roues de la petite charrette anglaise) au lieu de redescendre vers Menton, après avoir touché au puits de Castillon, redescendait de l'autre côté du versant de la montagne vers Sospel. Sospel ! Est-ce que Brignolles n'était pas signalé comme descendu à Sospel ? Brignolles !... Rouletabille se rappela mon expédition... Qu'est-ce que Brignolles venait faire dans ces parages !... Sa présence devait être étroitement liée au drame. D'un autre côté, la disparition et la réapparition du véritable Darzac attestaient qu'il y avait eu séquestration... Mais où... Brignolles qui avait partie liée avec Larsan ne devait pas avoir fait le voyage de Paris pour rien ! Peut-être était-il venu, dans ce moment dangereux, pour veiller sur cette séquestration-là... Songeant ainsi et poursuivant sa pensée logique, Rouletabille avait interrogé le patron de l'auberge du tunnel de Castillon qui lui avoua qu'il avait été fort intrigué la veille par le passage d'un homme qui répondait singulièrement au signalement du client de l'armurier. Cet homme était entré boire chez lui et il paraissait très altéré et il avait des manières si étranges qu'on eût pu le prendre pour un échappé de la maison de santé... Rouletabille eut la sensation qu'il « brûlait », et, d'une voix indifférente : « Vous avez donc ici une maison de santé ! » « Mais oui, répondit le patron de l'auberge, la maison de santé du mont Barbonnet ! » C'est ici que les deux fameuses syllabes *bonnet* prenaient toute leur signification... Désormais, il ne faisait plus de doute pour Rouletabille que le vrai Darzac avait été enfermé par le faux comme fou dans la maison de santé du mont Barbonnet. Il sauta dans sa voiture et se fit conduire à Sospel qui est au pied du mont. Ne courait-il point la chance de rencontrer là Brignolles ?... Mais il ne le vit point et immédiatement prit le chemin du mont Barbonnet et de la maison de santé. Il était résolu à tout savoir, à tout oser. Fort de sa qualité de reporter au journal *L'Époque,* il saurait faire parler le directeur de cette maison de fous pour professeurs en Sorbonne !... Et peut-être... peut-être... allait-il apprendre ce qu'il était advenu *définitivement* de Robert Darzac... car, du moment qu'on avait retrouvé le sac sans le cadavre,... du moment que la piste de la petite voiture descendait à Sospel où, d'ailleurs, elle se perdait,... du moment que Larsan n'avait point jugé utile de se débarrasser auparavant de Darzac, par la mort, en le précipitant dans le sac, au fond du puits de Castillon, peut-être avait-il été de son intérêt de reconduire Darzac, vivant encore, dans la maison de santé ! et Rouletabille pensait ainsi des choses tout à fait raisonnables, Darzac vivant était en effet beaucoup plus utile à Larsan que Darzac mort !. Quel otage pour le jour où Mathilde s'apercevrait de son imposture ! Cet otage le faisait le maître de tous les traités qui pouvaient s'ensuivre entre la malheureuse femme et le bandit. Darzac mort, Mathilde tuait Larsan de ses mains ou le livrait à la justice !

Et Rouletabille avait bien tout deviné. A la porte de la maison de santé, il se heurta à Brignolles. Alors, sans ménagement, il lui sauta à la gorge et le menaça de son revolver. Brignolles était lâche. Il cria à Rouletabille de l'épargner, que Darzac était vivant ! Un quart d'heure après, Rouletabille savait tout. Mais le revolver n'avait point suffi, car Brignolles, qui détestait la mort, aimait la vie et tout ce qui rendait la vie aimable, en particulier l'argent. Rouletabille n'eut point de peine à le convaincre qu'il était perdu s'il ne trahissait Larsan, mais qu'il aurait beaucoup à gagner s'il aidait la famille Darzac à sortir de ce drame sans scandale. Ils s'entendirent et tous deux rentrèrent dans la maison de santé où le directeur les reçut et écouta leurs discours avec une certaine stupeur qui se transforma bientôt en effroi, puis en une immense amabilité, laquelle se traduisait par la mise en liberté immédiate de Robert Darzac. Darzac, par une chance miraculeuse que j'ai déjà expliquée, souffrait à peine d'une blessure qui aurait pu être mortelle. Rouletabille, dans une joie folle, s'en *empara* et le ramena sur-le-champ à Menton. Je passe sur les effusions. On avait « semé » le Brignolles en lui donnant rendez-vous à Paris pour le règlement des comptes. En route Rouletabille apprenait de la bouche de Darzac que celui-ci, dans sa prison, était tombé quelques jours auparavant sur un journal du pays qui relatait le passage au fort d'Hercule de M. et de Mme Darzac, dont on venait de célébrer le mariage à Paris ! Il ne lui en avait pas fallu davantage pour comprendre d'où venaient tous ses malheurs et pour deviner qui avait eu l'audace fantastique de prendre sa place auprès d'une malheureuse femme dont l'esprit encore chancelant faisait possible la plus folle entreprise. Cette découverte lui avait donné des forces inconnues. Après avoir volé le pardessus du directeur pour cacher son uniforme d'aliéné et s'être emparé de la bourse de celui-ci, d'une centaine de francs, il était parvenu, au risque de se casser le cou, à escalader un mur qui, en toute autre circonstance, lui eût paru infranchissable. Et il était descendu à Menton, et il avait couru au fort d'Hercule ; et il avait vu, de ses yeux vu, Darzac ! il s'était vu lui-même !... il s'était donné quelques heures pour ressembler si bien à lui-même que l'autre Darzac lui-même s'y serait trompé !... Son plan était simple. Pénétrer dans le fort d'Hercule *comme chez lui,* entrer dans l'appartement de Mathilde et se montrer à l'autre pour le confondre devant Mathilde !... Il avait interrogé les gens de la côte et appris où le ménage logeait !... au fond de la Tour Carrée... Le ménage !... Tout ce que Darzac avait souffert jusqu'alors n'était rien à côté de ce que ces deux mots : leur ménage... le faisait souffrir !... Cette souffrance-là ne devait cesser que de la minute où il avait reçu, lors de la démonstration corporelle de la possibilité de corps de trop, la Dame en noir !... Alors il avait compris !... jamais elle n'eût osé le regarder ainsi... Jamais elle n'eût poussé un pareil cri de joie, jamais elle ne l'eût si victorieusement reconnu si, une seconde, en corps et en esprit, elle avait, victime des maléfices de l'autre, été la femme de l'autre !... Ils avaient été séparés... mais jamais ils ne s'étaient perdus !

Avant de mettre son projet à exécution, il était allé acheter un revolver à Menton, s'était débarrassé de son pardessus qui eût pu le perdre pour peu que l'on fût à sa recherche, avait fait l'acquisition d'un veston qui, par la couleur et par la coupe pouvait rappeler le costume de l'autre Darzac, et avait attendu jusqu'à cinq heures le moment d'agir. Il s'était dissimulé derrière la villa Lucie, tout en haut du boulevard de Garavan, au sommet d'un petit tertre d'où il apercevait tout ce qui se passait dans le château. A cinq heures, il s'était risqué, sachant que Darzac était dans la Tour du Téméraire, et étant sûr par conséquent qu'il ne le trouverait point, dans le moment, au fond de la Tour Carrée qui était son but. Quand il était passé auprès de nous et qu'il nous avait reconnus tous deux, il avait eu une forte envie de nous crier qui il était, mais il était parvenu tout de même à se retenir, voulant être uniquement reconnu par la Dame en noir ! Cette espérance seulement soutenait ses pas. Cela seulement valait la peine de vivre, et, une heure plus tard quand il avait eu à sa disposition la vie de Larsan qui, dans la même chambre, lui tournant le dos, faisait sa correspondance, il n'avait même pas été tenté par la vengeance. Après tant d'épreuves, il n'y avait pas encore place dans son cœur pour la haine de Larsan, tant il était plein pour toujours de l'amour de la Dame en noir ! Pauvre cher pitoyable M. Darzac !...

On sait le reste de l'aventure. Ce que je ne savais pas, c'était la façon dont le vrai M. Darzac avait pénétré une seconde fois dans le fort d'Hercule, et était parvenu jusque dans le placard. Et c'est alors que j'appris que la nuit même qu'il ramena M. Darzac à Menton, Rouletabille qui avait appris par la fuite du vieux Bob qu'il existait une issue au château par le puits, avait à l'aide d'une barque fait rentrer dans le château M. Darzac, par le chemin qui avait vu sortir le vieux Bob ! Rouletabille voulait être le maître de l'heure à laquelle il allait confondre et frapper Larsan. Cette nuit-là, il était trop tard pour agir, mais il comptait bien en terminer avec Larsan la nuit suivante. Le tout était de cacher, un jour, M. Darzac dans la presqu'île. Aidé de Bernier, il lui avait trouvé un petit coin abandonné et tranquille dans le Château Neuf.

A ce passage je ne pus m'empêcher d'interrompre Rouletabille par un cri qui eut le don de le faire partir d'un franc éclat de rire.

– C'est donc cela ! m'écriai-je.

– Mais oui, fit-il... c'était cela.

– Voilà donc pourquoi j'ai découvert ce soir-là l'*Australie !* Ce soir-là, c'était le vrai Darzac que j'avais en face de moi !... Et moi qui ne comprenais rien à cela !... car enfin, il n'y avait pas que l'*Australie !*... Il y avait encore la barbe ! Et elle tenait ! elle tenait !... Oh ! je comprends tout, maintenant !

– Vous y avez mis le temps,... répliqua, placide, Rouletabille... Cette nuit-là, mon ami, vous nous avez bien gênés. Quand vous apparûtes dans la Cour du Téméraire, M. Darzac venait de me reconduire à mon puits. Je n'ai eu que le temps de faire retomber sur moi le plateau de bois pendant que M. Darzac se sauvait dans le Château Neuf... Mais quand vous fûtes couché, après votre expérience de la barbe, il revint me voir et nous étions assez embarrassés. Si, par hasard, vous parliez de cette aventure le lendemain matin à l'autre M. Darzac, croyant avoir affaire au Darzac du Château Neuf, c'était une catastrophe. Et, cependant, je ne voulus point céder aux prières de M. Darzac qui voulait aller vous dire toute la vérité. J'avais peur que, la sachant, vous ne pussiez assez la dissimuler pendant le jour suivant. Vous avez une nature un peu impulsive, Sainclair, et la vue d'un méchant vous cause, à l'ordinaire, une louable irritation qui, dans le moment, eût pu nous nuire. Et puis, l'autre Darzac était si malin !... Je résolus donc de risquer le coup sans rien vous dire. Je devais rentrer le lendemain ostensiblement au château dans la matinée... Il fallait s'arranger, d'ici là, pour que vous ne rencontriez pas Darzac. C'est pourquoi, dès la première heure, je vous envoyai pêcher des palourdes !

– Oh ! je comprends !...

– Vous finirez toujours par comprendre, Sainclair ! J'espère que vous ne m'en voulez point de cette pêche-là qui vous a valu une heure charmante de Mrs. Edith...

– A propos de Mrs. Edith, pourquoi prîtes-vous le malin plaisir de me mettre dans une sotte colère ?... demandai-je.

– Pour avoir le droit de déchaîner la mienne et de vous défendre de nous adresser, désormais la parole, à moi *et à M. Darzac !...* Je vous répète que je ne voulais point qu'après votre aventure de la nuit, vous parlassiez à M. Darzac !... Il faudrait pourtant continuer à comprendre, Sainclair.

– Je continue, mon ami...

– Mes compliments...

– Et cependant, m'écriai-je, il y a encore une chose que je ne comprends pas !... La mort du père Bernier !... Qui est-ce qui a tué Bernier ?

– C'est la canne ! dit Rouletabille d'un air sombre... C'est cette maudite canne...

– Je croyais que c'était le plus vieux grattoir...

– Ils étaient deux : la canne et le plus vieux grattoir... Mais c'est la canne qui a décidé la mort... le plus vieux grattoir n'a fait qu'exécuter...

Je regardai Rouletabille, me demandant si, cette fois, je n'assistais point à la fin de cette belle intelligence.

– Vous n'avez jamais compris, Sainclair – entre autres choses – pourquoi, le lendemain du jour où j'avais tout compris, moi, je laissai tomber la canne à bec-de-corbin d'Arthur Rance devant M. et Mme Darzac. C'est que j'espérais que M. Darzac la ramasserait. Vous rappelez-vous, Sainclair, la canne à bec-de-corbin de Larsan et le geste que faisait Larsan avec sa canne, au Glandier !... Il avait une façon de tenir sa canne bien à lui... je voulais voir... voir ce Darzac-là tenir une canne à bec-de-corbin comme Larsan !... Mon raisonnement était sûr !... mais je voulais voir, de mes yeux, Darzac avec le geste de Larsan... et cette idée fixe me poursuivit jusqu'au lendemain, même après ma visite à la maison des fous !... même quand j'eus serré dans mes bras le vrai Darzac... j'ai encore voulu voir le faux avec les gestes de Larsan !.... Ah ! le voir tout à coup brandir sa canne comme le bandit... *oublier le déguisement de sa taille, une seconde !...* redresser ses épaules faussement courbées... Tapez donc ! Tapez donc sur le blason des Mortola !... à grands coups de canne, cher, cher monsieur Darzac !... Et il a tapé !... et j'ai vu toute sa taille !... toute !... Et un autre aussi l'a vue qui en est mort... C'est ce pauvre Bernier, qui en fut tellement saisi qu'il en chancela et tomba si malheureusement sur le plus vieux grattoir, qu'il en est mort !... Il est mort d'avoir ramassé le grattoir tombé sans doute de la redingote du vieux Bob et qu'il devait porter alors dans le bureau du professeur, à la Tour Ronde... Il est mort d'avoir revu, dans le même moment, la canne de Larsan !... il est mort d'avoir revu, avec toute sa taille et tout son geste, Larsan !... Toutes les batailles, Sainclair, dans le même moment, ont leurs victimes innocentes...

Nous nous tûmes un instant. Et puis je ne pus m'empêcher de lui dire la rancœur que je lui gardais qu'il ait eu si peu de confiance en moi. Je ne lui pardonnais pas d'avoir voulu me tromper avec tout le monde sur le compte de son vieux Bob.

Il sourit.

– En voilà un qui ne m'occupait pas !... J'étais bien sûr que ce n'était pas lui qui était dans le sac... cependant, la nuit qui a précédé son repêchage, dès que j'eus casé le vrai Darzac, sous l'égide de Bernier dans le Château Neuf, et que j'eus quitté la galerie du puits après y avoir laissé pour mes projets du lendemain, ma barque à moi... une barque que j'avais eue de Paolo le pêcheur, un ami du Bourreau de la Mer, je regagnai le rivage à la nage. Je m'étais naturellement dévêtu et je portais mes vêtements en paquet sur ma tête. Comme j'accostais, je tombai dans l'ombre sur le Paolo, qui s'étonna de me voir prendre un bain à cette heure, et qui m'invita à venir pêcher la pieuvre avec lui. L'événement me permettait de tourner toute la nuit autour du château d'Hercule et de le surveiller. J'acceptai. Et alors j'appris que la barque qui m'avait servi était celle de Tullio. Le Bourreau de la Mer était devenu soudainement riche et avait annoncé à tout le monde qu'il se retirait dans son pays natal. Il avait vendu très cher, racontait-il, de précieux coquillages au vieux savant, et, de fait, depuis plusieurs jours, on l'avait vu avec le vieux savant tous les jours. Paolo savait qu'avant d'aller à Venise, Tullio s'arrêterait à San Remo. Pour moi, l'aventure du vieux Bob se précisait, il lui avait fallu une barque pour quitter le château, et cette barque était justement celle du Bourreau de la Mer ; je demandai l'adresse de Tullio à San Remo et y envoyai, par le truchement d'une lettre anonyme, Arthur Rance, persuadé que Tullio pouvait nous renseigner sur le sort du vieux Bob. En effet, le vieux Bob avait payé Tullio pour qu'il l'accompagnât cette nuit-là à la grotte et qu'il disparût ensuite... C'est par pitié pour le vieux professeur que je me décidai à avertir ainsi Arthur Rance ; il pouvait, en effet, être arrivé quelque accident à son parent. Quant à moi, je ne demandais au contraire qu'une chose, c'est que cet exquis vieillard ne revînt pas avant que j'en eusse fini avec Larsan, désirant toujours faire croire au faux Darzac que le vieux Bob me préoccupait par-dessus tout. Aussi, quand j'appris qu'on venait de le retrouver, je ne fus qu'à moitié réjoui, mais j'avouerai que la nouvelle de sa blessure à la poitrine, à cause de la blessure à la poitrine de *l'homme au sac,* ne me causa aucune peine. Grâce à elle, je pouvais espérer encore, quelques heures, continuer mon jeu.

– Et pourquoi ne le cessiez-vous pas tout de suite ?

– Ne comprenez-vous donc point qu'il m'était impossible de faire disparaître *le corps de trop de Larsan* en plein jour ? Il me fallait tout le jour pour préparer sa disparition dans la nuit ! Mais quel jour nous avons eu là avec la mort de Bernier ! L'arrivée des gendarmes n'était point faite pour simplifier les choses. J'ai attendu pour agir qu'ils eussent disparu ! Le premier coup de fusil que vous avez entendu quand nous étions dans la Tour Carrée fut pour m'avertir que le dernier gendarme venait de quitter l'auberge des Albo, à la pointe de Garibaldi, le second que les douaniers, rentrés dans leurs cabanes, soupaient *et que la mer était libre !...*

– Dites donc, Rouletabille, fis-je en le regardant bien dans ses yeux clairs, quand vous avez laissé, *pour vos projets,* la barque de Tullio au bout de la galerie du puits, *vous saviez déjà ce que cette barque remporterait le lendemain ?*

Rouletabille baissa la tête :

– Non... fit-il sourdement... et lentement... non... ne croyez pas cela, Sainclair... Je ne croyais pas qu'elle remporterait un cadavre... après tout, c'était mon père !... *Je croyais qu'elle remporterait un corps de trop pour la maison des fous !...* Voyez-vous, Sainclair, je ne l'avais condamné qu'à la prison... pour toujours... Mais il s'est tué... C'est Dieu qui l'a voulu !... que Dieu lui pardonne !...

Nous ne dîmes plus un mot de la nuit.

A Laroche, je voulus lui faire prendre quelque chose de chaud, mais il me refusa ce déjeuner avec fièvre. Il acheta tous les journaux du matin et se précipita, tête baissée, dans les événements du jour. Les feuilles étaient pleines des nouvelles de Russie. On venait de découvrir, à Pétersbourg, une vaste conspiration contre le tsar. Les faits relatés étaient si stupéfiants qu'on avait peine à y ajouter foi.

Je déployai *L'Époque* et je lus en grosses lettres majuscules en première colonne de la première page :

DÉPART DE JOSEPH ROULETABILLE
POUR LA RUSSIE

et au-dessous :

LE TSAR LE RÉCLAME !

Je passai le journal à Rouletabille qui haussa les épaules, et fit

– Bah !... Sans me demander mon avis !... Qu'est-ce que monsieur mon directeur veut que j'aille faire là-bas !... Il ne m'intéresse pas, moi, le tsar,... avec les révolutionnaires,... c'est son affaire !... ce n'est pas la mienne !... qu'il se débrouille... En Russie !... je vais demander un congé, oui !... j'ai besoin de me reposer, moi !... Sainclair, mon ami, voulez-vous ?... Nous irons nous reposer ensemble quelque part !...

– Non ! Non ! m'écriai-je avec une certaine précipitation, je vous remercie !... j'en ai assez de me reposer avec vous !... j'ai une envie folle de travailler...

– Comme vous voudrez, mon ami ! Moi, je ne force pas les gens...

Et comme nous approchions de Paris, il fit un brin de toilette, vida ses poches et fut surpris tout à coup de trouver dans l'une d'elles une enveloppe toute rouge qui était venue là sans qu'il pût s'expliquer comment.

– Ah ! bah ! fit-il, et il la décacheta.

Et il partit d'un vaste éclat de rire. Je retrouvais mon gai Rouletabille, je voulus connaître la cause de cette merveilleuse hilarité.

– Mais je pars ! mon vieux ! me fit-il. Mais je pars !... Ah ! du moment que c'est comme ça !... Je pars !... Je prends le train, ce soir...

– Pour où ?...

– Pour Saint-Pétersbourg !...

Et il me tendit la lettre où je lus :

« Nous savons, monsieur, que votre journal a décidé de vous envoyer en Russie, à la suite des incidents qui bouleversent en ce moment la cour de Tsarskoïé-Selo... *Nous sommes obligés de vous avertir que vous n'arriverez pas à Pétersbourg vivant.*

« Signé : LE COMITÉ CENTRAL
RÉVOLUTIONNAIRE. »

Je regardais Rouletabille dont la joie débordait de plus en plus : « Le prince Galitch était à la gare », fis-je simplement. Il me comprit, haussa les épaules avec indifférence, et repartit :

– Ah ! bien, mon vieux ! on va s'amuser !

Et c'est tout ce que je pus en tirer malgré mes protestations. Le soir, quand, à la gare du Nord, je le serrai dans mes bras en le suppliant de ne point nous quitter et en pleurant mes larmes désespérées d'ami... il riait encore, il répétait encore : « Ah ! bien, on va s'amuser !... »

Et ce fut son dernier salut.

Le lendemain, je repris le cours de mes affaires au Palais. Les premiers confrères que je rencontrai furent Mes Henri-Robert et André Hesse.

– Tu as pris de bonnes vacances ? me demandèrent-ils.

– Ah ! excellentes ! répondis-je.

Mais j'avais si mauvaise mine qu'ils m'entraînèrent tous deux à la buvette.

FOLIO JUNIOR ÉDITION SPÉCIALE

Gaston Leroux

Le Parfum de la dame en noir

Supplément réalisé par
Christian Biet
et Jean-Paul Brighelli

Illustrations de Philippe Munch

SOMMAIRE

ÊTES-VOUS SENSIBLE AUX PARFUMS ET AUX ODEURS ?

1. AU FIL DU TEXTE

PREMIÈRE PARTIE (p. 313)
Dix questions pour commencer
Charades
Le roman-feuilleton
Le Mystère de la chambre jaune

DEUXIÈME PARTIE (p. 317)
Dix questions pour continuer
Ce roman est la pure vérité...
Le premier crâne humain
Palpitez autrement !
Le mystère s'épaissit

TROISIÈME PARTIE (p. 321)
Dix questions pour conclure
La nuit
Œdipe et Rouletabille
La belle Edith

2. JEUX ET APPLICATIONS (p. 324)

Le parfum
Des pleins et des déliés
Les petits frères de Joseph Joséphin
Mots croisés

3. PARFUMS ET ODEURS DANS LA LITTÉRATURE (p. 328)

En baie de Somme, Colette
Le Parfum, Patrick Süskind
Le Ventre de Paris, Émile Zola
Parfum exotique, Charles Baudelaire
Correspondances, Charles Baudelaire
Du côté de chez Swann, Marcel Proust

4. SOLUTIONS DES JEUX (p. 334)

ÊTES-VOUS SENSIBLE AUX PARFUMS ET ODEURS ?

Rouletabille associe si étroitement la Dame en noir à son parfum qu'ils se confondent tous deux dans sa mémoire : « Je vivais moins avec son image qu'avec son odeur. » (p. 34) Êtes-vous également sensible aux parfums et aux odeurs ? L'univers des senteurs vous est-il familier ? Pour le vérifier, répondez aux questions du test puis faites le compte des Δ, des ❒ et des ❍.

1. *Après vous être lavé, vous parfumez vos cheveux avec de l'eau de Cologne ou de l'eau de toilette :*
A. Toujours Δ
B. Parfois ❒
C. Jamais ❍

2. *Combien de noms de parfums sauriez-vous citer ?*
A. Un seul ❒
B. Plusieurs Δ
C. Aucun ❍

3. *Si votre mère change de parfum :*
A. Vous le lui faites remarquer Δ
B. Vous vous en apercevez longtemps après ❒
C. Il est rare que vous vous en aperceviez ❍

4. *De ces trois aliments, lequel préférez-vous ?*
A. Une pomme golden ❍
B. Un melon ❒
C. Un curry d'agneau Δ

5. *Où préférez-vous aller faire vos courses ?*
A. Dans une boulangerie ❒
B. Dans un supermarché ❍
C. Dans un magasin de produits exotiques Δ

6. *L'un de vos parents entre dans une station-service*
A. Vous vous précipitez pour l'aider à faire le plein d'essence ❒
B. Vous restez dans la voiture en fermant toutes les vitres Δ
C. Vous attendez en pensant à autre chose ❍

7. *D'après vous, la fleur de jasmin embaume le plus :*
A. A l'aube, avec la rosée ❒
B. Quand le soleil est au zénith ❍
C. Le soir, à la tombée de la nuit Δ

8. *Vous reconnaissez les femmes de votre entourage :*
A. A leur apparence et à leur parfum ❒
B. A leur parfum, en notant régulièrement si elles en changent Δ
C. Uniquement à leur apparence ❍

9. *Lorsque vous ouvrez un livre neuf :*
A. Vous le feuilletez ❒
B. Vous le feuilletez et vous en respirez l'odeur Δ
C. Vous ne faites aucune différence entre un livre neuf et un livre d'occasion ❍

10. *De ces trois impressions sensorielles, laquelle réveille en vous les souvenirs les plus intenses ?*
A. Un parfum, une odeur ou la saveur d'un mets Δ
B. La voix d'une personne ou un air fredonné ❍
C. La vue d'un objet précis, d'une personne ou d'une scène ❒

11. *Laquelle de ces professions préféreriez-vous exercer ?*
A. Bibliothécaire ❒
B. Coiffeur Δ
C. Plombier ❍

12. *De ces trois plantes, quelle est celle dont on utilise l'écorce dans la composition des parfums ?*
A. L'oranger ❒
B. La rose❍
C. La cannelle Δ

13. *Si vous étiez un animal, vous seriez :*
A. Un oiseau ❍
B. Un lion ❒
C. Un chien de chasse Δ

14. *Connaissez-vous en France la capitale des parfums ?*
A. Monte-Carlo ❍
B. Grasse Δ
C. Nice ❒

15. *Quelle fleur préférez-vous ?*
A. Le lys ❍
B. La rose ❒
C. La violette Δ

Solutions page 334

1
AU FIL DU TEXTE

PREMIÈRE PARTIE (chap. I à VII)

Dix questions pour commencer

Avant d'échafauder des plans pour démasquer Larsan, il vous faut d'abord comprendre le tout début du texte. Pour vous assurer qu'aucun détail ne vous a échappé, répondez aux questions qui suivent sans consulter le roman.

1. *Où Robert Darzac et Mathilde Stangerson se marient-ils le 6 avril 1895?*
A. A l'église Saint-Nicolas-du-Chardonnet, monument sinistre
B. A Notre-Dame-de-Paris, édifice grandiose
C. Dans la chapelle des Invalides, lieu historique

2. *Quel est le nom du narrateur?*
A. Rouletabille
B. Larsan
C. Sainclair

3. *Dans « l'insupportable Brignolles », tout était long sauf :*
A. Les pieds et les mains
B. Le thorax
C. Le visage

4. *Rouletabille s'est enfui du collège d'Eu parce que:*
A. Il était battu par ses professeurs
B. Il était accusé de vol
C. Il voulait devenir journaliste

5. *Qui parle pour la première fois de Rouletabille dans un article de journal?*
A. Émile Zola, journaliste à *L'Aurore*
B. Maurice Leblanc, journaliste au *Gaulois*
C. Gaston Leroux, journaliste au *Matin*

6. *De neuf à seize ans, Rouletabille exerce différents petits métiers. Lequel d'entre eux lui reste étranger?*
A. Pêcheur d'oranges
B. Cireur
C. Voleur à la tire

7. *Comment Mathilde constate-t-elle que Larsan n'est pas mort?*
A. Elle l'aperçoit sur le quai de la gare
B. Elle le voit dans le miroir de son compartiment
C. Elle le rencontre en sortant du bureau du chef de gare

8. *Pourquoi Rance, Darzac et Rouletabille ne se rendent-ils pas aux Rochers Rouges pour y déloger Larsan?*
A. Par peur d'un guet-apens
B. Pour laisser le soin à la police italienne de trouver Larsan
C. Pour ne pas laisser Mathilde seule

9. *Dans les sept premiers chapitres de ce roman, l'action présente et passée se déroule dans des lieux très différents. Parmi ces cinq villes, une seule n'est pas citée, laquelle?*
A. Paris
B. Eu
C. Strasbourg
D. Marseille
E. Menton

10. *Si Miss Edith devait être caractérisée par une couleur, quelle serait-elle?*
A. Le rouge
B. Le noir
C. Le blanc

Solutions page 334

Charades

1. Mon premier est une unité de mesure agraire
Mon deuxième est une rivière de Suisse, affluent du Rhin
Mon troisième se dit d'un aliment gras qui a pris une odeur forte et un goût âcre.
Mon tout, personnage de ce roman, a conçu des années durant un amour sans espoir.

2. Mon premier dénonce à l'indignation de tous
Mon deuxième est une consonne de l'alphabet et le titre d'un roman de Buzzati
Mon troisième se refuse à avouer
Miss Édith faillit rejoindre mon tout pour trouver son oncle

3. Mon premier est une mise en garde
Mon deuxième est constitué de quatre dimanches préparant à la fête de Noël
Mon tout fut comparé par l'auteur au jardin des Hespérides.

Solutions page 335

Le roman-feuilleton

Le Parfum de la dame en noir est un roman-feuilleton, publié d'abord dans l'hebdomadaire *L'Illustration*, tout comme *Le Mystère de la chambre jaune*. Il a donc été écrit pour être lu par épisode, à chaque parution du journal. Pour inciter le lecteur à acheter le numéro suivant, l'auteur doit ménager le suspense, éveiller la curiosité, poser des questions sans y répondre…

1. Dans les trois premiers chapitres, des expressions comme : « J'attends Frédéric Larsan ! » (p. 12), « Quel chagrin ? » (p. 13) ou « Elle a encore ses yeux de folle ! » (p. 14) amènent le lecteur à se poser des questions auxquelles il ne peut répondre.
A. Quel est l'effet produit par la phrase : « Je ne puis me faire à cette idée que Frédéric Larsan consente à être mort pour de bon ! » ? (p. 18)
B. Et si vous aviez eu à choisir le passage terminant la première livraison pour *L'Illustration*, où auriez-vous coupé le texte (ce découpage ne correspond pas forcément aux chapitres) ?

2. A vous maintenant de faire un roman-feuilleton ! Prenez une situation de votre choix, la plus banale possible (le récit de votre réveil, par exemple) et dramatisez-la pour donner envie au lecteur de courir acheter le numéro suivant dès l'ouverture du kiosque. N'ayez pas peur d'employer les effets les plus forts, ils n'en seront que plus palpitants ou plus drôles.

3. Le personnage de Rouletabille a été repris par Gaston Leroux dans plusieurs romans : le procédé était courant et il le demeure de nos jours, aussi bien dans la littérature qu'au cinéma.

A. Connaissez-vous un autre personnage de Gaston Leroux qui apparaisse dans un cycle de romans ?
B. Vous pouvez sûrement citer trois titres d'une « série » de : 1. Maurice Leblanc - 2. Emile Zola - 3. Alexandre Dumas.
C. Au cinéma, pouvez-vous citer trois séries dont les histoires s'enchaînent ? Quelle est la particularité des titres choisis pour ces films ?

Solutions page 335

Le Mystère de la chambre jaune

Pour éclairer le lecteur, Gaston Leroux rappelle des éléments du *Mystère de la chambre jaune*. Parmi les informations données, l'une d'elles n'a jamais été livrée par l'auteur dans *Le Parfum de la Dame en noir*. Laquelle ?
1. Robert Darzac et Mathilde Stangerson étaient les héros d'un drame qui avait passionné le monde.
2. On avait assisté à un procès qui s'était tenu à Versailles.
3. Joseph Rouletabille fut le seul à découvrir sous les traits du célèbre agent de la Sûreté Frédéric Larsan, Ballmeyer lui-même !
4. M. Stangerson avait publié en Amérique, à Philadelphie, un ouvrage sur la « Dissociation de la matière ».
5. Un soir, alors qu'il assistait à une réception à l'Élysée, Joseph Rouletabille avait senti passer le parfum de la Dame en noir et s'était aperçu qu'il suivait Mlle Stangerson.
6. M. Arthur Rance avait nourri pendant de longues années un amour sans espoir pour Mlle Stangerson.
7. Rouletabille avait, autrefois, fait remettre en liberté les Bernier, alors qu'ils étaient accusés de complicité dans l'attentat du pavillon de la Chênaie au Glandier.

Solutions page 335

DEUXIÈME PARTIE (chap. VIII à XIII)

Dix questions pour continuer

1. *Ballmeyer est resté célèbre par un tout premier exploit qu'on a nommé :*
A. Le coup du chapeau
B. Le coup du téléphone
C. Le coup du fiacre truqué

2. *Quel personnage répond aux caractéristiques suivantes : « redingote noire, gilet noir, pantalon noir, cheveux blancs, joues roses »?*
A. Arthur Rance
B. Larsan
C. Le vieux Bob

3. *Quel mot le narrateur découvre-t-il après avoir aperçu Brignolles et Larsan?*
A. Bonnet
B. Redingote
C. Béret

4. *Un phénomène météorologique se produit durant l'attaque du 11 avril, lequel?*
A. Le brouillard
B. La pluie
C. L'orage

5. *Lorsque le coup de feu éclate, Rouletabille n'a qu'un mot :*
A. « Larsan ! »
B. « Maman ! »
C. « La dame ! »

6. *Quelle toute première promesse Rouletabille fait-il à sa mère?*
A. De l'aimer jusqu'à la mort
B. De ne rien voir ni rien entendre pendant la nuit
C. De la venger s'il lui arrivait malheur

7. *Pour insister sur les paroles fortes ou inquiétantes, Gaston Leroux a recours à deux procédés typographiques. Lequel de ces trois procédés n'est jamais employé?*
A. Texte en italiques
B. Texte souligné
C. Texte en capitales d'imprimerie

8. *Au cours du chapitre XII consacré au récit du meurtre, un mot qualifie à la fois le corps de la victime et le drame. Quel est ce mot?*
A. Impossible
B. Incroyable
C. Abominable

9. *Le rouge envahit, dans le chapitre XIII, le texte de Gaston Leroux. Pouvez-vous citer au moins trois éléments rouges dans ce chapitre?*

10. *Il y a, entre* Le Mystère de la chambre jaune *et cette affaire une différence essentielle, laquelle?*
A. Dans le *Mystère de la chambre jaune,* il y avait un corps de moins, ici il y a un corps de trop
B. Dans le *Mystère de la chambre jaune,* la porte était ouverte, ici elle est fermée
C. Dans le *Mystère de la chambre jaune,* tout était silencieux, ici il y avait eu un cri

Solutions page 335

Ce roman est la pure vérité...

Gaston Leroux joue à nous faire croire que l'histoire qu'il raconte est la pure vérité. Il refuse même l'idée qu'il s'agisse d'un roman policier. Toutes ces interventions sont ce qu'on appelle des « effets de réel » auxquels le lecteur est sommé de croire, ne serait-ce que par convention.

Voici quelques-unes des expressions qui soulignent ce fait : « Historiquement », « Certains [...] ont pu en mettre l'existence en doute », « Je ne suis que le vulgaire rapporteur d'une affaire unique dans le monde », « Je n'invente rien », « J'aurais la sotte prétention d'ajouter à une aussi prodigieuse et naturelle histoire quelque ornement imaginaire », « Des intérêts trop considérables sont en jeu », « Je renverrai donc ceux qui pourraient croire à quelque roman policier [...] au procès de Versailles », etc.

1. Vous reprendrez ces expressions, auxquelles vous ajouterez d'autres formules extraites du roman pour écrire un texte justifiant une « histoire incroyable » de votre composition.

2. Avec des expressions similaires essayez, cette fois, de vous justifier d'avoir manqué les cours (auprès de vos parents ou de vos professeurs). Ne craignez pas le mensonge le plus énorme, c'est souvent le plus crédible !

Le premier crâne humain

Le vieux Bob qui cherche le premier crâne humain n'est évidemment pas au courant qu'on a déjà retrouvé, il y a peu de temps, un crâne très ancien. Comment l'a-t-on appelé et quelle est son origine?

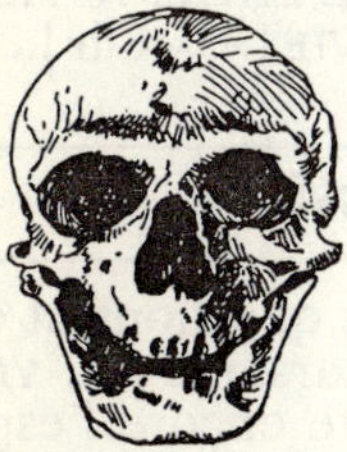

A. Cro-Magnon, en France

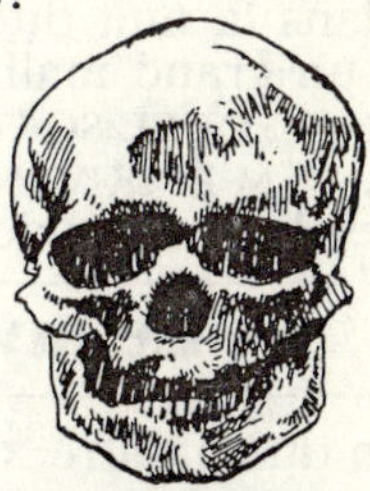

B. Néanderthal, en Europe

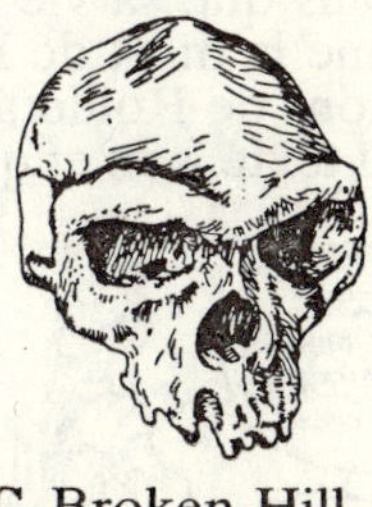

C. Broken-Hill, en Rhodésie

D. Lucy, en Afrique

Solutions page 336

Palpitez autrement !

Chaque fin des chapitres VIII à XIII est ponctuée d'une phrase où culmine le suspense. L'éditeur de Gaston Leroux trouve sa technique si bonne qu'il lui demande de rédiger un autre texte comportant les mêmes tournures. Vous allez l'aider.

Dans un texte plus court, rédigez une histoire qui sera différente de celle de Rouletabille, mais qui emploiera exactement les mêmes expressions pour inquiéter le lecteur.

Voici donc la liste des derniers mots de chaque chapitre : « Allez vous coucher, mon ami, car vous dormez debout », « L'attaque de la Tour Carrée devait se produire dans la nuit du 11 au 12 », « *Maman ! Maman !* », « C'est un grand malheur ! », « PARCE QUE LA MORT DE LARSAN, LEQUEL SORT MORT SANS ÊTRE ENTRÉ NI MORT NI VIVANT, M'ÉPOUVANTE PLUS QUE SA VIE ! », « Oh !... ce n'est rien !... un peu de fatigue... ».

Le mystère s'épaissit

A la fin du chapitre XII de nombreuses questions et des doutes restent encore non élucidés. Larsan est-il vraiment mort ? Son ombre pourtant hante encore l'esprit de Rouletabille : « ... Je vous dis que sa mort m'épouvante plus que sa vie ! » (p. 195). Quels détails rendent incertaine la mort de Larsan ? Saurez-vous devancer les déductions de Rouletabille et prévoir, sans recourir à la suite du texte, son enquête ?

TROISIÈME PARTIE (chap. XIV à la fin)

Dix questions pour conclure

Vous voici arrivé au terme de l'enquête. Avez-vous réussi à suivre les apparitions, disparitions et transformations des personnages ? Qu'en avez-vous retenu ? Pour le savoir, il vous suffit de répondre aux questions suivantes.

1. *Que trouve-t-on au fond de la crevasse de Castillon ?*
A. Un sac vide
B. Le corps du vieux Bob
C. Le corps de Larsan

2. *Grâce à quel geste le narrateur soupçonne-t-il Darzac d'être Larsan ?*
A. Un tremblement
B. Un geste de peur
C. Un geste de rapt

3. *Pourquoi Larsan doit-il éviter la lumière du jour ?*
A. Il a les yeux clairs
B. Il est né avec une déficience oculaire
C. A la suite d'un accident de laboratoire, il a eu les yeux brûlés

4. *Comment le narrateur pense-t-il identifier le véritable Darzac se promenant dans le jardin ?*
A. Parce qu'il ne porte pas de lorgnon pour le soleil
B. Parce qu'il a les bras nus et qu'on peut voir une tache de naissance
C. Parce qu'il pousse une plainte déchirante

5. *Qui trouve-t-on dans la grotte de Roméo et Juliette ?*
A. Le vieux Bob
B. Larsan
C. Brignolles

6. *Quand entend-on pour la deuxième fois « le cri de la mort » ?*
A. Lorsque Rouletabille aperçoit Larsan
B. Lorsque Mrs Edith essaie d'atteindre avec une canne un écusson de pierre
C. Lorsqu'un coup de tonnerre se fait entendre

7. *Où retrouve-t-on l'arme du crime, le vieux grattoir ?*
A. Au fond de la grotte
B. Sur le bureau de Darzac
C. Au bout de l'ombre de l'eucalyptus

8. *Que rapporte Arthur Rance de son voyage à San Remo?*
A. Le plus vieux crâne du monde
B. La petite épingle à tête de rubis
C. Le lorgnon de Larsan

9. *Qui est le premier soupçonné par l'ensemble des personnages, lors de la séance d'explications?*
A. Le narateur lui-même
B. Rouletabille lui-même
C. Darzac

10. *Comment Larsan meurt-il?*
A. Il se tire une balle dans le sternum
B. Il se jette par la fenêtre
C. Il s'empoisonne

Solutions page 336

La nuit

Le narrateur se livre, au début du chapitre XV, à une description poétique de la nuit. Pourriez-vous rendre sa « nuit » à chacun des auteurs suivants:

1. *La Nuit des rois*
2. *Les Nuits*
3. *Tendre est la nuit*
4. *Vol de nuit*
5. *Voyage au bout de la nuit*

A. F. Scott Fitzgerald
B. A. de Saint-Exupéry
C. Céline
D. Alfred de Musset
E. W. Shakespeare

Solutions page 336

Œdipe et Rouletabille

1. Cette histoire, dans laquelle Rouletabille doit tuer son père et éprouve un attachement profond pour sa mère, nous renvoie à un mythe grec très connu, le mythe d'Œdipe. Cherchez dans un dictionnaire de mythologie l'histoire d'Œdipe, et établissez vous-même le parallèle entre les deux histoires.

2. Et maintenant, voici cinq œuvres inspirées directement de l'histoire d'Œdipe. Pouvez-vous rendre à chacune leur auteur ?

1. *Les Sept contre de Thèbes*	**A.** Sophocle
2. *Œdipe roi*	**B.** André Gide
3. *Thésée*	**C.** Eschyle
4. *La Machine infernale*	**D.** Jean Anouilh
5. *Antigone*	**E.** Jean Cocteau

Solutions page 336

La belle Edith

Entre le chapitre V et le chapitre XIX, le narrateur est visiblement séduit par Mrs. Edith. On le sent dès la première description et cette impression est confirmé, bien plus tard, par l'épisode de la pêche, puis celui de la main tenue. Enfin, le service qu'elle lui demande et la « trahison » renforcent l'impression de fascination qu'exerce la jeune femme. La liste ne demande qu'à être complétée...

1. A vous de reconstituer précisément ces étapes de la séduction en relevant à chaque fois les mots et les pages qui vous permettent de noter cette évolution.

2. Si vous aviez à raconter une expérience semblable où un personnage est séduit par une jeune femme blonde et mélancolique, ajouteriez-vous d'autres étapes ? Lesquelles ?

2
JEUX ET APPLICATIONS

Le parfum

Le parfum de la Dame en noir bouleverse Joseph Rouletabille, enfant, (p. 34), et restera pour toujours lié au souvenir de sa mère. Si nous associons autant un parfum à une personne, c'est qu'il se mêle délicatement à l'odeur de la peau de celui – ou celle – qui le porte, pour devenir la plus personnelle des senteurs.
Parmi les essences odorantes végétales citées ci-dessous, certaines sont d'origine animale. Sauriez-vous les identifier ?

1. Cédrat - **2.** Myrrhe - **3.** Musc - **4.** Oranger - **5.** Civette - **6.** Anis - **7.** Patchouli - **8.** Castor - **9.** Benjoin - **10.** Santal - **11.** Ambre - **12.** Bergamote.

Solutions page 337

Des pleins et des déliés

Curieuse intelligence que celle du jeune Rouletabille encore lycéen… Comme l'explique Gaston Leroux : « Ignorant encore les principes de l'algèbre classique, il avait inventé pour son usage personnel une algèbre faite de signes bizarres rappelant l'écriture cunéiforme, à l'aide de laquelle il marquait toutes les étapes de son raisonnement mathématique, et il était arrivé ainsi à inscrire des formules générales qu'il était le seul à comprendre. Son professeur le comparait avec orgueil à Pascal trouvant tout seul, en géométrie, les premières propositions d'Euclide. » (p. 42)
Connaissez-vous cette écriture ? Le dictionnaire *Le Robert* la définit comme « écriture des Assyriens, des Mèdes, des Perses formée de signes en fer de lance ou en clous diversement combinés ». En voici un modèle :

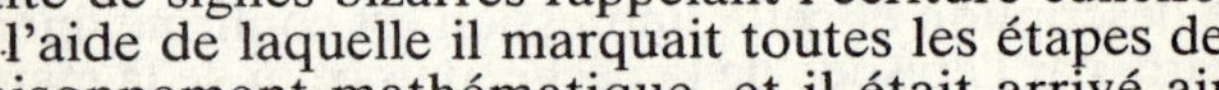

Sauriez-vous aussi identifier tous ces types d'écriture :

1. hiéroglyphes
2. hébreu
3. arabe moderne
4. idéogramme chinois
5. maya
6. russe
7. grec ancien
8. gothique

A. 天

B. אוֹלִיכֶם

C. 

D. غَدَواتِي ورَوَحاتِي ،

E. In principio

F. Περσέων μέν νυν

G. 

H. Пять лет наш

© Éditions de l'Imprimerie nationale

Solutions page 337

Les petits frères de Joseph Joséphin

A l'image de Joseph Joséphin (p. 46 à 48), la littérature – alors qu'elle commençait aux XVIIIe et XIXe siècles à s'intéresser aux enfants – a créé de jeunes personnages qui se sont parfois sortis de la misère à la force du poignet. Sauriez-vous les retrouver d'après les portraits suivants :

1. On le retrouve de 10 ans jusqu'à l'adolescence. Personnage du XIXe siècle, il habite chez ses parents, les Lepic, dans une ferme, à la campagne. Il a un frère, Félix, et une sœur, Ernestine. Il hait sa mère, est très sensible, intelligent, cruel avec les animaux. Son visage est criblé de taches de rousseur.

2. Son vrai prénom est Euphrasie. Née à Paris en 1815. On la suit de 2 ans et demi jusqu'à 17 ans. A 5 ans, « la misère l'avait rendue laide ». A 8 ans, elle a « l'air lugubre d'une vieille femme ». A 15 ans, c'est « une grande et belle créature. » Souvent vêtue de loques.

Petite fille, elle est déjà la servante de la maison. D'abord miséreuse, elle devient riche grâce à la dot donnée par Jean Valjean. Dans la langue courante, son pseudonyme désigne une jeune fille un peu misérable.

3. Ses parents sont concierges au château de Trenilly. Il vit au XIXe siècle. Vêtu d'une blouse et portant sabots, il aide son père au jardin puis, adulte, devient l'homme de confiance du comte de Trenilly. Il s'enrichit par son mariage. L'auteur de ce livre est une dame qui a beaucoup écrit pour les enfants.

4. Il s'appelle Daniel Eysette, vit au XIXe siècle. On le connaît de sa naissance jusqu'à l'âge de 30 ans environ. Il est petit, frêle, maladif. Passe ses premières années dans une ville du Languedoc, puis devient maître d'études dans un collège communal à Sarlande, comédien dans la banlieue de Paris, surveillant général à l'institution Ouly à Montmartre. Il vit presque dans la misère jusqu'à son mariage. Son pseudonyme désigne un objet indéterminé et insignifiant.

5. Son prénom est Fanchon. Elle vit aux XVIIIe et XIXe siècles, de 14 à 28 ans environ. Elle habite d'abord la maison de sa grand-mère à La Cosse. Petite, maigre, mal vêtue, noiraude, genre « garçon manqué », avant de devenir belle. Pauvre jusqu'à la mort de sa grand-mère, elle achètera ensuite des terres, fera construire une maison et s'occupera d'enfants humbles. L'auteur de l'ouvrage fut aussi une grande dame proche des gens de la campagne.

6. Son nom est Thénardier. Il est né à Montfermeil en 1820. Habillé de loques, c'est un garçon gai, insolent, agile, à l'air maladif. Il vit de chapardages, fréquente bandits et étudiants révolutionnaires. Il sera tué sur les barricades le 6 juin 1832. Son pseudonyme, passé dans le langage courant, désigne un gamin de Paris déluré.

Solutions page 337

Mots croisés

Horizontalement: I. Rouletabille l'est, en arrivant à Eu. Un jeu bien mélangé – II. Elle change de nom au premier chapitre – III. Son lait était utilisé pour le bain – IV. Dans l'Antiquité, son père a voulu la sacrifier pour... du vent – V. Couleur de la Dame. Paresseux. Aux deux bouts du point – VI. Ballmeyer s'en est souvent évadé. Hors service – VII. Oui en russe. Rite consacré à Bacchus – VIII. Gouffre des régions calcaires. Il est très grand - IX. Le deux romain. Bruit de sonnette – X. On le fait en dormant. Mer dont le niveau est stationnaire.

Verticalement: 1. Le narrateur – 2. Relie. Auteur des *Histoires extraordinaires*. Dure jusqu'à la mort – 3. Prénom de la Dame – 4. La moitié de deux. Formée par l'Ulster et l'Eire – 5. Effet comique – 6. Rouletabille est allé jusqu'en Amérique pour trouver la sienne – 7. Refusèrent de reconnaître – 8. Sorti (de bas en haut). Gâteux – 9. C'est Rouletabille – 10. Orientation. Elle provoque le sommeil

	1	2	3	4	5	6	7	8	9	10
I	■				■		■			
II										
III		■		■						
IV										■
V					■			■		
VI								■		
VII		■			■					
VIII					■					
IX			■						■	
X					■					

Solutions page 337

3
PARFUMS ET ODEURS DANS LA LITTÉRATURE

En baie de Somme

Lors d'une promenade en baie de Somme, dans la forêt de Crécy, Colette retrouve les parfums de son enfance, indissolublement liés à sa mère qui l'a initiée à la nature.

« A la première haleine de la forêt, mon cœur se gonfle. Un ancien moi-même se dresse, tressaille d'une triste allégresse, pointe les oreilles, avec des narines ouvertes pour boire le parfum.

Le vent se meurt sous les allées couvertes, où l'air se balance à peine, lourd, musqué… Une vague molle de parfum guide les pas vers la fraise sauvage, ronde comme une perle, qui mûrit ici en secret, noircit, tremble et tombe, dissoute lentement en suave pourriture dont l'arôme se mêle à celui d'un chèvrefeuille verdâtre, poissé de miel, à celui d'une ronde de champignons blancs… Ils sont nés de cette nuit, et soulèvent de leurs têtes le tapis craquant de feuilles et de brindilles… Ils sont d'un blanc fragile et mat de gant neuf, emperlés, moites comme un nez d'agneau ; ils embaument la truffe fraîche et la tubéreuse.

Sous la futaie centenaire, la verte obscurité ignore le soleil et les oiseaux. L'ombre impérieuse des chênes et des hêtres a banni du sol l'herbe, la fleur, la mousse et jusqu'à l'insecte. Un écho nous suit, inquiétant, qui double le rythme de nos pas… On regrette le ramier, la mésange ; on désire le bond roux d'un écureuil ou le lumineux petit derrière des lapins… Ici la forêt, ennemie de l'homme, l'écrase.

Tout près de ma joue, collé au tronc de l'orme où je m'adosse, dort un beau papillon crépusculaire dont je sais le nom : lykénée… Clos, allongé en forme de feuille, il attend son heure. Ce soir, au soleil couché, demain, à l'aube trempée, il ouvrira ses lourdes ailes bigarrées de fauve, de gris et de noir. Il s'épanouira comme une danseuse tournoyante, montrant deux autres ailes plus courtes, éclatantes, d'un rouge de cerise mûre, barrées de velours noir; dessous voyants, juponnage de fête et de nuit qu'un manteau neutre, durant le jour, dissimule... »

Colette,
Les Vrilles de la vigne
© Hachette

Le Parfum

Dès l'enfance, Jean-Baptiste Grenouille a pris conscience de ses dons olfactifs extraordinaires. Ici, il a douze ans; il se trouve à Paris, en 1750, et va pouvoir cultiver ses talents innés.

« C'était comme un pays de cocagne. A eux seuls, déjà les quartiers voisins de Saint-Jacques-de-la-Boucherie et de Saint-Eustache étaient un pays de cocagne. Dans les rues adjacentes de la rue Saint-Denis et de la rue Saint-Martin, les gens vivaient tellement serrés les uns contre les autres, les maisons étaient si étroitement pressées sur cinq, six étages qu'on ne voyait pas le ciel et qu'en bas, au ras du sol, l'air stagnait comme dans des égouts humides et était saturé d'odeurs. Il s'y mêlait des odeurs d'hommes et de bêtes, des vapeurs de nourriture et de maladie, des relents d'eau et de pierre et de cendre et de cuir, de savon et de pain frais et d'œufs cuits dans le vinaigre, de nouilles et de cuivre jaune bien astiqué, de sauge et de bière et de larmes, de graisse, de paille humide et de paille sèche. Des milliers et des milliers d'odeurs formaient une bouillie invisible qui emplissait les profondes tranchées des rues et des ruelles et qui ne s'évaporait que rarement au-dessus des toits, et jamais au niveau du sol. Les gens qui vivaient là ne sentaient plus rien de particulier dans cette bouillie; car enfin elle émanait d'eux et les avait imprégnés sans cesse, c'était l'air qu'ils respiraient et dont ils vivaient, c'était comme un vêtement chaud qu'on a porté longtemps et dont on ne sent plus l'odeur, ni le contact sur sa peau. Mais Grenouille sentait tout comme pour la première fois. Il ne sentait pas seulement l'ensemble de ce mélange odorant, il le disséquait analytiquement en ses éléments et ses particules les plus subtils et les plus infimes. Son nez fin démêlait l'écheveau de ces vapeurs et de ces puanteurs et en tirait un par un les fils des odeurs fondamentales qu'on ne pouvait pas analyser plus avant. C'était pour lui un plaisir ineffable que de saisir ces fils et de les filer. »

Patrick Süskind,
Le Parfum
Traduction de Bernard Lortholary,
© Diogenes Verlag A.G., Zurich,
© Librairie Arthème Fayard

Le Ventre de Paris

L'odeur peut être terrible, envahissante et déclencher une poésie surprenante chez Zola.

« ... Les fromages puaient. Sur les deux étagères de la boutique, au fond, s'alignaient des mottes de beurre énormes ; les beurres de Bretagne, dans des paniers, débordaient ; les beurres de Normandie, enveloppés de toile, ressemblaient à des ébauches de ventres, sur lesquelles un sculpteur aurait jeté des linges mouillés ; d'autres mottes, entamées, taillées par les larges couteaux en rochers à pic, pleines de vallons et de cassures, étaient comme des cimes éboulées, dorées par la pâleur d'un soir d'automne. Sous la table d'étalage, de marbre rouge veiné de gris, des paniers d'œufs mettaient une blancheur de craie ; et, dans des caisses, sur des crayons de paille, des bondons posés bout à bout, des gournays rangés à plat comme des médailles, faisaient des nappes plus sombres, tachées de tons verdâtres. Mais c'était surtout sur la table que les fromages s'empilaient. Là, à côté des pains de beurre à la livre, dans des feuilles de poirée, s'élargissait un cantal géant, comme fendu à coups de hache ; puis venaient un chester, couleur d'or, un gruyère, pareil à une roue tombée de quelque char barbare, des hollandes, ronds comme des têtes coupées, barbouillées de sang séché, avec cette dureté de crâne vide qui les fait nommer têtes-de-mort. Un parmesan, au milieu de cette lourdeur de pâte cuite, ajoutait sa pointe d'odeur aromatique. Trois bries, sur des planches rondes, avaient des mélancolies de lunes éteintes ; deux, très secs, étaient dans leur plein, le troisième, dans son deuxième quartier, coulait, se vidait d'une crème blanche, étalée en lac, ravageant les minces planchettes, à l'aide desquelles on avait vainement essayé de le contenir. Des port-salut, semblables à des disques antiques, montraient en exergue le nom imprimé des fabricants. Un romatour, vêtu de son papier d'argent, donnait le rêve d'une barre de nougat, d'un fromage sucré, égaré parmi ces fermentations âcres. Les roqueforts, eux aussi, sous des cloches de cristal, prenaient des mines princières, des faces marbrées et grasses, veinées de bleu et de jaune, comme attaqués d'une maladie honteuse de gens riches qui ont trop mangé de truffes ; tandis que, dans un plat à côté, des fromages de chèvre, gros comme un poing d'enfant, durs et grisâtres, rappelaient les cailloux que les boucs, menant leur troupeau, font rouler aux coudes des sentiers pierreux. Alors, commençaient les puanteurs : les mont-d'or, jaune clair, puant une odeur douceâtre ; les troyes, très épais, meurtris sur les bords, d'âpreté déjà plus forte, ajoutant une fétidité de cave humide ; les camemberts, d'un fumet de gibier trop faisandé ; les neufchâtels, les limbourgs, les marolles, les pont-l'évêque, carrés, mettant chacun leur note aiguë et particulière dans cette phrase rude jusqu'à la nausée ; les livarots, teintés de rouge, terribles à la gorge comme une vapeur de soufre ; puis enfin, par-dessus tous les autres, les olivets, enveloppés de feuilles de noyer, ainsi que ces charognes que les paysans couvrent de branches, au bord d'un champ, fumantes au soleil. La chaude après-midi avait amolli les fromages ; les moisissures des croûtes fondaient, se vernissaient avec des tons riches de cuivre rouge et de vert-de-gris, semblables à des blessures mal fermées ; sous les feuilles de chêne, un souffle soulevait la peau des olivets, qui battait comme une poitrine, d'une haleine lente et grosse d'homme endormi ; un flot de vie avait troué un livarot, accouchant par cette entaille d'un peuple de vers. Et, derrière les balances, dans sa boîte mince, un géromé anisé répandait une infection telle, que des mouches étaient tombées autour de la boîte, sur le marbre rouge veiné de gris. »

Émile Zola,
Le Ventre de Paris

Parfum exotique

Quand, les deux yeux fermés, en un soir chaud d'automne,
Je respire l'odeur de ton sein chaleureux,
Je vois se dérouler des rivages heureux
Qu'éblouissent les feux d'un soleil monotone;

Une île paresseuse où la nature donne
Des arbres singuliers et des fruits savoureux;
Des hommes dont le corps est mince et vigoureux,
Et des femmes dont l'œil par sa franchise étonne.

Guidé par ton odeur vers de charmants climats,
Je vois un port rempli de voiles et de mâts
Encor tout fatigués par la vague marine,

Pendant que le parfum des verts tamariniers,
Qui circule dans l'air et m'enfle la narine,
Se mêle dans mon âme au chant des mariniers.

Charles Baudelaire,
Les Fleurs du mal

Correspondances

La Nature est un temple où de vivants piliers
Laissent parfois sortir de confuses paroles;
L'homme y passe à travers des forêts de symboles
Qui l'observent avec des regards familiers.

Comme de longs échos qui de loin se confondent
Dans une ténébreuse et profonde unité,
Vaste comme la nuit et comme la clarté,
Les parfums, les couleurs et les sons se répondent.

Il est des parfums frais comme des chairs d'enfants,
Doux comme les hautbois, verts comme les prairies,
– Et d'autres, corrompus, riches et triomphants,

Ayant l'expansion des choses infinies,
Comme l'ambre, le musc, le benjoin et l'encens,
Qui chantent les transports de l'esprit et des sens.

Charles Baudelaire,
Les Fleurs du mal

Du côté de chez Swann

Dans l'univers de Proust, la plus périssable des essences – le parfum d'une haie d'aubépine, d'un lilas – devient la trace invisible et entêtante d'un passé qui hante l'écrivain...

« ... Sans doute pour avoir à jamais indissolublement uni en moi des impressions différentes, rien que parce qu'ils me les avaient fait éprouver en même temps, le côté de Méséglise ou le côté de Guermantes m'ont exposé, pour l'avenir, à bien des déceptions et même à bien des fautes. Car souvent j'ai voulu revoir une personne sans discerner que c'était simplement parce qu'elle me rappelait une haie d'aubépines, et j'ai été induit à croire, à faire croire à un regain d'affection, par un simple désir de voyage. Mais par la même aussi, et en restant présents en celles de mes impressions d'aujourd'hui auxquelles ils peuvent se relier, il leur donnent des assises, de la profondeur, une dimension de plus qu'aux autres. Ils leur ajoutent aussi un charme, une signification qui n'est que pour moi. Quand par les soirs d'été le ciel harmonieux gronde comme une bête fauve et que chacun boude l'orage, c'est au côté de Méséglise que je dois de rester seul en extase à respirer, à travers le bruit de la pluie qui tombe, l'odeur d'invisibles et persistants lilas.

C'est ainsi que je restais souvent jusqu'au matin à songer au temps de Combray, à mes tristes soirées sans sommeil, à tant de jours aussi dont l'image m'avait été plus récemment rendue par la saveur – ce qu'on aurait appelé à Combray le « parfum » – d'une tasse de thé [...]. Tous ces souvenirs ajoutés les uns aux autres ne formaient qu'une masse, mais non sans qu'on ne pût distinguer entre eux – entre les plus anciens, et ceux plus récents, nés d'un parfum, puis ceux qui n'étaient que les souvenirs d'une autre personne de qui je les avais appris – sinon des fissures, des failles véritables, du moins ces veinures, ces bigarrures de coloration, qui, dans certaines roches, dans certains marbres, révèlent des différences d'origine, d'âge, de "formation". »

Marcel Proust,
Du côté de chez Swann

4
SOLUTIONS DES JEUX

Êtes-vous sensible aux parfums et aux odeurs ?

(p. 311)

Si vous avez une majorité de Δ : vous êtes en effet extrêmement sensible aux odeurs, il arrive même qu'elles vous gênent dans votre vie de tous les jours. Mais généralement, cette sensibilité vous permet de reconnaître le passage de quelqu'un que vous connaissez, de respirer les parfums que vous aimez et d'en avoir du plaisir. Et, si vous avez également du goût, ce dont nous ne doutons pas, vous aimez aussi passionnément la bonne cuisine...

Si vous avez une majorité de ❑ : vous avez parfois quelques difficultés à reconnaître l'odeur d'un fruit ou d'une fleur, et souvent, vous vous en moquez. Ce n'est pas si grave, mais sachez que si les mauvaises odeurs ne vous dérangent pas, les bonnes peuvent avoir tout leur prix... Ne négligez pas ce plaisir !

Si vous avez une majorité de ❍ : dans l'univers qui est le vôtre, les odeurs et les parfums ne comptent pas, ou si peu... C'est dommage car vous vous privez d'un de vos sens, et vous n'en avez que cinq ! Savez-vous que l'odorat s'éduque et que vous pouvez encore apprendre à respirer, à humer, à distinguer les odeurs ?

Dix questions pour commencer

(p. 313)

1 : A (p. 9) - 2 : C (p. 12) - 3 : A (p. 21) - 4 : B. (p. 43) - 5 : C (p. 45) - 6 : C (p. 46 à 50) - 7 : B (p. 59) - 8 : C (chap. VI) - 9 : C - 10 : C (p. 100 à 105)

Si vous obtenez de 8 à 10 bonnes réponses : vous avez lu cette première partie sans en perdre un mot et vous en êtes au même point que les personnages. Vous êtes tout désigné pour prendre la place de Rouletabille !

Si vous obtenez de 4 à 7 bonnes réponses : vous avez lu parfois de loin le texte, mais l'ensemble est compris. Cependant, sachez que les romans policiers ne peuvent être entièrement suivis que si chaque détail est bien mémorisé...

Si vous obtenez moins 4 bonnes réponses : vous vous sentez bien loin de Rouletabille et de sa Dame en noir... Apprenez à les connaître !

Charades
(p. 314)

1. Arthur Rance (Are - Thur - Rance) – **2.** Araucanie (Haro - K - Nie) (p. 85) – **3.** Garavan (Gare -Avent) (p. 70)

Le roman-feuilleton
(p. 315)

3. A : Chéri-Bibi - B : 1. Arsène Lupin, gentleman-cambrioleur; L'Aiguille creuse ; Le Bouchon de cristal. 2. L'Assommoir; Germinal; La Bête humaine. 3. Les Trois Mousquetaires; Vingt Ans après; Le Vicomte de Bragelonne. C : Rambo; Les Dents de la mer; La Guerre des étoiles - Les titres sont identiques et... numérotés, pour attirer le spectateur.

Le Mystère de la chambre jaune
(p. 316)

1 : Vrai (p. 9) - 2 : Vrai (p. 9) - 3 : Vrai (p. 12) - 4 : Faux (p. 88) - 5 : Vrai (p. 50) - 6 : Vrai (p. 63) - 7 : Vrai (p. 92)

Dix questions pour continuer
(p. 317)

1 : B (p. 109) - 2 : C (p. 119) - 3 : A (p. 130) - 4 : C (p. 159) - 5 : B (p. 170) - 6 : B (p.175) - 7 : B - 8 : A (p. 179 et 188) - 9 : le sang, la peinture, la chambre - 10 : A (p. 205)

Si vous obtenez de 8 à 10 bonnes réponses: bravo! Vous êtes dans la lignée des Sherlock Holmes, Hercule Poirot et Rouletabille, continuez!

Si vous obtenez de 4 à 7 bonnes réponses: soyez plus vigilant, vous risquez de manquer l'essentiel!

Si vous obtenez moins de 4 bonnes réponses: décidément, vous vous perdez dans le château, ses dédales et ses pièges... Attention à Larsan, il vous guette!

Le premier crâne humain

(p. 319)

La bonne réponse était : D.

Dix questions pour conclure

(p. 321)

1: A (p. 218) - 2: C (p. 224) - 3: C (p. 228), 4: C (p. 230) - 5: A (p. 239) - 6: B (p. 247-248) - 7: C. (p. 254) - 8: B (p. 265) - 9: A (p. 268) - 10: C (p. 287-288)

Si vous obtenez de 8 à 10 bonnes réponses: vous avez suivi avec attention l'intrigue et son dénouement. Peut-être même aviez-vous trouvé la solution de l'intrigue avant de la lire? Courez chez votre libraire, tant d'autres romans policiers vous y attendent...

Si vous obtenez de 4 à 7 bonnes réponses: êtes-vous sûr d'avoir tout compris? Reprenez les dernières pages.

Si vous obtenez moins de 4 bonnes réponses: vous avez été troublé par Édith, ou par la dame en noir... Qui vous en voudrait, à part Gaston Leroux?

La nuit

(p. 322)

1. E - 2. D - 3. A - 4. B - 5. C

Œdipe et Rouletabille

(p. 323)

2. 1: C - 2: A - 3: B - 4: E - 5: D et A

Le parfum

(p. 324)

Il s'agissait du musc (extrait du chevrotin, sorte de cervidé qui vit au Tibet, en Chine et sur l'Himalaya), de la civette (mammifère carnivore possédant une poche qui répand une forte odeur de musc), le castor (essence sécrétée par le castor de Russie, de Sibérie et du Canada), l'ambre (substance provenant des cachalots mâles).

Des pleins et des déliés

(p. 324)

Les bonnes réponses sont : 1 : C 2 : B - 3 : D - 4 : A - 5 : G - 6 : H - 7 : F - 8 : E

Les petits frères de Joseph Joséphin

(p. 325)

1. *Poil de carotte* de Jules Renard– 2 Cosette dans *Les Misérables* de Victor Hugo – 3. Blaise dans *Pauvre Blaise* de la Comtesse de Ségur – 4. *Le Petit Chose* d'Alphonse Daudet – 5. *La Petite Fadette* de George Sand – 6. Gavroche dans *Les Misérables* de Victor Hugo.

Mots croisés

(p. 327)

Horizontalement : **I.** Ému. Uje (Jeu) – **II.** Stangerson – **III.** Anesse – **IV**. Iphigénie – **V.** Noir. Aï. PT – **VI.** Cellule. HS – **VII.** Da. Orgie – **VIII.** Aven. Géant – **IX.** Il. Dring – **X.** Rêve. Étale.

Verticalement : **1.** Sainclair – **2.** Et. Poe. Vie – **3.** Mathilde – **4.** Un. Irlande – **5.** Gag – **6.** Généalogie – **7.** Renièrent – **8.** Ussi (Issu) Gaga – **9.** Joséphin – **10.** E.N.E. Tsé-Tsé.

Si vous aimez les **énigmes**
vous vous passionnerez
pour les titres suivants

dans la collection FOLIO **JUNIOR**

LE PROFESSEUR A DISPARU

Jean-Philippe **ARROU-VIGNOD**

n° 558

Rémi, Mathilde et Pierre-Paul Louis de Culbert – surnommé P.-P. Cul-Vert – ont remporté le concours d'histoire organisé par leur ville. Le prix ? Il est inespéré : un séjour à Venise ! Ils seront accompagnés par leur professeur d'histoire, M. Coruscant. Mais au cours du voyage, celui-ci disparaît mystérieusement…

P.-P. CUL-VERT DÉTECTIVE PRIVÉ

Jean-Philippe **ARROU-VIGNOD**

n° 701

Un lugubre cottage en Angleterre, une hôtesse inquiétante, une duchesse dévalisée, un singulier spécialiste des poissons orientaux… Il n'en faut pas plus pour transformer un innocent séjour linguistique en une palpitante aventure.

ENQUÊTE AU COLLÈGE

Jean-Philippe **ARROU-VIGNOD**

n° 633

Que se passe-t-il donc au collège ? Qui se promène la nuit dans les couloirs déserts ? Quel secret abritent les sous-sols où aucun élève n'est jamais allé ? Qui a saccagé la salle de sciences naturelles et assommé M. Cornue, le laborantin ? Le principal cherche des coupables parmi les internes... Une seule solution pour Rémi et P.-P. Cul-Vert, aidés de la douce Mathilde : découvrir eux-mêmes la vérité, quitte à affronter le conseil de discipline...

LES MASSACHUSETTS PRENNENT LA PLUME

Régine **DETAMBEL**

n° 805

C'est l'été et les grandes vacances ont dispersé les Massachusetts aux quatre coins de la France. Nos trois détectives, Manon, dite la Sauterelle, Nif-Nif le coquet, Saturne le fort en thème, sans oublier Mes-Nattes le mainate passent leurs vacances à des endroits très différents. Mais peu importe le lieu, mer, montagne ou ville, il y a toujours quelque part une énigme à résoudre pour les Massachusetts. Et pour échanger leurs idées, décrire leurs indices, émettre leurs hypothèses, nos trois détectives se saisissent de leur bloc de papier à lettres. Il en résulte trois courtes enquêtes qui se tissent et se combinent au fil des missives.

TRINI FAIT DES VAGUES

Pierrette **FLEUTIAUX**

n° 807

Trini vit seule avec sa sœur Séréna, inspecteur de police, ce qui a valu à la fillette le surnom de Fliquette. Toutes deux passent leurs vacances à Royan. Trini s'ennuie sur la plage pendant que Séréna potasse le concours de commissaire de police... mais d'inquiétants événements se produisent : une jeune fille disparaît ; au rayon des jouets du supermarché, les poupées Barbie sont systématiquement lacérées. Accompagnée de sa souris Mousie et de son ami William, Trini mène l'enquête...

CALLAGHAN PREND LES COMMANDES

Paul **Gadriel** et Bruno **Sergent**

n° 807

En sillonnant les rues de Paris pour livrer les Tonkinoises et autres Neptunes de « Papa Pizz' », on en voit de toutes les couleurs. Surtout lorsque, comme Callaghan, on a quatorze ans et que l'on tombe facilement amoureux. Pour la belle Sooran, Callaghan veut bien jouer les facteurs entre l'ambassade de Malaisie et les laboratoires Aspremer. Mais le jour où il découvre qu'il est suivi par une voiture immatriculée « corps diplomatique », il comprend que cette histoire est louche ! Trop tard... les pirates industriels sont aux trousses du petit livreur de pizzas !

Ça plane pour Callaghan

Paul **Gadriel** et Bruno **Sergent**

n° 811

Les vacanciers ont bien de la chance ! Callaghan, lui, passe l'été entre les Siciliennes et les Hawaïennes de Papa Pizz', qu'il livre dans un Paris désert. Mais il suffit que débarque Alicia, une soi-disant tante importée tout droit d'Argentine, avec son accent roucoulant et ses surgelés Antartica, pour que notre jeune héros se trouve mêlé à une histoire invraisemblable. Un sachet de surgelés peut quelquefois en cacher un autre, beaucoup moins inoffensif... Attention, Spidaïolo ! la gourmandise est un vilain défaut !

Les pistolets de Sans Atout

Boileau-Narcejac

n° 604

Invité à passer un mois de vacances à Londres, chez son ami Bob Skinner, Sans Atout craignait de trouver le temps long ! Les événements se chargeront de le rassurer. D'abord en mettant Tom – un automate obéissant à la voix – sur son chemin ; ensuite, en faisant disparaître l'inventeur de Tom, qui est aussi le père de Bob ! puis en faisant apparaître un mystérieux visiteur... Mais, au fait, où sont passés les pistolets de duel qui appartenaient au grand-père de Bob ? Quel rôle joue Miss Mary ? Compliqué, tout cela ? Pour nous, peut-être, mais pas pour Sans Atout !

Sans Atout
CONTRE L'HOMME À LA DAGUE

Boileau-Narcejac

n° 624

Prisonnier dans son cadre, l'Homme à la dague toise Sans Atout. Le jeune garçon, bien que fasciné par le tableau, supporte difficilement le regard d'acier qui semble suivre ses moindres mouvements. Se pourrait-il que cet étrange personnage soit vivant ? Hypothèse qui paraît invraisemblable. Pourtant, un soir, l'Homme à la dague disparaît ! Sans Atout est persuadé d'avoir reconnu sa silhouette qui s'enfuyait au fond du parc. Ce portrait, qui a toujours porté malheur à ses propriétaires, va-t-il jouer un mauvais tour à M. Royère, son actuel propriétaire ?

L'invisible AGRESSEUR

Boileau-Narcejac

n° 703

Le vieux châtelain d'Oléron est mort avant d'avoir pu vendre son château. Mais sa disparition n'a rien de vraiment naturel : il a été assassiné. Ce meurtre dans un château qu'on dit hanté ne peut qu'éveiller la curiosité de Sans Atout. Le jeune détective décide de mener l'enquête et fait d'étranges découvertes. Mais qui s'ingénie à effrayer les hôtes de la vaste demeure ? Bientôt un second assassinat vient encore compliquer l'affaire...

SANS ATOUT ET LE CHEVAL FANTÔME

BOILEAU-NARCEJAC

n° 476

Ce sont certainement les dernières vacances que François va passer au château de Kermoal. Son père, maître Robion, veut le vendre. Le cœur serré, le jeune garçon retrouve la vieille forteresse et les Jaouen, qui veillent sur elle. Mais François, qui n'est autre que Sans Atout, ne les reconnaît pas : leur comportement est si étrange ! C'est alors que Jean-Marc, le fils des Jaouen, l'avertit : « A minuit, regarde à travers les fentes des volets... »

LE MYSTÈRE DE LA CHAMBRE JAUNE

Gaston **Leroux**

n° 685

Qui a tenté d'assassiner Mlle Stangerson ? Comment l'assassin a-t-il pu s'enfuir d'une chambre qui est restée fermée de l'intérieur ? Joseph Rouletabille, reporter de son état, détective par vocation, cherche une explication. Mais comment aborder une telle affaire ? « Par le bon bout de la raison », proclame Rouletabille. Et, de déduction en déduction, il découvre l'incroyable vérité...

LE SCARABÉE D'OR

Edgar Allan **Poe**

n° 596

William Legrand aurait-il perdu la raison ? Depuis qu'il a découvert un étrange scarabée d'or près d'une épave échouée sur la plage, il ne cesse d'aller et venir en marmonnant, d'aligner des colonnes de chiffres, quand il ne disparaît pas des jours entiers. Est-il bien raisonnable de le suivre en pleine nuit, comme il l'a demandé, pour aller déterrer un trésor qui ne peut exister que dans sa fiévreuse imagination ?

DOUBLE ASSASSINAT DANS LA RUE MORGUE

SUIVI DE LA LETTRE VOLÉE

Edgar Allan **Poe**

n° 541

En pleine nuit, des cris épouvantables réveillent les habitants du quartier Saint-Roch. Dans le conduit de la cheminée, au quatrième étage, on découvre une jeune fille étranglée. Sa mère gît sur les pavés de la cour, décapitée. Comment un tel crime a-t-il pu se produire alors que la porte et les volets de la chambre, affreusement dévastée, sont verrouillés de l'intérieur ?

L'ÉTRANGE CAS
DU DR JEKYLL ET DE MR HYDE

Robert Louis **Stevenson**

n° 635

Obsédé par la découverte qu'en tout individu cohabitent deux êtres, l'un bon et l'autre mauvais, le Dr Jekyll cherche et trouve le moyen de se dédoubler physiquement en absorbant une substance chimique de son invention. Mais il lui faut prendre d'extrêmes précautions afin que personne dans son entourage ne se doute que le célèbre Dr Jekyll, excellent homme, se transforme, à certaines heures, en un être démoniaque qui erre, la nuit, dans les quartiers les plus sordides de Londres : le sinistre Mr Hyde...

L'ASSASSINAT
DU PÈRE NOËL

Pierre **Véry**

n° 544

Qu'est devenue la relique de saint Nicolas, disparue depuis la Révolution ?

Patiemment, Blaise Kappel, le sacristain de Mortefont, arpente, dans le froid de décembre, les souterrains du château et fouille les ruines de l'abbaye. Mais il n'est pas le seul à s'intéresser aux secrets de la paisible bourgade... on vient de dérober les diamants de la châsse de saint Nicolas, pourtant jalousement gardée par l'abbé Fuchs, et voilà qu'on assassine le Père Noël...